Patrick Burow
Tödliche Schönheit



EDITION M

## Das Buch

Vor zwei Jahren wurde der Polizeibeamte Markus Hoffmann wegen eines grauenvollen Sexualmords zu lebenslänglicher Haft verurteilt. Obwohl Hoffmann die Tat heftig bestreitet und sogar ein Alibi vorweisen kann, wurden die sichergestellten DNA-Spuren als eindeutiger Beweis dafür gewertet, dass er das Model Julia Nitsche getötet und ihr anschließend das Gesicht zerschnitten hat.

Im Gefängnis geht der Polizist langsam zugrunde, als er neue Hoffnung schöpft: Die Jurastudenten Saskia Cornelius und Florian Hansen wollen seinen Fall neu aufrollen. Das höchst unterschiedliche Gespann nimmt an einem Seminar über Justizirrtümer teil und will seine Unschuld beweisen. Obwohl beide von polizeilicher Ermittlungsarbeit zunächst wenig Ahnung haben, arbeiten sie sich immer tiefer ein und setzen alles daran, den Fall zu lösen.

Als ein weiterer Mord geschieht, verdichten sich die Indizien, dass der wahre Mörder frei herumläuft und weiter tötet …

## Der Autor

Dr. iur. Patrick Burow wurde in Hamburg geboren. Er hat seit zwanzig Jahren zunächst als Staatsanwalt und später als Richter vielfältige Erfahrungen in allen strafrechtlichen Dezernaten gesammelt. Er lebt und arbeitet in Dessau.

Dr. iur. Patrick Burow ist als Richter und Sachbuchautor (»Das Lexikon der Justizirrtümer«) ein ausgewiesener Experte für Justizirrtümer.

PATRICK BUROW

# TÖDLICHE SCHÖNHEIT

## PROJEKT UNSCHULD

THRILLER

EDITION M

Deutsche Erstveröffentlichung bei
Edition M, Amazon Media EU S.à r.l.
5 Rue Plaetis, L-2338 Luxembourg
Oktober 2016


Umschlaggestaltung: bürosüd° München, www.buerosued.de
Umschlagmotiv: © www.buerosued.de
Lektorat und Korrektorat: Verlag Lutz Garnies, Haar bei München
www.vlg.de
Printed in Germany
By Amazon Distribution GmbH
Amazonstraße 1
04347 Leipzig, Germany

ISBN: 978-1-503-94273-8

www.amazon.de/editionm

# 1

»Handschellen?« Julia hielt mit beiden Händen ihre aufgeknöpfte Bluse über der Brust zusammen.

Die Handschellen baumelten an seinem Zeigefinger vor ihrem Gesicht. Dass er auf Fesselspiele stand, hätte sie nicht gedacht.

»Ich weiß nicht«, sagte sie und strich sich verlegen durch ihr langes blondes Haar. »Vielleicht nicht gleich beim ersten Mal.« Sie hatten sich erst vor ein paar Stunden in einem Club kennengelernt und waren etliche Drinks später in seinem Schlafzimmer gelandet, das in einem großen Loft lag. Sie konnte sich durchaus eine längere Beziehung mit ihm vorstellen. Sie würden noch Zeit haben, die etwas wilderen Spielarten der Liebe auszuprobieren.

Der Mann in der schwarzen Designerkleidung küsste sie und streichelte mit dem Stahl über ihre Wange. Kühl auf Heiß.

»Vertrau mir«, sagte er, nahm ihr Kinn in die Hand und schaute ihr in die Augen. »Das wird heiß.« Er fuhr mit der Handschelle über ihre Brustwarze. Julia war schon halb ausgezogen und spürte den Stoff seiner Hose auf ihrer Haut. »Gerade wenn man sich noch nicht kennt, gibt einem das den ultimativen Kick.«

Es folgte ein langer Kuss von ihm, während er ihre Bluse herunterstreifte. Sie fiel neben ihrer Hose auf den Boden. Seine warme Zunge spielte mit ihrer. Dann wanderten seine Hände zu ihrem Hintern. Julias Atem wurde schneller. Sie spürte seine Erektion an ihrem Bauch. Er war anders, so viel zärtlicher als alle Männer, die sie schon gehabt hatte. Es war nicht das erste Mal, dass sie mit einem Mann gleich am ersten Abend mitgegangen war, aber es war das erste Mal, dass sie sich spontan verliebt hatte. Oder waren es nur ihre Hormone? Oder der viele Alkohol? Egal, jedenfalls war sie heiß auf diesen Mann.

Der Mann löste sich von ihr und hielt wieder die Handschellen mit fragendem Blick hoch. Er war Anfang dreißig und hatte feine Gesichtszüge. Er war wohlhabend und wirkte seriös. Sein durchtrainierter Körper versprach sinnliche Freuden.

*No risk, no fun!*, sagte sich Julia und nickte schließlich.

»Leg dich auf den Bauch«, forderte er sie auf und zeigte auf das Stahlbett.

Julia streckte sich nur mit einem Slip bekleidet darauf aus. Das Seidenlaken fühlte sich angenehm kühl an. Er ließ das kalte Metall der Handschellen über ihren nackten Rücken bis zu ihrem Nacken gleiten. Julia erschauderte. Behutsam legte er ihre rechte Hand in die offene Schelle und schloss den Bügel. Das ratschende Geräusch erregte sie. Dann zog er ihren Arm an der Handschelle zum Bettpfosten und ließ die andere Handschelle dort einrasten. In der Spiegelwand sah Julia, wie er das Bett zu ihrer linken Seite umrundete. Die vier versteckt eingebauten Videokameras sah sie hingegen nicht. Mit einem metallischen Klicken schloss sich die zweite Handschelle erst um ihr Handgelenk und dann um den Bettpfosten. Sie zerrte versuchsweise an den Handschellen, doch sie hielten ihre Handgelenke unnachgiebig fest. Alleine würde sie sich nicht mehr befreien können. Sie war ihm ausgeliefert. Das war gleichzeitig beklemmend und erregend.

Der Mann setzte sich rittlings auf ihren Rücken und streifte ihr überraschend eine Augenmaske über.

»He, ich kann nichts mehr sehen!«, protestierte Julia und trat mit ihren Füßen spielerisch gegen seinen Rücken.

»Benutze deine Fantasie«, erwiderte er und küsste sie zwischen die Schulterblätter.

*Schade*, dachte Julia, sie hätte seinen schlanken Körper gern nackt gesehen. Er hatte sich noch nicht ausgezogen. Er strich mit den flachen Händen an ihren Seiten hinauf. Julia beugte die Ellenbogen, hob dabei ein wenig den Oberkörper an. Er umfasste beide Brüste und als sie sich wieder sinken ließ, rutschte er mit den Händen sanft unter ihr weg und streichelte ihren Po. Als sie spürte, wie er ihren Slip über ihre Hüften streifte, beschleunigte sich ihr Atem weiter.

Julia hörte, wie eine Schublade geöffnet wurde. Mehr Spielzeug? Seine Schritte kamen zurück zum Bett. Etwas Raues umschlang ihren rechten Fuß. Ein Seil, dessen anderes Ende er am Bettpfosten festband. Das Gleiche passierte mit dem linken Fuß. Nun lag sie in X-Form auf dem Bett ausgestreckt, Gesicht nach unten, festgebunden, nackt und blind. Das erregte sie mehr, als sie zu hoffen gewagt hatte. Er hatte recht, das Ausgeliefertsein war der ultimative Kick.

»Jetzt gehörst du mir«, hauchte er ihr mit einer sexy Stimme ins Ohr.

Ein prickelndes Gefühl breitete sich in ihrem ganzen Körper aus, als sie hörte, wie ihr Liebhaber sich auszog. Sie stellte sich seinen schlanken Körper in allen Einzelheiten vor. Sie wollte ihn, doch sie konnte ihn weder sehen noch berühren. Aber sie konnte ihn riechen. Sein Aftershave, den Duft seiner Haut, ein wenig seinen Schweiß. Er roch gefährlich sexy. Das Gefühl, einem so umwerfend aussehenden Mann ausgeliefert zu sein, war kaum noch steigerbar. Dann war er bei ihr, streichelte ihr Haar und gab ihr einen zärtlichen Kuss auf den Nacken. Sie hob den Kopf und wollte ihn gern küssen, aber ihre Fesselung ließ das nicht zu. Er schwang sich auf das Bett zwischen ihre Beine. Etwas strich über ihren Hintern. War das seine Hand oder schon … Sie reckte ihm ihren Po entgegen. Ihre Erregung steigerte sich, als er in sie eindrang. Das war so gut. Sein erst langsamer Rhythmus steigerte sich. Sie spürte seine Hüfte an ihrem Po, seine Hände auf ihren schweißnassen Schulterblättern. Immer schneller wurden seine Bewegungen und sein Keuchen. Als er sich aufstützte und sich versteifte, erreichte auch sie ihren Höhepunkt. Ein Feuerwerk explodierte hinter ihrer Augenbinde und sandte lustvolle Schockwellen durch ihren Körper. Sie riss an den Handschellen und Seilen, die in ihre Gelenke schnitten. *Welch süßer Schmerz. Das war der beste Sex ihres Lebens!*

Der Mann zog ihre Augenmaske nach oben und fragte: »Findest du mich schön?«

Julia blinzelte in das Licht. Die Frage empfand sie als äußerst unpassend. Als sie zögerte, zog der Mann die Maske wieder über ihre Augen.

Plötzlich packte er sie an den Haaren und riss ihren Kopf brutal zurück. Sie dachte, er wollte sie küssen und öffnete begierig den Mund. Kaltes Metall berührte ihren Hals. Dann ein Ziehen. Ein scharfer Schmerz durchzuckte sie. Sie wollte schreien, brachte aber nur ein Gurgeln zustande. Etwas warm Klebriges quoll schwallartig aus ihrem Hals und breitete sich feucht unter ihr aus. Es roch nach Kupfer. Blut? Ihr eigenes Blut? Panisch riss sie an den Handschellen, doch sie gaben nicht nach. Sie rang nach Luft, bekam aber keine. Die Zuckungen des Orgasmus gingen nahtlos in die des Todes über. Blut überschwemmte ihren Mund, strömte aus der klaffenden Wunde an ihrem Hals und versank in dem Laken, genau wie ihr Leben. Bevor Julia begriffen hatte, was ihr passiert war, war sie tot.

# 2

Sein erster Auftritt vor dem Landgericht sollte sich als Fiasko erweisen.

»Frau Staatsanwältin, Ihren Schlussvortrag bitte«, sagte der Vorsitzende Richter Feuerbach mit einem überlegenen Lächeln. Er genoss es sichtlich, Herrscher über diesen Gerichtssaal zu sein.

Mit allen anderen Zuhörern in dem voll besetzten Gerichtssaal sah Strafverteidiger Hansen zu, wie Staatsanwältin Cornelius aufstand. Die Hierarchie in dem dunkel getäfelten Gerichtssaal wurde schon durch die Einrichtung deutlich. Die Richter hatten sich hinter einem erhöhten Tisch verschanzt, dem Himmel über Karlsruhe schon ganz nah, die Staatsanwältin thronte auf einem halb erhöhten Fensterplatz, der Angeklagte und sein Verteidiger saßen auf kargem Gestühl ebenerdig, die Tür zu den Gewahrsamszellen und zwei grimmig dreinschauende Wachtmeister im Rücken.

Die Perlenprinzessin von der Anklagebehörde, so nannte Florian Hansen sie, hatte kurze, dunkelblonde Haare und trug eine weiße Bluse und wahrscheinlich einen Keuschheitsgürtel unter ihrer schwarzen Robe. Auf deren schwarzem Samt glitzerte eine Perlenkette, das Erkennungszeichen weiblicher Juristen.

»Hohes Gericht! Die Staatsanwaltschaft hält aufgrund der durchgeführten Hauptverhandlung folgenden Sachverhalt für erwiesen: Am 5. Mai überfiel dieser Mann«, wobei Cornelius mit der Hand auf den Angeklagten zeigte, »maskiert und bewaffnet die Sparkasse Schlossstraße.«

Der stark schwitzende Angeklagte saß neben Florian, war einen Meter neunzig groß und hundertfünfzig Kilo schwer. Unter Florians Robe lugten Jeans und Turnschuhe hervor.

»Mit den Worten *Das ist ein Überfall! Geld her!«*, die Staatsanwältin schrie jetzt fast, »bedrohte er mit der Pistole die im Kassenraum anwesenden Kunden und Bankangestellten.« Cornelius ahmte mit Zeigefinger und Daumen eine Pistole nach, die sie durch den Gerichtssaal schwenkte. Ein paar Zuschauer gingen unbewusst in Deckung. »Die Kassiererin händigte dem Angeklagten Bargeld in Höhe von 25.000 Euro aus. Der Angeklagte wurde noch in der Sparkasse von der durch einen stillen Alarm herbeigerufenen Polizei festgenommen.«

Staatsanwältin Cornelius warf einen prüfenden Blick auf den Angeklagten und in ihre aufgeschlagene Akte. »Ich beantrage, den Angeklagten wegen schwerer räuberischer Erpressung zu einer tat- und schuldangemessenen Freiheitsstrafe von zehn Jahren zu verurteilen.«

Sie bedachte Florian und seinen Mandanten mit einem triumphierenden Blick und setzte sich. Der Angeklagte zupfte verängstigt an Florians Robe, doch jetzt war keine Zeit für ein beruhigendes Mandantengespräch.

»Herr Verteidiger, legen Sie Wert auf einen eigenen Schlussvortrag?«, fragte Richter Feuerbach mit hochgezogenen Augenbrauen vom Richtertresen herab.

Florian war einen Augenblick konsterniert. Der für einen Strafkammervorsitzenden viel zu jung wirkende Richter war offensichtlich bereits von der Schuld seines Mandanten derart überzeugt, dass er ein Plädoyer des Verteidigers für verzichtbar hielt.

»Selbstverständlich, Herr Vorsitzender«, sagte Florian im Aufstehen. Dem Schnösel mit dem glattrasierten Gesicht und den perfekt gescheitelten dunkelblonden Haaren würde er es jetzt richtig zeigen. Florian war unrasiert und mit seinen nur mit den Fingern nach vorn frisierten schwarzen Haaren das genaue Gegenteil von Feuerbach. »Es ist richtig, dass mein Mandant einen Überfall auf die Sparkasse versucht hat. Nachdem wir heute Vormittag die Bankangestellten und Kunden als Zeugen gehört sowie das Überwachungsvideo gesehen haben, bestehen am Tathergang auch aus Sicht der Verteidigung keine Zweifel mehr. Aber«, Florian machte eine Kunstpause, »mein Mandant ist von dem Versuch der räuberischen Erpressung mit strafbefreiender Wirkung zurückgetreten. Er hat die Sparkasse nicht mit dem Geld verlassen. Ich beantrage deshalb, den Angeklagten freizusprechen.«

»Das ist ja lächerlich!«, rief Staatsanwältin Cornelius mit schriller Stimme von gegenüber. »Der Angeklagte hat mit einer Pistole die Herausgabe von 25.000 Euro erpresst.«

Die Anklagevertreterin war nicht nur vom Jagdtrieb beseelt, sondern auch noch überaus ehrgeizig und scharfzüngig. Wenn er ihr jemals mit ihrer Halskette im Dunkeln begegnete, würde er sie damit erwürgen.

»Keineswegs«, erwiderte Florian und strich sich mit der für ihn typischen Geste die langen Haare aus der Stirn. »Der Angeklagte hat von der Vollendung des Bankraubes freiwillig Abstand genommen, indem er nicht flüchtete, sondern in der Sparkasse auf das Eintreffen der Polizei wartete. Der Sparkasse ist ihr Geld niemals weggenommen worden.«

»Die Tat war mit der Herausgabe des Geldes bereits vollendet. Warum der Angeklagte keine Anstalten zur Flucht gemacht hat, ist auch mir unbegreiflich, aber auch irrelevant.«

»Ich wollte das Geld zählen«, sagte der Angeklagte unvermutet.

Gelächter brandete im Gerichtssaal auf.

»Seien Sie still!«, herrschte Florian ihn an.

»Doch, da hing ein Schild: Prüfen Sie das ausgezahlte Geld sofort nach, spätere Reklamationen sind ausgeschlossen.«

Das Gelächter im Zuschauerraum wurde noch lauter. Auch der Vorsitzende Feuerbach konnte sich ein Schmunzeln nicht verkneifen.

Florian schloss die Augen und schüttelte den Kopf. Sein Mandant gehörte eindeutig zu der Sorte der dummen Verbrecher.

»Ich werte das als letztes Wort des Angeklagten«, fasste Feuerbach zusammen. Ein kurzer Blick nach rechts und links zu den Beisitzern und die Kammerberatung war mit dem Nicken aller beendet. »Bitte erheben Sie sich zur Verkündung des Urteils.«

Alle Anwesenden taten es Richter Feuerbach gleich und standen auf.

»Der Angeklagte wird wegen schwerer räuberischer Erpressung zu einer Freiheitsstrafe von zehn Jahren verurteilt.«

Der Vorsitzende Richter bat alle, sich wieder hinzusetzen, und begründete kurz das Urteil. Nachdem er geendet hatte, stand hinten im Saal ein Zuschauer auf und klatschte.

»Herr Hansen, mit dieser Spitzenleistung werden Sie bestimmt ein Staranwalt«, sagte der Mann mit einer herbmännlichen Stimme, die vor Ironie troff.

Florian sah sich zu dem Mann Mitte vierzig mit Anzug und Halbglatze um, der jetzt nach vorne kam.

»Wenn das eine echte Gerichtsverhandlung gewesen wäre, hätten Sie durch schlampige Verteidigung entscheidend zu einem Fehlurteil beigetragen.«

Die Jurastudenten, die ihre Rollen als Richter, Staatsanwälte und Zeugen in dieser simulierten Gerichtsverhandlung als Teil eines Seminars gespielt hatten, sahen der Hinrichtung gebannt zu.

»Professor Heckscher, das ist nicht fair. Ich konnte diesen Fall nicht gewinnen«, versuchte Florian sich zu verteidigen. »Mein Mandant wurde mit der Pistole und dem Geld in der Hand in der Sparkasse auf frischer Tat gestellt. Es gab nichts, was ich hätte tun können, um ihn vor dem Gefängnis zu bewahren.«

Heckscher leitete das Seminar über Justizirrtümer und hatte als Auftakt dieses Rollenspiel veranstaltet. Er hatte dafür den altehrwürdigen Gerichtssaal im Strafjustizgebäude organisiert.

»Sie haben offenbar die Akte nicht gründlich genug gelesen.«

Vor Florian lag die zweihundertfünfzig Seiten dicke Kopie einer echten Strafakte. Stand da irgendwas drin, was seinen Mandanten hätte retten können?

»Sie haben es verabsäumt, auf die Schuldunfähigkeit Ihres Mandanten hinzuweisen. Auf Seite 148 finden Sie ein psychiatrisches Gutachten, nach dem der Angeklagte unter einer schweren Intelligenzminderung leidet. Der schuldunfähige Angeklagte hätte nicht zu einer Freiheitsstrafe verurteilt werden dürfen.«

Die anderen Studenten freuten sich, dass der Professor ein Opfer gefunden hatte und nicht sie für das Fehlurteil verantwortlich gemacht wurden.

Ratlos blätterte Florian in der Akte. Gestern war ein Filmabend mit zwei Freunden deutlich attraktiver als das Durcharbeiten der dicken Akte gewesen.

Heckscher blieb mit verschränkten Armen direkt vor ihm stehen. Mit hochgezogenen Augenbrauen schaute er ihn vorwurfsvoll an.

»Wenn ein Bankräuber in der Sparkasse bleibt, um in aller Ruhe seine Beute zu zählen, muss Ihnen doch klar sein, dass irgendetwas mit seinem Kopf nicht stimmt.«

Florian wünschte sich in diesem Augenblick, die schwarze Robe wäre ein Tarnumhang, der ihn unsichtbar machen würde. Wie schon einmal hatte er wieder als Anwalt versagt.

# 3

Die Tür des Seminarraums flog auf.

»›Die Geschichte der Strafjustiz ist in erster Linie die Geschichte ihrer Irrtümer‹«, sagte Heckscher, während er mit wenigen Schritten von der Tür zu seinem Tisch schritt. »Das Zitat stammt aus einem Plädoyer von Rechtsanwalt Hannover.« Seine schwarze Aktentasche knallte er auf den Tisch. Vierundzwanzig Studenten sahen gebannt nach vorne. Der Professor trug ein weißes Hemd, Jeans und Cowboystiefel.

»Ich habe mich nicht darum gerissen, dieses Seminar über ›Das Fehlurteil im Strafprozess‹ zu leiten.« Er warf einen vorwurfsvollen Blick in die Runde.

Florian hatte sich einen Platz ganz hinten gesucht. Der Seminarraum im Flügelbau des Hauptgebäudes hatte einen hellen Holzfußboden, weiße Wände, ebenfalls weiße Resopaltische mit schwarzen Holzstühlen. Durch die raumhohen Fenster konnte man den regen Zugverkehr im Dammtorbahnhof gegenüber beobachten. Er hatte sich auch nicht um dieses Seminar gerissen, aber er brauchte den Seminarschein für die Examensanmeldung.

»Wer kann mir den Begriff Justizirrtum definieren?« Heckscher schritt auf der Suche nach einem Opfer durch die Reihen nach hinten. Vor Florian blieb er stehen. »Vielleicht kann unser Staranwalt in spe uns mit einer Perle der Weisheit beglücken?«

Florian blickte ratlos auf seinen leeren Collegeblock. Wahrscheinlich hätte es geholfen, sich in den Semesterferien mit dem Skript zu beschäftigen. Na ja, wer alles weiß, ist nur zu faul zum Raten. Florian strich sich nervös eine Haarsträhne aus dem Gesicht und versuchte eine Antwort: »Wenn der Richter das Recht falsch anwendet.«

Heckscher nickte anerkennend. »Exzellent. Sie kriegen eine Eins.«

»Wirklich?«, wunderte Florian sich.

Der Professor verschränkte die Arme, schüttelte den Kopf und seufzte. »Nein, eine Sechs. Das war nicht einmal das juristische Existenzminimum. Wenn der Richter das Recht falsch anwendet, wäre das eine Rechtsbeugung und kein Justizirrtum. Weiß jemand eine bessere Antwort?«

In der ersten Reihe riss Lars Feuerbach wie ein Erstklässler den Arm hoch und schnippte mit den Fingern. Sein langes, schmales Gesicht mit dem kantigen Kinn, seine akkurat gescheitelten dunkelblonden Haare und sein Anzug mit blauem Hemd kennzeichneten den Streber. Und er hatte dieses ständige Siegerlächeln, das Florian diesem Tom Cruise in blond zu gern mit einem Faustschlag aus dem Gesicht gewischt hätte.

»Ja, Nummer eins.«

Heckscher hatte die Angewohnheit, seinen Studenten Spitznamen zu geben. Meist waren sie abwertend, wie »Anfänger«, »Flachzange« oder »Barbie«. Deshalb schmerzte die »Nummer eins« für Lars umso mehr.

»Ein Justizirrtum ist ein Fehlurteil, das durch einen Irrtum über Tatsachen zustande kommt.«

»Das ist korrekt«, bestätigte Heckscher auf seinem Weg nach vorne. »Dieser hat zur Folge, dass ein Unschuldiger verurteilt wird.«

Er setzte sich lässig auf die Kante seines Tisches. »Was meinen Sie, wie häufig Justizirrtümer vorkommen? Frau Cornelius?«

Sie saß vorne rechts und trug einen hellgrauen Hosenanzug mit weißer Bluse zu einem dezenten Make-up.

»Diese Frage lässt sich nicht exakt beantworten, da es keine amtlichen Statistiken über Justizirrtümer gibt.«

»Das stimmt. Wie hoch würden Sie die Quote von Fehlurteilen einschätzen?«

Saskia Cornelius zupfte an ihrer Perlenkette und überlegte.

»Drei Prozent«, sagte sie schließlich.

»Jede Zahl zwischen eins und dreißig wäre richtig gewesen. In dieser Spanne bewegen sich nämlich die Schätzungen von Experten. Viele geben die Fehlurteilsquote mit zwanzig Prozent an.«

Die Studenten sahen ihren Dozenten ungläubig an.

»Wenn manche von Ihnen das für übertrieben halten, will ich Ihnen von dem Innocence Project in New York erzählen. Ein Juraprofessor hat dort ein Unschuldsprojekt gegründet, dessen Ziel die Aufklärung von Justizirrtümern ist. Seit der Gründung 1992 hat der Professor mit seinen Studenten über dreihundert unschuldig Verurteilte aus den Gefängnissen geholt, darunter achtzehn Todeskandidaten.«

Die Studenten waren beeindruckt.

»Es gibt inzwischen Unschuldsprojekte in allen US-Bundesstaaten, Ländern wie Australien, Kanada und Großbritannien sowie neuerdings auch an der Universität Hamburg. Sie sitzen gerade darin.«

Florian merkte auf und fragte: »Wir werden uns nicht nur theoretisch mit Justizirrtümern beschäftigen?«

»Ja, Sie Genie. Und diese Frage zeigt, dass Sie die Seminarunterlagen entweder nicht gelesen oder nicht verstanden haben«, herrschte Heckscher ihn an.

»Das steht alles in dem Skript«, flüsterte sein Sitznachbar ihm zu.

»Wir werden in diesem Seminar Verurteilungen daraufhin untersuchen, ob es sich um Fehlurteile handelt. Wir werden nicht mit Lehrbuchfällen, sondern ausschließlich mit echten Fällen arbeiten«, dozierte Heckscher weiter. »Vielleicht gelingt es uns auch, wie unserem amerikanischen Vorbild, einen Gefängnisinsassen freizubekommen, der für ein Verbrechen einsitzt, das er nicht begangen hat.«

Florian war angenehm überrascht. Dem Gedanken, sich nicht nur theoretisch mit Fehlurteilen zu beschäftigen, sondern sich aktiv um die Aufklärung von Justizirrtümern zu bemühen, konnte er einiges abgewinnen.

»Das wird die lebensnächste und sinnvollste Lehrveranstaltung sein, die Sie jemals besucht haben werden.«

Die Studenten klopften mit ihren Fingerknöcheln auf die Tischplatte.

Heckscher genoss den Beifall.

»Was sind die Folgen, wenn jemand unschuldig verurteilt wird?«

Damit kannte Florian sich aus. Ohne sich zu melden, antwortete er spontan: »Der unschuldig Verurteilte verliert seine Freiheit, seine Lebenszeit, seine bürgerliche Existenz und seinen guten Ruf. Der wahre Täter bleibt auf freiem Fuß und kann weitere Straftaten begehen.«

Heckscher hob überrascht eine Augenbraue.

»Sie erstaunen mich, Herr Hansen. Ich hätte nicht gedacht, dass es bei Ihnen so etwas wie eine Wissensoase gibt. Können Sie uns auch sagen, was ein Justizirrtum aus den Betroffenen macht?«

»Sie werden traumatisiert und glauben nicht mehr an den Rechtsstaat.«

»Ganz genau. Eine längere Gefängnisstrafe ist ein Tod auf Raten. Viele nachträglich Freigesprochene verlassen das Gefängnis als gebrochene Menschen. Sie sind gesundheitlich angeschlagen, sterben bald oder begehen Selbstmord.«

Heckscher stand vom Tisch auf und verschränkte die Hände hinter dem Kopf. »Dieses Seminar hat einen theoretischen und einen praktischen Teil. Wir werden uns hier jeden Mittwoch mit der Lehre vom Fehlurteil im Strafprozess beschäftigen. Im praktischen Teil werde ich Ihnen echte Fälle von möglicherweise zu Unrecht Verurteilten geben, die Sie als Hausaufgabe bearbeiten sollen.«

Er öffnete seine Aktentasche und zog einen Stapel Schnellhefter heraus. »Ich habe aus Zeitungen kontroverse Verurteilungen der letzten Jahre herausgesucht, die Sie auf einen Justizirrtum hin untersuchen sollen. Ich habe zwölf Fälle, die Sie jeweils in Zweiergruppen bearbeiten werden.«

Florian überlegte, welcher andere Seminarteilnehmer die Sache ähnlich locker sah wie er selber. In seiner Nähe saßen zwei Kommilitonen, die auch nur mäßig ehrgeizig waren. Hauptsache, er müsste nicht mit dem Streber aus der ersten Reihe oder Miss Superschlau zusammenarbeiten.

Heckscher nahm einen Schnellhefter. »Der erste Fall betrifft die Verurteilung eines Polizisten wegen Mordes. Er wird Frau Cornelius und Herrn Hansen zugeteilt.«

Saskia sah zuerst erstaunt den Professor und dann mit funkelndem Blick Florian an.

*Ausgerechnet die Perlenpaula! Das ist der Worst Case*, dachte Florian.

»Können Sie mir keinen anderen Partner zuteilen?«, fragte Saskia. »Jemand auf meinem Leistungsniveau.«

*Das hat gesessen*, dachte Florian. »Ich will auch nicht mit ihr zusammenarbeiten«, sagte er laut.

Florian und Saskia tauschten feindselige Blicke aus.

Heckscher setzte ein süffisantes Grinsen auf. »Für den späteren Berufserfolg als Jurist sind auch soziale Kompetenzen wie Teamfähigkeit wichtig.«

Florian und Saskia schauten ihn finster an.

»Sie werden Ihre Teamfähigkeit schulen, indem Sie den Fall zusammen bearbeiten. Mit einem schwierigen AG-Partner auszukommen, ist Teil der Aufgabe.«

Florian schlug seine Stirn auf die Tischplatte.

# 4

Der Hinterhof war mit gelben Blättern und Kastanien bedeckt. Florian schlenderte an einem blauen Motorrad vorbei zum Eingang. Nachdem er drei Stufen hinuntergegangen war, schloss er die Tür auf und stolperte über den Müllsack direkt dahinter. Ein Rest Nudelsoße ergoss sich aus einer Tetrapackung auf einen Stapel Rechnungen auf dem Fußboden. Die Wohngemeinschaft in einem Hinterhof-Altbau in Hamburg St.-Georg entsprach allen Klischees. Angelockt von dem Essensgeruch ging Florian den schmalen Gang mit den Heizungsrohren und Elektroleitungen oben an der Wand entlang zum Zentrum der Drei-Männer-WG. In der Mitte der Küche stand ein Esstisch. Weiße Billigmöbel zwischen Waschmaschine und Kühlschrank bildeten an der Wand eine Küchenzeile. Auf dem seit einem Jahr defekten Geschirrspüler hatten sich leere Bierflaschen und Pizzakartons gepaart und fleißig Kinder bekommen. Souterrain hatte der Makler das Kellerloch euphemistisch genannt. Wenigstens war die Wohnung bezahlbar. Florian und Simon mochten die Nähe zur Langen Reihe am Hauptbahnhof, wenn auch aus unterschiedlichen Gründen. Florian liebte die über vierzig Kneipen, Simon die Schwulenszene. Florian begrüßte Simon und Cheng, die am Tisch Spaghetti aßen, nahm einen dreckigen Teller aus der Spüle, machte ihn unter fließendem Wasser sauber und setzte sich dazu. Simon füllte ihm Nudeln auf den Teller und reichte ihm ein Bier.

Cheng war ein chinesischer Mathematikstudent. Er hatte einen kugelrunden Kopf, die gesunde Hautfarbe eines Kreidefelsens und trug eine randlose Brille. Simon nannte ihn wegen seiner schwarzen Topfschnittfrisur *Mister Spock.* Er lächelte viel, war aber überaus schweigsam. Anfangs hatte Florian gedacht, es läge an mangelnden Sprachkenntnissen. Tatsächlich aber interessierte sich Cheng außer für Mathematik und Computer für nichts. Zumindest hatte Florian nicht herausgefunden, für was sonst. Das wurde dafür von dem redseligen Simon mehr als wettgemacht. Mit seinen blond gesträhnten und hochgegelten Haaren, der großen schwarzen Hornbrille und dem Dreitagebart war er der Spaßvogel der WG. Er hatte irgendwas mit Luft- und Raumfahrtechnik in Harburg studiert, das Studium aber zugunsten seines Ladens *Trekkie's World* aufgegeben. Im Univiertel verkaufte er Filme, Bücher und Modellbausätze. Sein Geschäft wäre wahrscheinlich besser gelaufen, wenn er neben *Star Trek* auch andere populäre Science-Fiction- und Fantasy-Artikel verkauft hätte. Aber für einen echten Trekkie wie ihn wäre der Vertrieb von *Star-Wars*-Produkten einem Sakrileg gleichgekommen.

»Was macht das Tintenpisserhauptquartier?«, fragte Simon.

»Frag nicht«, antwortete Florian und trank einen großen Schluck Bier. »Der Professor hat mich mit diesem Perlhuhn in eine AG zusammengesteckt.«

»Was ist ein Perlhuhn?«, fragte Cheng unvermutet. Mister Spock war so still und unscheinbar, dass Florian seine Anwesenheit regelmäßig vergaß.

»Tochter aus besserem Hause, zickig und scharfzüngig. Zur leichten Identifikation sind die Ohren mit Perlen beringt.«

Cheng schüttelte nur den Kopf und aß weiter. Das hatte offensichtlich nichts mit mathematischen Formeln und elektronischen Schaltungen zu tun.

»Braune Augen, hübsches Gesicht, gute Figur, aber kurze Haare«, ergänzte Florian.

»Kannst du die nicht irgendwie weg-*beamen*?«, fragte Simon.

»Nein, wir müssen in Zweiergruppen einen Fall bearbeiten und der Prof hat mir die Hanseatentochter gegen meinen Protest zugeteilt. Die hat in dem Moot Court zu Semesterbeginn die Staatsanwältin gespielt und mich richtig fertiggemacht.«

Mister Spock hatte seinen Teller leer gegessen, stellte ihn auf den Stapel aus dreckigem Geschirr und ging. Er würde für den Rest des Abends in seine eigene Welt abtauchen.

»Der Kobayashi-Maru-Test richtet immer verheerende Schäden unter den Studenten an«, versuchte Simon zu trösten.

»Das ist aus *Star Trek II – Der Zorn des Khan*. Aber was hat das mit dem Rollenspiel zu tun, in dem ich so kläglich versagt habe?«

»In dem Kobayashi-Maru-Test an der Sternenflottenakademie werden Studenten in eine ausweglose Situation gebracht, um zu sehen, wie sie in einer No-Win-Situation reagieren. Das Scheitern der Studenten ist vorprogrammiert. Du konntest nicht gewinnen.«

Nachdem auch Simon fertig gegessen hatte, nahm Florian eine Zigarettenpackung vom Tisch, zog eine heraus und zündete sie sich an. »Sag das mal meinem Professor. Und jetzt muss ich auch noch mit meiner ehemaligen Gegnerin zusammenarbeiten.«

»Du lässt dich doch von so einer Tussi nicht fertigmachen.«

»Na ja, die ist schon richtig gut.«

»Wieso das?«

»Ihr Vater ist höherer Richter. Sie wurde mit Paragrafen im Blut geboren.«

»Ist wenigstens der Fall interessant?«

»Irgendwie schon. Es geht um einen Polizisten, der wegen Vergewaltigung und Mord an einer jungen Frau zu ›lebenslänglich‹ verurteilt wurde. Aber es ist ein schwieriger Fall.«

»Also eher eine Fünf-Jahres-Mission wie bei der Enterprise?«

»So lang vielleicht nicht. Aber der Fall bedeutet deutlich mehr Arbeit, als mir der Seminarschein wert ist.«

»Dann lass die Richtertochter doch die Arbeit machen.«

»Wechseln wir lieber das Thema.«

Florians Blick schweifte über die Küche. Dreckiges Geschirr, Wäsche und leere Bierflaschen, so weit das Auge reichte.

Simon bemerkte seinen Blick. »Im Küchenschrank vermehren sich wahrscheinlich gerade Tribbles explosionsartig.«

»Wer hat eigentlich Küchendienst?«

»Immer noch du.«

# 5

Heckscher schrak aus dem Schlaf hoch. Er hatte kaum den Kopf gehoben, als sich ein rasender Kopfschmerz von der Stirn über die Schläfen bis zum Hinterkopf ausbreitete. Das Dutzend Gläser Whiskey hatte sich über Nacht in Presslufthämmer verwandelt, die unerbittlich auf seinen Schädel einschlugen. Als er die Augen öffnete, blendete ihn das grelle Sonnenlicht. Alles schaukelte und ihm wurde schlecht. Stöhnend schloss er die Augen, ließ den Kopf wieder auf die Kissen sinken. Sein Mund fühlte sich an, als hätte sich die Sahara darin eingenistet.

Wo war er? Schaukeln, leises Plätschern und Möwengeschrei. Er war auf der *Seeadler,* seinem Segelboot, das im City Sporthafen lag. Das zwölf Meter lange Schiff war aus Holz, hatte zwei weiße Segel und eine geräumige Kajüte.

Wieder dieses Klopfen, von dem er aufgewacht war. Es war nicht in seinem Kopf, sondern kam von draußen.

Er brauchte Aspirin.

Mühsam setzte er sich auf und stieß mit dem Kopf gegen das Holzregal über dem Bett.

»Aua«, murmelte er.

Sein Schädel dröhnte und ihm wurde schwindelig. Whiskey trinken wäre schöner, wenn der nächste Morgen nicht wäre. Er brauchte jetzt viel Wasser und viel Aspirin.

Das Klopfen wurde energischer.

Wenn das wieder einer seiner Studenten war, der ihn privat behelligte, würde er ihn kielholen lassen.

Den Brechreiz unterdrückend hangelte sich Heckscher zu der Kochnische, nahm drei Aspirin aus der Schublade und spülte sie mit einem Glas Wasser hinunter.

Der ungebetene Besucher rief jetzt auch noch.

Noch in Unterhemd und Boxershorts stieg Heckscher die kleine Treppe hoch und machte die Kajütentür auf. Kalte Seeluft schlug ihm entgegen.

Vor ihm stand keiner seiner Studenten.

Viel schlimmer.

Vor ihm stand seine Exfrau, die ihn mit einem giftigen Blick durchbohrte. Sie trug einen schwarz gefärbten Pagenschnitt, vorne ein langer Pony, die Haare im Nacken wie mit dem Fallbeil eingekürzt. Aus der sanftmütigen, langhaarigen Studentin mit der Bikinifigur war im Lauf von fünfzehn Ehejahren eine bissige und übergewichtige Zicke geworden. So bewertete jedenfalls er ihre Veränderung, nach ihrer Version hatte sie sich von seinem Joch befreit und endlich zu sich selbst gefunden. Seit dem Rosenkrieg mit ihr war Jack Daniels sein bester Freund. Sie hatte das Einfamilienhaus in Wandsbek behalten, er die Segeljacht, die er provisorisch zum Hausboot umfunktioniert hatte.

»Du weißt, warum ich hier bin?«, fragte Frau Horn-Heckscher angriffslustig.

Er verschränkte die Arme und legte die Stirn in Falten. Die Alimente wurden per Dauerauftrag gezahlt. Was konnte sie sonst noch wollen?

»Ich nehme an, heute Morgen um zehn hast du noch deinen Rausch ausgeschlafen?«

Verpasste Vorlesung? Nein, die Universität hätte wohl kaum seine Exfrau benachrichtigt.

»Heute ist Sonntag«, sagte sie vorwurfsvoll.

*Sonntag ist doch gut*, dachte er. Keine Verpflichtungen. Er konnte zum Frühschoppen in die Fischauktionshalle gehen. Den Kater in noch mehr Alkohol ersäufen. Er massierte sich seine pochenden Schläfen. Immer noch leicht benebelt, war er nur eingeschränkt konfliktfähig.

»Erinnerst du dich an Clarissa?«

»Ja«, sagte er kleinlaut, und langsam dämmerte es ihm. Clarissa war seine elfjährige Tochter. Sie war nach der Scheidung bei der Mutter geblieben, er hatte ein Besuchsrecht jedes zweite Wochenende.

»Du hattest versprochen, bei der Ballett-Aufführung deiner Tochter dabei zu sein. Ihre erste Hauptrolle, für die sie seit Monaten geprobt hat.«

»Ich ziehe mich schnell an.« Er blickte hektisch hinter sich. Seine Sachen lagen vor dem Bett auf dem Boden.

»Zu spät. Es ist jetzt Mittag.«

Heckscher sah auf seine Armbanduhr. Viertel nach zwölf. *Scheiße!* Das Ballett hatte um zehn angefangen und war längst vorüber. »Wo ist Clarissa?«, fragte er kleinlaut.

»Die sitzt im Auto und heult.«

»Ich ziehe mich schnell an und entschuldige mich bei ihr.«

Seine Exfrau zielte mit dem Finger auf seine Brust. »Sie will dich nicht mehr sehen.«

Er hob kapitulierend die Hände. »Ich mache das wieder gut.«

»Wohl kaum. Ich soll dir von ihr ausrichten, dass sie auf deinen Besuch jedes zweite Wochenende keinen Wert mehr legt. Du hast sie zu oft enttäuscht.«

»Da bin ich einmal verkatert ...«

»Falk, du hängst seit Jahren an der Flasche, und wir wollen deine Ausreden nicht mehr hören«, unterbrach sie ihn schroff. »Du hörst von meinem Anwalt wegen der Aufhebung des Besuchsrechts.«

Wütend drehte sie sich um, ließ die Absätze ihrer Lederstiefel auf das Holzdeck knallen und stolzierte von Bord.

# 6

»Das Jurastudium ist eine Sackgasse«, sagte Heckscher beim Hereinkommen. »Wissen Sie auch, warum?«

Die Studenten in dem Seminarraum schwiegen betreten.

»Weil niemand Sie braucht.«

Florian saß in der letzten Reihe und suchte Deckung hinter den vor ihm Sitzenden.

Der Professor blieb stehen und baute sich mit verschränkten Armen vor den Studenten auf: »Stichwort Juristenschwemme. Für maximal zwanzig Prozent der Examensabsolventen gibt es Stellen in der Justiz, Verwaltung und Wirtschaft. Wissen Sie, was die restlichen achtzig Prozent werden?«

*Taxifahrer*, dachte Florian. Denn damit verdiente er neben dem kargen BAföG seinen Lebensunterhalt.

»Sie werden Anwälte. Notieren Sie sich folgenden Merksatz: *Jura studieren heißt Anwalt werden.* Mit einhundertsechzigtausend Anwälten gibt es schon dreimal so viele, wie tatsächlich gebraucht werden. Sie haben sich für einen völlig überlaufenen und aussichtslosen Beruf entschieden. Am besten stehen Sie jetzt gleich auf und gehen nach Hause.«

Niemand rührte sich. Die Studenten saßen schweigend da und vermieden den Blickkontakt mit dem Professor.

»Ich hatte schon befürchtet, dass niemand meinem Ratschlag folgen würde und ich dieses Seminar weiter leiten muss. Dann setzen Sie sich jetzt bitte zu Ihrem jeweiligen AG-Partner.«

Die meisten Studenten hatten sich bereits vor Seminarbeginn in ihren Zweiergruppen zusammengesetzt. Saskia Cornelius drehte sich um und gab Florian mit einem Nicken zu verstehen, dass er nach vorne zu ihr kommen sollte. Er zögerte, denn er hatte keine Lust, überhaupt neben der Perlenprinzessin zu sitzen, und schon gar nicht in der ersten Reihe.

»Herr Hansen. Sie sollten Ihrer Ladung zum Haftantritt besser gleich nachkommen«, sagte Heckscher.

Widerwillig nahm Florian seine Sachen und ging nach vorne. Beim Hinsetzen empfing ihn Saskias Parfüm. Es roch teuer. Sie sah ihn mit kaum kaschierter Geringschätzung an.

Der Professor knallte einen Doppelband Strafakten auf Saskias Tisch. »Das ist die Akte zum Fall Hoffmann. Die Akten der anderen Fälle habe ich ebenfalls bei den entsprechenden Staatsanwaltschaften zu Forschungszwecken angefordert.«

Florian musterte missmutig die durch ein Gummiband zusammengehaltene Akte. »Sie müssen zweistufig vorgehen. In der ersten Stufe lesen Sie die Akten durch und suchen darin nach Fehlern, Lücken und nicht verfolgten Spuren. Vielleicht haben Sie Glück und finden so schon etwas.«

Florian fuhr mit dem Daumen an der dicken Akte entlang und schätzte sie auf fünfhundert Seiten. Es würde Wochen brauchen, das alles zu lesen.

»Wenn die Aktenlektüre nichts bringt, müssen Sie selbst zu Ermittlern werden. Ihre Aufgabe wird dann sein, neue Tatsachen oder neue Beweismittel zu finden.«

Heckscher setzte sich auf die Kante seines Tisches. »Kann mir jemand sagen, was die häufigsten Ursachen für Fehlurteile sind?«

Der Arm von Lars in der ersten Reihe schoss in die Höhe.

»Ja, Nummer eins.«

»Falsche Beschuldigungen, falsche Geständnisse und unrichtige Zeugenaussagen«, kam es wie aus der Pistole geschossen.

Saskia hatte einen schwarzen Montblanc-Füller in der Hand und schrieb eifrig mit.

»Das ist richtig. Kennen Sie weitere Ursachen für Justizirrtümer?«

Wieder schoss der Arm von Lars in die Höhe.

»Der ist wirklich gut«, flüsterte Saskia Florian zu.

»Vielleicht jemand anders als unser Klassenprimus?«

Niemand meldete sich.

»Herr Hansen. Vielleicht ein Sandkorn aus Ihrer Wissensoase?« Heckschers Stimme troff vor Ironie.

Florian schüttelte den Kopf.

»Frau Cornelius, kennen Sie eine weitere Ursache?«

»Falsche Sachverständigengutachten.«

»Sehr gut, Frau Cornelius. Weitere Ursachen?«

Lars meldete sich wieder zu Wort. »Ermittlungsfehler.«

»Sehr schön, Nummer eins«, sagte Heckscher und ging zum Whiteboard. »Dann wollen wir die wichtigsten Ursachen für Justizirrtümer mal auflisten.«

»Mann, ist Lars gut«, flüsterte Saskia Florian zu.

»Das sagtest du schon«, erwiderte Florian gereizt. Schon dass dieser Kommilitone von Hecki immer Nummer eins genannt wurde, ging ihm gehörig auf die Nerven.

Professor Heckscher begann die Fallgruppen mit einem schwarzen Edding auf das Whiteboard zu schreiben.

»Was meinst du, zu welcher unser Fall Hoffmann gehört?«, fragte Saskia.

»Weiß ich nicht und interessiert mich auch nicht.«

Saskia sah Florian einen Augenblick konsterniert mit hochgezogenen Augenbrauen an.

»Ich halte den Fall Hoffmann für nicht machbar. Er ist zu aufwendig«, ergänzte Florian.

»Brauchst du keinen Seminarschein für das Examen?«

»Doch, aber das Semester hat gerade erst angefangen, und ich könnte noch in ein anderes Seminar wechseln.«

»Tu dir keinen Zwang an.«

*So einfach werde ich es dir nicht machen*, dachte Florian.

# 7

In *Santa Fu* sitzt der Abschaum der Menschheit. Niemand benutzte die offizielle Bezeichnung: Justizvollzugsanstalt Fuhlsbüttel. Santa Fu hatte sich als umgangssprachliche Bezeichnung der ehemaligen Strafanstalt Fuhlsbüttel längst eingebürgert. Dort saßen die ›schweren Jungs‹ ein, also Bankräuber, Drogendealer und Mörder. Hierher kam, wer zu mindestens drei Jahren Freiheitsstrafe oder Sicherungsverwahrung verurteilt worden war. Niemand, der hier eingeliefert wurde, konnte sich Hoffnung auf eine baldige Freilassung machen. Für nicht wenige Lebenslängliche bedeutete Santa Fu die Endstation.

Das rote Backsteingebäude wirkte auch ohne die Wachtürme und Stacheldrahtrollen bedrohlich. Professor Heckscher hatte einen Besuchstermin für Florian und Saskia bei dem Verurteilten Hoffmann organisiert. Florian hatte auf die Klingel am Besuchereingang gedrückt. Sie warteten auf der kleinen Treppe vor der Stahltür, von der die rostbraune Farbe abblätterte. Die Tür hatte weder Schloss noch Türgriff.

Florian nahm Zigarette und Feuerzeug aus seiner Jackentasche, steckte sich die Fluppe zwischen die Lippen und hielt dann beim Anzünden seine Hand schützend vor die Flamme.

»Musst du jetzt unbedingt rauchen?«, fragte Saskia genervt.

»Ja, unbedingt«, antwortete Florian und nahm einen tiefen Zug. Die rote Glut an der Zigarettenspitze glomm knisternd auf. »Das tut gut.«

»Zigarettensuchtkrüppel.«

Florian ignorierte die spitze Bemerkung und stieß eine Rauchwolke aus.

Saskia trat einen Schritt zurück und wedelte mit der Hand.

»Hast du dich überhaupt irgendwie vorbereitet?«, fragte sie vorwurfsvoll.

»Wenn Nervtöten strafbar wäre, könntest du gleich lebenslänglich hierbleiben.«

»Nach dem Vollstreckungsplan verbüßen hier nur männliche Verurteilte ihre Freiheitsstrafe. Frauen kommen in die JVA Hahnöfersand.«

»Für dich machen die in dieser Männerpension bestimmt eine Ausnahme.«

Der Türsummer unterbrach ihren kleinen Disput. Florian warf die Zigarette auf den Boden und trat sie mit dem Turnschuh aus.

Die Angel ächzte von dem Gewicht der Stahltür, als Florian sie aufdrückte.

Florian und Saskia betraten das Gefängnis.

»Wir müssen uns ausweisen, und unsere Sachen werden kontrolliert. Dann können wir zum Besucherraum im Verwaltungstrakt«, sagte Florian.

Hinter ihnen schloss sich die Stahltür automatisch mit einem dumpfen Knall.

Mit einem Anflug von Besorgnis sah Florian hinter sich. Die Tür hatte auch innen weder Klinke noch Schloss. Ihr Zufallen bedeutete das Ende der Freiheit.

Nachdem sie dem Pförtner ihre Personalausweise vorgezeigt hatten, mussten die beiden Jurastudenten durch die Türschleusung mit anschließender Taschen- und Personenkontrolle.

Außer Schreibblock und Kugelschreiber durften sie nichts mit hineinnehmen, kein Geld, kein Handy, keine Zigaretten.

Saskia rümpfte die Nase. »Igitt, hier riecht es nach altem Käse.« Sie hielt sich die Nase zu.

»Der typische Knastgeruch ist eine Mischung aus Männerschweiß und Zigarettenrauch«, erklärte Florian.

Ein Wärter führte sie zu einem Besucherraum. In dem zehn Quadratmeter kleinen kargen Raum mit weißen Wänden und grauem Linoleumboden stand nur ein Tisch mit drei Stühlen. Ein vergittertes Fenster und ein Sichtschlitz in der Stahltür vervollkommneten die klaustrophobische Atmosphäre. Durch das hoch liegende und kleine Fenster kam nur wenig Licht herein.

Ihr Mandant saß schon auf der anderen Seite des Tisches. Aus der Nähe sah der Achtunddreißigjährige viel älter aus als auf den Fotos, die Florian in den Zeitungsberichten vom Prozess gesehen hatte. Hoffmann trug seine hellbraunen fettigen Haare lang nach vorne gekämmt, um die beginnende Stirnglatze zu kaschieren. Er hatte tiefliegende, erloschene Augen, bleiche Haut und nach unten gezogene Mundwinkel. *Das Gesicht eines Mannes, der im Gefängnis vorgealtert ist*, dachte Florian. Nur sein Schnauzbart erinnerte noch an den ehemaligen Polizisten.

»Guten Tag, Herr Hoffmann. Mein Name ist Florian Hansen und das ist meine Kommilitonin Saskia Cornelius. Professor Heckscher hat uns geschickt.«

Alle drei gaben sich die Hand. Florian und Saskia setzten sich gegenüber von Hoffmann. Saskia klappte ihren Schreibblock auf und zückte den Kugelschreiber.

»Ich hatte gehofft, der Professor würde selber kommen«, sagte Hoffmann.

»Nein, er hat zu viele andere Fälle. Aber wir werden ihm über alles, was Sie uns sagen, im Detail berichten.«

Eine Notlüge. Heckschers Engagement beschränkte sich auf das Verteilen der Fälle. Die Enttäuschung stand dem ehemaligen Polizisten ins Gesicht geschrieben. Von zwei blutjungen Studenten versprach er sich offensichtlich keine Hilfe.

»Wie geht es Ihnen?«, fragte Saskia.

Florian verdrehte die Augen. Die Frage war so überflüssig, wie die Antwort auf der Hand lag.

»Ich bin seit zwei Jahren in einem Schuhkarton von acht Quadratmetern eingeschlossen. Wie soll es mir da schon gehen?«, antwortete Hoffmann.

»Wie ist es Ihnen in der Haft ergangen?«, fragte Saskia.

»In einem Wort: schlecht. Als verurteilter Sexmörder ist man selbst unter Knastis der allerletzte Abschaum. Ich werde ständig ausgegrenzt und bedroht. Weil ich die Tat niemals gestanden habe, gelte ich als uneinsichtig. Das bedeutet, ich erhalte keinerlei Vergünstigungen, wie Sport, Arbeit oder Freigänge.«

»Erzählen Sie uns einfach, was passiert ist«, ermunterte ihn Florian. Saskia war bereit, sich Notizen zu machen.

Hoffmann saß zusammengesunken auf dem Stuhl und sammelte sich. »Ich war ein Polizist, und jetzt bin ich ein Justizopfer. Mit dem Mord an Julia Nitsche habe ich nichts zu tun. Ich kannte diese Frau nicht. Zu der Tatzeit war ich auf einer Party. Ich habe in der Zeitung von dem Mord gelesen. Zwei Wochen später haben die Kollegen mich frühmorgens aus dem Bett geholt und verhaftet. Das in der Leiche gefundene Sperma soll meins gewesen sein. Nach fünf Monaten Untersuchungshaft wurde ich wegen Mordes zu ›lebenslänglich‹ verurteilt.«

»Es war aber nicht Ihr Sperma?«, fragte Florian.

»Es kann nicht meins sein. Ich kannte diese Nitsche nicht. Ich habe sie nie getroffen, geschweige denn Geschlechtsverkehr mit ihr gehabt.«

»Haben Sie irgendeine Erklärung für den DNA-Treffer?«, hakte Saskia ein.

»Nein, aber als Polizeibeamter wäre ich sicher nicht so bescheuert, DNA-Spuren zu hinterlassen.«

»Haben Sie eine bessere Erklärung?«

»Nein, aber ich bin unschuldig. Das Ganze ist ein riesengroßer Irrtum.«

»Nur Ihre Unschuldsbeteuerung wird nicht reichen. Wir bräuchten handfeste Wiederaufnahmegründe«, sagte Saskia.

»Dann besorgen Sie mir welche, wenn Sie schon alles besser wissen«, herrschte Hoffmann Saskia an.

»Diese Diskussion sollten wir auf ein anderes Mal verschieben«, beschwichtigte Florian. »Heute wollen wir Sie erst mal kennenlernen. Ich nehme an, Ihre Familie steht Ihnen bei?«

»Sie sind ja noch viel unreifer, als Sie aussehen«, antwortete Hoffmann barsch. »Meine Kinder habe ich vor zwei Jahren zuletzt gesehen, als die Kollegen mich in Handschellen aus der Wohnung abführten. Meine Frau hat mich seit einem Jahr nicht mehr besucht und will sich scheiden lassen.«

Der Versuch, Hoffmann durch die Frage nach seiner Familie aufzumuntern, war gründlich danebengegangen, stellte Florian betrübt fest.

»Alles Schlampen«, sagte Hoffmann.

Saskia hob konsterniert eine Augenbraue.

»Wer?«, fragte Florian.

»Meine zukünftige Exfrau und auch diese Nitsche. Hat mal Unterwäschefotos gemacht. Vielleicht hat sie die Tat damit provoziert.«

Saskia öffnete empört den Mund.

»Sag jetzt nichts«, raunte Florian ihr zu und versuchte es noch einmal anders:

»Aber Ihr Anwalt besucht Sie doch bestimmt regelmäßig.«

»Dann bräuchte er uns nicht«, flüsterte Saskia.

»Sei still!«, zischte Florian.

»Ihr beiden Anfänger habt ja überhaupt keine Ahnung.«

Florian wusste, dass er jünger als seine fünfundzwanzig Jahre wirkte. Aber *Anfänger* hatte ihn noch nie jemand genannt.

Er hatte immerhin schon elf Semester Jura studiert und würde nächstes Jahr sein Examen machen. Hoffmann machte es einem schwer, ihn sympathisch zu finden. Immerhin war er Polizist wie Florians Vater. Aber das war auch der einzige Pluspunkt.

»Meinen Anwalt habe ich zuletzt vor einem Jahr gesehen«, fuhr Hoffmann fort. »Er gab mir einen Beschluss des Bundesgerichtshofs. Auf einer läppischen Seite stand, dass meine Revision verworfen wurde. Das Urteil ist damit rechtskräftig, und ich müsse erst mal fünfzehn Jahre verbüßen, bevor wir einen Antrag auf vorzeitige Freilassung stellen könnten, sagte mein Verteidiger zum Abschied. Toller Anwalt, und so etwas wollen Sie auch werden.«

»Wer war Ihr Anwalt?«, fragte Florian.

»Schott, ein Einzelanwalt mit Kanzlei an den Gerichten.«

Den Namen hatte Florian noch nie gehört.

»Wie sind Sie auf den gekommen?«, fragte Florian.

»Ganz einfach. Er hat seine Visitenkarten im Untersuchungsgefängnis verteilt.«

*Kein Wunder, dass der Mann verbittert ist,* dachte Florian. Er und Saskia passten als zukünftige Juristen perfekt in Hoffmanns Feindbild.

Florian und Saskia verabschiedeten sich eilig.

Erleichtert atmeten die beiden auf, als sie wieder draußen waren. Eingesperrt zu sein, war in der Tat ein beängstigendes Gefühl, selbst wenn es aus freiem Willen geschah und mit der Option, jederzeit gehen zu können.

»Was hältst du von dem Fall?«, fragte Saskia, als sie über den Parkplatz gingen.

»Ich kriege mich gar nicht mehr ein vor Begeisterung. Wir bekommen den aussichtslosesten aller aussichtslosen Fälle.«

»Warum siehst du so schwarz?«

»Wir haben einen positiven DNA-Test und einen Verurteilten, der nichts in der Hand hat außer Selbstmitleid und Hass auf die Justiz. Oder magst du ihn?«

»Sicher nicht. In seinem Jogginganzug sah der schon abstoßend aus. Gerochen hat er auch.«

Florian nickte schweigend.

»Und dann noch seine Macho-Einstellung zu Frauen. Alles Schlampen, die verdient haben, was immer ihnen zustößt«, sagte Saskia mit vor Empörung triefender Stimme.

»Na also. Dieser Fall ist ein totes Pferd.«

»Was bedeutet das?«

»Wenn du entdeckst, dass du ein totes Pferd reitest, steig ab.«

»Irgendetwas wird Heckscher sich schon bei dem Fall gedacht haben.«

»Und was, wenn er sich gar nichts dabei gedacht oder sich schlicht geirrt hat?«

Für Florian war die Sache damit erledigt. Schweigend gingen sie nebeneinander her.

»Nur dass wir nach zwanzig Minuten noch keine Lösung des Falles haben, heißt nicht, dass es unmöglich ist, eine zu finden«, nahm Saskia den Faden wieder auf.

»Und was schlägt Frau Professor Cornelius vor?«, fragte Florian mit ironischem Lächeln.

»Wir werden uns in die Akte einarbeiten müssen.«

Das war nicht die Antwort, die Florian erhofft hatte.

# 8

»*Cui bono?* ist die zentrale Frage bei der Verbrechensaufklärung«, dozierte Heckscher in dem hellen Seminarraum. »Das ist lateinisch für *Wem zum Vorteil?* Die Beantwortung dieser Frage führt meist zum Täter. Erfahrungsgemäß ist derjenige der Täter, der den größten Nutzen aus dem Verbrechen zieht.«

Die Aufmerksamkeit der Studenten ließ nach eineinhalb Stunden Frontalunterricht langsam nach.

»Folgen Sie dem Geld oder dem Sperma. Jeder Mord klärt sich so auf.«

Er sah kurz auf die Uhr an der Wand. »Damit ist für heute Schluss. Nächste Woche will ich von Ihnen eine erste Einschätzung Ihrer eigenen Fälle hören.«

Die Studenten standen auf und packten ihre Sachen zusammen. Florian ging nach vorne. »Kann ich Sie kurz sprechen?«

Heckscher warf ihm einen abweisenden Blick zu. »Was gibt's?«

»Ich möchte den Fall Hoffmann nicht.«

Der Professor setzte sich auf die Tischkante und sah Florian mit einem schwer einzuschätzenden Blick an. »Warum nicht?«

»Es wird nichts dabei herauskommen. Hoffmann wurde aufgrund des DNA-Beweises eindeutig überführt.«

Inzwischen hatten alle Studenten außer Saskia den Raum verlassen. Sie gesellte sich zu Heckscher und Florian.

»Sie müssen sich von der Vorstellung lösen, ein DNA-Test sei unfehlbar. Vielleicht haben Sie schon mal von dem Heilbronner Phantom gehört?«

»Da ging es um einen Polizistenmord 2007 in Heilbronn«, konnte Saskia glänzen. »Am Streifenwagen wurden DNA-Spuren einer Frau sichergestellt. Ihre DNA wurde dann noch an vierzig weiteren Tatorten gefunden. Die Täterin hatte quer durch Deutschland das ganze Strafgesetzbuch abgearbeitet. Nach der schwerstkriminellen Täterin wurde jahrelang erfolglos gefahndet. Dann stellte sich heraus, dass die DNA von einer Verpackungsmitarbeiterin des Herstellers der zur Spurensicherung verwendeten Wattestäbchen stammte.«

»Das ist wirklich passiert?«, fragte Florian.

»Ja, die Verpackungsmitarbeiterin hatte die Abstrich-Sets unwissentlich mit ihrer eigenen DNA verunreinigt.«

»Sehr gut, Frau Cornelius«, sagte Heckscher. »Der genetische Fingerabdruck ist für eine Verurteilung allein nicht ausreichend, denn DNA-Proben können verunreinigt, vertauscht oder fehlerhaft analysiert worden sein. Sie müssen untersuchen, ob es neben dem DNA-Testergebnis weitere Indizien für die Schuld oder Unschuld von Hoffmann gibt. Dazu müssen Sie sich die Strafakten vornehmen und akribisch durcharbeiten.«

»Das klingt nach viel Arbeit«, wandte Florian ein. Sein Ziel war es, mit möglichst wenig Aufwand durch das Studium zu kommen. Das akribische Durcharbeiten dicker Akten ließ sich damit nicht vereinbaren.

»Für nichts bekommen Sie von mir keinen Seminarschein. Und auch von keinem anderem Professor. Ein bisschen werden Sie sich für Ihren letzten Schein schon anstrengen müssen.«

*Warum muss ausgerechnet dieser letzte Schein vor der Examensanmeldung zu so einem Problem werden?*, fragte Florian sich.

Heckscher nahm seine Aktentasche und verließ kopfschüttelnd den Raum. Die Tür fiel hinter ihm krachend ins Schloss.

»Der Typ ist ein Arschloch!«, regte Florian sich auf. »In der Uni macht er nur das Nötigste und verbringt stattdessen die meiste Zeit besoffen auf seinem Segelboot. Aber von uns verlangt er Höchstleistungen.«

»Lächerlich, das Lesen einer Strafakte als Höchstleistung zu bezeichnen«, bemerkte Saskia spitz.

»Es ist trotzdem ungerecht. Außerdem hat er doch selber keine Ahnung. Er lebt seit Jahren nur im Elfenbeinturm.«

»Der Unterschied ist, er ist Professor und du nicht.«

Florian schwieg. Saskia hatte auf alles immer eine neunmalkluge Antwort parat. Es war sinnlos, mit ihr irgendeine Diskussion zu führen.

»Heckscher hat recht«, sagte Saskia. »Wir werden uns mit dem Fall Hoffmann beschäftigen müssen. Also reiß dich dieses eine Semester noch zusammen.«

Saskia erinnerte Florian an eine strenge Lehrerin aus seiner Schulzeit, die seiner allgemeinen Lustlosigkeit stets mit erhobenem Zeigefinger und Durchhalteparolen begegnet war. Allerdings ohne Erfolg.

»Ja, Frau Professor.«

Gerade wollte Saskia auf die sarkastische Bemerkung reagieren, da wechselte Florian schnell das Thema. »Hältst du Hoffmann für unschuldig?«

»Das spielt doch keine Rolle. Wir sind so etwas wie Hoffmanns neue Anwälte und sollen ihn bestmöglich verteidigen. Wir sollen nach Fehlern bei der Verurteilung suchen, die eine Wiederaufnahme des Verfahrens rechtfertigen.«

»Und wenn wir keine Beweise für seine Unschuld finden?«

»Heckscher ist es egal, zu welchem Ergebnis wir kommen. Wichtig ist nur, dass wir uns gründlich mit dem Fall beschäftigt haben.«

»Wenn wir nichts rauskriegen, wäre das vertane Zeit.«

»Nein, denn wir hätten anhand eines echten Falles mit echten Menschen viel über Strafverfahren gelernt. Sonst bearbeiten wir doch immer nur diese Lehrbuchfälle.«

»Wenn du selbst nicht an den Fall glaubst, warum willst du mich dann überreden?«, fragte Florian.

»Das liegt doch auf der Hand«, erwiderte Saskia. »Wenn du aussteigst, bekomme ich bei Teamfähigkeit ein fettes Minus und habe zudem keinen AG-Partner mehr.«

*Mir doch egal,* dachte Florian.

# 9

Die Praxis der Psychologin befand sich in einem ehemaligen Lagerhaus, das zu einem Büro- und Wohnhaus umgebaut worden war. Der Praxisraum war in einem warmen Gelbton gestrichen und hatte einen hellen Holzfußboden. Saskia saß angespannt in dem bequemen, weißen Ledersessel. Auf der anderen Seite des kleinen Holztisches saß ihre Therapeutin Christin Bonnet ebenfalls in einem Ledersessel. Sie war Anfang dreißig, hatte blonde, hochgesteckte Haare und trug ein hellgraues Kleid mit einer cremefarbenen Strickjacke.

»Stellen Sie sich vor, Sie müssten nächste Woche zum Examen antreten. Wie würden sich fühlen?«, fragte Bonnet mit ihrer sanften Stimme.

»Ich würde einen Nervenzusammenbruch bekommen. Hyperventilieren und am ganzen Körper zittern. Ich wäre noch nicht so weit«, antwortete Saskia abgehackt. Wegen ihrer Prüfungsangst schob Saskia den Studienabschluss seit geraumer Zeit vor sich her, was ihrem Vater missfiel.

Bonnet machte sich eine Notiz in die Patientenakte, die aufgeschlagen auf der breiten Armlehne lag.

»Haben Sie einen Plan für die Examensvorbereitung?«

»Ja, ich will mich bei einem Repetitorium anmelden. Dort wird in zehn Monaten der gesamte Prüfungsstoff systematisch wiederholt. Das ist alles sehr verschult.«

»Ein Repetitorium klingt gut.« Bonnet sah Saskia mit ihren grünen Augen unter dichten Augenbrauen ruhig an. »Der Plan einer strukturierten Examensvorbereitung ist ein guter Ansatz. So wird eine unbewältigbar groß erscheinende Stoffmenge in handhabbare Teile aufgeteilt.«

Das Gesicht der Psychologin war mit einer dicken Schicht Make-up bedeckt. Saskia vermisste ein warmherziges Lächeln ihres Gegenübers. Bonnet hatte eine unterkühlte Ausstrahlung. *Wahrscheinlich gehört das zur professionellen Distanz einer Therapeutin*, sagte Saskia sich.

»Wichtig ist, dass Sie sich während der Examensvorbereitung nicht völlig verausgaben und ausgebrannt in die Prüfung gehen«, fuhr Bonnet fort. »Sie müssen durch regelmäßige Entspannung dafür sorgen, leistungsfähig zu bleiben. Sonst bekommen Sie zu Ihren Prüfungsängsten noch eine Erschöpfungsdepression.«

Saskia nickte.

»Also, was tun Sie, wenn Sie nicht lernen?«

»Schlafen.«

»Na, Sie werden doch nicht von morgens bis abends lernen. Was machen Sie privat?«

Saskia spielte mit ihrer Perlenkette und dachte nach. »Nicht viel. Die Juristerei ist mein Leben«, sagte sie stolz. Was sollte daran falsch sein?

»Wie sieht es mit sozialen Kontakten aus?«

»Jeden Sonntag bin ich bei meinen Eltern zum Mittagessen.«

»Haben Sie eine beste Freundin?«

»Nein, seit der Schulzeit nicht mehr.«

»Einen Freund?«

Saskia zögerte, denn diese Frage berührte einen wunden Punkt. »Nein, ich habe keine Zeit für eine Beziehung.«

»Emotional wird die Welt der Paragrafen Sie nicht befriedigen.«

»Ich brauche keinen Mann, um glücklich zu sein.«

»Würden Sie sich als glücklich bezeichnen?«

*Nun lassen Sie mich doch mit diesem sentimentalen Zeug in Ruhe*, hätte ihr Vater jetzt gesagt. Aber Saskia schwieg.

Bonnet machte sich eine Notiz, und Saskia ahnte, dass diese ihre sozialen Kontakte als nicht ausreichend bewertete.

»Versuchen wir es anders. Stellen Sie sich vor, Sie sollten sich heute Abend als Hausaufgabe selbst verwöhnen. Wie sähe Ihr perfekter Verwöhnabend aus?«

»Ich würde es mir mit einem Liebesfilm, Rotwein und Schokolade auf dem Sofa gemütlich machen.«

»Was für ein Liebesfilm wäre das?«

»Irgendein Klassiker, zum Beispiel eine Komödie mit Richard Gere.«

Bonnet sah in ihre Akte und überlegte einen Augenblick. »Und wenn Sie sich diese romantischen Komödien anschauen, wie fühlen Sie sich dabei?«

»Das ist nur seichte Unterhaltung, die mit mir persönlich rein gar nichts zu tun hat. Wenn Sie implizieren wollen, dass dadurch ein Rückschluss auf eine emotionale Mangellage bei mir gezogen werden könnte …«

»Ich habe nur gefragt, wie Sie sich fühlen.« Bonnet sah auf ihre Uhr. »Na gut. Treiben Sie Sport?«

Saskia freute sich insgeheim, dass es ihr auch diesmal gelungen war, die versuchte Ausforschung ihrer etwaigen Liebesgefühle rhetorisch gekonnt abzuwehren.

»Früher habe ich mal gejoggt, bin dazu aber in letzter Zeit nicht mehr gekommen.«

Bonnet machte sich eine weitere Notiz. »Haben Sie ein Hobby?«

»Nein.«

Es war Bonnet anzusehen, dass sie langsam die Geduld verlor.

»Was empfinden Sie, wenn Sie sich nicht mit Jura beschäftigen?«

»Nutzlosigkeit, Leere, Langeweile.«

»Was bedeutet das Recht für Sie?«, fragte die Therapeutin. Saskia rutschte in ihrem weichen Ledersessel in eine bessere Position und überlegte einen Augenblick.

»Die Paragrafen geben mir Sicherheit in einer unsicheren Welt.«

»Aha«, quittierte Bonnet und machte sich eine Notiz. »Sie glauben also, die Welt ist unsicher?«

»Ja, das ist sie, weil die Menschen unberechenbar sind. Man weiß nie, was sie im nächsten Augenblick machen werden. Das macht mir Angst.«

Bonnet hob skeptisch eine Augenbraue. »Und dagegen hilft das Recht?«

»Die Gesetze schreiben den Bürgern richtiges Verhalten vor. Wenn sie alle befolgen würden, gäbe es keine Probleme.«

Bonnet musterte ihre Klientin mit unbewegter Miene. Es irritierte Saskia, dass ihr nicht anzusehen war, was sie über ihre Ansicht dachte.

»War Ihre Mutter eher ungezwungen oder eher ängstlich?«

»Meine Mutter ist Grundschullehrerin. Sie ist pflichtbewusst und ordentlich.«

Der Anflug eines Lächelns erschien auf Bonnets Gesichts. Saskia kannte das schon. Lehrerkind zu sein, rief oft ein mitleidiges Lächeln hervor. Das Lächeln galt dem Wiedererkennen zahlreicher Vorurteile über Lehrer, das Mitleid einer wenig spaßigen Kindheit mit Dauerbeschulung vom Aufwachen bis zum

Einschlafen. Und die Leute hatten recht. Was auch ihre Mutter nicht gekonnt hatte, war, die Lehrerin in der Schule zu lassen.

»Was ist mit Ihrem Vater?«

»Er ist sehr pedantisch. Seine Urteile müssen stets perfekt sein. Er könnte es nicht ertragen, wenn der Bundesgerichtshof auch nur einen Kommafehler darin finden würde …«

Saskia stockte, und Tränen sammelten sich in ihren Augen. Doch sie gestattete sich nicht, zu weinen. »Nichts, was ich mache, ist in seinen Augen jemals gut genug.«

»Das muss einen großen Druck erzeugen. Nach Ihren Noten sind Sie eine sehr gute Studentin. Er kann stolz auf Sie sein.«

Saskia sammelte sich wieder. »Letzten Sonntag war ich zum Mittagessen zu Hause. Er hat mich abgekanzelt, weil ich an einem Seminar über Fehlurteile teilnehme.«

»Interessantes Thema. Was soll daran falsch sein?«

»Ein deutscher Richter irrt sich nicht, meint er.«

»Er vielleicht nicht, aber nicht jeder Richter ist so gewissenhaft wie er. Nicht jeder verbringt auch das Wochenende über den Akten.«

»Alles richtig«, sagte Saskia bekümmert, »aber er wirft mir vor, mir ein anspruchsloses Seminar ausgesucht zu haben. Das sei so eine US-Mode, die an einer deutschen Universität nichts zu suchen habe.«

»Wieso US-Mode?«

»Vorbild unseres Seminars ist das *Innocence Project* aus New York. Ein Professor lässt dort alte Fälle von seinen Studenten darauf untersuchen, ob ein Justizirrtum vorliegt. Sie haben schon die Unschuld von über dreihundert Verurteilten bewiesen.«

Bonnet nickte anerkennend. »Und Sie sind Justizirrtümern in Deutschland auf der Spur?«

»Ja, in Zweiergruppen überprüfen wir jeweils einen Fall darauf, ob ein Fehlurteil vorliegt.«

»Mit welcher Intention?«

»Wir sollen unsere Rechtskenntnisse auf einen praktischen Fall anwenden. Wenn wir zu der Überzeugung kommen, der Verurteilte ist unschuldig, können wir darüber hinaus versuchen, eine Revidierung des Urteils zu erreichen.«

»Was haben Sie für einen Fall?«

»Bei meinem Fall handelt es sich um einen Polizisten, der wegen der Ermordung eines Models verurteilt worden ist.«

Bonnet beugte sich nach vorne. »Das klingt spannend. Ist es ein bekannter Fall? Wie heißt der Verurteilte?«

»Markus Hoffmann.«

Irrte sich Saskia oder verzog die Therapeutin bei dem Namen das Gesicht? Sie sollte es nicht herausfinden, denn die Stunde war zu Ende.

# 10

»Da ist ja das Bullenschwein!«

Markus Hoffmann hatte sich gerade zum Duschen ausgezogen und drehte sich erschreckt herum. Zwei Häftlinge kamen herein und machten die Tür hinter sich zu. Der größere war eins neunzig, tätowiert und muskulös. Der kleinere sah osteuropäisch aus, hatte dicke Oberarme und war kahlköpfig. Es mussten Neuzugänge sein, denn er hatte die Männer noch nie vorher gesehen. Mit den anderen Häftlingen versuchte er auszukommen, aber diese beiden hier waren anders. Sie hatten eine aggressive Ausstrahlung. Ihm wurde sofort mulmig zumute und er wurde sich schmerzlich bewusst, dass er nackt war und barfuß auf den weißen Fliesen stand.

Die beiden Mithäftlinge in blauer Arbeitskleidung bauten sich vor dem nackten Hoffmann auf. Sie wirkten angriffslustig und er wusste, er würde keine Chance gegen sie haben. Er selbst war nur eins siebzig groß, eher schmächtig und hatte seit zwei Jahren keinen Sport mehr betrieben. Ganz im Gegensatz zu den beiden durchtrainierten Männern vor ihm. Er spürte, wie sich ein eiskalter Schauer von seinem Nacken über seinen Rücken ausbreitete.

»Wir haben schon von dir gehört. Was macht ein Bulle hinter Gittern?«, fragte der Glatzkopf.

»Ich bin unschuldig wegen Mordes verurteilt worden«, antwortete Hoffmann und schielte nach seinen Sachen auf der Bank. Er musste versuchen, möglichst schnell herauszukommen. Die Gemeinschaftsdusche war ein großer, weiß gekachelter Raum. Außer den Duschköpfen mit den Armaturen links an der Wand und zwei kleinen Bänken rechts an der Wand war der Duschraum leer.

»In Wirklichkeit bist du ein Anscheißer, ein Polizeispitzel«, sagte der Hüne. »Du beobachtest uns und horchst uns aus, damit wir noch einen Nachschlag bekommen.«

*Nachschlag bekommen* hieß im Knastjargon zu einer weiteren Freiheitsstrafe verurteilt zu werden.

»Nein, das stimmt nicht. Ich wurde tatsächlich rechtskräftig wegen Mordes verurteilt.« Jemand in der Verwaltung musste gesungen haben. Dabei hatte der Anstaltsleiter ihm beim Aufnahmegespräch versprochen, seinen früheren Beruf geheim zu halten.

»Weißt du, wir mögen keine Bullen«, sagte der Hüne.

Das überraschte Hoffmann nicht. Knackis hassten Polizisten, weil sie diese und nicht ihre Straftaten für ihr Eingesperrtsein verantwortlich machten. Als Polizist war er nicht übermäßig ängstlich. Aber diese beiden wirkten extrem gewaltbereit. Er versuchte, ruhig zu wirken, während er wie rasend überlegte, ob er es schaffen konnte, an den beiden vorbei nach draußen zu rennen.

»Ratten wie du sollten aufpassen, in der Dusche nicht auszurutschen.«

Hoffmann wusste, worauf das hier hinauslief. *In der Dusche hingefallen* war Knastjargon für zusammengeschlagen werden.

»Nur tote Bullen sind gute Bullen«, ergänzte der Glatzkopf.

Hoffmann überlegte, um Hilfe zu rufen, doch durch die massive Holztür würde ihn niemand hören.

Drei Meter bis zur Tür. Davor die beiden Männer.

Das würde knapp werden.

Plötzlich sprintete Hoffmann los.

Die beiden Männer brauchten 0,3 Sekunden, um zu erkennen, dass ihr Opfer fliehen wollte.

Er wollte das Überraschungsmoment ausnutzen und links an den beiden vorbei in Richtung Tür laufen.

Noch zweieinhalb Meter bis zur Tür.

Doch der Kahlköpfige mit den dicken Oberarmen war überraschend wendig.

Er trat einen Schritt nach links und verkleinerte damit Hoffmanns Fluchtweg. Dann schoss sein Arm in seine Richtung.

Noch zwei Meter.

Hoffmann lief ganz nah an der Wand und duckte sich.

Er hoffte, er würde es noch schaffen.

Nur noch ein Meter.

Er streckte schon die Hand nach der Türklinke aus.

Doch dann krallte sich die Hand des Kahlköpfigen schmerzhaft in seinen Oberarm.

Hoffmann wurde herumgewirbelt.

Der Kahlköpfige packte ihn von hinten und nahm ihn in den Schwitzkasten.

Gleichzeitig war der Hüne vor Hoffmann und rammte ihm mit voller Wucht die Faust in den Magen.

Hoffmann krümmte sich vor Schmerzen vornüber. Bitterer Magensaft kam ihm hoch. Als er sich wieder aufrichtete, bekam er einen rechten Haken in die Nieren. Er schrie auf.

Der Glatzkopf schleuderte ihn an die Wand. Hoffmanns Hinterkopf knallte gegen die Kacheln.

Der Hüne verpasste ihm eine Gerade auf den Mund. Hoffmann taumelte rückwärts. In seinem Mund breitete sich der metallische Geschmack von frischem Blut aus. Seine Zunge betastete den scharfkantigen Stummel eines abgebrochenen Schneidezahns.

Der Hüne hieb die Faust in Hoffmanns rechtes Auge. Es gab ein hässlich schmatzendes Geräusch. Hoffmann versuchte verzweifelt, durch die rote Nebelwand noch etwas zu erkennen.

Der nächste Schlag traf seine Nase, die unter der Faust mit einem Knacken zersplitterte. Er spürte einen Strahl Blut aus seiner Nase spritzen. Der warme Lebenssaft rann seine Brust herunter und lief von dort auf den Boden. Hoffmann hielt sich die Hand vors Gesicht, um die Blutung irgendwie zu stoppen.

»Ich glaub, das Bullenschwein küsst gleich den Boden.«

Sein rechtes Auges schloss sich, das Blut strömte unvermindert aus seiner Nase und ihm wurde schlecht und schwindelig.

»Mach ihn fertig!«, sagte der Kahlköpfige.

Der Hüne verpasste ihm noch einen Magenschwinger.

Hoffmann krümmte sich und geriet ins Taumeln. Hilflos streckte er die Hand aus, um sich irgendwo festzuhalten. Er griff ins Leere.

Schemenhaft sah er, dass die Tür aufgerissen wurde und jemand hereinkam.

»Was ist hier los?«, fragte der Unbekannte.

Plötzlich kam der Fußboden auf ihn zu.

# 11

Professor Dr. Klaus Löwenberg, Dekan der Fakultät für Rechtswissenschaft, hatte Heckscher einbestellt. Hinter dem übergroßen Mahagoni-Schreibtisch saß ein stattlicher Mann Ende fünfzig mit silbernen Haaren und herrischen Mundwinkeln. Sein längliches, schmales Gesicht verstärkte seine aristokratische Ausstrahlung.

»Herr Kollege, ich wollte mich erkundigen, ob Ihr Seminar gut angelaufen ist«, sagte Löwenberg hanseatisch näselnd. Er trug ein schwarzes Jackett, ein weißes Hemd und eine dunkelrote Krawatte. Der Dekan wurde von allen Silberrücken genannt.

»Ganz hervorragend. Ein Student verfügt tatsächlich über eine Spur Restintelligenz und Wissen. Mit dem kann ich arbeiten. Die Übrigen werde ich nach Hause schicken.«

Professor Löwenberg seufzte.

»Ach ja«, fiel Heckscher gerade ein. »Eine Studentin glaubt, sie sei etwas Besseres, weil ihr Vater Vizepräsident des Oberlandesgerichts ist.«

Auf Löwenbergs Stirn bildeten sich Sorgenfalten, was Heckscher insgeheim freute. Wahrscheinlich befürchtete Löwenberg den Anruf eines gar nicht amüsierten Vizepräsidenten.

Der Dekan faltete die Hände zu einem Dach. »Können Sie bitte sachlich bleiben.«

Heckscher nickte zögerlich. Mit seinem Hang zum Sarkasmus war er schon oft angeeckt.

»Ich möchte eine ordnungsgemäße Durchführung des Seminars ›Das Fehlurteil im Strafprozess‹ anmahnen«, sagte Prof. Löwenberg in kultiviertem Tonfall. »Sie wissen, dass Sie unter Beobachtung stehen und der Fachbereich Sie gern loswerden möchte. Die Freiheit von Lehre und Forschung bedeutet keinen Freifahrtschein für mangelnde Leistungen.«

»Was meinen Sie mit mangelnden Leistungen?«, fragte Heckscher unschuldig.

»Das wissen Sie genau. In der Forschung haben Sie seit Jahren nichts geleistet. Ihre letzte Veröffentlichung in einer Fachzeitschrift ist drei Jahre her.«

»Warum sollte ich Bücher oder Aufsätze schreiben, die keiner liest?«

Juristische Fachbücher und Aufsätze wurden in erster Linie für das eigene Ego geschrieben und um Kollegen mit einer langen Veröffentlichungsliste zu beeindrucken. Eine nennenswerte Leserschaft gab es für sie nicht.

»Weil neben der Abhaltung von Lehrveranstaltungen auch die Forschung zu Ihren dienstlichen Aufgaben gehört.«

Professor Löwenberg schlug die vor ihm liegende Personalakte auf. »In der Lehre gelten Sie als überstreng. Das führt zu überdurchschnittlich hohen Durchfallquoten der Studenten und schlechten Bewertungen im Internet.«

»Es gibt schon viel zu viele Juristen.«

»Das ist sicher richtig. Es ist aber nicht Aufgabe eines Hochschullehrers, die Juristenflut ganz alleine aufzuhalten. Sie sollen einen Lehrstuhl betreiben, kein Exmatrikulationsamt.«

Heckscher musste ein Grinsen unterdrücken. Die Vorstellung, er allein würde sich den Juralemmingen entgegenstellen, um sie vor einem langen und vergeblichen Jurastudium und dem Massenabsturz in die Arbeitslosigkeit zu bewahren, gefiel ihm.

»Immerhin scheinen Sie neuerdings Ihr Seminar pünktlich zu beginnen. Letztes Semester haben mehrere Ihrer Vorlesungen mit erheblicher Verspätung begonnen oder sind ganz ausgefallen.«

»Da war ich unpässlich.«

Eine beschönigende Umschreibung dafür, dass er erst seinen Rausch hatte ausschlafen müssen, wie beide wussten.

»Wenn Ihnen der Umgang mit Studenten nicht liegt, sollten Sie vielleicht berufliche Alternativen in Erwägung ziehen. Sie könnten beispielsweise wieder als Strafverteidiger arbeiten.«

Heckscher war als Strafverteidiger in eine berufliche Sinnkrise geraten, nachdem ein wegen Mordes angeklagter Mandant unmittelbar nach dem von ihm erzielten Freispruch erneut einen Mord begangen hatte. Desillusioniert hatte er seine Kanzlei aufgegeben und war an die Uni zurückgekehrt.

»Nein, das ist für mich keine Option.«

Professor Löwenberg wiegte väterlich den Kopf. »Dann weiß ich wirklich nicht, was ich mit Ihnen noch machen soll. Sie wollen nicht mehr forschen, Ihre Strafrechtsvorlesungen letztes Semester waren ein Fiasko, und das Fehlurteils-Seminar wollten Sie auch nicht. Sie können nicht davon ausgehen, für Untätigkeit besoldet zu werden.«

Löwenberg lehnte sich in dem schwarzen Ledersessel zurück und wartete auf eine Antwort, doch es kam keine.

Heckscher hatte die Leitung des Seminars gegen seinen Willen als letzte Chance übertragen bekommen. Er hatte sich zunächst mit Händen und Füßen dagegen gewehrt, weil es ihn an den fatalen Freispruch seines letzten Mandanten erinnert hatte. Doch der Dekan hatte ihm keine Wahl gelassen.

»Sie sind mit fünfundvierzig in den besten Jahren. Irgendwelche Ambitionen müssen Sie doch haben«, insistierte Professor Löwenberg.

Heckschers größter Wunsch war, ein bisschen Geld zusammenzukratzen, damit er sein Segelboot hochseetauglich machen und für mindestens ein Jahr um die Welt segeln konnte. Doch weil eine Weltumsegelung nicht das war, was Löwenberg mit Ambitionen meinte, schwieg er.

Professor Löwenberg beugte sich vor und legte die Fingerspitzen aneinander. »Sie stehen an einem Scheideweg. Entweder Sie leiten das Seminar ordnungsgemäß oder ich werde dem Präsidenten Bericht über Ihre mangelnden Arbeitsleistungen erstatten müssen. Die Liste Ihrer Verfehlungen ist erschreckend lang.«

Löwenberg tippte auf eine dicke Personalakte vor ihm.

Heckscher war bewusst, dass der Dekan darin pedantisch alle seine Fehler und Versäumnisse der letzten Jahre aufgelistet hatte. Er überlegte einen Augenblick, dann nickte er.

»Also gut, ich werde mir Mühe geben.«

# 12

Ein überwältigender Gestank schlug Florian entgegen, als die Glastür automatisch aufschwang. Es war eine Mischung aus Urin, Fäkalien und Schweiß. Er musste würgen und dachte kurz an Umkehr. Er versuchte, stoßweise durch den Mund zu atmen, um so dem furchtbaren Gestank zu entkommen, als er durch die endlos langen Gänge des Altenheims zu dem Zimmer hastete. Nach ein paar Minuten würde er den Verwesungsgeruch nicht mehr wahrnehmen, wusste er aus Erfahrung.

*Seniorenresidenz am Stadtpark* nannte sich das Heim hochtrabend. Das Wort *Residenz* sollte wohl Assoziationen an den Wohnsitz von Fürsten, Staatsoberhäuptern oder hohen Geistlichen wecken. Dabei war der 1930 gebaute, rechteckige Klinkerkomplex verwohnt und ziemlich schäbig. Angesichts des Geruchs wäre der Name *Verwesungsheim* passender gewesen. Einziger Vorteil des alten Kastens war seine Lage vis-à-vis des Stadtparks. Noch mobile Heimbewohner hatten es nicht weit ins Grüne.

Florian verharrte einen Augenblick vor dem Zimmer. Würde sein Vater heute einen guten oder schlechten Tag haben? Er klopfte vorsichtig an die Tür und trat ein.

Der Mann Mitte sechzig stand im Schlafanzug mit dem Rücken zu ihm und wühlte in dem Kleiderschrank.

»Hallo Vater, wie geht es dir?«

»Ich habe jetzt keine Zeit für Besucher. Ich muss raus zur Verkehrskontrolle«, antwortete Günther Hansen barsch über seine Schulter. Er lebte hin und wieder noch in seinem alten Beruf.

»Du sollst heute zu Hause bleiben und Überstunden abbummeln.«

Ein erstaunter Gesichtsausdruck trat auf das eingefallene Gesicht. »Ach wirklich? Das hat man mir gar nicht gesagt.«

Schulterzuckend trottete der Vater zu seinem Bett und legte sich hin. Florian deckte ihn behutsam zu. *Heute ist eindeutig ein schlechter Tag*, dachte Florian, als er sich auf den Stuhl neben dem Bett setzte. Korsakow-Syndrom, hatte der Arzt vor drei Jahren diagnostiziert. Jahrzehntelanges Trinken hatte zu einer krankhaften Veränderung des Gehirns geführt. Da war er zweiundsechzig und schon arbeitslos gewesen. Seinen Job als Polizist hatte er fünf Jahre davor verloren, als er seinen Führerschein hatte abgeben müssen. Einst ein dynamischer und kräftiger Mann, hatte die alkoholbedingte Demenz ein Häufchen Elend aus ihm gemacht. Die Wangen waren eingefallen, die Haare grau und spröde, und die Haut hatte die Farbe bleicher Knochen. Er war auf sechzig Kilo abgemagert. Sein Gebiss lag in einem Wasserglas auf dem Nachtisch. Es tat Florian in der Seele weh, seinen Vater immer mehr verfallen zu sehen. Letztes Jahr hatte er ihn schweren Herzens ins Altenheim gegeben, nachdem dieser wiederholt vergessen hatte, den Gasherd auszumachen.

»Hast du gut geschlafen?«, versuchte es Florian aufmunternd.

»Ach was, ich hatte mich gerade hingelegt, da kam jemand und hat mich geweckt.«

*Wahrscheinlich war er wieder nachtaktiv und hat sich erst im Morgengrauen ins Bett gelegt*, dachte Florian. Eine zeitliche Desorientierung war typisch für das Korsakow-Syndrom.

»Du kannst ja jetzt noch ein bisschen schlafen.«

Sein Vater sah sich ängstlich im Zimmer um. »Hier sind nachts Fremde in meiner Wohnung, und sie haben mir meine Modelleisenbahn geklaut«, sagte er im Flüsterton. »Wir müssen die Polizei rufen.«

»Aber nein, Vater. Du bist hier im Altenheim, und die Fremden sind die Schwestern, die sich um dich kümmern. Die Märklin-Anlage habe ich bei der Wohnungsauflösung verkauft. Sie hätte nicht hier ins Zimmer gepasst.«

Günther Hansen legte die Stirn in Falten. »Das habe ich nicht gewusst.«

Florian seufzte. Heute war mit seinem Vater nichts anzufangen. Er tat ihm leid. Es gab auch bessere Tage, an denen er wusste, dass er kein Polizist mehr war, sondern als Rentner in einem Altenheim lebte.

»Was machst du hier?«, fragte Günther Hansen.

»Ich besuche dich.«

»Wer bist du? Ein Kollege?«

»Ich bin's, Vater. Ich bin Florian. Dein Sohn.«

»Quatsch, mein Sohn heißt Robert. Warum kommt der mich eigentlich nicht besuchen?«

Florian schloss resigniert die Augen. Es war erst zweimal vorgekommen, dass sein Vater ihn nicht erkannt hatte. Aber es würde häufiger werden. Robert war Florians jüngerer Bruder. Er konnte seinen Vater nicht besuchen, weil er in Santa Fu einsaß. Sein Vater war auf der Reise in das Land des Vergessens, was Florian traurig stimmte.

»Wo ist Astrid?«, fragte sein Vater unvermittelt.

»Astrid ist tot.«

Sein Vater sah Florian fragend an. »Sie lebt nicht mehr?«

»Nein, sie ist bei einem Verkehrsunfall ums Leben gekommen.«

Das war vor dreizehn Jahren gewesen. Florian war zwölf Jahre alt, als eine Autofahrt seiner Eltern an einem Baum endete. Während sein Vater am Steuer nahezu unverletzt blieb, wurde seine Mutter auf dem Beifahrersitz zerquetscht. Sein Vater hatte seinerzeit von einem schicksalhaften Unfall gesprochen. Das Auto sei bei Regen von der Fahrbahn abgekommen. Florian wusste es nicht genau, aber er vermutete, dass auch schon damals Alkohol mit im Spiel gewesen war. Denn spätestens seit der Vorlesung Straßenverkehrsdelikte war ihm bewusst, dass Alkohol eine häufige Unfallursache ist. Und in Anbetracht der Vorgeschichte … In letzter Zeit hatte Florian öfter darüber nachgedacht, was damals genau passiert war. Aber jetzt war es zu spät, seinen Vater danach zu fragen.

Nach dem Tod seiner Mutter hatte Florian schnell erwachsen werden müssen. Sein Vater war wegen seines Schichtdienstes selten da. Wenn er da war, war er oft betrunken oder er schlief. So waren Florian und sein zwei Jahre jüngerer Bruder Robert weitgehend sich selbst überlassen gewesen. Als Kind hatte er sich oft ungeliebt gefühlt.

Sein Vater war ein brillanter Polizist gewesen, ein echter Spürhund. Mehrfach war er wegen seiner Ermittlungserfolge ausgezeichnet und befördert worden. Die Verbrecher in seinem Revier hatten den Zivilfahnder gefürchtet. Doch dann hatte er seine Karriere versoffen. Nachdem er mit dem Trinken angefangen hatte, war er ausgerechnet zum Verkehrspolizisten degradiert worden. Hatte er etwas von diesen Spürhund-Genen geerbt? Das fragte sich Florian manchmal.

Sein Vater wandte sich ab und starrte an die Decke. Als hätte jemand den Stecker gezogen.

Florian biss sich auf die Unterlippe und wischte sich eine Träne aus den Augenwinkeln. Das Korsakow-Syndrom würde weiter sein Gehirn zerstören, es in eine graue, tote Masse verwandeln. Der Tag war nicht mehr fern, und er würde überhaupt nicht mehr sprechen können. Er würde dann seine restlichen Tage damit verbringen, mit leerem Blick apathisch an die Decke zu starren. In einem halbkomatösen Dämmerzustand würde er seinem Tod entgegen siechen.

Florian stand vom Stuhl auf und sah auf seinen Vater herunter. »Ich gehe jetzt besser. Es hat mich gefreut, mit dir sprechen zu können.«

# 13

Saskia sah zum dritten Mal auf ihre Nomos-Uhr. Die silberne Edeluhr mit dem schwarzen Armband war ein Geschenk ihres Vaters.

Sie ging ungeduldig vor der Untersuchungshaftanstalt am Holstenglacis auf und ab, als Florian endlich mit seinem Fahrrad ankam.

»Du bist 11 Minuten und 40 Sekunden zu spät«, sagte Saskia nach einem erneuten Blick auf ihre Uhr.

»Sorry, ich hatte starken Gegenwind«, antwortete Florian beim Absteigen. *Papis reiche Tochter kann ja auch nicht wissen, wie schwer es nach einer Nachtschicht im Taxi ist, aus dem Bett zu kommen.*

»Machst du dir keine Sorgen um Hoffmann? Er ist zusammengeschlagen worden und wir wissen noch nicht, wie es um ihn steht«, giftete Saskia Florian an.

»Du hast ja recht. Ich mache mir auch Sorgen.«

»Unpünktlichkeit ist nur eine deiner zahlreichen Schwächen. Und wie du wieder aussiehst.«

Florian sah an sich hinunter. Windjacke, T-Shirt, Jeans, Sneakers. Was sollte daran nicht stimmen? Saskia trug dagegen einen dunkelblauen Blazer mit passender Hose und eine weiße Bluse.

»Mein Outfit reicht für den Knast. Wir wollen schließlich nicht zu einem Vorstellungsgespräch bei der Deutschen Bank.«

»Du siehst aus wie jemand, der hier zum Strafantritt erscheint, nicht wie ein künftiger Anwalt. Es wäre reizend, wenn du das nächste Mal pünktlich und angemessen gekleidet erscheinen könntest.«

Sie gingen in das Zentralkrankenhaus in der Untersuchungshaftanstalt, in dem kranke Häftlinge stationär behandelt wurden. Der Neubau aus rotem Backstein passte sich perfekt in die trutzigen, über hundert Jahre alten Gebäude der Haftanstalt ein.

Sie führten ein kurzes Gespräch mit dem behandelnden Arzt. Der Nasenbeinbruch war operativ versorgt worden. Hoffmann hatte zwei Schneidezähne verloren, die noch durch zwei Stiftzähne ersetzt werden mussten. Dann hatte er multiple Kontusionen, Hämatome und Schürfwunden an Kopf, Brust und Bauch erlitten. Die schlimmsten Auswirkungen hatte der direkte Treffer ins rechte Auge. Hierdurch war es zu einer Netzhautablösung gekommen. Auch diese hatte man operiert, aber mit unbefriedigendem Ergebnis. Es war unwahrscheinlich, dass er auf diesem Auge wieder eine ausreichende Sehschärfe erreichen würde. Mit anderen Worten: Hoffmann war auf dem rechten Auge erblindet.

Florian und Saskia betraten das Krankenzimmer mit Gitterblick. Ihr Mandant sah übel zugerichtet aus. Der Kopf war bandagiert, das rechte Auge und die Nase jeweils mit einem Verband zugeklebt. Die nicht verbundenen Gesichtsteile waren blau und geschwollen. In seinem rechten Handrücken steckte ein Venenkatheter, der mit einer Infusionsflasche verbunden war.

Als Hoffmann seine Besucher bemerkte, verzog er das Gesicht zu einem schiefen Grinsen, durch das er eine breite Zahnlücke entblößte.

Florian empfand Mitleid für ihn. Ganz gleich, ob jemand schuldig war oder nicht, niemand sollte im Gefängnis Gewalt erfahren. Florian sah ihn mitfühlend an.

»Wie geht es Ihnen?«, fragte Saskia überflüssigerweise. Es war offensichtlich, dass Hoffmann Schmerzen hatte.

»Serbisch«, antwortete Hoffmann.

Saskia sah ihn stirnrunzelnd an.

»Das heißt sehr beschissen.«

Dann sah Hoffmann Florian an und sagte: »Erst habe ich gedacht, dass Sie es sind, der in die Dusche kam und mich vor dem Schlimmsten bewahrt hat.«

»Da müssen Sie mich jemand verwechselt haben«, wehrte Florian errötend ab. Er wollte nicht, dass Saskia von seinem einsitzenden Bruder erfuhr.

»Er sah aus wie Sie, nur ein bisschen jünger.«

»Wie lange müssen Sie hierbleiben?«, wechselte Florian schnell das Thema.

»Mindestens zwei Wochen, aber ehrlich gesagt ist es hier schöner und sicherer als in Santa Fu.«

»Wie kam es zu dem Vorfall?«, wollte Saskia wissen.

»Zwei Neuzugänge haben erfahren, dass ich früher Polizist war, und haben mich in der Dusche zusammengeschlagen.«

»Das tut uns sehr leid«, sagte Florian. »Wir hoffen, Sie werden schnell wieder gesund. Hatten Sie schon anderen Besuch?«

»Nein, Sie beide sind die ersten und werden vermutlich auch meine einzigen Besucher bleiben.«

Florian rieb sich nachdenklich das Kinn. Der Mann war verurteilt und von allen fallen gelassen worden. Er hatte seinen Job und seine Familie verloren. Florian musste an seinen Vater denken. Der war auch aus dem Polizeidienst geflogen und hatte seine Frau durch einen Unfalltod verloren. Davon hatte er sich nie erholt. Jetzt war Hoffmann auch noch zusammengeschlagen worden. Was, wenn ihm von Anfang an Unrecht geschehen war? Wenn er tatsächlich unschuldig war?

»Wir werden uns mit Feuereifer in Ihren Fall stürzen«, sagte Florian. »Vielleicht schaffen wir es ja, Sie herauszubekommen.«

Saskia sah ihn erstaunt an.

»So traurig das klingt, aber Sie beide sind meine letzte Hoffnung. Mein Anwalt hat mich längst aufgegeben«, sagte Hoffmann.

»Warum haben Sie sich keinen anderen Anwalt genommen?«, fragte Florian.

»Weil ich pleite bin. Gleich nach der Verurteilung bin ich aus dem Polizeidienst entlassen worden und die Besoldungszahlung wurde eingestellt. Der Prozess hat 50.000 Euro Anwalts- und Gerichtskosten verursacht. Ich musste unser mit Hypotheken belastetes Haus und mein Auto verkaufen. Ich habe nichts mehr als einen Karton mit persönlichen Dingen in meiner Zelle.«

»Hatten Sie nicht gesagt, wir seien unreife Anfänger?«, warf Saskia spitz ein.

Hoffmann hob beschwichtigend die Hand mit dem Venenkatheter. »Ja, schon, aber Sie sind immerhin schon fortgeschrittene Studenten und das Beste, was ich derzeit kriegen kann.«

Saskia lehnte sich auf dem Stuhl zurück und verschränkte die Arme.

»Wir haben uns die Strafakten besorgt und werden sie durcharbeiten«, sagte Florian zum Abschied. »Bei unserem nächsten Besuch wissen wir vielleicht schon, wie wir Ihnen helfen können.«

»Du erstaunst mich. Wie kommt es zu deinem Sinneswandel? Bisher war dir der Fall doch zu viel Arbeit«, fragte Saskia, als sie über den Krankenhausflur nach draußen gingen.

»Der Mann tut mir leid, und wir sind die Einzigen, die ihm vielleicht helfen können«, sagte Florian. Er fühlte sich innerlich aufgewühlt.

»Warum willst du dich für ihn engagieren? Das ist doch sonst nicht deine Art?«

»Woher willst du wissen, was meine Art ist?«

»Dein Studienmotto ist doch: *Nur das Nötigste!*«

»Der Mann geht hinter Gittern zugrunde. Vorgestern verlor er sein Augenlicht und zwei Schneidezähne. Und morgen?«

Florian ging zu seinem Fahrrad und schloss es auf, Saskia folgte ihm.

»Bisher warst du der Meinung, der Fall sei ein totes Pferd und zu aufwändig«, hielt Saskia Florian vor.

»Mag sein. Aber ich glaube auch an die Gerechtigkeit. Seit Jahren bekommen wir beigebracht, wie perfekt unser Rechtsstaat angeblich funktioniert. Und jetzt erleben wir, wie leicht ein Unschuldiger in die Mühlen der Justiz geraten kann. Der DNA-Test passt, Sack zu und wegsperren. Es darf nicht sein, dass ein möglicherweise Unschuldiger im Knast einen Tod auf Raten stirbt. Wir sind seine letzte Hoffnung, Saskia. Da können wir nicht untätig zusehen.«

# 14

Florian trat vor dem Hauseingang seine Zigarette aus, klingelte und nahm den Fahrstuhl nach oben. Saskias Wohnung lag im vierten Stock in einem weißen Altbau aus der Gründerzeit im Rotherbaum. Die Lage war hervorragend. Innenstadt, Alsterufer und Uni ließen sich in wenigen Minuten zu Fuß erreichen.

»Schuhe aus und hier wird nicht geraucht«, begrüßte ihn Saskia.

*Das fängt ja gut an*, dachte Florian und schnüffelte beim Ausziehen an seiner Jacke. Roch er so schlimm nach Tabak?

Er folgte Saskia ins Wohnzimmer und sah sich um. Zwei Zimmer, stuckverzierte hohe Decken und Alsterblick. Der Herr Papa hatte sich die Eigentumswohnung seiner Tochter ganz schön was kosten lassen. Vor der Tür hatte er auch schon ihren VW Beetle stehen sehen.

»Setz dich«, sagte Saskia, zeigte auf den Sessel und nahm auf dem Sofa Platz. Am Fenster stand ihr Schreibtisch. Darauf befand sich nur eine Schreibtischauflage, die wie mit dem Lineal an der Tischkante ausgerichtet war. Die Stifte steckten ordentlich in einem Halter. Daneben stand ein Regal voller Jurabücher, die nach Fachgebieten geordnet waren. Selbstverständlich waren alle in Klarsichtumschlägen eingeschlagen. So sieht das Zuhause von jemand aus, der Jura mit Verbissenheit und Ernst studiert. Der Musterarbeitsplatz einer Musterstudentin. Was Florian vermisste, waren Pflanzen und Bilder. Das Wohnzimmer wirkte kalt und steril. Auf dem Couchtisch lagen die doppelbändige Strafakte, ein aufgeklapptes MacBook und zwei hellgraue Kommentare. Letztere sind mehrere tausend Seiten dicke Erläuterungen der Gesetzestexte. Aus der Strafakte lugten diverse gelbe Haftzettel hervor. Saskia hatte also schon ohne ihn angefangen, stellte Florian verärgert fest.

»Ich habe mich schon ein wenig eingelesen«, sagte Saskia.

»Du untertreibst«, erwiderte Florian und zeigte vorwurfsvoll auf die mit Haftzetteln gespickte Akte. Eine fünfhundert Seiten dicke Akte zu lesen dauerte mindestens fünf Stunden. Saskia war eine ekelerregende Streberin.

»Gar nicht, ich habe mich nur kurz in den Fall eingelesen.«

»Dann berichte doch einfach, was du vorhin schon kurz gelesen hast«, sagte Florian, wobei er das *kurz* ironisch in die Länge zog.

Saskia nahm den ersten Band der Akte und zog aus dessen hinterer Tasche eine dünne Beiakte heraus. »Am besten fangen wir mit dem Obduktionsbericht an. Ich lese dir die Zusammenfassung vor:

> Aus der Wundmorphologie der Hautdurchtrennung im Bereich des vorderen und rechtsseitigen Halsabschnittes mit glattrandiger Durchtrennung der rechten tiefen Halsvene, der gemeinsamen Halsschlagader (Arteria carotis communis) und der Luftröhre kann gefolgert werden, dass am ehesten ein Messer als Tatwerkzeug eingesetzt wurde.
>
> Die zahlreichen glattrandigen, als Schnittverletzungen zu bezeichnenden Weichteildurchtrennungen wurden

aufgrund fehlender Gewebeeinblutungen nach einem bereits eingetretenen Herz-Kreislauf-Stillstand zugefügt.

Die an beiden Handgelenken zirkulär ausgebildeten Hautabschürfungen, in deren Verlauf zudem geringgradig ausgebildete Hautunterblutungen feststellbar waren, sind hinweisend auf Fesselungsaktionen zu Lebzeiten, wobei deren Ausbildung durch enges Anlegen von metallenen Handschellen ohne Weiteres erklärt werden kann.

Ebenso weisen symmetrisch ausgebildete Hautabschürfungen an den Sprunggelenken sowie der dortige zusätzliche Nachweis von Fasern eines Seils auf eine Fesselung der Beine hin.

Aus dem Nachweis von intakten und noch lebenden Spermien in dem unter der Obduktion aus dem Scheidengewölbe genommenen Abstrich kann gefolgert werden, dass kurze Zeit vor dem Tod ein Geschlechtsverkehr stattfand. Ob dieser einvernehmlich oder gegen den Willen der Getöteten erfolgte, kann aus den Obduktionsbefunden nicht hergeleitet werden.

Die vollständige Durchtrennung der rechtsseitigen Halsgefäße hatte einen massiven Blutverlust zur Folge, sodass die Todesursache des kurzfristig eingetretenen Todes in einem akuten Blutmangelschock infolge Verblutens zu sehen ist. Zusätzlich wurde der Eintritt des Todes durch Einatmung von Blut durch die eröffnete Luftröhre beschleunigt.

Der Leichenfundort am Flussufer ist nicht als Tatort anzusehen.«

»Das klingt so erschreckend klinisch kalt«, sagte Florian. Schweigen breitete sich aus. Dann fing sich Florian wieder: »Was ist mit Fotos?«

»Die sind hinten im Anhang«, sagte Saskia und wandte sich zum Fenster ab.

Florian blätterte in der Akte und schlug sie an der entsprechenden Stelle auf. Die nackte Leiche von Julia Nitsche lag mit dem Rücken auf dem stählernen Obduktionstisch. Übelkeit stieg in Florian auf, doch er zwang sich, hinzusehen. Ihr Gesicht war völlig zerschnitten und ihre toten Augen starrten an die Decke. *Sie muss einmal eine sehr schöne Frau gewesen sein*, dachte Florian und blätterte weiter. Es folgten mehrere Detailaufnahmen der klaffenden Wunde an ihrem Hals. Florians Magen begann zu rebellieren, und er schlug die Akte schnell wieder zu.

»Harter Stoff«, sagte er.

Saskia hatte einem träge seine Runden drehenden Alsterdampfer zugeschaut und wandte sich wieder zu Florian. »Der Tathergang scheint klar zu sein. Ein Mann fesselt die Frau, vergewaltigt sie und schneidet ihr anschließend die Kehle durch. Was ich aber nicht verstehe, ist, warum er ihr danach das Gesicht zerschnitten hat.«

»Vielleicht wollte der Täter, dass die Frau nicht mehr identifiziert werden kann.«

»Das wäre ein untauglicher Versuch, denn die Identifizierung ist durch Fingerabdrücke, Gebiss und DNA ohne Weiteres möglich. Es muss etwas anderes sein.«

Florian überlegte einen Augenblick.

»Der Mörder ist ein Sadist. Ihn erregt es, seinem Opfer Schmerzen zu bereiten. Vielleicht waren der Sex und der Mord zu schnell vorüber und deshalb hat er sich auch noch an ihrem Gesicht ausgetobt. Er konnte einfach nicht aufhören.«

»Das ist eine Möglichkeit. Kommen wir nun zum Strafurteil«, sagte Saskia und schlug die Akte an der entsprechenden Stelle auf. »Willst du es lesen?«

»Wie lang ist es?«

»Neunundvierzig Seiten.«

»Wie wäre es mit einer Kurzfassung?«

»Die Verurteilung von Hoffmann beruhte im Wesentlichen auf dem DNA-Treffer, der als todsicheres Beweismittel gilt«, referierte Saskia, die es sichtlich genoss, überlegen zu sein. »Hoffmann kannte das Opfer. Er hatte sie bei einer Verkehrskontrolle wegen eines Rotlichtverstoßes gestoppt. Sie hat ewig lang mit ihm diskutiert, es sei noch Gelb gewesen. Der Kollege erinnerte sich daran. Das Mordopfer wohnte in der Nähe der Party, auf der Hoffmann zur Tatzeit gewesen sein will. Als Motiv nahm die Strafkammer einen Lustmord an.«

»Dann hat uns Hoffmann angelogen, als er sagte, er habe die Nitsche nicht gekannt.«

»Das ist mir auch gerade aufgefallen.«

»Hast du im Urteil Fehler gefunden?«

»Nein, und der Bundesgerichtshof hat die Revision verworfen. Die Nachprüfung des Urteils habe keine Rechtsfehler zum Nachteil des Angeklagten ergeben.«

»Schlauer als der BGH müssen wir auch nicht sein. Und was machen wir nun?«

»Wir gehen die Akte durch.«

Entsetzt sah Florian auf die fünfhundert Seiten starke Akte. Es würde eine lange Nacht werden.

# 15

Der nächste Tag dämmerte neblig-grau heran.

Florian zuckte zusammen, als Saskia die Akte zuschlug. Er war nach zwölf Stunden Aktenstudium kurz davor einzuschlafen.

»Wir haben nichts, was eine Wiederaufnahme des Verfahrens rechtfertigen könnte«, sagte Saskia bekümmert.

Florians Haar war zerzaust und er hatte dunkle Ringe unter den Augen. Das Aktenstudium war deutlich anstrengender als eine Nachtschicht im Taxi. Er warf einen Blick zu Saskia, die auch übermüdet aussah. Dann rappelte er sich auf und fragte: »Wir haben uns jetzt die ganze Nacht durch dieses Aktenmonster gequält und wirklich nichts gefunden?«

Saskia sah noch mal auf ihren vollgekritzelten Schreibblock. »Nein, nach Aktenlage ist an der Verurteilung von Hoffmann nichts auszusetzen. Es gibt abgesehen von Hoffmanns Unschuldsbeteuerungen nicht einen einzigen stichhaltigen Grund für die Annahme eines Fehlurteils.«

»Und was machen wir jetzt?«

»Wir schreiben eine lange Seminararbeit mit dem Ergebnis, dass es keine Anhaltspunkte für ein Fehlurteil gibt.«

Florian lehnte sich auf dem cremeweißen Sessel zurück und verschränkte die Hände hinter dem Kopf. »Das gefällt mir nicht. Damit ist Hoffmann nicht geholfen.«

»Das ist aber der juristisch saubere Weg«, erwiderte Saskia spitz. »Wir haben die Akte gründlich geprüft und sind leider zu keinem positiven Ergebnis gelangt.«

»Du kannst doch nicht immer nur nach den Paragrafen gehen. Hier geht es um einen einzelnen Menschen, der möglicherweise unschuldig im Gefängnis sitzt, und nicht um eine juristische Falllösung«, protestierte Florian.

»Eigentlich geht es hier um einen Seminarschein. Oder warum nimmst du teil?«

»Sicher brauche ich den Schein. Aber das Seminar bietet mir darüber hinaus die einmalige Chance, praktisch zu arbeiten und mich für einen Menschen zu engagieren.«

Saskia fing an, die Akten, Notizzettel und Bücher auf dem Couchtisch zusammenzuräumen. Für sie war die Sache offenbar erledigt.

»Was genau brauchen wir für eine Wiederaufnahme?«, hakte Florian nach und hoffte, dass Saskia seine Unwissenheit nicht bemerkte.

Seine AG-Partnerin schlug ein mauersteingroßes graues Buch auf und sagte: »Von den sechs Wiederaufnahmegründen des § 359 Strafprozessordnung ist in diesem Fall nur die Nummer fünf einschlägig, also wenn neue Tatsachen oder Beweise zu einem Freispruch führen könnten. Neu ist dabei als fett gedruckt, in Großbuchstaben und unterstrichen zu verstehen.«

»Wir müssten beweisen können, dass das DNA-Ergebnis falsch ist«, schlug Florian vor.

»Das werden wir nicht schaffen. Wir selbst haben weder ein Labor noch das Wissen, um den DNA-Test zu überprüfen. Und Geld für die Beauftragung eines Privatlabors hat die Uni auch nicht.«

Florian überlegte einen Augenblick.

»Das heißt im Klartext, wir müssen den wahren Mörder finden, um Hoffmann freizukriegen. Dann steht nämlich fest, dass es Hoffmann trotz des DNA-Beweises nicht gewesen sein kann.«

»Das wird unmöglich sein. Wir sind Juristen und keine Hobby-Detektive«, sagte Saskia kopfschüttelnd.

»Willst du etwa aufgeben? Eine Mördersuche kann doch ganz spannend werden. Sie bringt etwas Farbe in unser ansonsten langweiliges Jurastudium.«

»Im Gegensatz zu dir finde ich die Welt der Paragrafen nicht langweilig«, erwiderte Saskia mit vorwurfsvollem Unterton. »Und wenn ich Spannung will, schalte ich den neuesten Fernsehkrimi ein.« Sie zeigte auf den Flachbildfernseher an der Wand.

»Meinst du nicht, Hecki wird dir eine bessere Note geben, wenn wir einen Unschuldigen aus der Haft bekommen? Da müssten doch achtzehn Punkte mit Sternchen drin sein. Und er hat selbst gesagt, wir müssen Ermittler spielen, wenn die Aktenlektüre nichts bringt.«

Saskias Stirn kräuselte sich wütend, während sie sich offensichtlich an die Vorgaben erinnerte, dann sah sie Florian giftig an.

»Dann lass uns einen Kompromiss schließen«, sagte Florian und hob beschwichtigend die Hände. »Wir schreiben den Bericht und versuchen parallel den Mörder zu finden.«

Saskia zuckte mit den Schultern und sagte betont gleichgültig: »Meinetwegen.«

»Ich habe auch schon eine Idee, wo wir anfangen …«, sagte Florian und grinste triumphierend.

# 16

»Wer will sich nackt und gefesselt auspeitschen lassen?«, tönte es aus dem Fernseher. Das einhundertfünfzig Quadratmeter große Loft befand sich in einem umgebauten Lagerhaus in Elbnähe. Die Wände bestanden aus unverputztem, über hundert Jahre altem Backstein. An der Decke sah man noch die schwarz lackierten Stahlträger. In scharfem Kontrast zu dem gediegenen historischen Ambiente standen die modernen kantigen Möbel aus Aluminium mit schwarzen Beschlägen beziehungsweise schwarzer Polsterung. Der Glastisch vor der Couch war ebenso makellos sauber wie der anthrazitfarbene Schieferboden. Der Verzicht auf jedes schmückende Beiwerk unterstrich das coole Industriedesign.

Die Schlüsselwörter *nackt und gefesselt* ließen den Mann, der Handschellen liebte, aufhorchen, der die Boulevardsendung bislang nur mit mäßigem Interesse verfolgt hatte. Bislang waren in *Paparazzi – Das Superstarmagazin* nur die üblichen Nichtigkeiten aus dem Leben der Prominenten gelaufen. Er fand diese Berichte sagenhaft langweilig, obwohl er früher auch in dieser Branche gearbeitet hatte. Und der Neid auf den Erfolg und die Bewunderung dieser ausnahmslos schönen Menschen nagte an ihm.

Doch mit dem aktuellen Thema wurde die Klatsch-und-Tratsch-Sendung interessanter. Die Endzwanzigerin Denise Schäfer moderierte einen neuen Beitrag an. Eine überaus attraktive Frau, stellte der Mann mit einem Anflug von Bitterkeit fest. Mit ihrem strahlenden Lächeln, den rehbraunen Augen, den brünetten langen Haaren und der kurvenreichen Figur würde sie es im Fernsehen noch weit bringen. Dabei fand sich der Mann mit seinem charismatischen Blick und den feinen Gesichtszügen mindestens genauso attraktiv. Dank regelmäßigen Hanteltrainings hatte er sogar einen durchtrainierten Körper. Eine Fernsehkarriere stand ihm trotzdem nicht mehr offen.

Hinter der Schlagzeile »Wer will sich nackt und gefesselt auspeitschen lassen?« verbarg sich die Besetzung der weiblichen Hauptrolle für die Verfilmung des vierten Teils eines Erotik-Bestsellers. Die Produzenten wollten die zweite Trilogie mit frischen Gesichtern beginnen, doch die Suche nach einer Darstellerin gestaltete sich schwierig. Etablierte Schauspielerinnen lehnten die Hauptrolle ab, weil sie keine Sadomaso-Szenen spielen wollten und um ihren guten Ruf fürchteten. Mit einem halb pornografischen Film im Portfolio würde man sich zukünftig eher für DVD-Veröffentlichungen im Sexshop als für die Oscar-Verleihung qualifizieren. Die amerikanische Reporterin stand am roten Teppich vor dem Chinese Theatre in Hollywood, passte Jungschauspielerinnen ab und wollte sie für die weibliche Hauptrolle des Fesselsex-Films ›testen‹. Aus Spaß hatte sie ein Paar Handschellen und eine Peitsche mit dabei. Doch die angesprochenen Frauen winkten sämtlich ab und verschwanden eilig im Kino. Die Reporterin stellte mit einem Achselzucken fest, dass es am Hollywood Boulevard nicht gelungen war, eine geeignete Darstellerin zu finden, und gab zurück nach Deutschland.

Der Mann ging hinüber zu seinem Küchentresen, behielt aber den Fernseher im Auge. Es gab nur eine Sache, die er noch mehr als Handschellen liebte, und das waren Messer. Gerade gestern hatte er seine Sammlung um ein Filetiermesser ganz aus Edelstahl mit einer sechzehn Zentimeter langen, silber glänzenden Klinge ergänzt. Es lag mit seinem edel mattierten Griff wirklich gut in der Hand. Er holte ein Messer heraus und säbelte von einer Salami vier perfekt gleich große Scheiben ab.

Als die Moderatorin Denise Schäfer wieder ins Bild kam, trug sie silberne Handschellen, die sie vor der Kamera hochhielt. »Also ich würde sofort bei dem Film mitmachen, aber mich fragt ja keiner«, sagte sie heiter. »Falls unter den Zuschauern ein Milliardär ist, der mich zu seiner Sklavin machen will, soll er sich melden.«

*Ich bin kein Milliardär, aber trotzdem sadistisch,* dachte der Mann.

# 17

»Willkommen im Kurs Jura für Paragrafenlegastheniker«, eröffnete Heckscher die Seminarsitzung. »Heute kommen wir zum Fall Martens. Nummer eins, bitte.«

Lars Feuerbach stand unnötigerweise auf, so als wollte er ein Plädoyer halten. Seine dunkelblonden Haare waren wie immer akkurat gescheitelt. Er trug ein blau-weiß gestreiftes Shirt mit einem Anker-Emblem, eine weiße Chinohose und rote Segelschuhe. Er reckte sein kantiges Kinn energisch in den nicht vorhandenen Wind, als gelte es, das Kap Hoorn zu umrunden. Weil sein AG-Partner mit einer Erkältung im Bett lag, präsentierte er seinen Fall alleine.

»Ute und Jörg Martens sind ein Anwaltsehepaar. Ihr erster Sohn Jonas stirbt im Alter von elf Wochen. Als Todesursache wird ein plötzlicher Kindstod angenommen. Die Eheleute trauern. Ute Martens wird geraten, möglichst schnell wieder schwanger zu werden, um darüber hinwegzukommen. Schon bald wird ihr zweiter Sohn Lucas geboren. Er verstirbt im Alter von acht Wochen. Die Obduktion beider Babys hat keine Auffälligkeiten ergeben. Aber die Staatsanwaltschaft nimmt an, dass Frau Martens eine zweifache Babymörderin ist, denn zwei plötzliche Kindstode innerhalb kurzer Zeit seien zu viele

Zufälle. Hinter der Diagnose ›plötzlicher Kindstod‹ verberge sich meistens ein Mord durch die Eltern, heißt es. Frau Martens war bei beiden Todesfällen allein mit dem Baby. Das Gericht holt ein Gutachten eines Kinderarztes ein, in dem steht, dass es nur in einer von achtzig Millionen Familien zu zwei Fällen von plötzlichem Kindstod hintereinander kommt. Die Wahrscheinlichkeit von Ute Martens' Unschuld wird damit als sehr gering eingestuft. Das Gericht folgt dieser Argumentation. Ute Martens wurde wegen des Mordes an ihren beiden Babys zu lebenslanger Freiheitsstrafe verurteilt.«

Lars beendete mit einer Geste seinen Kurzvortrag.

»Ist es ein Fehlurteil oder nicht?«, fragte Heckscher.

»Eindeutig ein Fehlurteil«, sagte Lars mit seinem typischen Siegerlächeln, das Florian so unerträglich fand. »Außer der Unwahrscheinlichkeit eines zweifachen plötzlichen Kindstodes gab es keinerlei objektiven Beweis gegen Ute Martens. Dass ein Geschehensablauf, wie hier ein zweifacher plötzlicher Kindstod innerhalb derselben Familie, unwahrscheinlich ist, lässt nicht den für eine Verurteilung ausreichenden sicheren Rückschluss zu, dass er sich nicht tatsächlich so zugetragen hat.«

»Hervorragend, Nummer eins«, sagte der Professor und applaudierte, was Lars sichtlich genoss.

Florian irritierte, dass Saskia Lars während seines Vortrags bewundernd angesehen hatte.

Heckscher schaute in die Runde und sagte: »Kennt jemand von Ihnen noch Beispiele für extrem unwahrscheinliche Ereignisse, die aber trotzdem passieren?«

Der Arm von Saskia schoss in die Höhe. Er nickte ihr zu.

»Die Chance auf den Jackpot im Lotto am nächsten Samstag beträgt eins zu einhundertvierzig Millionen.«

»Das ist ein gutes Beispiel. Diese Wahrscheinlichkeit ist so unvorstellbar gering, dass sie nicht eintreten kann. Aber irgendeiner wird am Samstag dennoch den Jackpot knacken und Lotto-Millionär.«

Heckscher stand auf und ging zum Whiteboard. »Hier noch ein Sie selbst betreffendes Beispiel. Zehntausend Kandidaten absolvieren jährlich in Deutschland die Zweite Juristische Staatsprüfung. Im Schnitt erreichen drei Prüflinge die Note sehr gut. Wie hoch ist also die Wahrscheinlichkeit, Einserjurist zu werden?«

Saskia meldete sich mit einem Fingerschnippen.

»3 zu 10.000, also 0,03 %.«

Der Professor schrieb »Einserjurist = 0,03 %« an das Whiteboard.

Florian fragte sich, warum er seine Studenten in jeder Stunde so quälen musste. Sie alle wussten, dass die Examina hart, die Noten schlecht und die Berufsaussichten miserabel waren. Das war nicht der Kurs »Jura für Paragrafenlegastheniker«, sondern »Depressiv durch Jura«.

»Sie sehen, es gibt extrem unwahrscheinliche Dinge, wie einen Hauptgewinn im Lotto, ein Einserjurist zu werden oder zwei plötzliche Kindstode, die aber trotzdem passieren.« Heckscher setzte sich auf die Tischkante. »Gut, wir haben jetzt einen unbrauchbaren Schuldnachweis durch Statistik. Reicht das, um Frau Martens aus dem Gefängnis zu bekommen?«

»Nein, wir brauchen noch einen prozessualen Aufhänger«, antwortete Lars. »Revision hat der Verteidiger schon eingelegt, es fehlt aber noch ein durchschlagender Revisionsgrund.«

Saskia hatte ihr Kinn auf einer Hand aufgestützt und lächelte Lars an, der ihr zuzwinkerte. Florian beobachtete beide und fragte sich, was Saskia an diesem Schnösel fand.

»Welchen Revisionsgrund würden Sie vorschlagen?«, fragte der Prof.

»Der Verteidiger hatte in der Hauptverhandlung eine nicht ordnungsgemäße Schöffenbesetzung gerügt. Das Gericht hat den Besetzungseinwand übergangen. Ich habe mir die Schöffenakten angesehen und festgestellt, dass die Geschäftsstelle eine Schöffin mit einer Ersatzschöffin verwechselt hat. Beide hießen Fischer.«

»Die nicht vorschriftsmäßige Besetzung des Gerichts ist ein absoluter Revisionsgrund gemäß § 338 Nr. 1 Strafprozessordnung«, ergänzte Saskia.

Heckscher applaudierte, Lars und Saskia strahlten sich an.

»Das haben Nummer eins und seine Gehilfin schön herausgearbeitet. Mit einer falschen Schöffenbesetzung ist die Revision automatisch begründet. Frau Martens wird einen neuen Prozess bekommen und hat damit eine realistische Chance auf einen Freispruch. Nehmen Sie wieder Platz.«

Lars setzte sich auf den freien Stuhl seines erkrankten AG-Partners direkt neben Saskia, die verlegen mit ihrer Perlenkette spielte.

»Wusste ich doch, ich bin der Beste hier«, sagte Lars. Saskia rückte ihren Stuhl ein Stück näher zu ihm. Lars flüsterte ihr etwas ins Ohr, worauf sie errötete.

Florian fühlte sich ausgegrenzt. Schnösel-Lars und seine neue beste Freundin wollten unter sich bleiben und mit gemeinem Volk wie ihm nichts zu tun haben.

# 18

Es klopfte an der Tür.

Heckscher saß an seinem Schreibtisch im Rechtshaus und schaute missmutig auf die Uhr. Soeben hatte seine wöchentliche Sprechstunde begonnen, in der er den Jurawelpen und ihren Mickerproblemen zur Verfügung zu stehen hatte. Er hoffte, er hätte sich verhört, aber da klopfte es wieder, diesmal lauter.

»Ja«, sagte er genervt.

Hereinstolziert kam eine etwa dreißigjährige Frau mit blonden Haaren. Für eine Studentin war sie zu alt, für eine Mutter zu jung. Ausdrucksstarke Augenbrauen, grüne Augen und eine gerade Nase machten sie zu einer atemberaubenden Erscheinung und rückten in den Hintergrund, dass sie stark geschminkt war. Das enge Kleid ließ eine grazile und schlanke Figur erahnen. Heckscher beeilte sich aufzustehen, sich über den Tisch zu beugen und ihr die Hand zu schütteln. Sie hatte einen warmen, festen Händedruck. Beide musterten sich gegenseitig.

»Nehmen Sie doch Platz, Frau …?«

»Christin Bonnet«, sagte sie beim Hinsetzen.

Er fragte sich, aus welchem Grund sich eine derart attraktive Frau in sein Büro verirrt haben konnte. Sie hatte ein schmales und ebenmäßiges Gesicht, so als hätte jemand am Computer ein absolut symmetrisches Gesicht mit klassischen Gesichtszügen konstruiert. Der Blondton ihrer langen Haare war zumindest sehr gut gefärbt, vielleicht sogar echt. »Also, Frau Bonnet, was verschafft mir das Vergnügen Ihres Besuchs?«

Christin Bonnet lehnte sich auf dem Stuhl zurück und schlug die Beine übereinander. »Ich bin Diplom-Psychologin und habe gerade eine zweijährige Zusatzausbildung …«

»Ich brauche keine Therapie«, unterbrach er sie schroff.

»Es geht hier nicht um Sie, sondern um Ihr Seminar über Fehlurteile«, sagte Bonnet.

Heckscher entspannte sich etwas. Sein erster Gedanke war tatsächlich gewesen, der Dekan hätte sie wegen seiner Alkohol- und Arbeitsprobleme geschickt. »Es sind leider alle Plätze vergeben, und außerdem dürfen nur eingeschriebene Studenten teilnehmen.«

»Ich will keinem Studenten einen Platz wegnehmen. Ich will den Studenten vielmehr bei der Aufklärung der Justizirrtümer helfen.«

»Was für eine Hilfe soll das sein?«, fragte er mit wachsendem Interesse.

»Ich habe mich in meinem Studium auf die Kriminalpsychologie spezialisiert und in den USA eine zweijährige Zusatzausbildung zur Profilerin absolviert. Ich kann Ihre Studenten beraten und Täterprofile erstellen.«

Heckscher klopfte mit seinem Kugelschreiber nachdenklich auf die Tischplatte.

»Ein erwägenswertes Angebot. Arbeiten Sie als Profilerin?«, fragte er und erhaschte einen Blick auf ihre nackten Oberschenkel.

»Leider nein. Ich betreibe eine psychotherapeutische Praxis, interessiere mich aber sehr für Profiling.«

Der Professor legte seine Stirn in Falten.

»Fallanalytiker, so nennt man Profiler hier, wird man in Deutschland, indem man zunächst eine Polizeiausbildung durchläuft und anschließend noch Psychologie studiert. Mit dem umgekehrten Weg, erst Psychologie zu studieren und sich dann für Kriminologie zu interessieren, wäre ich eine Quereinsteigerin.«

»Dann sind Sie eine Hobby-Profilerin«, sagte er grinsend.

Bonnet traf diese Bemerkung, denn ihr Mundwinkel zuckte.

»Meine Zusatzausbildung in den USA ist international anerkannt. Ich würde das nicht als ein Hobby von mir bezeichnen.«

»Nun gut, wir haben aber keine Mittel für eine externe Beraterin.«

»Die brauchen Sie auch nicht. Ich biete Ihnen meine Hilfe kostenlos an.«

»Warum?«

»Das liegt doch auf der Hand. Als Quereinsteigerin muss ich jede Gelegenheit nutzen, mein Können als Profilerin unter Beweis zu stellen.«

Das leuchtete ihm ein. Die erfolgreiche Mitarbeit an einem universitären Projekt zur Aufklärung von Justizirrtümern konnte helfen, den Fuß als Profilerin irgendwo in die Tür zu bekommen.

»Dann nehme ich Ihr Angebot an«, sagte er lächelnd. Er freute sich, für den Preis nur eines Empfehlungsschreibens eine Profilerin an Bord zu bekommen. Dieser Kompetenzgewinn konnte auch den Dekan milde stimmen.

Bonnet nickte nur.

»Wie stellen Sie sich die Zusammenarbeit vor?«, fragte Heckscher. Er fand langsam Gefallen an der jungen Frau. Ihre Mimik war sparsam, dies wurde aber durch ihre gazellenhafte Figur wettgemacht, was ihr insgesamt eine kühl-sinnliche Ausstrahlung verlieh, die ihn neugierig machte.

»Ich würde gern an dem Seminar teilnehmen und an geeigneten Stellen meine fachliche Expertise beisteuern.«

»Damit bin ich einverstanden. Brauchen Sie zur Vorbereitung irgendetwas?«

»Ja, die Akten.«

# 19

»Sie kommen besser gleich hierher. Es ist was mit Ihrem Vater«, hatte die Heimleiterin am Telefon gesagt.

Florian war die sechs Kilometer an der Alster entlang bis zum Altenheim Alsterdorf in Rekordzeit geradelt. Und das bei typischem Hamburger Wetter: stahlgrauer Himmel, böiger Wind und Nieselregen. Bei seinem Eintreffen hatte ihm die Heimleiterin mitgeteilt, dass sein Vater abgängig war. Mit ihren hochgewellten Haaren und den hängenden Mundwinkeln erinnerte sie Florian an die tyrannische Oberschwester aus dem Film *Einer flog über das Kuckucksnest.* Zuletzt war der Vater beim Mittagessen gesehen worden. Eine Suche im Altenheim war erfolglos geblieben. Vier Mitarbeiter waren gerade in den Stadtpark ausgeschwärmt. Der Abgängige war nur mit einem Jogginganzug dürftig bekleidet. Florian sagte der Heimleiterin, er wolle die Umgebung absuchen, und verabschiedete sich.

Als Florian auf sein Fahrrad stieg, überlegte er, wohin sein Vater wohl gelaufen sein könnte. In dem Stadtpark gegenüber würde er eher nicht sein, denn sein Vater hatte für Spaziergänge nicht viel übrig. Vor dem Umzug ins Altenheim hatte Günther Hansen in einem Reihenhaus in Hamburg-Fuhlsbüttel gewohnt. Ein mögliches Ziel, denn sein Vater hatte sich mit dem Heim nie abfinden können und oft gesagt, er wolle wieder zurück in sein Haus.

Zehn Minuten später erreichte Florian das schmale Reihenhaus aus rotem Backstein. Die Miete war wegen der Lage in der Einflugschneise des Flughafens günstig gewesen. Er und sein Bruder hatten jeweils ein kleines Zimmer unter dem Dach gehabt. Einen Augenblick blitzten Erinnerungen an seine Kindheit auf. Er schob diese beiseite und sah sich um. Sein Vater war nirgends zu entdecken. Er klingelte und wartete. Es war niemand zu Hause.

Florian radelte zum Friedhof Ohlsdorf, auf dem das Grab seiner Mutter lag. *Astrid Hansen 1965 – 2001* stand auf dem Grabstein. Sein Vater war auch hier nicht.

Florian dachte nach. Das Gefängnis Santa Fu war nicht weit entfernt, doch Günther Hansen wusste nicht, dass Robert dort einsaß. Er hätte es als ehemaliger Polizist nicht verwunden, einen Kriminellen als Sohn zu haben. Deshalb hatten sie ihm erzählt, Robert studiere im Ausland. Die letzte Möglichkeit, die Florian noch einfiel, war, dass sein Vater in der Nähe des Altenheims wieder Polizist spielte. Er war schon zweimal dort weggelaufen, weil er der Meinung gewesen war, zum Dienst zu müssen.

Florian radelte zurück zum Altenheim. Er hielt dort kurz an und fragte am Empfangstresen, ob sein Vater wieder aufgetaucht sei, was verneint wurde. Dann stieg er auf sein Rad und fuhr die leicht abschüssige Ohlsdorfer Straße hinunter. Schon von Weitem hörte er ein Hupkonzert vom Winterhuder Marktplatz. Mitten auf der Kreuzung entdeckte er ihn dann. Er stand im grauen Trainingsanzug vor einem VW Golf und führte eine Verkehrskontrolle durch. Ein zusammengerollter Werbeprospekt diente als Haltekelle. Der Verkehr war zum Erliegen gekommen. Florian schlängelte sich mit seinem Rad zwischen den stehenden Autos hindurch. Entfernt war eine sich nähernde Polizeisirene zu hören.

»Hallo Vater, was machst du hier?«, sprach Florian ihn an.

»Sieht man das nicht? Ich führe eine Verkehrskontrolle durch«, antwortete Günther Hansen barsch. Die Kälte schien ihn nicht zu stören.

»Der Opi soll von der Straße verschwinden!«, rief der Golf-Fahrer durch die geöffnete Seitenscheibe.

»Du hast heute Innendienst. Der Revierleiter sucht dich schon«, sagte Florian.

»Wirklich? Ich habe meinen Block aber noch nicht voll«, sagte sein Vater und schaute auf den imaginären Bußgeldblock in seinen Händen. Es war ein Zettel, auf dem zur Altkleidersammlung aufgerufen wurde.

Als Florian noch ein Kind gewesen war, war sein Vater ein leuchtendes Vorbild für ihn gewesen. Er hatte auch ein verdammt guter Bulle werden wollen. Zu gern hätte er den einst so scharfsinnigen Ermittler heute um Rat in dem Fall Hoffmann gefragt und sich mit ihm über Vermutungen und Theorien ausgetauscht, aber das ging nicht mehr. Ob er wenigstens die Spürnase von seinem Vater geerbt hatte?

Von der anderen Seite des Platzes näherte sich ein silberblauer Streifenwagen mit Blaulicht und Sirene. Er hatte Mühe, sich durch den stehenden Verkehr zu schlängeln.

»Das macht nichts, letzte Woche hast du zwei Blöcke voll gekriegt. Du hast sozusagen noch einen gut.«

Der Streifenwagen hielt hinter Florian und seinem Vater. Zwei Polizisten stiegen aus und setzten ihre Dienstmützen sowie eine gewichtige Miene auf.

»Was ist hier los?«, fragte der ältere der beiden Polizisten.

»Was sind das für Leute? Sind das Busfahrer?«, fragte Günther Hansen. In seiner Vorstellung trugen Polizisten noch grün-beige Uniformen, keine blauen.

Florian nahm den Polizisten beiseite und flüsterte: »Das ist mein Vater. Er war mal Polizist, ist ein bisschen verwirrt, ist aus dem Altenheim abgehauen und wollte hier eine Verkehrskontrolle durchführen.«

Der Polizist musterte Günther Hansen gründlich. Sein Blick glitt von den zerzausten Haaren über das unrasierte Gesicht, den Trainingsanzug bis zu den Hausschuhen.

»Sollen wir ihn nach Ochsenzoll bringen?«

Mit Ochsenzoll war die nächste Psychiatrie gemeint. Das hätte Sedierung und Eingesperrtsein bedeutet.

»Nein, nur das nicht. Er wohnt im Altenheim am Stadtpark«, sagte Florian und zeigte auf die Ohlsdorfer Straße hinter sich.

Der Polizist schaltete schnell. »Wie heißt er?«

»Günther Hansen.«

Der Polizist wandte sich an Florians Vater. »Herr Hansen, wir sollen Sie ganz schnell zurück ins Revier bringen. Der Chef will Sie sehen. Wenn Sie einfach in unser Taxi einsteigen würden.«

»Eine komische Farbe hat Ihr Taxi.«

Florians Vater ließ sich am Arm zum Polizeiwagen führen.

Florian sah dem Streifenwagen nach, der in Richtung des Altenheims davonfuhr. Das war gerade noch mal gut gegangen.

# 20

Florian setzte sich in dem Besucherraum von Santa Fu auf einen Stuhl. Diesmal war er nicht wegen Hoffmann, sondern wegen seines Bruders hier. Zwei Minuten später wurde Robert von einem Wärter hereingeführt und setzte sich auf der anderen Seite des Tisches hin. Auf den ersten Blick hätte man beide für Zwillinge halten können. Sie hatten die gleichen blauen Augen, das markante Kinn und das dichte schwarze Haar. Nur war der zwei Jahre jüngere Robert durch den Gefängnisaufenthalt auffallend blass und hatte einen harten Zug um den Mund bekommen.

»Schön, dich zu sehen«, sagte Robert. Sie reichten sich über den Tisch die Hände. »Was macht das Studium?«

»Ich kämpfe mich so durch. Ich brauche nur noch einen Seminarschein, dann kann ich mich zum Examen anmelden.«

»Du wirst deinen Weg schon machen. Wie geht's Vater?«

»Leider schlechter. Gestern ist er aus dem Altenheim weggelaufen und hat auf dem Winterhuder Marktplatz eine Verkehrskontrolle durchgeführt.«

»Scheiß-Demenz. Ich wünschte, ich könnte ihn besuchen.«

Eigentlich hatte ihr Vater keine Demenz, sondern ein Korsakow-Syndrom durch jahrzehntelanges Trinken. Aber Florian widersprach seinem Bruder nicht und sagte: »Darüber würde er sich sicher freuen. Er hat nach dir gefragt.«

»Nächstes Jahr habe ich Zweidrittel-Termin. Ich hoffe auf eine vorzeitige Entlassung. Als Erstes werde ich dann Vater besuchen.«

»Was macht die Lehre?«

Robert absolvierte in der gefängniseigenen Elektrowerkstatt eine Ausbildung zum Industrieelektriker.

»Die Abschlussprüfung ist bald.«

Florian lachte. »Wahrscheinlich hast du deinen Facharbeiterbrief, ehe ich mich überhaupt zum Examen angemeldet habe.«

Dann wurde Florian wieder ernst. »Robert, ich habe eine Bitte. In dem Seminar beschäftigen wir uns mit dem Fall Markus Hoffmann, der hier aufgrund eines Fehlurteils einsitzt.«

»Hier sitzen *ausschließlich* Männer ein, die völlig unschuldig oder jedenfalls viel zu hart verurteilt worden sind«, warf Robert grinsend ein. »Frag irgendwen hier, warum er einsitzt, und er wird dir etwas über fiese Staatsanwälte und Richter erzählen, die ihn zum Justizopfer gemacht haben.«

»Hoffmann ist vielleicht tatsächlich unschuldig.«

Florian schilderte seinem Bruder den Fall.

»Hey, den Kerl kenne ich!«, unterbrach ihn Robert. »Ich bin gerade rechtzeitig dazugekommen, als er in der Dusche von zwei Vollpfosten zusammengeschlagen wurde.«

Florian war ganz Ohr.

»Hoffmann ist depressiv«, beendete er seinen Bericht. »Als Ex-Polizist hat er es hinter Gittern nicht leicht.«

»Das kann man so sagen.«

»Robert, ich möchte dich bitten, ein Auge auf Hoffmann zu haben. Vielleicht kannst du dich ein bisschen mit ihm anfreunden.«

# 21

Denise Schäfer war das ideale Opfer. Das Aussehen eines Fotomodels, Fesselspielen nicht abgeneigt und vor allem emotional destabilisiert. Ihr langjähriger Freund war ein Fernsehregisseur, der seit Monaten versuchte, in Los Angeles Karriere zu machen. Eine baldige Rückkehr war nicht absehbar, und so führten beide nur noch eine Telefonbeziehung. Die Quoten von Schäfers Sendung *Paparazzi – Das Superstarmagazin* sanken kontinuierlich. Es gab einfach zu viele Boulevardsendungen und zu wenig echte Nachrichten aus der Welt der Promis. Die eingekauften Filmschnipsel aus Hollywood und die Trivialitäten aus den Mündern deutscher C-Promis wollten immer weniger Leute sehen. Der Sendung drohte das Aus, und die berufliche Zukunft der Neunundzwanzigjährigen war ungewiss. Privat und beruflich angeschlagen, war die Moderatorin sicher empfänglich für etwas Aufmerksamkeit.

Der Mann in dem mitternachtsfarbenen, schmal geschnittenen Anzug hatte sich schon seit einer Stunde auf dem Gelände des Studios Hamburg herumgedrückt, von dem die *Paparazzi*-Sendung am frühen Abend live ausgestrahlt wurde. Er sah zum wiederholten Mal auf seine Patek Philippe. Das Magazin war schon seit einer dreiviertel Stunde vorüber. Wo blieb Denise Schäfer nur?

Endlich ging eine Seitentür von Studio A3 auf und die Moderatorin kam heraus. Sie war allein. Der Mann konnte sein Glück kaum fassen. Mit einem Blumenstrauß in der Hand schritt er auf sie zu. Denise Schäfer starrte auf ihr Smartphone und bemerkte ihn erst, als er sich ihr in den Weg stellte.

»Entschuldigen Sie den Überfall, Frau Schäfer. Ich bin ein glühender Bewunderer Ihrer Sendung und Ihr größter Fan.«

Sie nahm den Blumenstrauß entgegen und lächelte.

»Dürfte ich Sie um ein Autogramm bitten?«

»Sicher, gern«, sagte Schäfer und suchte in ihrer Umhängetasche nach einer Autogrammkarte. Mit einem schwarzen Filzstift signierte sie die Karte und überreichte sie ihm.

»Sie glauben gar nicht, wie sehr es mich freut, eine echte Journalistin kennenzulernen. *Paparazzi* hat die mit Abstand am besten recherchierten Berichte«, sagte der Fan. Das war ein bisschen dick aufgetragen, denn Denise Schäfer hatte keine journalistische Ausbildung gemacht, sondern war durch ein Volontariat bei einem Musiksender Moderatorin geworden.

»Danke für die Blumen und die Komplimente.«

Der Mann, der Handschellen liebte, merkte, wie sie ihn musterte. Er war sich seines guten Aussehens bewusst. Offensichtlich gefiel ihr, was sie sah.

»Ich weiß, Sie möchten nach Hause, aber darf ich Sie trotzdem zu einem kurzen Kaffee einladen?«, fragte er.

Schäfer legte den Kopf schief. Ihr kastanienbraunes Haar mit den blondierten Strähnen fiel in Wellen über ihre Schulter. Sie schaute ihn mit ihren rehbraunen Augen ein wenig länger als nötig an.

»Warum nicht.«

Das Café um die Ecke des Studios war klein und gemütlich. Die einzelne Kerze auf dem Tisch ließ ihre Haut goldbraun schimmern. In ihren Adern floss italienisches Blut, denn ihre Mutter war Italienerin, die einen Deutschen geheiratet hatte. Wenn man jemand schmeicheln will, braucht man ihn nur nach seinen letzten Erfolgen zu fragen, wusste der Mann. Und so berichtete Denise Schäfer weitschweifig von ihren zahlreichen Fernsehauftritten, Moderationen bei Modeschauen und einem Kinderbuch, das sie schreiben wollte. Die sinkenden Einschaltquoten ihrer *Paparazzi*-Sendung erwähnte sie wohlweislich nicht. Der Mann hörte ihr aufmerksam zu. Er bewunderte das Dekolleté ihres tief ausgeschnittenen Kleides, in dem sich ihre Brüste beim Sprechen hoben und senkten. Dabei hatte sich ihr rechter Ärmel leicht nach oben geschoben und hatte feine, erhabene Narben auf ihrem Unterarm entblößt, was seinem taxierenden Blick nicht entging.

Denise war eine *Borderlinerin*, schlussfolgerte der Mann, der sich mit diesen Phänomenen auf Grund seiner Vorlieben auskannte. Ritzen war typisch für sie. Solche Menschen vertragen Trennungen schlecht. Sie würde deshalb unter dem Wegzug ihres Freundes nach Los Angeles ganz besonders leiden. Und Borderliner benutzen nicht nur Selbstverletzungen als Ventil, sondern auch riskanten Sex mit wechselnden Partnern. *Wer hätte das gedacht,* dachte der Mann. *Ich bin ein echter Glückspilz.*

»Du bist eine intelligente Starmoderatorin und wirst es noch weit bringen«, kommentierte er. In Wirklichkeit war sie ein dummes Mäuschen, das von Redakteuren geschriebene Texte vom Teleprompter ablas und es nur aufgrund ihrer Gene ins Scheinwerferlicht geschafft hatte. Sie war eine sprechende Kleiderpuppe, mehr nicht. Instabil noch dazu. Es war leicht für den Mann, diese Frau zu hassen.

»Es ist doch in Ordnung, wenn wir uns duzen?«

Sie lächelte, was er als positive Antwort deutete. Er hielt ihr die Hand hin. »Ich heiße Daniel.«

Sie erwiderte seinen Händedruck. »Meinen Vornamen kennst du bereits. Also, Daniel, was machst du so?«

Auf diese Frage war der Mann vorbereitet. Er hatte sich etwas ausgedacht, das seriös, wohlhabend und interessant zugleich klang.

»Ich bin Banker und betreue Filmfonds. Daneben habe ich an der Börse ein kleines Vermögen gemacht.«

Der Mann gab ihr seine goldfarbene Visitenkarte. Weder sein Name noch sein Beruf entsprachen der Wirklichkeit.

Denise Schäfer musterte sie, und ihre Pupillen weiteten sich. Dann nickte sie anerkennend. Die dreiste Lüge hatte offenbar gewirkt, stellte der Mann, der sich heute Daniel nannte, zufrieden fest.

»Wir versuchen gerade, eine Hollywood-Produktion nach Hamburg zu bekommen. Leonardo di Caprio soll die Hauptrolle spielen. Meine Aufgabe ist es, den deutschen Anteil an dem Filmbudget zusammenzukriegen.«

»Das hört sich total interessant an.« Denise Schäfers Augen funkelten. Der Mann wusste aus einem Interview, dass Leonardo di Caprio ihr Lieblingsschauspieler war.

»Würdest du gern beim Film mitmachen?«, fragte der angebliche Filmfondsbetreuer. Er war sich sicher, sie am Haken zu haben. Sein angeblicher Filmberuf hatte sie ganz offensichtlich angetörnt.

»Ach nein, dazu fehlt mir die Ausbildung«, wiegelte sie ab. Offenkundig war sie dennoch sehr interessiert.

»Hast du kürzlich in einer Sendung, in der es um die Suche nach einer Schauspielerin für die Hauptrolle ging, aber gesagt.«

»Den Schlussgag hatte sich die Redaktion ausgedacht.«

»Hast du das Buch gelesen?«

»Ja«, antwortete sie zögernd und errötete.

»Hat es dich erregt?«

Denise wandte den Blick ab und strich sich verlegen durch ihr langes Haar.

Er nahm ihre Hand. »Ich habe ein großes Loft mit einem spektakulären Hafenblick. Möchtet du auf ein Glas Champagner mitkommen?«

Denises Blick wanderte von seinen Augen zu seinen langen Fingern. Der Mann sah ihr an, dass sie ernsthaft darüber nachdachte. Er war schließlich attraktiv, gepflegt und vermögend.

»Nicht heute Abend schon«, sagte sie schließlich und zog ihre Hand weg. »Ich gebe dir meine Nummer und dann verabreden wir uns vielleicht für ein anderes Mal.«

*Vielleicht ein anderes Mal* war die nette Umschreibung für NEIN! Der Mann versuchte, sich seine Enttäuschung nicht anmerken zu lassen.

»Du weißt nicht, was dir entgeht. Ich habe ein Spielzimmer in meinem Loft.«

Vor dem Café verabschiedete sich Denise von Daniel mit einem Wangenküsschen. Der Duft ihres Parfüms stieg ihm in die Nase.

»Wir telefonieren«, sagte Denise im Weggehen. Sie wandte sich nach links in Richtung Studio, der Mann nach rechts, wo in einer Seitenstraße sein gemieteter Sportwagen stand. Mit hängenden Schultern trottete er davon. Er hatte geglaubt, sie an der Angel zu haben, dann hatte sie den Köder doch nicht geschluckt. Er hatte nur diese eine Chance gehabt. Zweifellos würde Denise ihn googeln und feststellen, dass von seinem Namen über seinen Beruf bis hin zum Filmprojekt alles ein Fake war.

Nachdem er fünfzig Meter gegangen war, hörte er plötzlich Stöckelschuhe im Laufschritt. Atemlos tauchte Denise neben ihm auf und hakte sich unter.

»Für dich werfe ich meine Prinzipien über Bord. Ich hoffe, ich werde es nicht bereuen.«

*Oh doch, das wirst du.*

# 22

Florian war aufgeregt, als er den Klingelknopf drückte, denn er war im Begriff, seine erste Zeugenbefragung durchzuführen. Hoffmann hatte ihnen Namen und Adresse des Zeugen genannt. Drinnen begann ein Hund zu bellen. Er warf einen Blick auf die neben ihm stehende Saskia. Mit ihrer schwarzen Barbour-Jacke, den Perlenohrringen und dem Halstuch sah sie auch heute wieder wie eine klassische Jurastudentin aus. Sie standen vor einem weißen Einfamilienhaus in Berne. Die Gardinen an den Fenstern stammten aus den achtziger Jahren, als das Haus gebaut wurde. In der Auffahrt parkte ein uralter, auf Hochglanz polierter Opel Astra. Der Rasen sah aus wie wöchentlich gemäht.

Ein Mittfünfziger mit grauem Bürstenhaarschnitt und blauem Trainingsanzug öffnete die Tür. Neben seinen Beinen erschien ein knurrender Schäferhund. Der Mann sah sie an, als würde er gleich den Hund auf sie loslassen. Eine Bierfahne schlug ihnen entgegen. Florian nahm Blickkontakt mit dem Schäferhund auf, der daraufhin herauskam. Er hielt ihm seine Hand hin, an der er schnupperte. Überzeugt begann er mit dem Schwanz zu wedeln und ließ sich von ihm streicheln. Mit der spontanen Freundschaft zum Hund würde vielleicht er auch sein Herrchen für sich gewinnen. Florian, der Hundeflüsterer.

»Guten Tag, Herr Gregor«, sagte Florian. »Wir sind Jurastudenten und nehmen an einem Seminar über Fehlurteile teil. Wir untersuchen alte Mordfälle. In diesem Zusammenhang haben wir ein paar Fragen zum Fall Hoffmann.«

Bernd Gregor musterte seine Besucher aus tränensackumrandeten Augen. Bei Florian blieb sein Blick feindselig und er verschränkte die Arme. Mit der billigen Outdoorjacke, Jeans und Turnschuhen sah dieser junge Mann nicht so aus, wie man sich einen Jurastudenten vorstellt. Vielleicht entsprach Florian mit seinen langen Haaren aber auch Gregors Vorurteilen über Studenten. Faul, lange schlafen und auf Kosten der Eltern oder des Staates leben. Bei Saskia dagegen hellten sich seine Gesichtszüge auf.

»Herr Hoffmann sagt, er sei in der Mordnacht vor zwei Jahren auf einer Feier bei Ihnen gewesen«, nutzte Saskia ihre Chance.

»Ich erinnere mich. Der arme Kerl. Sitzt seit zwei Jahren unschuldig im Gefängnis«, sagte Gregor kopfschüttelnd. »Ich habe ihn immer mal besuchen wollen, das aber nicht geschafft.« Er machte die Tür weit auf und bat sie mit einer Geste einzutreten.

In dieser Situation war Saskias Perlenpaula-Outfit und nicht sein Kraulen des Hundes der Türöffner gewesen, stellte Florian verblüfft und enttäuscht fest.

»Hier lang«, sagte Gregor und führte sie die Kellertreppe herunter.

»Das ist mein Partykeller«, sagte Gregor stolz. Der große Raum war mit einer Bar samt Zapfhahn, mehreren Tischen mit Stühlen und einem Kickertisch ausgestattet. Alles in Kiefer rustikal. An den Wänden hing neben einem großen Flachbildfernseher diverser Vereinsschmuck in den Farben Schwarz, Weiß und Blau. Eine Lichterkette aus kleinen Fußbällen schlängelte sich an der Decke entlang.

»Hier haben wir damals den 2:1-Sieg gegen den FC Bayern München gefeiert.«

Saskia zog einen Schreibblock aus ihrer Umhängetasche und begann, sich Notizen zu machen.

»Wie war Markus Hoffmann denn so?«, fragte Florian.

»Eigentlich ein netter Kumpel. Er konnte es nur nicht lassen, auch privat den Verkehrspolizisten zu spielen.«

»Wie hat sich das bemerkbar gemacht?«

»Er hat mal Rüdiger die Autoschlüssel weggenommen, weil der nach Markus' Meinung ein paar Bier zu viel getrunken hatte. Ein Riesenstreit ist daraus geworden.«

»Interessant. Aber zurück zur Feier. Herr Hoffmann war auch mit dabei?«

»Aber ja.«

»Können Sie uns sagen, wann die Feier begann und endete?«, fragte Saskia mit gezücktem Füller.

»Es war ein Heimspiel, und wir sind vom Stadion direkt hierher gefahren. Wir müssen so gegen 18.30 Uhr hier gewesen sein. Um 1.00 Uhr habe ich Markus mit den letzten anderen Gästen verabschiedet.«

»Wurde viel Alkohol getrunken?«, wollte Saskia wissen.

»Wir haben ein Fünfzig-Liter-Fass Holsten komplett gelenzt. Dazu ein paar Flaschen Korn.«

»Warum können Sie sich so genau an diesen Abend vor immerhin zwei Jahren erinnern?«, fragte Florian.

»Es war Saisonbeginn und das Auftaktspiel. Und das auch noch gegen Bayern München mit einem Sieg. So etwas vergisst man nicht so schnell.«

»Haben Sie damals im Prozess gegen Hoffmann ausgesagt?«, wollte Saskia wissen.

»Nein, Markus wollte, dass ich ihm ein Alibi gebe, aber irgendwie muss das untergegangen sein.«

Florian nickte. Gregor war in dem Strafverfahren nicht als Zeuge vernommen worden, wie er aus der Akte wusste.

»War Hoffmann alleine oder mit seiner Frau hier?«, fragte Saskia weiter.

»Alleine, wie eigentlich immer. Seine Frau stand nicht so auf Fußball.«

»Dann können Sie also bestätigen, dass Hoffmann in der Mordnacht in der Zeit von 18.30 bis 1.00 Uhr morgens hier bei Ihnen gewesen ist?«, fragte Florian zusammenfassend.

»Genauso ist es. Das könnte ich jederzeit beschwören.«

Florian warf Saskia einen triumphierenden Blick zu, doch sie wirkte noch nicht überzeugt.

»Waren Sie die ganze Zeit mit Hoffmann zusammen?«, hakte Saskia nach.

»Nein, wir waren etwa zwanzig Mann. Da hat jeder mal mit jedem geschnackt.«

»War jemand anderes die ganze Zeit mit Hoffmann zusammen?«, insistierte Saskia.

»Nein, es war ein lockerer Abend, fast nur Männer, keine Grüppchenbildung.«

»Können Sie ausschließen, dass Hoffmann sich unbemerkt von der Feier gestohlen hat und dann wiedergekommen ist?«, setzte Saskia zum Todesstoß an.

Bernd Gregor sah Saskia einen Augenblick verdutzt an, bevor er antwortete. »Hoffmann war eigentlich immer da.«

»Hatten Sie Ihre Gäste denn immer im Blick?«

»Nein«, antwortete Gregor zögernd. »Wir haben hier unten gefeiert, im Garten gegrillt, und die Kumpels gingen auf die Toilette oder vor der Tür eine rauchen.«

»Sie können also nicht sicher ausschließen, dass Hoffmann sich unbemerkt von der Feier gestohlen haben könnte?«

»Nein, das kann ich nicht«, sagte Gregor resigniert.

# 23

Hoffmanns rechtes Auge war immer noch mit einem Verband zugeklebt, die Hämatome in seinem Gesicht hatten sich gelbbraun verfärbt, und im Mund prangte weiterhin eine breite Zahnlücke. Auch der kleine Besucherraum in Santa Fu hatte nichts von seiner Tristesse verloren.

»Als Erstes sind wir Ihre Akte sorgfältig durchgegangen«, begann Florian seinen Bericht. Neben ihm saß Saskia mit dem aufgeschlagenen Schreibblock auf den Knien. Markus Hoffmann sah ihn aufmerksam an. Florian zögerte einen Augenblick, denn er hatte keine guten Nachrichten für Hoffmann.

»Wir haben aber noch nichts gefunden, was eine Wiederaufnahme des Verfahrens rechtfertigen könnte.«

Florian hatte versucht, das *noch* besonders zu betonen. Hoffmann war die Enttäuschung trotzdem anzusehen.

»Dann haben wir Ihren Alibizeugen Bernd Gregor befragt. Er sagt zwar, Sie seien in der Mordnacht in seinem Partykeller gewesen. Er kann aber nicht ausschließen, dass Sie unbemerkt von der Feier verschwunden sind.«

Hoffmann verzog den Mund und schüttelte den Kopf. »Ich war aber die ganze Zeit dort. Bernd und meine anderen Kumpels können das bestätigen.«

»Nein, das können Sie leider nicht, weil niemand den ganzen Abend mit Ihnen zusammen war«, sagte Florian.

»Mag sein«, räumte Hoffmann ein. »Ich habe immer mal neben jemand anderem gesessen. Trotzdem war ich den ganzen Abend dort.«

»Ich spiele jetzt mal den *Advocatus Diaboli*«, mischte Saskia sich ein.

»Den … was?«, fragte Hoffmann.

»Den Anwalt des Teufels. Ich spiele die Staatsanwältin, die Ihr Alibi auseinandernimmt.«

»In so was ist sie gut!«, erinnerte Florian sich.

»Na toll.« Hoffmann verlor sichtlich das Interesse.

»Aus Sicht der Staatsanwaltschaft haben Sie kein hieb- und stichfestes Alibi. Das Mordopfer wohnte ganz in der Nähe. Die Kriminalpolizei hat Weg-Zeit-Berechnungen angestellt, nach denen Sie es innerhalb von fünfzehn Minuten hätten hin und wieder zurück schaffen können. Hinzu kommen noch geschätzte dreißig Minuten für die eigentliche Tatbegehung. Sie hätten also innerhalb von fünfundvierzig Minuten die Feier verlassen, den Mord begehen und wieder zurückkehren können. Niemand von den zudem stark alkoholisierten Gästen wäre Ihre Abwesenheit für eine so kurze Zeit aufgefallen.«

Ein deprimiertes Schweigen entstand.

»Fünfundvierzig Minuten sind nicht kurz, Frau Staatsanwältin«, erwiderte Hoffmann schließlich.

»Im Hinblick auf die Dauer der Feier von sechseinhalb Stunden schon. Wenn jemand fünfdreiviertel Stunden davon anwesend ist, entsteht bei den anderen Gästen der subjektive und falsche Eindruck, diese Person sei die ganze Zeit da gewesen.«

Florian merkte, dass Hoffmann ihn hilfesuchend ansah. Doch ihm fiel kein Gegenargument ein.

»Also wird es mit dem Alibi nichts?«, fragte Hoffmann.

»Lassen Sie den Kopf nicht hängen«, antwortete Florian. »Wir bleiben am Ball. Als Nächstes wollen wir weitere Befragungen durchführen.«

Hoffmann sah zur Seite und schüttelte den Kopf. »Das bringt doch nichts.« Er schien die Hoffnung zu verlieren. »Aber immerhin besuchen Sie mich. Sie sind die Einzigen, die das noch tun.«

»Ihre Frau kommt Sie doch bestimmt besuchen«, sagte Saskia aufmunternd.

»Nein, meine Frau will sich von mir scheiden lassen. Während des Prozesses hat sie noch zu mir gehalten, aber seit ich lebenslänglich bekommen habe, will sie möglichst schnell raus aus der Ehe.«

In Hoffmanns Augen schimmerten Tränen. Florian und Saskia schwiegen betreten.

»Das Schlimmste ist, dass ich meine Kinder nicht mehr sehe«, sagte Hoffmann niedergeschlagen. »Lennard ist sechs, Leonie vier. Wenn ich hier rauskomme, sind sie erwachsen und ich habe ihre gesamte Kindheit und Jugend verpasst. In dreizehn Jahren, wenn ich frühestens entlassen werde, wissen sie wahrscheinlich nicht einmal mehr, wer ich bin.«

Tränen tropften auf den Resopaltisch. Hoffmann wischte sich mit dem Handrücken über die Augen und schniefte.

Florian war es unangenehm, einen erwachsenen Mann weinen zu sehen. Er wusste, der übliche locker-flockige Spruch würde jetzt nicht weiterhelfen. Also schwieg er.

»Aber Ihre Mutter kommt Sie doch bestimmt besuchen«, versuchte es Saskia noch mal.

Hoffmann stand auf und schlug mit der Faust gegen die Tür. »Wärter, ich möchte gehen.«

Er drehte sich noch einmal zu Florian und Saskia um. Zorn flammte in seinen geröteten Augen auf.

»Meine Mutter hat sich von ihrem *perversen Sohn* losgesagt.«

Florian, dem die Szene mehr als unangenehm war, ballte unter dem Tisch die Fäuste. Alle seine Instinkte sagten ihm, dass dieser Mann unschuldig war. Er würde sich den Kommissar vornehmen, der diesen Mann ins Gefängnis gebracht hatte.

# 24

»Willst du heute Abend meine Sklavin sein?«, fragte der Mann in der schwarzen Designerkleidung, nachdem er die massive Tür aus dunklem Holz zu seinem Spielzimmer aufgemacht hatte. Er drückte auf den Doppelschalter an der Wand. Einer ließ die Lampen angehen, der andere startete die Videoaufzeichnung.

Denise Schäfer trat über die Türschwelle und sah sich staunend um. In dem gedämpften Licht waren ein großes Stahlbett, ein Andreaskreuz und eine Kommode zu sehen. Darüber befand sich eine Leiste, an der Hand- und Fußfesseln, Peitschen, Knebel und Masken hingen.

»Du hast ja tatsächlich ein Spielzimmer«, sagte sie bewundernd. Und zuckte zusammen, als sich hinter ihr die schwere Tür mit einem dumpfen Knall schloss.

Der Mann, der sich heute Daniel nannte, ging an ihr vorbei und lehnte sich gegen die Kommode.

Denise lächelte reflexartig, als sie ihr Gesicht in der verspiegelten Wand entdeckte. Es war offensichtlich, dass sie sich selbst für schön hielt.

»Du hast meine Frage nicht beantwortet«, sagte er mit Nachdruck.

»Ach ja, das Rollenspiel. Unter zwei Bedingungen: Du tust mir nicht weh, und wir hören sofort auf, wenn ich das sage.«

»Abgemacht.«

Die Lüge kam ihm leicht über die Lippen.

»Das Safeword ist *Rot.*«

»In Ordnung. Bei *Rot* höre ich auf.«

Das würde er tatsächlich, aber anders, als Denise es meinte.

Denise ließ ihren Blick über das Stahlbett wandern. Doch der Mann hatte anderes mit ihr vor. Er nahm eine Reitgerte von der Leiste, ließ sie in seine Hand knallen und sagte: »Zieh dich aus!«

»Ja, Meister«, sagte sie belustigt. Sie öffnete den Reißverschluss an der Seite und streifte das Kleid über die Hüften ab.

»Den BH auch noch.«

Sekunden später segelte der BH zu Boden auf das Kleid. Sie hatte jetzt nur noch einen Slip an. Denise war selbstbewusst und zeigte keine Anzeichen von Angst. Der Mann näherte sich, um sie in Augenschein zu nehmen. Er ließ die Spitze der Reitgerte über ihren nackten Körper wandern. Sie erschauderte unter der Berührung.

»Du hast eine wahnsinnig gute Figur.«

»Ja, findest du …«

»Schweig und sieh zu Boden!«

Gehorsam sah sie auf den Teakholzboden.

Der Mann ging zur Wand und betätigte eine Kurbel. Von der Decke kam eine an einer Kette hängende Fesselstange herunter. An beiden Enden der einen Meter langen Edelstahlstange waren Ledermanschetten angebracht.

»Streck deine Hände vor!«

Denise trat einen Schritt zurück und verbarg die Hände hinter dem Rücken.

»Bitte nicht fesseln, Meister, ich tue auch so alles, was du willst.«

Denise glaubte offenbar, sich zu zieren gehöre zum Rollenspiel.

»Sklavin, streck die Hände aus, oder ich muss dich streng bestrafen.«

Denise tat wie befohlen. Mit geübten Griffen legte er eine Manschette um ihr rechtes Handgelenk und begann, sie zuzuschnallen. Währenddessen packte ihn Denise mit der freien Hand am Kragen und versuchte, ihn für einen Kuss heranzuziehen. Ohne darauf einzugehen, griff er bereits nach ihrer Linken und wollte sie zur Lederfessel zu ziehen. Denise wehrte sich spielerisch – aber ohne Erfolg, denn nach einem Augenblick Gerangel war auch ihr linkes Handgelenk von einer Manschette umschlossen.

»Jetzt bin ich dir wehrlos ausgeliefert«, kicherte Denise.

Sie zog testweise an den Ledermanschetten. Sie saßen eng um ihre Handgelenke und gaben nicht nach.

»Ich kann jetzt mit dir machen, was ich will«, sagte der Mann. Er genoss die Macht, die er über die junge Frau hatte, und spürte Erregung in sich aufkommen. Denise war ihm tatsächlich wehrlos ausgeliefert. Wenn sie es sich jetzt noch anders überlegte, wäre es zu spät. Sie würde sich allein nicht aus den Fesseln befreien können. Aber noch hatte sie es in der Hand, ob sie diese Session überlebte oder nicht.

Dann kurbelte er die Fesselstange energisch nach oben. Ihre Füße berührten gerade noch den Boden.

Denise stand jetzt mit nach oben ausgestreckten Armen mitten im Raum. Sie verlagerte ihr Gewicht in die Fesseln, die das ohne Weiteres aushielten. An dem massiven Haken in der Zimmerdecke konnte man jemanden aufhängen. Sie schüttelte den Kopf und ihr langes braunes Haar fiel in Wellen über ihren Rücken. Mit leicht geöffneten Lippen sah sie ihn erwartungsvoll an.

»Sklavin, senke den Blick!«

Der Mann umrundete sie.

»Einen hübschen Hintern hast du.«

Er streifte ihr den Slip ab.

Der erste Hieb kam ohne Vorwarnung. Die Reitgerte knallte laut auf ihren Hintern. Denise stöhnte auf und zerrte an ihren Fesseln. Sie drehte den Kopf, um den nächsten Schlag kommen zu sehen. Sie wand sich, um ihm auszuweichen, doch die Gerte fand wieder ihr Ziel. Sie bäumte sich gegen ihre Fesseln auf. Wieder knallte die Gerte. Diesmal tiefer. Der Mann war begeistert von ihrem Hinterteil, das sich unter den Schlägen wand. Je mehr sie versuchte, ihnen auszuweichen, desto schneller und kräftiger schlug er zu. Sie erzitterte unter den Schlägen. Der Mann wurde durch das hingereckte Hinterteil, ihrem Winden und Stöhnen zunehmend erregt. Wieder und wieder schlug er spielerisch zu. Er wollte ihr nicht wehtun, noch nicht.

Auch Denise wurde zunehmend erregt und wand sich so sehr, dass sie sich um die eigene Achse drehte. Die Gerte klatschte nacheinander auf beide Brustwarzen, die sich augenblicklich versteiften.

»Spreiz die Beine, Sklavin!«

Der nächste Hieb traf ihr Geschlecht. Denise schrie in einer Mischung aus Schmerz und Wollust auf.

»Schweig, Sklavin!«

Die Spitze der Gerte streifte über ihr Lustzentrum und verharrte dort. Der Mann sah ihr an, dass sie bald kommen würde. Er hängte die Gerte zurück an die Leiste, senkte die Fesselstange mit der Kurbel etwas und trat hinter sie. Sie hing leicht vornübergebeugt in ihren Fesseln. Er umfasst ihre Brüste von hinten und knetete ihre Brustwarzen. Denise versuchte ihren Kopf zu drehen, um ihn zu küssen, doch er drückte ihren Kopf wieder nach vorne. Dann zog er den Reißverschluss seiner Hose herunter, packte sie mit beiden Händen an den Hüften und drang mit einem Ruck tief in sie ein. Die Kette der Fesselstange rasselte, als sie sich aufbäumte. Mit dynamischen, stoßweisen Bewegungen trieb er sie beide zum Höhepunkt. Beide keuchten, bis er sich versteifte und sie von den konvulsivischen Zuckungen ihres Orgasmus erbebte.

Danach hing Denise schweißnass und vornübergebeugt in den Fesseln. Ihr langes Haar verbarg ihr Gesicht.

Der Mann zog seinen Reißverschluss wieder hoch und umrundete Denise. Er umfasste ihr Kinn und hob ihren Kopf.

»Jetzt darfst du mich ansehen.«

Denise hob den Blick und sah ihm direkt in seine durchdringenden Augen.

»Findest du mich schön?«

Sie ließ ihren Blick von seinen Augen über sein Gesicht wandern. Etwas schien sie zu irritieren. Sie zögerte mit der Antwort, was ihm nicht entging.

»Ja, doch schon. Und jetzt mach mich los.«

Sein Gesicht entgleiste zu einer wutverzerrten Grimasse.

Der kalte Stahl einer Klinge blitzte auf.

Denise schrie.

# 25

Das Polizeipräsidium sah aus der Luft wie ein Polizeistern aus. Es bestand aus zehn sternförmig angeordneten Flügeln, die sich um einen zentralen Ring gruppierten. Die Fassade bestand aus schwarzen Kacheln, Stahlprofilen und viel Glas. Das Hightech-Gebäude befand sich in Hamburg-Alsterdorf in Sichtweite des Stadtparks.

»Wir studieren Jura und sollen anhand der Mordsache Hoffmann exemplarisch die Grundzüge von Mordermittlungen lernen. Dazu hätten wir noch ein paar Fragen«, stellte Florian ihr Anliegen vor. Dass möglicherweise der Falsche verurteilt wurde und sie versuchten herauszufinden, wer der wahre Täter war, verschwieg er wohlweislich. Denn dies könnte Kriminalkommissar Michaelis als Kritik an seinen Ermittlungen verstehen – mit der Folge einer mangelnden Auskunftsbereitschaft.

»Das war ein aufsehenerregender Fall, an den ich mich noch gut erinnere«, sagte Kommissar Michaelis. »Es war die erste Mordsache, die ich geleitet habe. Der Mord war nach nur zwei Wochen schon aufgeklärt. Dieser Ermittlungserfolg wurde allerdings dadurch getrübt, dass es ein Täter aus den eigenen Reihen war.« Der Enddreißiger hatte ein sympathisches

Lächeln, hellbraune, vorne schon etwas schüttere Haare und trug eine silberne Nickelbrille. »Was wollen Sie wissen?«

Florian saß ihm mit Saskia gegenüber in einem funktional ausgestatteten Büro mit weißen Wänden und hellgrauer Möblierung. Michaelis hätte wegen seines Grinsens ohne das dunkelgraue Tweedsakko fast ein bisschen zu jung für einen Kommissar gewirkt, fand Florian.

»Wie sind Sie auf Hoffmann als Täter gekommen?«, fragte Saskia, die wie immer einen aufgeschlagenen Schreibblock auf den Knien und den Füller in der Hand hatte.

»Hoffmann war im Grunde ein Zufallstreffer. In der Leiche sind Spermaspuren gesichert worden. Das Labor hat ein DNA-Profil des Spermaverursachers erstellt. Dieses haben wir dann mit der DNA-Analyse-Datei abgeglichen. Es gab einen Treffer. Es war die DNA von Hoffmann.«

»Wie kommt die DNA eines Polizisten in die DNA-Datei? Ich dachte, da kommt nur die DNA von Straftätern rein«, wollte Florian wissen.

»Es gab in der Vergangenheit leider mehrere Fälle von Kontaminationen bei der Spurensicherung, das heißt, die DNA-Probe wurde durch Fremd-DNA verunreinigt. Zum Beispiel, wenn die Spurensicherung bei der Probenentnahme schlampig arbeitet, kann die Probe auch die DNA der Polizisten enthalten. Von dem Heilbronner Phantom haben Sie sicher schon etwas gehört.«

Florian und Saskia nickten. Den Fall hatten Sie im Seminar diskutiert.

»Es ist nicht immer vermeidbar, dass Polizeibeamte bei ihrer Arbeit Trugspuren setzen, die in Wirklichkeit keine Täterspuren sind. Um falsch-positive DNA-Treffer zu vermeiden, haben wir beschlossen, die DNA-Profile aller Polizeibeamten auf freiwilliger Basis in die Datenbank einzupflegen. Dadurch können von unseren Mitarbeitern verursachte Trugspuren schnell erkannt und ausgeschlossen werden.«

»Woher wussten Sie, dass Hoffmanns DNA nicht ebenfalls eine Kontamination ist?«, hakte Florian nach.

»Das Spurenmaterial sprach dagegen. Es handelt sich um Sperma und dieses kommt nicht dadurch in eine Frauenleiche, dass ein Beamter vergisst, sich Latexhandschuhe überzuziehen. Wir reden hier nicht über einzelne Hautschuppen, die auch zufällig angetragen werden können.«

Florian merkte Saskias Blick an, dass sie die Diskussion abstoßend fand. Sie schaute mit gekräuseltem Nasenrücken aus dem Fenster.

»Und«, Michaelis hob den Zeigefinger, »entscheidend war, dass Hoffmann mit der Mordsache dienstlich nichts zu tun hatte. Er war Verkehrspolizist. Er war weder am Ort des Leichenfundes eingesetzt, noch hatte er mit der späteren Auswertung der Spuren zu tun. Es konnte nur einen Grund geben, wie sein Sperma in das Tatopfer gekommen ist: Hoffmann hatte Geschlechtsverkehr mit ihr und hat sie dann ermordet.«

»Kann Hoffmann nicht Sex mit ihr gehabt und jemand anderes sie anschließend umgebracht haben?«

»Nein, die Rechtsmediziner sagen, der Geschlechtsverkehr habe entweder kurz vor oder zeitgleich mit der Tötung stattgefunden.«

»Und bei der DNA-Analyse ist jeder Irrtum ausgeschlossen?«

»Angesichts eines DNA-Treffers in den eigenen Reihen waren wir natürlich auch sehr erstaunt. Wir haben den DNA-Test deshalb von einem unabhängigen Privatlabor noch einmal wiederholen lassen. Mit dem selben Ergebnis.«

»Könnte man den Test ein drittes Mal machen?«

»Nein, es gab letztes Jahr einen Brand im Labor, bei dem die Probe vernichtet worden ist.«

Florian warf einen Seitenblick auf Saskia, die eifrig mitschrieb, und stellte dann die nächste Frage: »Gab es noch andere Verdächtige außer Hoffmann?«

»Kurze Zeit war der Ex-Partner der Ermordeten im Fokus sowie ein Stalker. An ihre Namen kann ich mich nicht mehr erinnern. Die Ermittlungen gegen beide wurden eingestellt, bevor sie richtig angefangen hatten.«

»Warum das?«, fragte Florian verwundert.

»Hoffmann war nach dem Ergebnis der DNA-Analyse der Spermaverursacher«, antwortete Michaelis mit einem Anflug von Verärgerung in der Stimme. »Er konnte uns auch nicht erklären, wie anders als durch die Tat sein Sperma in das Opfer gekommen sein sollte. Mit dem DNA-Testergebnis als gerichtsfestes Beweismittel war der Mord dann aufgeklärt. Damit waren die Ermittlungen abgeschlossen.«

»Das kann ich nachvollziehen«, versuchte es Florian weiter. »Aber Hoffmann war auch ein Kollege von Ihnen. Gibt es da nicht einen Korpsgeist unter Polizisten? Dass man jeder noch so kleinen Spur nachgeht, bevor man einen Kollegen ins Gefängnis schickt?«

»Ich könnte es mir leicht machen«, sagte Michaelis nach kurzem Nachdenken, »und Ihnen sagen, dass es so etwas wie einen Korpsgeist innerhalb der Polizei nicht gibt. Dass wir jede Ermittlung objektiv und ohne Ansehen der Person führen.«

Florian und Saskia sahen Michaelis gespannt an, während dieser seine nächsten Worte abwog.

»Aber die Wahrheit ist, Hoffmann war ein unbeliebter Kollege. Er war ein überkorrekter Prinzipienreiter, der schon ein paar Mal Kollegen wegen kleinster Dienstvergehen angeschwärzt hatte. Als Verkehrspolizist hat er auch Knöllchen an Kollegen verteilt, sogar an welche, die er kannte. Er hat immer gesagt, er würde keinen Unterschied zwischen Bürgern und Kollegen machen.«

»Was hatte das für Auswirkungen auf die Ermittlungen?«, fragte Saskia.

»Wir haben die Ermittlungen gegen Hoffmann korrekt geführt, so wie er auch immer die Einhaltung sämtlicher Vorschriften von anderen eingefordert hat. Aber ein Bein hat sich für diesen Kollegen niemand ausgerissen.«

# 26

Die Lage war perfekt für eine Kanzlei. Denn auf der anderen Straßenseite des rot geklinkerten Kontorhauses Ecke Feld- und Karolinenstraße lagen alle wichtigen Hamburger Gerichte rund um den Sievekingplatz gruppiert. Weniger perfekt war: fünfter Stock ohne Fahrstuhl.

»Und wie sieht es bei dir mit der Männerwelt aus?«, fragte Florian, während er mit Saskia die Treppen hochging. Er musste sich eingestehen, dass er etwas für dieses Mädchen empfand. Allein, wie sie ihre Stifte sortierte und immer so pikiert dreinblickte … Er konnte sich nicht helfen, aber er fand sie irgendwie niedlich.

Saskia warf ihm einen überraschten Seitenblick zu, antwortete aber nicht.

»Hast du einen Freund?«, hakte Florian nach.

»Das geht dich nichts an. Nur weil ich mit dir in einer Arbeitsgruppe bin, sehe ich keinen Anlass, mit dir mein Privatleben zu erörtern!«

»Ich frage nur, weil ich dich noch nie mit einem Freund gesehen habe.«

»Ich bin eben sehr anspruchsvoll.«

Sie hatte also keinen Freund. Florian schöpfte Hoffnung.

»Das kann sich bald ändern. Ich will mich mit Lars treffen.«

»Mit diesem Schnösel?«, fragte Florian eifersüchtig.

»Du findest, er ist ein Schnösel, nur weil er der Beste im Seminar ist?«

»Nein, weil er eingebildet, arrogant und eitel ist.«

»Er ist jemand, den ich meinen Eltern als Freund vorstellen könnte. Bei dir wäre das nicht der Fall«, sagte Saskia und machte die Tür auf.

Seine Hoffnung bekam einen Dämpfer.

»Was kann ich für Sie tun?«, fragte Rechtsanwalt Schott mit leiser, monotoner Stimme, nachdem er sie mit einem schmierigen Händedruck begrüßt hatte. Der Mann Anfang fünfzig hatte einen kahlen, eierförmigen Kopf. Hinter den Ohren standen wirr schwarz gefärbte Haarbüschel ab. Der zerzauste Eindruck wurde durch ein zerknautschtes Sakko und zwei fehlende Knöpfe am vergilbten Hemd verstärkt. Seine traurig-braunen Augen und die hängenden Lippen verliehen seinem Gesicht einen Anflug ins Depressive.

»Wir hatten uns telefonisch angekündigt. Wir sind Jurastudenten, die im Rahmen eines Seminars die Strafsache Hoffmann untersuchen«, sagte Florian. »Wir haben nach der Aktenlektüre noch ein paar Fragen an Sie.«

»Dann stellen Sie mal Ihre Fragen.«

Der Anwalt sah so gar nicht aus wie Tom Cruise in *Die Firma.* Saskia hätte auch noch mit dem Allerweltsgesicht von Matt Damon in *Der Regenmacher* oder dem Sunnyboy Matthew McConaughey in *Die Jury* oder *Der Mandant* leben können. Aber Schott war optisch eine einzige Katastrophe, hatte so gar nicht das Auftreten des typischen jung-dynamischen Anwalts aus den Grisham-Verfilmungen. Seine Glatze glänzte wie ein frisch eingeölter Babypopo.

»Gab es neben Hoffmann weitere Verdächtige?«, fragte Saskia.

»Die Kripo hat beiläufig zwei weitere Männer erwähnt. Die Namen sind mir entfallen.«

»Wissen Sie, warum dem Verdacht gegen beide nicht weiter nachgegangen wurde?«

»Dazu kann ich nichts sagen. Als ich mandatiert wurde, saß Hoffmann bereits in Untersuchungshaft. Es gab keine anderen Beschuldigten als ihn.«

»In den Akten haben wir nichts über weitere Verdächtige gelesen«, warf Florian ein.

»Die stünden auch nicht in der Ermittlungsakte, sondern in den Spurenakten.«

»Was sind Spurenakten?«, fragte Florian.

»Am Anfang von Ermittlungen geht die Kripo häufig zahlreichen Spuren nach, die zu mehreren Verdächtigen führen können. Für jede Spur und jeden Verdächtigen wird eine besondere Akte angelegt, die aber nicht Bestandteil der Ermittlungsakte gegen den letztlich Beschuldigten werden.«

»Haben Sie mal die Spurenakten angefordert?«, fragte Saskia.

»Nein, dazu bestand kein Anlass. Gegen Hoffmann lag ein positives DNA-Ergebnis vor. Daran war nicht zu rütteln.«

»Wie sah Ihre damalige Verteidigungsstrategie aus?«, fragte Florian.

Der Anwalt sah einen Augenblick gedankenverloren aus dem Fenster und rieb sich das Kinn. Florian betrachtete inzwischen das Büro. Der Schreibtisch zwischen ihnen war übersät mit Akten und Papieren. Das Regal hinter dem Anwalt war mit dicken Jurabüchern vollgestellt, auf dem Fensterbrett stand eine bronzene Justitia-Figur.

»Aufgrund des DNA-Testergebnisses war die Beweislage erdrückend. Und Hoffmann hatte auch kein belastbares Alibi.

Deshalb habe ich ihm geraten, ein Geständnis abzulegen, um eine Strafmilderung zu erreichen.«

»Hielten Sie ihn für schuldig?«

»Die meisten meiner Klienten sind schuldig. Aber darauf kommt es nicht an. Ich habe mir bei Hoffmann wie bei jedem anderen Mandanten angeschaut, was die Staatsanwaltschaft für Beweismittel hat, ob man die irgendwie entkräften kann und wie seine Chancen auf einen Freispruch aussehen.«

Schott rückte seine weiße Krawatte, an deren Rand ein Tomatenfleck prangte, gerade. »Wenn eine Freispruch-Verteidigung nicht aussichtsreich ist, versuche ich, für meinen Mandanten das geringstmögliche Strafmaß herauszuschlagen. Mit einer geständigen Einlassung hätten wir die Sache vielleicht als Unfall verkaufen können.«

Florian glaubte, seinen Ohren nicht zu trauen. *Wie kann das Durchschneiden der Kehle eines gefesselten Opfers ein Unfall sein?*

»Die sadomasochistischen Sexpraktiken seien außer Kontrolle geraten«, erklärte Schott seine Strategie weiter. »Eigentlich hätten beide nur ein Ritzen vereinbart, der Schnitt sei dann aber unabsichtlich ein wenig zu tief gegangen. Also ein klarer Fall von Körperverletzung mit Todesfolge und kein Mord.«

*Herumritzen am Hals als Sexspiel?,* dachte Florian. *So was konnte nur einem Anwalt einfallen.*

»Stand Hoffmann denn auf S/M?«, wollte Florian wissen.

»Leider ja. Seine Frau hat vom Einsatz der Diensthandschellen im ehelichen Schlafzimmer berichtet. Das war ein weiteres Indiz, das gegen Hoffmann sprach.«

Dieses Detail hatte Hoffmann ihnen gegenüber nicht erwähnt.

»Aber Hoffmann hat ein Geständnis abgelehnt«, fuhr Schott bedauernd fort. »Er könne nicht etwas gestehen, was er nicht begangen habe.«

»Wie ist die Strafverhandlung verlaufen?«, fragte Florian, während Saskia sich Notizen machte.

»Die ist für Hoffmann nicht gut gelaufen. Der DNA-Beweis ist nicht zu entkräften gewesen. Er war sogar durch ein privates Labor wiederholt worden. Jeder Fehler oder Irrtum war ausgeschlossen. Der Rechtsmediziner, der den DNA-Beweis in der Verhandlung erläutert hat, war sehr überzeugend.« Schott schüttelte den Kopf. »Und Hoffmann hat sich in der Verhandlung auch nicht gut verkauft.«

»Wie meinen Sie das?«

»Ich hatte ihm geraten, zu schweigen. Er ist aber dem Vorsitzenden wiederholt ins Wort gefallen und hat ihn mit seiner rechthaberischen Art gegen sich aufgebracht. Man braucht den Vorsitzenden nicht alle fünf Minuten durch Zwischenrufe wissen zu lassen, dass man sich für unschuldig hält. Das Ergebnis war dann das ›lebenslänglich‹.«

»Wogegen Sie Revision eingelegt haben«, sagte Saskia.

»Das macht man bei ›lebenslänglich‹ pro forma immer. Aber das Urteil war gut begründet und bot keine Angriffspunkte. So war die Zurückweisung der Revision durch den Bundesgerichtshof nicht anders zu erwarten.«

»Und wie ging es dann weiter?«, fragte Florian.

»Ich habe das Mandat abgerechnet und damit war die Sache für mich erledigt.«

Florian und Saskia gingen an den Gerichten vorbei zurück zur Universität.

»Diese Spurenakten müssen wir haben. Ich werde später nochmal zu Michaelis fahren und sie holen«, sagte Saskia.

»Mach das«, sagte Florian. Er fingerte eine Zigarette aus seiner Jacke und steckte sie in den Mund. Bevor er sein Feuerzeug fand, nahm Saskia ihm die Zigarette weg und hielt ihm ein Kaugummi hin.

»Nimm das. Ist gesünder und stinkt nicht.«

Florian war zu verblüfft, um zu protestieren.

»Keine Frau mag es, einen Aschenbecher zu küssen«, fügte Saskia hinzu.

Florian wickelte den Kaugummi aus und steckte ihn in den Mund. Sollte das etwa ein Angebot gewesen sein? Zog sie in Erwägung, ihn zu küssen?

»Was sagst du zu Schott?«, fragte Florian.

»Der Anwalt macht keinen kompetenten Eindruck«, sagte Saskia. »Er hat sich auch nicht wirklich für Hoffmann engagiert.«

»Du hast recht. Er wirkte gleichgültig auf mich. Er hat die Verteidigung nur pro forma gemacht, um Gebühren abrechnen zu können. Das zeigt sich auch daran, dass ihm sein Mandant nach der Verurteilung egal war.«

»Nach dem Protokoll der Hauptverhandlung hat er auch nichts unternommen. Er hat keine Beweisanträge gestellt und auch dem Rechtsmediziner keine kritischen Fragen gestellt. Deshalb hat der ganze Mordprozess auch nur drei Verhandlungstage gedauert.«

»Es ist erschreckend, wie kalt und unbarmherzig die Justiz mit Hoffmann umgesprungen ist. Bloß weil der DNA-Beweis als unanfechtbar gilt, stellt niemand Fragen«, regte Florian sich auf. »Wer mit einem positiven DNA-Test in die Fänge der Justizmaschinerie gerät, wird praktisch automatisch verurteilt, auch wenn er unschuldig ist. Direkt unheimlich.«

Sie gingen gerade am Untersuchungsgefängnis vorbei, aus dessen Fenstern die verzweifelten Rufe von Inhaftierten zu hören waren. *Darunter sind bestimmt auch welche, die zu Unrecht eingesperrt sind*, dachte Florian.

»Deine Systemkritik kannst du dir sparen. Wir haben einen gut funktionierenden Rechtsstaat. Es wäre die Aufgabe von

Anwalt Schott gewesen, Hoffmann bestmöglich zu verteidigen«, konterte Saskia.

Es würde zu nichts führen, diesen Punkt mit der prinzipientreuen Tochter eines OLG-Richters weiter zu diskutieren. Deshalb lenkte er ein, obwohl er die Verurteilung von Hoffmann für eine ziemliche Schweinerei hielt.

»Bei Schott fehlt nur noch ein r im Namen«, resümierte Florian. »Hoffmann hat keine anständige Verteidigung bekommen.«

»Was leider kein Wiederaufnahmegrund ist«, fügte Saskia niedergeschlagen hinzu.

# 27

»Du bist scharf auf sie«, kommentierte Simon, der an der offenen Badtür stand und Florian dabei zusah, wie er vor dem Spiegel versuchte, seine langen Haare mit Gel in Form zu bringen.

»Diese Star Trek Convention nächsten Monat im Congress Center beschert dir bestimmt ein Riesengeschäft«, sagte Florian.

»Stimmt, ich komme mit dem Bestellen von Kostümen kaum nach. Die Fans wollen alle als Star-Trek-Charakter verkleidet hingehen, um dort ihren Idolen wie Captain Kirk und Captain Picard zu begegnen. Ich bin sozusagen der Erstausrüster für das Fantreffen.«

Florian versuchte, eine überlange Haarsträhne mit Gel zu fixieren.

»Aber jetzt lenke nicht weiter ab. Du bist scharf auf sie«, sagte Simon noch mal.

»Quatsch. Sie ist nicht mein Typ«, antwortete Florian, während er den Pony zur Seite frisierte. »Mir hängen nur die Haare vor den Augen.«

»Sieht sie scheiße aus?«

»Eigentlich nicht. Sie hat ein niedliches Gesicht und eine gute Figur. Sie sieht aus wie Hermine aus den Harry-Potter-Filmen, nur mit kurzen Haaren.«

Florian streifte eine widerspenstige Haarsträhne zur Seite, die ihm jedoch immer wieder ins Gesicht fiel.

»Ist sie immer noch scharfzüngig?«

»Sie ist clever und rhetorisch gut. Man könnte das auch scharfzüngig nennen.«

»Das letzte Mal hast du von der Perlen-Tussi noch anders …«

Die Türklingel unterbrach ihre Unterhaltung. Florian ging an Simon vorbei zur Wohnungstür und machte sie auf.

»Herrje, wie sieht es denn hier aus?«, sagte Saskia beim Reinkommen. Im Flur standen wie üblich ein Stapel Altpapier, ein Müllbeutel und ein Wäscheständer. Der Boden hätte auch mal wieder gewischt werden müssen. »In diesem Schweinestall fühlt ihr euch wohl?«

»Das ist Simon, mein WG-Kumpel. Er hat diese Woche Putzdienst«, gab Florian den Schwarzen Peter weiter.

Simon begrüßte sie mit dem Vulkan-Gruß, wobei er die Finger zwischen Ring- und Mittelfinger spreizte, sodass ein »V« entstand.

»Lebe lang und in Frieden«, sagte Simon.

»Besser wäre: *Putze lang und gründlich*«, erwiderte Saskia.

»Ich kann nichts dafür.« Simon hob entschuldigend die Hände. »Unser Haushaltsdroide ist im Labor.«

Saskia stutzte einen Augenblick. »Haushaltsdroiden gibt es doch nur in Science-Fiction-Filmen.«

»Genau deshalb kann ich ja nichts dafür«, erwiderte Simon grinsend. »Unserer befindet sich noch im Entwicklungslabor.«

»Ist das dein Enterprise-Kumpel?«

Florian nickte lächelnd.

»Hallo, Wesley, werde erwachsen«, sagte Saskia zu Simon.

Florian konnte ein Lachen über ihre Anspielung auf den milchbubihaften Fähnrich der Enterprise nicht unterdrücken.

»Das heißt nicht, *du* wärest weniger unreif«, sagte Saskia und tippte ihm mit dem Zeigefinger gegen die Brust.

Florians Lachen erstarb.

»Wo ist dein Zimmer?«, fragte sie ihn. Er zeigte auf die nächste Tür und machte sie auf.

Als Saskia den Raum betrat, kräuselte sie angewidert die Nase, ging zum Fenster und riss es weit auf. Eine kalte Brise fegte ein paar Papiere vom Schreibtisch. Sie setzte sich auf den Schreibtischstuhl.

»Damit das klar ist, solange ich hier bin, wird nicht geraucht.«

Florian nahm den Rüffel schweigend zur Kenntnis und ließ sich auf der Matratze auf dem Boden nieder, der einzigen anderen Sitzgelegenheit.

Saskia sah sich kurz in dem kleinen Zimmer um und meinte: »Nette Studentenbude. Ich hoffe, die Kellerasseln knabbern dich nachts nicht an.«

»Der Blockbuster *Die Killerasseln greifen an* wurde hier gedreht.«

Dann sah Saskia zu dem kleinen Regal über dem Schreibtisch hoch.

»Bei dir hat sich der Trend zum Zweitbuch noch nicht durchgesetzt.«

»Es sind drei!«, protestierte Florian.

»Drei Lehrbücher sind nicht gerade viel und in der Bibliothek sieht man dich auch kaum.«

»Ich hasse diese Welt der Schleimer. Berstende Regale voller halbverwester Jurabücher. Das ist nichts für mich.«

Saskia zog spöttisch eine Augenbraue hoch. »Und du willst wirklich Jurist werden?«

Sie machte ihre Umhängetasche auf und holte einen Stapel dünner Akten heraus. »Ich war noch einmal bei Michaelis und habe die Spurenakten geholt.«

Saskia teilte den Stapel in zwei gleich große Teile auf. »Ich fünfzehn und du fünfzehn.«

Zwei Stunden später waren sie mit der Aktendurchsicht fertig. Florian stand auf.

»Ich glaube, ich habe einen Treffer«, sagte Saskia und tippte auf eine Akte auf ihren Knien. Im Ausschnitt ihrer Bluse sah er den Ansatz ihrer Brüste, die sich beim Sprechen hoben und senkten. »Henrik Schneider war der Ex-Partner der Ermordeten. Wie uns Hecki beigebracht hat, handelt es sich oft um eine Beziehungstat, wenn eine Frau umgebracht wird. Er hatte nach der Tat zudem Kratzer im Gesicht und an den Händen. Vielleicht Abwehrspuren von dem Opfer?«

»Das klingt verdächtig. Was steht da noch?«, fragte Florian.

»Schneider hat Metzger gelernt, aber nicht in dem Beruf gearbeitet.«

»Dann kennt er sich mit Messern und Töten gut aus.«

Saskia nickte zustimmend.

»Ich habe auch einen Kandidaten gefunden. Matthias Kleinschmidt ist ein Stalker, den die Ermordete kurz zuvor wegen Nachstellung angezeigt hat.«

»Das ist auch ein geeigneter Verdächtiger«, stimmte Saskia ihm zu. »Manchmal entwickelt sich ein Stalking von Psychoterror über körperliche Attacken bis hin zum Mord.«

»Dann haben wir jetzt also zwei andere Verdächtige. Wie wollen wir weiter vorgehen?«

Saskia spielte mit ihrem Füller, während sie nachdachte. »Wir befragen die Mutter von Julia. Die müsste uns etwas über den Ex-Partner und den Stalker ihrer Tochter sagen können.«

# 28

Ulrike Nitsche brachte mit hängenden Schultern und schleppendem Gang ein Tablett mit Kaffee ins Wohnzimmer. Die Mittvierzigerin hatte ein hübsches, wenn auch etwas verhärmtes Gesicht. Sie trug eine dauergewellte Kurzhaarfrisur und ein Blümchenkleid. Ihre Zweizimmerwohnung lag im vierzehnten Stock eines Hochhauses in Steilshoop. Das Wohnzimmer war eingerichtet wie bei Millionen anderen auch. In der Mitte eine Couch und zwei Sessel um einen Couchtisch. Es gab eine Schrankwand mit viel Nippes in den Fächern und einen Fernseher. Die Wände waren mit Raufaser tapeziert und am Fenster hingen Übergardinen.

Nachdem Frau Nitsche Florian und Saskia den Kaffee serviert hatte, setzte sie sich ihnen gegenüber auf einen Sessel.

»Haben Sie den Tod Ihrer Tochter so weit überwunden, dass wir Ihnen ein paar Fragen dazu stellen können?«, sagte Florian.

»Ich werde niemals darüber hinwegkommen. Sie können sich nicht vorstellen, wie es ist, die einzige Tochter zu verlieren«, antwortete Frau Nitsche leise.

*Nein, das können wir nicht*, dachte Florian und schwieg betreten.

»Es ist zwar schon zwei Jahre her, aber der Kalenderspruch *Die Zeit heilt alle Wunden* stimmt einfach nicht. Ich muss jeden Tag an Julia denken.«

Florian warf einen Seitenblick zu Saskia, die auf ihrer Unterlippe kaute. Sie wusste offenbar auch nicht, wie man mit einer trauernden Mutter umging. Schweigend rührte er in seiner Kaffeetasse.

»Zweimal in der Woche besuche ich Julias Grab auf dem Friedhof Ohlsdorf«, sprach Frau Nitsche mit monotoner Stimme weiter. »Sie war mein Engel.«

Florians Blick fiel auf vier Bilderrahmen, die in der Schrankwand aufgestellt waren.

»Ist sie das?«

Frau Nitsche bejahte, drehte sich in dem kleinen Wohnzimmer um und reichte Florian die Bilderrahmen. Das erste Foto zeigte Julia bei der Einschulung. Ein blondes, fröhlich lachendes Mädchen mit Zahnlücke und Zuckertüte. Auf dem zweiten waren Mutter und Tochter in Festkleidung und Umarmung zu sehen.

»Das war auf ihrem Abiball«, erklärte Frau Nitsche. »Sie war die Schönste von allen.«

»Und der Vater?«

»Der hat uns verlassen, als Julia vier war.«

*Autsch.*

Das dritte war ein professionell gemachtes Porträt. *Wow!,* hätte Florian beinahe gesagt, *sieht die gut aus.* Blaue mandelförmige Augen, markante Wangenknochen, langes blondes Haar und ein hinreißendes Lächeln.

»Das ist aus Julias Sedcard. Sie hat ein bisschen gemodelt.«

In dem vierten Rahmen steckte die ausgeschnittene Todesanzeige. *Bitter,* dachte Florian bei sich. *Ein ganzes Leben in vier Bildern.*

»Wie war sie so?«, fragte er und reichte die Bilder an Saskia weiter. Er beobachtete, wie die fein geschwungenen Augenbrauen der Kommilitonin beim Betrachten der Bilder auf und ab gingen.

»Julia war ein echter Sonnenschein. Sie war optimistisch und immer gut gelaunt, klug und ehrgeizig, vielleicht ein bisschen naiv. Sie konnte sich nicht vorstellen, dass nicht alle Menschen es gut mir ihr meinten.«

*Interessant.*

»Meinen Sie damit einen bestimmten Menschen?«, fragte Florian.

Saskia stellte die Bilder auf den Couchtisch und holte Schreibblock und Füller aus ihrer Tasche.

»Ihr letzter Freund, Henrik Schneider, war so jemand, der sie nur ausnutzte.«

»Inwiefern?«

»Henrik war Bodybuilder, und ich weiß gar nicht, wovon der eigentlich gelebt hat, bevor er Julia kennenlernte. Er hat ihr ihren ersten Modeljob besorgt. Ein anderes Model war kurzfristig ausgefallen. Dann hat er Aktfotos von ihr gemacht und diese an den *Playboy* geschickt. Sie ist dann tatsächlich *Miss August* geworden. Es folgten weitere Männermagazine. Julia hatte eine sehr gute Figur.«

Florian wusste, wovon sie sprach, denn er hatte die Obduktionsfotos gesehen.

»Er hat sich dann zu ihrem Manager ernannt und ihre Honorare in seine Taschen umgeleitet. Als Erstes hat er sich von ihrem Geld eine teure Uhr und später einen Sportwagen gekauft.«

»Das hat Julia sich gefallen lassen?«

»Anfangs ja. Sie hat gesagt, sie sei ein Niemand gewesen, bevor Henrik sie entdeckt habe. Nach dem Abitur war sie beruflich unentschlossen und hat erst mal gekellnert. Dabei hat sie Henrik kennengelernt, der sie mit dem Versprechen, ein Model aus ihr zu machen, in sein Bett gelockt hat. Sie war der Meinung, ihm wegen der *Playboy*-Fotos etwas schuldig zu sein.«

»Was haben Sie dazu gesagt?«

»Henrik hat sie zwar entdeckt. Aber ein Manager bekommt fünfzehn Prozent der Honorare und nicht alles. Er aber hat, schlicht gesagt, von ihrem Geld gelebt.«

»Wie ging es nach der *Miss August* weiter?«

»Julia und Henrik gerieten über ihre weitere Karriere in Streit. Julia wollte etwas Seriöses machen und nahm Schauspielunterricht. Henrik dagegen wollte sie als Pornodarstellerin vermarkten, da sei richtig Kohle zu machen, sagte er. Sie trennte sich von ihm.«

»Wie hat er darauf reagiert?«

»Er ist ausgerastet und hat sie geschlagen.«

»Wann war das?«

»Kurz vor ihrem Tod.«

Florian tauschte mit Saskia einen wissenden Blick aus, denn sie kannten ihn bereits aus der Spurenakte. Schneider hatte mit der Trennung nicht nur seine Freundin, sondern auch seine einzige Einnahmequelle verloren. Und er war gewalttätig gewesen. Schneider war damit ihr Verdächtiger Nummer eins geworden.

»War das das erste Mal, dass er Julia geschlagen hat?«, wollte Saskia wissen.

»Nein, Julia hatte schon vorher ein paar Mal blaue Flecke gehabt. Darauf angesprochen hat sie nur mit den Schultern gezuckt und gemeint, Henrik sei halt manchmal ein bisschen aufbrausend.«

»Wissen Sie, wo wir Henrik finden können?«

»Damals hat er irgendwo in Farmsen gewohnt. An die genaue Adresse erinnere ich mich nicht mehr. Aber eins weiß ich noch, er ging jeden Tag um siebzehn Uhr ins Fitnessstudio *Ironman* in Rahlstedt.«

»Glauben Sie, Henrik Schneider hatte etwas mit dem Mord an Ihrer Tochter zu tun?«, fragte Florian.

Frau Nitsche sah ihn einen Augenblick verunsichert über den Rand ihrer erhobenen Kaffeetasse an. »Er stand auf Horrorfilme, was ich schon seltsam fand. Julia hat mir erzählt, er habe zu Hause eine riesige Sammlung von Horrorfilmen und Pornos gehabt. Aber mir wurde gesagt, es sei der Polizist gewesen, eindeutig überführt durch den DNA-Test.«

»Vielleicht stimmt das nicht.«

»Das kann ich mir eigentlich nicht vorstellen. Und wenn, wäre es mir auch egal. Ein anderer Mörder bringt mir mein einziges Kind nicht wieder zurück.«

»Wissen Sie, wie Julia den Abend ihres Verschwindens verbracht hat?«, fragte Saskia.

»Sie ist ausgegangen.«

»Können Sie uns sagen, wohin?«

»Wahrscheinlich zum Bunker am Heiligengeistfeld. Samstagabends ging sie meist dorthin.«

Saskia machte sich eine Notiz. Der Besuch des Bunkers würde einer der nächsten Ermittlungsschritte sein.

»Gerade fällt mir noch diese seltsame WhatsApp-Nachricht ein«, sagte Frau Nitsche. »Henrik hat Julia kurz vor ihrem Tod geschrieben, er wolle sie zu einem Filmstar machen.«

»In was für einem Film?« fragte Florian.

»Genau das hat sich Julia auch gefragt.«

»Sagt Ihnen der Name Matthias Kleinschmidt etwas?«, fragte Saskia.

Frau Nitsche nippte an ihrem Kaffee und überlegte. »Ja, das war so ein Typ, der Sie seit Monaten stalkte. Der sah in seinen schwarzen Sachen schon gruselig aus. Er schlich immer bei ihr vor der Tür rum. Hat ihr so komische Sachen gesagt, wie: Er sei ihr größter Fan, und wenn er sie nicht haben könne, solle sie niemanden haben.«

Frau Nitsche stellte die Kaffeetasse wieder ab und ergänzte: »Wenn Sie mich fragen, der Typ war völlig durchgeknallt. In einem Moment schwört er ihr seine Liebe und will Kinder von ihr. Kurz darauf gibt er ihr eine Ohrfeige, weil Sie sich nicht mit ihm verabreden will.«

Saskia schrieb mit.

»Ist ihr Freund Henrik da nicht eingeschritten?«, wollte Florian wissen.

»Oh doch, er ist zu ihm und wollte ihn zusammenschlagen. Aber Kleinschmidt hat sich mit einem Messer verteidigt und ihn verletzt.«

»Was hat Julia dann gemacht?«, fragte Florian.

»Sie hat Kleinschmidt wegen des Stalkings angezeigt.«

»Wann war das?«

»Auch kurz vor ihrem Tod.«

# 29

Der graue Riese wirkte bedrohlich.

Florian und Saskia standen vor dem Betonkoloss in der Feldstraße nahe des Heiligengeistfeldes, der mit seinen zwei Meter fünfzig dicken Wänden im Zweiten Weltkrieg als Hochbunker mit aufmontierten Flakgeschützen erbaut worden war. Sie lasen die Schilder.

Mehrere Multimediafirmen, ein Fotograf und eine Musikschule hatten sich hier eingemietet.

»Wo kann man hier abends weggehen?«, rätselte Saskia.

Ein Mann mit einer Kameratasche in der Hand und einem Stativ unter dem Arm kam aus dem Bunker.

»Entschuldigen Sie, hier soll es irgendwo eine Partylocation geben«, sprach Florian den schwarz gekleideten Mann an. Er hatte ein schmales Gesicht und die langen Haare zu einem Pferdeschwanz gebunden.

»Dann suchen Sie das *Uebel & Gefährlich*. Nehmen Sie den Nebeneingang dort«, antwortete der Mann, zeigte nach rechts vom Haupteingang und ging weiter.

Eine große stilisierte Rasierklinge hing über dem separaten Eingang des Musikclubs. Trotz des abschreckenden Äußeren war das *Uebel & Gefährlich* schwer angesagt. Hier hatte Julia den letzten Abend ihres Lebens verbracht und wahrscheinlich ihren Mörder kennengelernt.

»Die Rasierklinge war ein schlechtes Omen, denn Julia wurde die Kehle durchgeschnitten«, sagte Florian.

»Du hast manchmal merkwürdige Assoziationen«, beschied ihm Saskia.

Florian und Saskia gingen hinein.

Auch der Türsteher wirkte durch Glatze, dunkle Sonnenbrille und Vollbart, der zum Kinn hin spitz zulief, bedrohlich, was wahrscheinlich zum Geschäftskonzept gehörte. Er trug ganz klassisch einen schwarzen Anzug mit weißem Hemd und schwarzer Krawatte. Darunter war ein muskulöser Körper erkennbar. Ein Mann, mit dem man besser keine Diskussionen führte.

Er musterte Florian und Saskia kritisch, als sie sich näherten. Aber es würde nicht darauf ankommen, ob sie seinen Kriterien entsprachen, denn sie wollten nicht in den Club.

»Guten Abend, wir haben nur eine Frage«, begrüßte Saskia ihn.

Der finstere Gesichtsausdruck des Türstehers entspannte sich etwas.

»Es geht um den Mord an Julia Nitsche vor zwei Jahren«, sagte Saskia und hielt ihm ihr Smartphone mit einem Bild von ihr hin.

»Kannten Sie sie?«

»Oh ja, sie hat hier gekellnert, bevor sie als Playmate groß rauskam« sagte der Türsteher. »Sie war ein hübsches Ding. Nach ihrem Durchbruch kam sie oft am Samstagabend her.«

»War sie auch am 26. April 2014 hier? Das war die Nacht, als sie ermordet wurde?«, fragte Florian.

»An das genaue Datum kann ich mich nicht mehr erinnern. Aber ich weiß noch, ich habe in der Morgenpost von ihrer Ermordung gelesen und noch gedacht, schade um sie. Da war sie gerade erst vor ein paar Tagen hier gewesen.«

»Erinnern Sie sich noch, mit wem sie gekommen und mit wem sie gegangen ist?«, wollte Saskia wissen.

»Sie ist allein gekommen. Ich habe noch gescherzt, so allein heute Nacht? Und sie hat geantwortet, das müsse ja nicht so bleiben.«

»War sie in Begleitung, als sie gegangen ist?«

»Ja, ich habe noch gedacht, so ein hübsches Mädchen verlässt unseren Club nie allein.«

»Wie sah der Mann aus?« stellte Florian die entscheidende Frage.

Der Türsteher strich sich mit Daumen und Zeigefinger über den Urwald auf seinem Kinn.

»Kann ich nicht sagen. Ich habe ihn nur als Schatten neben Julia wahrgenommen.«

»War er groß oder klein? Jung oder alt? Was trug er? An irgendetwas müssen Sie sich doch erinnern«, bohrte Florian nach.

»Normal groß, um die dreißig, hatte schwarze Sachen an.«

»Weitere Details?«

»Nein, an mehr kann ich mich wirklich nicht erinnern.«

»Seine Personenbeschreibung nützt uns nichts. Sie war viel zu ungenau«, resümierte Saskia, als sie zur U-Bahn gingen.

»Immerhin wissen wir jetzt, dass Julia im *Uebel & Gefährlich* war und hier ihren Mörder kennengelernt hat«, wandte Florian ein.

»Julia ist dann freiwillig mit ihm gegangen. Sie hatten Sex und anschließend hat er sie umgebracht. Zwei Tage später wurde ihre Leiche am Elbufer angespült.«

»Damit können wir den Tatort eingrenzen. Die Elbe ist eineinhalb Kilometer südlich von hier. Es liegt nahe, dass der Tatort irgendwo zwischen hier und dem Hafen liegt.«

# 30

Florian würde es nicht mehr rechtzeitig schaffen. Er lief den Gang in dem Uni-Gebäude entlang. Es war niemand mehr zu sehen. Die Vorlesungen mussten vor etwa fünfzehn Minuten begonnen haben. Endlich war er vor dem Seminar-Raum angekommen und stieß die Tür auf.

»Guten Morgen, Juraversager. Schön, dass Sie Zeit gefunden haben, zu uns zu kommen«, begrüßte ihn Heckscher, der wie üblich auf der Kante seines Tisches saß.

Florian flitzte zu seinem Tisch in der ersten Reihe und setzte sich neben Saskia. Sie bedachte ihn mit einem missbilligenden Blick. »Wenigstens solange wir AG-Partner sind, könntest du mal pünktlich kommen«, zischte sie ihn an.

»Ich hatte gerade über die hohen Hürden bei Wiederaufnahmeanträgen doziert«, sagte Heckscher zu Florian gewandt. »Aber wer sowieso später mal als Gastwirt oder Taxifahrer arbeiten wird, braucht das nicht zu wissen.«

Florian errötete, packte seinen Collegeblock und seine Schreibsachen so leise wie möglich aus und vermied jeden Blickkontakt. Der Seitenhieb mit dem Taxifahren hatte ihn kalt erwischt, aber das brauchte niemand hier zu wissen.

»Wie viel Prozent der Wiederaufnahmeanträge sind erfolgreich?«

»Dreißig Prozent«, »Fünfzig«, »Siebzig« schallte es aus dem Plenum zurück.

Der Professor lächelte.

»Tatsächlich sind es nur fünf Prozent. Warum werden fünfundneunzig Prozent aller Wiederaufnahmeanträge abgeschmettert?«

»Die Richter haben einen Unfehlbarkeitswahn. Sie wollen sich nicht korrigieren lassen«, antwortete Florian spontan.

»Richter sind also Halbgötter in Schwarz. Bessere Vorschläge?«

»Die Gerichte würden sonst mit Wiederaufnahmeanträgen überschwemmt werden«, sagte Lars.

»Richtig. Die hohen Hürden bei Wiederaufnahmeanträgen dienen primär der Justizentlastung. Das Motto scheint zu sein: *Der hatte seinen Prozess und kann in der JVA verrotten.*«

Florian bemerkte, wie Saskia und Lars, der auf der anderen Seite von ihr saß, vertraulich miteinander flüsterten, was ihn ärgerte. Beide hatten einen Montblanc-Füller, aber verschiedene Modelle, die sie miteinander verglichen. In dieser Welt hatte er mit seinem Kugelschreiber mit dem Aufdruck einer Videothek nichts zu melden. Lars hatte den Kragen seines marinefarbenen Poloshirts hochgestellt. *Ich habe einen reichen Papi,* will der Kragenhochstapler damit signalisieren. Florian hasste ihn für diese beiläufige Demonstration seiner Herkunft. Lars war ein eingebildeter und eitler Fatzke. Er teilte die Menschen in Reiche und Habenichtse, die *have nots,* ein. Dabei stammte er nicht wirklich aus gutem Hause. Florian hatte letzte Nacht vor Eifersucht nicht einschlafen können und Lars gegoogelt. Seine Eltern hatten ihr Vermögen mit mobilen Toilettenhäuschen für Baustellen gemacht. Er war eben kein Reeder- oder Privatbankierssohn, sondern ein Scheißhausvermieterkind. Saskia fühlte sich offensichtlich trotzdem von ihm angezogen. Sie musste sehr an Lars interessiert sein, wenn sie deshalb dem Professor nicht mehr zuhörte.

Heckscher wandte sich Lars zu. »Waren Sie schon mal auf Mallorca?«

»Selbstverständlich nicht«, sagte Lars mit einem selbstgefälligen Lächeln. »Das wäre unter meinem Niveau. Was Sie an mir sehen, ist echte Hawaii-Bräune.« Er strich sich mit seiner Hand über seinen gebräunten Unterarm.

Diesem Hawaii-Toast hätte Florian nur zu gern mal eins in die Fresse geschlagen.

»Vielleicht in den hinteren Reihen jemand?«

Tatsächlich gingen ein paar Finger nach oben.

»Stellen Sie sich vor, Sie finden eine vereinsamte Kakerlake in Ihrem Hotelzimmer, beim Frühstück gibt es kein Schwarzbrot und alle Sonnenliegen sind mit Handtüchern reserviert. Was, meinen Sie, ist ein Tag entgangene Urlaubsfreude auf Mallorca wert?«

»Fünfzig Euro«, »Siebzig«, »Neunzig« und »Hundert«, riefen die Studenten wie bei einer Auktion.

»Ich halte fest, Sie würden einen Tag entgangene Urlaubsfreude mit fünfzig bis einhundert Euro bemessen. Das entspricht auch der einschlägigen Rechtsprechung. Und wie hoch ist die Haftentschädigung pro Tag?«

Saskia meldete sich artig und Heckscher nickte ihr zu.

»Fünfundzwanzig Euro für jeden angefangenen Tag der Freiheitsentziehung gemäß § 7 Abs. 3 Strafrechtsentschädigu ngsgesetz.«

»Paragrafen-Klugscheißerin«, murmelte Florian, der plötzlich wieder extrem von Saskias Besserwisserei genervt war. Sie wusste nicht nur stets die richtige Antwort, was schon schlimm genug war, sondern fügte überflüssigerweise noch den richtigen Paragrafen hinzu.

Lars dagegen grinste Saskia anerkennend an. Sie steckten die Köpfe zusammen und Florian hörte Wortfetzen, in denen es um ein Date ging. Saskia wollte sich doch nicht wirklich mit diesem Lackaffen treffen? Er spürte, wie sich sein Magen zusammenkrampfte.

»Das ist der Hohn«, fasste Heckscher zusammen, »der Wert der Freiheit wird von der Justiz mit fünfundzwanzig Euro bemessen, ein Tag entgangene Urlaubsfreude auf Mallorca bringt regelmäßig mehr als das Doppelte.«

Die Studenten schüttelten einhellig die Köpfe.

»Was hat das für die Vermeidung von Justizirrtümern zur Folge?«, hakte er nach.

»Die Haftentschädigung ist zu niedrig, um einen Anreiz für die Verhinderung von Fehlurteilen zu bilden«, sagte Florian.

Heckscher schaute Florian verblüfft an. »So ein Geistesblitz gerade von Ihnen. Haben Sie schon überlegt, ob Sie Jura studieren wollen?«

»Sie haben uns von den Unschuldsprojekten in den USA erzählt. Dort hat sich gezeigt, dass sich die Justiz erst dann für das Thema interessierte, als die Fehlurteile sie spürbar Geld gekostet haben. Teilweise sind Justizopfern dort Millionenbeträge zuerkannt worden. Und auf einmal überlegte die Justiz, wie sie kostenträchtige Fehlurteile künftig vermeiden kann. Das will man in Deutschland verhindern.«

Täuschte er sich, oder war das ein anerkennender Seitenblick von Saskia?

»Das ist korrekt. Bei uns sind Haftentschädigungen in den Justizhaushalten noch Kleinbeträge. Es ist schlicht billiger, diese zu zahlen, als zur Vermeidung von Fehlurteilen in die Qualität der Rechtsprechung zu investieren. Eine Haftentschädigung, die diesen Namen verdient, sollte nicht unter einhundert Euro pro Tag liegen.«

Damit beendete der Professor das heutige Seminar. Als die ersten Studenten nach draußen strebten, drehte sich Saskia zu Florian um und fragte: »Kommst du mit uns zur Mensa?«

»Ich habe was Besseres zu tun.«

Er konnte sich interessantere Dinge vorstellen, als mit den beiden Schnöseln am Tisch zu sitzen und über Surfen vor Hawaii zu sprechen.

# 31

Normalerweise stand Dr. med. Wolfgang Schmidtbauer nicht um sechs Uhr morgens auf. Der siebenundsechzigjährige verwitwete Rentner schlief sonst immer bis neun Uhr. Doch heute würde er sie sehen.

Die Morgendämmerung kroch eineinhalb Stunden später über die nebelverhangene Elbe. Schmidtbauer hatte sein Stativ an strategischer Stelle auf dem Aussichtspunkt Steinwerder aufgestellt. Er schaute durch den Sucher seiner hochwertigen Digitalkamera. Direkt gegenüber waren die Landungsbrücken und dahinter die Hamburger Skyline zu sehen. Die Museumsschiffe und die neue Elbphilharmonie rechts waren hinter einer Nebelwand verborgen. Zu dieser frühen Stunde war der Aussichtspunkt menschenleer.

Ein fernes Nebelhorn kündigte ihr Kommen an. Das dunkle und kraftvolle Signal ging Schmidtbauer durch Mark und Bein. Vorfreude kam in ihm auf. Gleich würde sie hier auftauchen. Wolfgang sah gespannt durch den Sucher, sein Finger lag auf dem Auslöser.

*Schiffs-Stalker* nannte ihn seine Mutter. Sie meinte oft, er solle sich lieber eine neue Partnerin suchen, anstatt ständig Schiffe zu fotografieren. Gedankenverloren strich er sich über seinen weißen Vollbart. Er hatte schon ein paarmal auf Kontaktanzeigen geantwortet, aber es war nie etwas daraus geworden. Lag es daran, dass er wieder in sein Elternhaus eingezogen war und seine Mutter pflegte? Oder galten Schiffsspotter als langweilig? Er wusste es nicht.

Da tauchte die MS Queen Anne links aus dem Nebel auf. Eine Welle der Euphorie durchströmte Schmidtbauer. Die neueste Königin der Meere hatte wie alle ihre berühmten Vorgängerinnen einen schwarzen Rumpf, weiße Aufbauten und einen roten Schornstein. Wolfgang schoss so viele Fotos wie möglich von den sinnlichen Formen. Das hell erleuchtete Schiff glitt majestätisch an ihm vorbei. Er hatte sich auf Kreuzfahrtschiffe spezialisiert und die gerade erst in Dienst gestellte Queen Anne fehlte ihm noch in seiner umfangreichen Sammlung. Sie war nach Anne Stuart, die 1707 die erste Königin von Großbritannien wurde, benannt worden. Er war erstaunt, wie schnell und leise das Schiff war. Die vom Ozeanriesen ausgelösten Wellen brandeten ans Ufer. Kurze Zeit später verschwand die Queen Anne wieder im Nebel.

Schmidtbauer wollte gerade die Kamera vom Stativ nehmen, da sah er eine Hand. Er reckte den Kopf, um besser sehen zu können. Eine einzelne Hand ragte aus dem Wasser hervor. Eine Welle schob eine Frau auf das steinerne Ufer. Sie war jung, hatte lange brünette Haare und war vollkommen nackt. Schmidtbauer kniff die Augen zusammen. Wurde er das Opfer seiner Fantasie? Tauchte jetzt wahrhaftig eine Meerjungfrau vor ihm auf? Als er die Augen wieder öffnete, lag die Frau immer noch dort. Obwohl er sie wegen des Morgennebels nur schemenhaft sehen konnte, war es keine Sinnestäuschung, sondern eine Frau in Not. Bevor ihn ein Anflug von Panik überkam, erwachte der Arzt in ihm. Er würde sie aus dem Wasser ziehen und retten. Beherzt kletterte er über die Brüstung und stieg zu ihr hinunter. Er musste aufpassen, auf den glitschigen Steinen nicht auszurutschen. Ihre Haut war auffallend blass. Sie bewegte sich im Takt der Wellen. Schmidtbauer zog sie an den Armen ganz aus dem Wasser. Ihr Gesicht, das einmal sehr schön gewesen sein musste, hatte Schnittverletzungen. Was er dann sah, brannte sich als Standbild für alle Zeiten in sein Gehirn ein. Er wandte sich ab und hatte das Gefühl, sich übergeben zu müssen. Die Frau hatte eine aufgeschnittene Kehle. Ein tiefer Halsschnitt hatte die Schlagadern und wahrscheinlich auch die Luftröhre zerfetzt. Hier kam jede Hilfe zu spät.

Die Frau war tot.

# 32

Lars hatte Saskia in eins der schicksten und teuersten Restaurants der Stadt eingeladen. Schon eine Vorspeise kostete in dem Edelladen so viel wie die Verpflegung einer vierköpfigen Familie beim Italiener. Als beide die Speisekarte durchblätterten, hatte er beiläufig den Ärmel seines Designer-Hemdes leicht hochgeschoben, damit die Rolex aufblitzte. Während des Hauptgangs erwähnte er die Villa seiner Eltern in Blankenese. Auf den BMW vor der Tür musste er sie nicht aufmerksam machen, hatte sie ihn doch in dem Sportwagen vorfahren sehen. Nachdem das Thema *Unsere Villa, mein BMW, meine Rolex* abgehakt war, war sie über seinen finanziellen Status nicht mehr im Zweifel. Ihr Vater würde zwar die im wahrsten Sinne des Wortes anrüchige Herkunft des Geldes beanstanden, aber er spielte in ihrer Liga, keine Frage.

Die Stimmung zwischen ihnen war gut. Sie lästerten über Professoren und Kommilitonen. Lars schenkte ihr sein strahlendes Lächeln und setzte sein Lachen an den richtigen Stellen ein. Charme hat er auch, stellte Saskia fest. Beiläufig fragte er, ob sie einen Freund habe, was sie verneinte, worauf er bemerkte, dass er auch Single sei. Nachdem der befrackte Kellner den Tisch abgeräumt hatte, war für Lars die Stunde der Selbstdarstellung gekommen.

»Ich werde in ein paar Jahren die Firma übernehmen. Mein Vater ist jetzt achtundfünfzig und plant, sich zur Ruhe zu setzen, sobald ich promovierter Volljurist geworden bin.«

»Dann bist du ein gemachter Mann«, pflichtete ihm Saskia bei. Bei den schlechten Berufsaussichten für Juristen schon während des Studiums einen Chefsessel sicher zu haben, musste ungemein beruhigend sein.

»Nicht nur das, ich werde ein Millionär sein«, prahlte Lars. »Unser Unternehmen ist schließlich der Marktführer für mobile Toilettenkabinen.«

Er erzählte, wie sein Vater in den Siebzigerjahren die Geschäftsidee aus den USA nach Deutschland importiert hatte. Lange Zeit war er alleiniger Anbieter von Baustellen-WCs gewesen. Sie würden bald über 100.000 mobile Toilettenkabinen vermieten. Sie hätten eine eigene Entwicklungsabteilung und stellten die Kabinen in einem eigenen Werk her, wodurch sie der Konkurrenz immer eine Nasenlänge voraus seien.

Als Lars die verschiedenen Modelle der Toilettenkabinen erläuterte, begann ihr Interesse nachzulassen. Sie spielte mit dem Stiel ihres Rotweinglases und beobachtete ein Paar am Nachbartisch. Dieses verschlang einander mit Blicken und diskutierte die Frage, ob sein oder ihr Bett schneller zu erreichen wäre.

»Hörst du mir noch zu?«, fragte Lars mit leicht gereiztem Unterton.

»Sicher, du hast gerade erzählt, euer Premiummodell habe sogar einen selbstreinigenden Toilettensitz«, antwortete Saskia erschrocken.

Die Antwort schien ihn zu besänftigen. Lars nahm sein Rotweinglas, trank es in einem Schluck aus und schenkte sich nach. Er setzte einen ernsten Gesichtsausdruck auf und griff nach ihrer auf dem Tisch liegenden Hand. »Saskia, was willst du nach dem Studium machen?«

»Das fragt mich mein Vater auch immer«, antwortete sie genervt und entzog ihm ihre Hand. »So ganz festgelegt habe ich mich noch nicht, aber am ehesten kann ich mir Wirtschaftsanwältin in einer Großkanzlei vorstellen.«

»Da müsstest du Tag und Nacht arbeiten und hättest keine Zeit mehr für Freunde und Hobbys«, gab Lars zu bedenken.

»Das würde mir nichts ausmachen. Es wäre keine Verschlechterung zu jetzt.«

»Was machst du denn, wenn du nicht studierst?«

»Eigentlich studiere ich immer. Abends schaue ich fern und manchmal jogge ich.«

Wobei das Joggen mehr auf der Liste ihrer guten Vorsätze stand, als dass es wirklich stattfand.

»Das klingt nicht so prickelnd.«

»Das ist der Preis, wenn man eine gute Juristin werden will.«

Saskia sah seiner Miene an, dass sie gerade keinen Pluspunkt erzielt hatte.

Lars war ein Sonnyboy, dem alles zuzufallen schien. Er war ein sehr guter Jurastudent. Er konnte ohne sichtbare Anstrengung erreichen, was sie sich hart erarbeiten musste.

Lars sah interessiert zum Nachbartisch. Die Frau massierte den Schritt des Mannes unter dem Tisch mit ihrem Fuß. Saskia folgte seinem Blick und sagte: »Schau da nicht hin. Das ist Erregung öffentlichen Ärgernisses.«

»Du würdest so etwas bestimmt nicht tun.«

»Nein, das Vorspiel gehört ins Schlafzimmer und nicht ins Restaurant«, sagte Saskia mit Bestimmtheit.

Lars zückte seine goldene Kreditkarte, schnippte mit den Fingern und rief: »Kellner, ich möchte zahlen.«

# 33

Florians Herz wäre in diesem Moment beinahe stehen geblieben. Was meinte Saskia mit: *Es war eine tolle Nacht*?

»Vorher wart ihr essen?«, fragte Florian. Er saß mit Saskia zusammen in einem Café auf dem Campus. Es befand sich im glasüberdachten Innenhof des Flügelbaus.

»Ja, Lars hat mich in ein schickes Restaurant an der Elbchaussee eingeladen. Er ist ein großartiger Unterhalter. Stundenlang habe ich an seinen Lippen gehangen.«

Florian spürte einen Stich der Eifersucht.

*Habt ihr es im Bauklo getrieben?* und andere Gehässigkeiten lagen Florian auf der Zunge.

»Er ist ein gemachter Mann, der in ein paar Jahren das Unternehmen seines Vaters übernehmen wird.«

»Wie schön für das Bauklokind.« Florian machte eine kurze Pause, um sicherzugehen, dass die Beleidigung auch angekommen war. Dann lehnte er sich zurück, verschränkte die Arme, lächelte und sagte: »Ich hatte auch eine tolle Nacht.«

Saskia hob überrascht eine Augenbraue.

»Ich habe in einem Club zwei Mädchen kennengelernt. Mit einer habe ich Samstag ein Date. Die andere kommt vielleicht auch mit.«

Während er die Anbahnung eines fröhlichen Dreiers zu suggerieren versuchte, hatte er in Wirklichkeit mit Simon Filme angeschaut.

»Das freut mich für dich. Dann wollen wir mal schauen, was Henrik Schneider heute macht.« Saskia klappte ihren Laptop auf. »Womit wollen wir die Suche starten?«

Florian strich sich mit Daumen und Zeigefinger übers Kinn: »Fangen wir bei Stayfriends an.«

Saskia gab den Namen ihres Verdächtigen ein.

»*Touché!* Da haben wir Henrik Schneider.«

Florian und Saskia steckten die Köpfe zusammen und schauten sich das Profil an.

»Schau mal hier, der Eintrag in seinem Gästebuch«, sagte Florian und zeigte auf den Bildschirm.

*Hallo alter ›Schlitzer‹, schneidest du immer noch Tiere auf?*

»Ein nettes Bürschchen«, kommentierte Florian.

»Hey, schau mal die Eilmeldung«, sagte Saskia.

Im ersten Augenblick dachte Florian, sie wolle nur von dem gruseligen Thema ablenken, aber die Meldung hatte es in sich.

*Moderatorin Denise Schäfer mit durchschnittener Kehle und zerschnittenem Gesicht in der Elbe gefunden.*

Florian überflog mit angehaltenem Atem die Meldung. Er kannte die Ermordete aus dem Fernsehen.

»Das ist ja genauso wie bei Julia Nitsche«, konstatierte Florian aufgeregt. »Sehr seltsam.«

Seine Gedanken begannen zu rasen. Gab es eine Verbindung zum Fall? Wenn es wirklich derselbe Täter wäre, was würde das bedeuten? Waren weitere Frauen in Gefahr?

»Zurück zu unserem Fall«, unterbrach Saskia seine Gedanken.

»Als Bodybuilder ist Schneider eitel und dann ist er bestimmt auch beim Fratzenbuch«, überlegte Florian angespannt.

Es dauerte ein paar Sekunden, bis bei Saskia der Euro fiel, dann klickte sie Facebook an. Auf dem Titelbild prangten ein roter Sportwagen und daneben stand Schneider mit verschränkten Armen. Das Profilbild hatte er mit einem Smartphone vor einem Spiegel selbst aufgenommen. Ein markantes Gesicht mit akzentuierten Augenbrauen und schönem Mund sah seine Betrachter lächelnd an. Dieser positive Eindruck wurde jedoch zunichtegemacht durch die fehlenden Haare und die muskulösen und tätowierten Oberarme.

»Komisch, dass der mit erst neunundzwanzig Jahren schon keine Haare mehr hat«, wunderte sich Saskia.

»Das wird an den Anabolika liegen, die Bodybuilder nehmen, um solche Bizepse zu bekommen«, meinte Florian. »Jetzt google ihn mal.«

Saskia machte die Eingaben.

»Scheiße, viertausend Treffer«, stellte Florian ernüchtert fest. »Schränke die Suche auf Hamburg ein.«

Das brachte nur eine Halbierung der Treffer. Henrik Schneider war kein besonders seltener Name. Gemeinsam scrollten sie durch die Ergebnisse.

»Schau mal hier«, sagte Saskia und rief eine Zeitungsmeldung auf. »Es hat vor drei Jahren ein Ermittlungsverfahren wegen Zuhälterei gegen ihn gegeben. Er hatte zwei Prostituierte im Bahnhofsviertel laufen. Das Verfahren ist eingestellt worden, weil ihm nicht nachgewiesen werden konnte, dass er die Prostituierten ausgebeutet hat.«

»Geh noch mal zurück zu Facebook. Ich will schauen, was er heute als Beruf angibt.«

»Warte mal, hier steht Medienunternehmer.«

»Was für eine Karriere. Vom Metzger zum Zuhälter und über den Manager von Julia zum Medienunternehmer«, bemerkte Florian sarkastisch.

»Da ist ein Link.« Saskia klickte sich weiter. Auf der neuen, knallroten Seite stand: »Homemade Venus – Deutschland größter Vertrieb selbst produzierter Amateurpornos.« Darunter hielten drei solariumgebräunte Frauen mit blondierten Haaren ihre Brustimplantate in die Kamera.

»Ich mag so was nicht sehen.« Saskia klappte den Laptop angewidert zu.

»Bist du verklostert! Jetzt kann ich die wirklich scharfen Sachen nicht anschauen.«

Florian zog den Laptop an sich und klappte ihn wieder auf.

»Der letzte Porno ist zwei Jahre alt. Hier ist eine Pressemitteilung vom Herbst 2014. Die Firma werde keine Amateurpornos mehr produzieren, sondern Erotikthriller«, sagte Florian.

Saskia griff ihm dazwischen, drückte zwei Tasten und weg war die Seite. Florian guckte verdattert auf den Startbildschirm und dann zu Saskia. Sie sah jetzt wirklich wütend aus.

»Von tatsächlich produzierten Erotikthrillern steht da aber nichts weiter. Aber wenn Henrik keine Pornos mehr produziert, was macht er dann?«, stellte Saskia die Frage in den Raum.

»Vielleicht liefen die Amateurpornos nicht mehr richtig und er hat das Genre gewechselt.«

»Aber in welches?«

»Wir wissen, Schneider steht auf Sex und Gewalt. Er sammelt Horrorfilme und Pornos. Und er hat kein Geld, Filme teuer zu produzieren. Vielleicht macht er Snuff-Filme«, mutmaßte Florian.

»Was sind Snuff-Filme«, fragte Saskia.

»Das sind Untergrundfilme, in denen reale Morde gezeigt werden. Frauen werden gefoltert, vergewaltigt und dann umgebracht.«

»So was gibt es wirklich?«

»Ja«, sagte Florian und rief eine neue Seite auf. »Hier gibt es ein eigenes Forum über Snuff-Filme.«

Als Titelbild war eine geknebelte blonde Frau zu sehen, der eine Männerhand einen Revolver an die Schläfe hielt.

»Das ist reine Spekulation«, sagte Saskia.

»Nicht nur. Erotikthriller könnte eine Umschreibung für Snuff-Filme sein.«

Saskia wirkte noch nicht überzeugt.

»Ich will mal sehen, ob Schneider hier Mitglied ist«, sagte Florian und gab *Schlitzer* ein. Schlitzer nannten sich viele, aber nur einer *Schlitzer1987*.

»Das ist Schneider. Sein Spitzname plus Geburtsjahr«, sagte Florian aufgeregt. »Und er hat einen Trailer eingestellt.«

Eine an einen Stuhl gefesselte Frau wurde geschlagen, gefoltert und ihr schließlich die Kehle durchgeschnitten. Danach griff der maskierte Mörder zur Kettensäge und zerteilte die Leiche.

Saskia wandte angewidert den Blick ab.

»Den ganzen Film kann man im Darknet gegen Bezahlung sehen.«

»Was ist das Darknet?«, fragte Saskia.

»Das ist ein nicht frei zugänglicher illegaler Schwarzmarkt im Internet für alles Verbotene. Schneider produziert jetzt Snuff-Filme und handelt damit im Darknet.«

Saskia schwieg. Sie war etwas blass geworden.

»Weißt du noch, was uns Julias Mutter erzählt hat?«

Saskia schüttelte den Kopf.

»Henrik hat Julia kurz vor ihrem Tod geschrieben, er wolle sie zu einem Filmstar machen. Vielleicht in einem Snuff-Film? Wurde Julia für einen Snuff-Film ermordet?«

# 34

Als Robert auf den Hof gelassen wurde, empfing ihn eine graue Tristesse. Aus tiefhängenden blaugrauen Wolken fiel Nieselregen, der nahtlos in den Bodennebel überging. Er zögerte kurz, in das nasskalte Novemberwetter hinauszugehen, aber der einstündige Hofgang war täglich die einzige Chance, der Enge der Zelle wenigstens vorübergehend zu entkommen.

Auf dem Hof entdeckte er Markus Hoffmann, der langsam seine Runde ging. Der Weg führte im Kreis um eine Rasenfläche. Sie lag zwischen dem festungsartigen Gefängnis und dem hohen Zaun mit Stacheldraht.

Markus war ein Außenseiter. Mit seiner Haltung, er wolle nichts mit Kriminellen zu tun haben, hatte er sich selbst isoliert. Robert schloss sich ihm an und ging neben ihm her. Ihn hatte Markus akzeptiert, weil er ihn in der Dusche gerettet hatte.

»Moin, Markus, wie geht's?«

»Wie immer beschissen.«

Die meisten Insassen akzeptieren ihr Schicksal recht schnell und versuchen das Beste aus ihrer Situation zu machen. Nicht so Markus. Als Robert auf Bitte seines Bruders hin Kontakt zu ihm aufgenommen hatte, musste er sich die Geschichte des angeblichen Justizirrtums in epischer Breite anhören. Er beharrte darauf, zu Unrecht verurteilt worden sein.

»Vielleicht kann Florian dir ja helfen und du kommst bald raus hier.«

»Schwachsinn.«

Über das Unschulds-Seminar hatten sie schon oft diskutiert. Markus versprach sich davon nichts. Zwei Jurawelpen waren wohl kaum in der Lage, das »lebenslänglich« in einen Freispruch zu verwandeln. Es war schwierig, zwischen Gefängnismauern und Stacheldraht Optimismus zu erzeugen. Und Robert selbst hatte sein Bruder auch nicht vor dem Gefängnis bewahren können.

»Du siehst deinem Bruder ziemlich ähnlich«, sagte Markus. »Wie kann es eigentlich sein, dass man auf die schiefe Bahn gerät, wenn der Vater Polizist war und der Bruder Jurastudent ist?«

»Ich bin halt das schwarze Schaf der Familie«, meinte Robert lakonisch.

Eine Stunde lang trotteten sie nebeneinander im Kreis durch den Nieselregen. Robert fragte ihn über seine besseren Zeiten vor seiner Verhaftung aus. Markus bekam dadurch bessere Laune. Er erzählte von seinem Leben als Polizist, seiner Ehe und seinen beiden Kindern. Gerade als zwei Wärter an der Tür erschienen und das Ende des Hofgangs verkündeten, verriet ihm Markus ein Detail, das Florian sicher interessieren würde.

# 35

Christin Bonnet betrat den Seminarraum, flankiert von Heckscher. Sie trug einen schwarzen, engen Hosenanzug und eine weiße Bluse. Während sie die Studenten mit kühlem Blick musterte, stellte der Professor sie vor.

Saskia entging nicht, dass Florian und Lars die Psychologin bewundernd beobachteten. Die Studenten in den hinteren Reihen reckten die Hälse, um auch einen Blick auf sie werfen zu können. Zugegeben, mit dem fein geschnittenen Gesicht, den langen blonden Haaren und der Model-Figur war sie sehr attraktiv. Eine Millisekunde wünschte sich Saskia, Florian würde sie auch so mit seinen Blicken ausziehen. Gleichzeitig stieg Ärger in ihr hoch. Sie fühlte sich von ihrer Therapeutin hintergangen, weil diese sich mit Informationen aus dem Coaching in das Seminar hineindrängte. Sie selbst hatte Christin Bonnet von dem Seminar über Fehlurteile und dem Fall Hoffmann erzählt, nicht ahnend, dass diese eines Tages hier erscheinen und allen die Show stehlen würde.

Heckscher schilderte den Werdegang und die fachliche Kompetenz der Psychologin und kündigte an, sie werde jetzt ein Profiling des Täters in dem Hoffmann-Fall erstellen. Dann übergab er das Wort an Christin Bonnet und setzte sich.

»Das Täterprofil ist eine fallanalytisch hergeleitete Tätertyp-Hypothese. Damit wird ein unbekannter Täter so exakt beschrieben, dass er von anderen Tatverdächtigen unterscheidbar ist. Dadurch kann der Kreis potenzieller Verdächtiger eingeengt und gezielt nach dem Täter gesucht werden«, begann Bonnet ihren Vortrag.

Die Männer einschließlich des Professors hingen an Bonnets Lippen, während sie stehend ihren Vortrag hielt.

Christin Bonnet ging zu dem Whiteboard, nahm einen schwarzen Filzstift und schrieb »Täterprofil Fall Hoffmann« als Überschrift. »Der Täter muss ein Mann gewesen sein«, sagte Bonnet und schrieb »1. Mann« auf das Whiteboard. »Dies ergibt sich aus der Art des Verbrechens, einer Vergewaltigung und dem Auffinden von Sperma in der Vagina des Opfers. Dann wissen wir noch, dass der Fundort nicht der Tatort war. Der Täter muss also über ausreichend Körperkraft verfügen, um die Leiche vom Tat- zum Fundort zu transportieren, was wiederum für einen Mann spricht.«

Bonnet warf einen Blick in die Runde. Es gab keine Fragen und niemand widersprach.

»Die Art der Tatausführung spricht für einen erfahrenen Mann, so etwa ab fünfundzwanzig. Dann ist das Sperma untersucht worden, es hatte eine gute Qualität. Wir wissen, dass die Spermienqualität bereits ab dem vierzigsten Lebensjahr kontinuierlich abnimmt. Der gesuchte Täter wird deshalb zwischen fünfundzwanzig und vierzig Jahren alt sein.« Bonnet schrieb »2. Alter: 25–40 Jahre« auf das Whiteboard.

»Die Tat kann kriminaltechnisch betrachtet von einer einzelnen Person begangen worden sein und es gibt keine Hinweise auf zwei Täter. Sexuell motivierte Gewaltverbrechen werden statistisch betrachtet fast ausschließlich von Einzeltätern begangen. Wir suchen also nach einem Einzeltäter«, sagte Bonnet und notierte »3. Einzeltäter« auf dem Whiteboard. Saskia schrieb die

Punkte von dem Whiteboard ab, obwohl sie die Erkenntnisse so bahnbrechend neu nicht fand.

»Der nächste Schritt ist die Kategorisierung in planenden und nicht planenden Täter. Hier haben wir eindeutig einen planenden Täter. Der Täter hat das Opfer an einen ungestörten Ort gelockt oder verschleppt, es gefesselt und ihm wahrscheinlich auch die Augen verbunden, denn es fanden sich Stofffasern in ihren Augenbrauen. Der Täter muss sich zumindest die Fesselutensilien vorher besorgt haben. Dann hat er die Leiche vom Tatort entfernt und in der Elbe entsorgt. Dies tat er offensichtlich, um keine Spuren zu hinterlassen, die auf ihn als Täter hindeuten.«

Heckscher nickte anerkennend. Bonnet schrieb »4. Planender Tätertyp« auf das Whiteboard.

»Die Tat war offensichtlich sexueller Natur. Dafür sprechen der durchgeführte Geschlechtsverkehr und die fehlende Bekleidung des Opfers.« Bonnet schrieb »5. Sexuelles Motiv« auf das Whiteboard.

»Der Täter hat ausgeprägt sadistische Züge«, fuhr Bonnet fort. »Aus der Fesselung des Opfers ergibt sich, dass Macht und Kontrolle wichtig für ihn sind. Sein Ziel ist die totale Beherrschung des anderen. Er zieht seine Befriedigung aus der Angst und dem Leiden seines wehrlosen Opfers. Das Zerschneiden des Gesichts ist die Handschrift eines Sadisten.«

»Ist ihm der Sex nicht wichtig?«, warf Heckscher ein.

»Nein, der Täter ist nicht primär sexuell motiviert. Seine sexuelle Erregung resultiert aus der totalen Macht über das Opfer und aus dessen Leiden. Aggression und Sexualität sind für ihn miteinander verflochten, wobei Aggression für ihn stimulierend wirkt.«

»Noch eine Frage«, hakte Heckscher nach. »Warum dann die Tötung?«

»Der Mord ist Teil einer ritualisierten, sadistischen Fantasie. Und er ist natürlich für den Täter notwendig, damit er nicht für die vorhergehenden Missbrauchshandlungen bestraft werden kann.«

Bonnet schrieb »6. Sadistische Persönlichkeitsstörung« auf das Whiteboard.

»Ich habe noch eine dritte Frage«, sagte Heckscher. »Passt zu einem Sadisten das Gesichtzerschneiden nach dem Tod? Das Opfer leidet doch dann nicht mehr.«

»Das spricht nicht gegen die Annahme eines Sadisten. Vielleicht hatte der Täter ihr das Gesicht als krönenden Abschluss während ihres Todeskampfes zerschneiden wollen, doch der Tod trat früher als erwartet ein. Oder er hatte sich durch die vorherige Vergewaltigung und Ermordung des Opfers schon so weit abreagiert, dass es ihm auf die Reaktionen des Opfers auf das Gesichtzerschneiden nicht mehr ankam.«

Bonnet wandte sich noch einmal dem Whiteboard zu und schrieb zusammenfassend hin: »⇒ Tätertypus: Sadistischer Sexualmörder.«

Alle im Seminarraum schauten sich die Ergebnisse auf dem Whiteboard an.

Täterprofil Fall Hoffmann
*1. Mann*
*2. Alter: 25–40 Jahre*
*3. Einzeltäter*
*4. Planender Tätertyp*
*5. Sexuelles Motiv*
*6. Sadistische Persönlichkeitsstörung*
*⇒ Tätertypus: Sadistischer Sexualmörder*

»Vielen Dank, Frau Bonnet, das war sehr beeindruckend«, sagte Heckscher. »Was meine Studenten jetzt natürlich brennend interessiert, ist die Frage, ob der verurteilte Hoffmann dem Täterprofil entspricht.«

»Hoffmann ist als Täter nicht auszuschließen. Er ist ein Mann, passt mit seinen achtunddreißig Jahren in die Altersspanne, wäre aufgrund seiner Polizeiausbildung ein planender Tätertyp und ist durch seinen Beruf das Anlegen von Handschellen gewohnt. Viele werden Polizisten, weil sie die Macht und Kontrolle, die sie durch ihren Beruf über die Bürger haben, anzieht.«

»Und was ist mit den beiden weiteren Verdächtigen Schneider und Kleinschmidt?«

»Auch die sind als Täter nicht auszuschließen. Der Ex-Partner der Ermordeten kommt durchaus als Täter in Betracht, denn bei den meisten Sexualdelikten handelt es sich um Beziehungstaten. Auch der Stalker ist ein geeigneter Kandidat, denn Stalking beruht meist auf einer Persönlichkeitsstörung und kann in Gewalttaten eskalieren. Wir wissen über beide noch zu wenig, um hier belastbare Aussagen zu machen.«

»Was für eine Rolle spielt Julia Nitsche in dieser Analyse?«, fragte Heckscher.

»Die Opferauswahl lässt Rückschlüsse auf den Täter zu. Junge, attraktive und vielleicht auch sexuell freizügige Frauen ziehen solche Täter natürlich an.«

Der Professor sah auf die Wanduhr. »Jetzt ist es Zeit für eine viertelstündige Pause, bevor wir mit dem nächsten Fall weitermachen.«

Nachdem Heckscher, Bonnet und die meisten Studenten den Raum verlassen hatten, kommentierte Florian: »Eine klasse Frau und ein wirklich gutes Profiling. Das war wie in einer amerikanischen Krimiserie.«

»Sie ist zu alt für dich«, konterte Saskia. »Und außerdem findest du alles, was aus den USA kommt, irgendwie cool.«

»Stimmt«, grinste Florian. »Jedenfalls die besten Filme und Serien kommen von dort.«

»Nur weil sie das Profiling in den USA gelernt hat, muss es nicht gut sein.«

Bremsenquietschen und Lautsprecherdurchsagen vom Dammtor-Bahnhof drangen durch die während der Pause geöffneten Fenster herein.

»Es hat dir also nicht gefallen?«, fragte Florian.

»Was uns die Bonnet als Täterprofil verkaufen wollte, sind doch Binsenweisheiten. Dass der Vergewaltiger, der sein Sperma in dem Opfer hinterlassen hat, ein Mann ist, ist eine Selbstverständlichkeit. Aus Fesseln und Gesichtzerschneiden auf einen Sadisten zu schließen, da wäre ich auch drauf gekommen.«

»Gerade der Teil mit dem Zerschneiden des Gesichts als Handschrift des Täters hat mir gefallen. Vielleicht ist das die Signatur des Mörders, über die wir ihn kriegen.«

Saskia warf Florian einen genervten Blick zu.

»Erstens suchen wir gar keinen Serienmörder. Die Handschrift oder Signatur nützt nur dann etwas, wenn man durch sie Zusammenhänge zwischen verschiedenen Taten herstellen kann.«

»Na ja, vielleicht doch. Der Moderatorin Denise Schäfer wurde auch die Kehle durchtrennt und das Gesicht zerschnitten«, sagte Florian.

»Bei dem Mord an Denise Schäfer gibt es keinen Tatverdächtigen. Das bringt uns nicht weiter. Wir sollten uns auf unseren Fall konzentrieren.«

»Aber stell dir nur mal vor, da draußen läuft ein Mörder frei herum und ermordet weitere Frauen. Und wenn jemand mit dem gleichen Modus Operandi weitermordet, würde allein das beweisen, dass in Sachen Hoffmann ein Fehlurteil vorliegt.«

»Es könnte auch ein Nachahmungstäter sein«, wandte Saskia ein.

Solche Trittbrettfahrer gab es tatsächlich, wusste Florian. Er konnte das Argument nicht entkräften. »Und zweitens?«, fragte er stattdessen.

»Zweitens könnte der Täter beim Gesichtzerschneiden neben sexueller Aggression auch aus Rache gehandelt haben oder um die Identifikation des Opfers zu erschweren.«

»Egal.« Florian tat den Einwand mit einer wegwerfenden Handbewegung ab. »Das Profiling hat uns trotzdem einen Schritt weitergebracht. Wir wissen jetzt, dass sowohl Schneider als auch Kleinschmidt als Täter in Betracht kommen.«

»Diese Blondine hat dir offensichtlich das Hirn vernebelt. Denn bei der Anwendung des Täterprofils auf Hoffmann, Schneider und Kleinschmidt hat Bonnet nichts Konkretes gesagt, sondern nur, dass alle drei als Täter nicht auszuschließen sind. Männer im Alter von fünfundzwanzig bis vierzig Jahren mit den sonstigen weichen Kriterien wird es ein paar zehntausend in Deutschland geben. Das bringt uns keinen Schritt weiter.«

Die ersten Studenten strömten zurück in den Seminarraum.

»Schade fand ich, dass auch Hoffmann in das Täterprofil passt«, sagte Florian. Nach allem, was er von Hoffmann wusste, hätte er ihm einen sadistischen Zug nicht zugetraut.

»Diese Einschätzung halte ich auch für falsch, denn es gibt keine Anzeichen für eine sadistische Persönlichkeitsstörung bei ihm«, sagte Saskia.

»Ist das zwanghafte Aufschreiben von Verkehrssündern kein Sadismus?«, scherzte Florian.

»Auf die Autofahrer mag das subjektiv so wirken«, antwortete Saskia ernst. »Aber ein echtes Indiz wäre zum Beispiel gewesen, wenn Hoffmann als Kind Tiere gequält hätte. Oder wenn die Kripo bei der Wohnungsdurchsuchung gewaltpornografische Filme gefunden hätte. Oder wenn er als Polizist Festgenommene ungewöhnlich hart behandelt hätte. Vorfälle von Polizeibrutalität oder so etwas.«

»Hoffmann hat doch seine Diensthandschellen im ehelichen Schlafzimmer eingesetzt.«

»Seit *Shades of Grey* hat fast jeder Handschellen in der Nachttischschublade. Ich denke, da müsste schon mehr vorliegen.«

»Vielleicht hast du recht. Mein Bauchgefühl sagt mir auch, Sadismus passt bei Hoffmann nicht ins Bild. Aber reicht das, um Bonnet zu widerlegen?«

»Schau mal, wenn jemand schwer gestört und sadistisch veranlagt ist, wird er das kaum achtunddreißig Jahre lang geheim halten können. Und damit meine ich mehr als ein harmloses Fesselspiel mit Handschellen. Irgendwelche Anzeichen davon wären zu sehen.«

Florian nickte. »Stimmt, weder in Hoffmanns Akte noch in den Gesprächen mit ihm ergaben sich derartige Hinweise.«

»Zusammengefasst war das Profiling ganz großes Kino mit nichts dahinter.«

»Bist du etwa eifersüchtig?«

»Das verbitte ich mir.«

# 36

Der Mann war wieder auf der Jagd.

Er fühlte sich gut. Niemand würde ihm ansehen, was er vorhatte. Es ging ihm nicht um Sex oder Gewalt. Was ihn high machte, war das Gefühl von Macht. In dem Augenblick, als das Leben blutig aus der Frau herausströmte, fühlte er sich wie Gott. Mit dem Messer in der Hand wurde er zum Herrscher über Leben und Tod.

Er hatte sich in einer Großbuchhandlung in der Innenstadt auf die Lauer gelegt. Regale und Tische mit Büchern, so weit das Auge reichte. Es roch nach Holz, frischem Papier und Druckerschwärze. Mit einem wahllos gegriffenen Buch hatte er sich gegenüber dem Shades-of-Grey-Tisch hingesetzt. In *Shades of Grey* knackt eine Jungfrau einen hart wirkenden Multimillionär, der hinter seinen S/M-Fantasien nur seine eigene Verletzlichkeit versteckt. Millionen von Frauen waren den Dauer-Null- oder Blümchen-Sex im heimischen Bett leid und verschlangen die Romane, in denen es um lustvolle Unterwerfung und heißen Sadomaso-Sex ging. Viele Leserinnen versprachen sich von der fesselnden Lektüre Anregungen für das eigene brachliegende Sexleben.

Gelangweilt blätterte er in dem Buch und behielt wie beiläufig den Erotiktisch im Blick. Alle paar Minuten trat eine Frau daran, nahm ein Buch in die Hand, las den Buchrücken und blätterte darin. Etwa jede dritte Frau machte sich mit einem Buch in Richtung Kasse auf. Die Sadomaso-Bücher schienen sich glänzend zu verkaufen. Nur dass die Kundinnen mehrheitlich nicht seinem Beuteschema entsprachen. Er suchte eine attraktive Zwanzigjährige, keine doppelt so alte frustrierte Hausfrau. Er stand auf langbeinige Gazellen. Sie sollten aussehen wie ein Model, also groß, schlank, ebenmäßiges Gesicht und lange Haare. Und er war der Löwe, der ihnen den tödlichen Biss in den Hals versetzte. Nach drei Stunden in dem schwarzen Kunstledersessel wollte er schon aufgeben. Das Sitzen wurde unbequem und der Sessel knarzte bei jeder Bewegung. Diese Ruhe in der Buchhandlung, er hörte nur Murmeln und Seitenblättern, wirkte einschläfernd.

Dann sah er sie. Die Frau hatte lange Haare, braune Augen und einen sinnlichen Mund. Das Gesicht mit den prägnanten Augenbrauen kam ihm vage bekannt vor. Die etwa Fünfundzwanzigjährige trat an den Erotiktisch und studierte die Cover. Eine Buchhändlerin sprach sie an und fragte, ob sie helfen könne. Die Frau schüttelte leicht den Kopf und verneinte. Eine Welle ging durch ihr braunes, fast hüftlanges Haar den Rücken hinunter. Durch das Spotlight über ihr warf es goldglänzende Reflexe. Als er das sah, fiel ihm auch wieder ein, warum die Frau ihm vertraut vorkam. Er hatte sie in Werbespots des größten deutschen Haarkosmetik-Herstellers gesehen. Eigentlich schade, dass überwiegend nur ihr wellendes Haar in Zeitlupe und nicht ihr hübsches Gesicht gezeigt wurde. Vielleicht fanden die Werbestrategen ihre Augenbrauen etwas zu dicht und, da sie diese häufig hochzog, ihren Gesichtsausdruck zu spöttisch. Er mochte es dagegen, wenn eine Frau selbstbewusst und kratzbürstig war. Wenn die Beute sich wehrte, bedeutete das längeren Spaß.

Nachdem das Model mehrere Bücher in der Hand gehalten hatte, entschied sie sich schließlich für eins, auf dessen Cover ein stilisiertes Lederhalsband mit einem Chromring abgebildet war. Sie machte sich auf den Weg zur Kasse.

Der Mann stand auf und wollte ihr folgen.

»Kann ich Ihnen helfen?«, fragte ihn die Buchhändlerin, die sich ihm unvermittelt in den Weg gestellt hatte. Sie hatte kurze weiße Haare, eine runde Brille und eine graue Strickjacke.

»Nein danke«, antwortete der Mann kurz angebunden. Er schaute an der dicken Buchhändlerin vorbei. Sein Opfer war kurz davor, aus seiner Sicht zu geraten.

»Ich sehe, Sie interessieren sich für Politik«, sagte die Buchhändlerin und zeigte auf die Politiker-Biografie in seiner Hand. »Soll ich Ihnen noch ein paar ähnliche Titel zeigen?«

Das Model war verschwunden. Mist, er durfte sie nicht verlieren.

»Ich nehme das hier. Vielen Dank.« Das Buch in seiner Hand wollte er nicht wirklich haben, aber die Gelegenheit war günstig, sich seiner Beute unauffällig zu nähern.

Der Mann drängte sich an der Buchhändlerin vorbei und hastete in Richtung Ausgang. Er entdeckte das Model am Ende der Schlange vor der Kasse. Er stellte sich direkt hinter ihr an und war ihr so nahe, dass er ihr betörendes Parfüm riechen konnte. Als sie ihre goldene Kreditkarte zückte, konnte er sogar ihren Namen darauf lesen. Er betrachtete ihren schmalen Hals und stellte sich vor, wie er ihr das Sklavenhalsband aus dem Roman *Justine – Lehrjahre einer Sklavin* umlegen würde. Währenddessen sah Rebecca Krüger auf das Halsband-Cover und fragte sich vielleicht ihrerseits, wie es sich anfühlen würde, so eins zu tragen.

*Du wirst es bald wissen. Schneller, als du ahnst.*

# 37

»Nie im Leben werde ich hier aussteigen«, entrüstete Saskia sich, als sie an den Spalier stehenden Prostituierten vorbeifuhren. Die Straßenmädchen hatten sich in wattierten Jacken, Leggings und hohen Stiefeln direkt gegenüber der Davidwache aufgereiht. Ein Stück weiter die Reeperbahn runter wendete Saskia und hielt auf einem Parkplatz.

»Hier ist es«, sagte Florian und zeigte auf *Matthias' Messershop* ein paar Meter entfernt. Auf diesen Laden an der Reeperbahn waren sie bei ihrer Internetrecherche gestoßen.

»Nette Gegend«, kommentierte Saskia. Der Messershop lag zwischen einem Tattoo-Studio und einem Head-Shop, in dem man Wasserpfeifen und alles andere, was man für den Haschischkonsum brauchte, kaufen konnte. Im Hauseingang daneben schlief ein Obdachloser. »Und dieser Dreck auf dem Gehweg. Du musst allein gehen, ich warte im Wagen.«

Einen Augenblick überlegte Florian, sie umzustimmen. Ein Bummel über die sündige Meile war nicht gefährlicher als ein Gang durch den Hauptbahnhof. Aber Saskia würde ihm bestimmt Kriminalitätsstatistiken entgegenhalten, mit denen sie ihm, exakt bis auf zwei Stellen hinter dem Komma, das Gegenteil würde beweisen wollen. Und die verruchte Welt aus

Sex-Shops, Striplokalen und Bordellen war wirklich nichts für sie.

»Bis gleich«, verabschiedete Florian sich und stieg aus. Kaum hatte er das Auto verlassen, hörte er die Zentralverriegelung klicken.

Florian hatte erst zwei Meter auf dem Gehweg zurückgelegt, da tauchte wie aus dem Nichts eine Bordsteinschwalbe auf. Aus dem Ausschnitt ihrer weißen Kurzjacke schien ihm ihr Busen entgegenzuspringen. Sie trug schwarze Leggings und eine rosa Bauchtasche.

»Hey, Süßer, bleib mal stehen.«

Florian versuchte, die blond gefärbte Zwanzigjährige zu ignorieren, und behielt stur seinen Kurs in Richtung Messerladen bei.

»Biste schüchtern?«, fragte das Mädchen.

Sie packte ihn am Oberarm und kam ihm sehr nah.

»Kommst du mit mir aufs Zimmer?«, hauchte sie ihm ins Ohr. »Kostet nur 'nen Fuffi.«

Florian riss sich los und ging weiter.

Das Mädchen hakte sich bei ihm unter. Sie erzählte von dem wilden, hemmungslosen Sex, den Florian mit ihr haben könne.

»Hab kein Geld«, wimmelte Florian das Mädchen ab.

Sie warf einen Blick auf seine Studentenkluft, verzog den Mund und ließ von ihm ab.

Im Schaufenster waren aufgereiht in Plexiglasständern Dutzende Messer ausgestellt. Es gab dort alles, vom kleinen Springmesser bis hin zur Machete. Daneben lagen mehrere Handschellen. Florian betrat den Laden. Die Wände waren rot.

»Kann ich Ihnen helfen?«, fragte der einunddreißigjährige Matthias Kleinschmidt hinter dem Tresen. Der Verdächtige

Nummer zwei hatte schwarze Haare, trug ein schwarzes Sweatshirt mit der blutroten Aufschrift *Slayer* und eine ebenfalls schwarze Jeans. Seine Unterarme zierten hervorstehende dicke Adern, die auf regelmäßiges Krafttraining hindeuteten, und eine vernarbte Schnittwunde war zu sehen.

»Nein, danke, ich wollte mich nur mal umschauen.«

Florian schritt durch den kleinen Laden, in dem in Glastischen und -vitrinen hunderte der stählernen Lebenszeitverkürzer ausgestellt waren. Sie waren wie kleine Kunstwerke auf schwarzem Samt oder Plexiglasständern drapiert. Ein Messer erkannte er wieder. Es war das schwarze Survival-Messer mit der silbernen Klinge und der markanten Rückensäge aus dem Film *Rambo*. Küchen- oder Haushaltsmesser sah er nicht. Wer hier ein Messer kaufte, wollte damit kämpfen, nicht Kartoffeln schälen. Florians Problem war, dass er nicht wusste, wonach er eigentlich suchte. Die Obduktion von Julia Nitsche hatte lediglich ergeben, dass am ehesten ein Messer als Tatwerkzeug eingesetzt worden war. Art und Aussehen des verwendeten Messers hatten die Rechtsmediziner nicht eingrenzen können. Es kam jedes Messer mit einer ausreichend langen und scharfen Klinge in Betracht. Und davon gab es hier hunderte.

Auf einem Tisch waren eine Reihe Messer mit giftgrünen Griffen und schwarzen Klingen ausgestellt.

»Das sind Zombie-Jagd-Messer«, erklärte Kleinschmidt. »Ein Trend aus den USA.«

Florian dachte an den Film *Zombie* von George A. Romero und seine zahlreichen Nachfolger. Nur waren die Untoten fiktiv. Wozu also brauchte man ein Kampfmesser zur Zombieabwehr?

Florian ging ein Stück weiter und nahm eine andere Vitrine in Augenschein. Kleinschmidt kam hinter dem Tresen hervor und auf ihn zu.

»Einen hübschen Laden haben Sie. Die roten Wände passen gut zu den Vitrinen und Messern«, sagte Florian freundlich.

»Rot ist die Farbe des Blutes.«

Kleinschmidt öffnete die Vitrine und nahm ein Messer mit Holzgriff heraus.

»Das ist Esmeralda. Der Griff ist aus feinstem Wurzelholz und elegant geschwungen wie der Rücken einer Frau. Und die Klinge ist schlank und rank wie ein Frauenbein.«

»Das Messer heißt wirklich Esmeralda?«, fragte Florian.

»Nein, den Namen habe ich ihm gegeben. Die Typbezeichnung des Herstellers ist irgendeine Buchstaben-Zahlen-Kombination.«

Kleinschmidt fuhr mit funkelnden Augen zärtlich mit dem Finger über die Klinge.

»Und sie ist scharf.«

»Oder schauen Sie sich dieses hier an«, sagte Kleinschmidt und hielt Florian einen Dolch mit einer silbernen Klinge hin, die in einem sargförmigen schwarzen Griff mündete.

»Woher kommt Ihre Begeisterung für Messer?«

»Das fragen Kunden ganz oft. Ich wünschte, ich könnte von einem einschneidenden Erlebnis aus meiner Kindheit berichten.« Kleinschmidt legte das Messer zurück in die Vitrine. »Tatsächlich habe ich als Junge nur ein Taschenmesser geschenkt bekommen. Das war damals mein kostbarster Besitz. Ich hatte es immer in der Hosentasche bei mir.«

»Warum war es Ihr kostbarster Besitz?«

»Hier auf dem Kiez muss man sich manchmal durchsetzen.«

Florian hatte genug gesehen und gehört. Langsam bewegte er sich Richtung Ausgang. Als er am Tresen vorbeikam, bemerkte er einen Briefumschlag. Drauf stand Kleinschmidts Privatadresse. Er prägte sie sich ein.

Florian war schon fast am Ausgang, da drehte er sich noch einmal um.

»Ach, was mir gerade einfällt. Wir haben vielleicht eine gemeinsame Bekannte, nämlich Julia Nitsche.«

Kleinschmidts Miene verfinsterte sich.

»Von der habe ich noch nie gehört. Auf Wiedersehen.«

Florian hatte kaum auf dem Beifahrersitz Platz genommen, da fuhr Saskia rasant los.

»Du wärest fast mit dieser Tussi mitgegangen«, warf sie ihm vor und schaltete hoch.

»Eifersüchtig?«

»Auf eine Prostituierte? Wohl kaum.«

Saskia beschleunigte.

Was soll das bedeuten?, fragte sich Florian, konnte aber ein Gefühl des Triumphes nicht unterdrücken. Wenn es keine Bordsteinschwalbe gewesen wäre, wäre sie dann eifersüchtig gewesen? Und lief noch was mit Schnösel-Lars?

»Und wie war es bei Kleinschmidt?«, fragte sie.

»Messer gibt es in dem Laden mehr als genug. Das ist der Erstausrüster für alle Jugendgangs und Bandenmitglieder in St. Pauli. Und im Schaufenster liegen Handschellen.«

»Hast du Kleinschmidt gesehen?«

»Ja, er stand hinter dem Tresen. Er hat eine vernarbte Schnittwunde am Unterarm, sonst sieht er normal aus.«

»Und was glaubst du: verdächtig oder nicht verdächtig?«

»Er hat mich angelogen: Er kenne Julia nicht. Finde ich verdächtig.«

»Nur das?«

Florian schüttelte den Kopf.

»Wenn jemand ein semi-erotisches Verhältnis zu Messern hat, das spätere Mordopfer wochenlang stalkte und es dann mit einem Messer umgebracht wurde, begründet das schon einen starken Tatverdacht.«

»Wieso semi-erotisches Verhältnis?«

»Er beschreibt Messer wie einen Frauenkörper und streichelt sie.«

»Wenn ich an Handschellen, Messer und Blut denke, kommt mir unweigerlich der Mord an Julia in den Sinn.«

»Mir auch.«

# 38

Im Fadenkreuz erschien der Kopf der Frau. Sie trat aus der Haustür eines schneeweißen Jugendstilhauses an der Isestraße und hatte einen Katzenkorb in der Hand. Sein Zeigefinger lag auf dem Druckpunkt.

Wenn der Mann ein neues Opfer auserkoren hatte, war der erste Schritt immer eine umfassende Internetrecherche. Es war kaum zu glauben, wie viele private Informationen manche Frauen im Internet von sich preisgaben. Der zweite Schritt waren ein paar Tage Observation, um sich mit den Lebensgewohnheiten der Zielperson vertraut zu machen. Diese führte meist zwanglos zu dem dritten Schritt, dem Ansprechen. Er versuchte dabei, die Frau in seine Folterkammer zu locken. Wenn sie ihn abblitzen ließ, musste er eine härtere Gangart einlegen und sie entführen. Die Jagd war ein Teil des Spiels und machte ihm Spaß. Er stellte sich dann immer vor, welche schönen Dinge er mit der Frau in seinem Spielzimmer anstellen würde.

Rebecca Krüger wartete am Straßenrand auf eine Lücke im Verkehr. Den dunkelgrauen Kombi mit der geöffneten Seitenscheibe auf der anderen Straßenseite bemerkte sie nicht.

Der Mann hatte seit zwei Stunden auf das Erscheinen seiner Beute gewartet. Sein Mietwagen, ein dunkelgrauer Toyota

Avensis, war so gut wie unsichtbar. Das Fadenkreuz war exakt auf ihre Stirn ausgerichtet. Durch die Vergrößerung des Objektivs konnte er jedes Detail sehen. Ihre braunen Augen unter dichten Brauen, ihre makellose Porzellanhaut und den sinnlich geöffneten Mund. Er drückte auf den Auslöser. Mit einem Klick machte die Spiegelreflexkamera ein Foto und speicherte es auf dem Chip ab. Er betrachtete es auf dem Display. In der Morgensonne war ihm ein perfektes Porträt gelungen. Durch das Teleobjektiv hoben sich ihre ebenmäßigen Gesichtszüge plastisch von dem unscharfen Hintergrund ab. Wahrscheinlich eine der letzten Aufnahmen, die Rebecca Krüger mit unzerschnittenem Gesicht zeigten.

Gerade hetzte sie mit wehenden Haaren über die Straße zu ihrem unter dem Viadukt der U-Bahn geparkten roten Audi A1.

Der Mann legte die Kamera auf den Beifahrersitz und startete den Motor. Es war der dritte Tag, an dem er ihr folgte, um ihre Lebensgewohnheiten auszukundschaften. Wohin sie wohl heute fuhr? Ein Fotoshooting oder ein Werbespotdreh? Oder wieder zum MeridianSpa, einem großen Fitness- und Wellness-Center? Als Model musste sie strikt Diät halten und viel Sport treiben. Aber dazu passte der Katzenkorb nicht. Sie hatte einen Perserkater, wie er beim Durchstöbern ihres Mülls anhand leerer Katzenfutterdosen und langer, ausgekämmter Haarbüschel festgestellt hatte.

Der Mann folgte Rebecca Krüger durch den lebhaften Stadtverkehr. In den letzten Tagen hatte er einen Berg an Informationen über sein nächstes Opfer zusammengetragen. Das Internet war wie immer eine große Hilfe gewesen. Die Sedcard von Rebecca Krüger auf der Homepage ihrer Agentur machte alle wissenswerten Daten frei zugänglich. Sie war fünfundzwanzig Jahre alt, 174 Zentimeter groß, wog 53 Kilo, hatte die BH-Größe 75 B und Schuhgröße 36. Sie hatte ein Tattoo an der

Wade und keine Piercings. Sie würde für alle Aufnahmebereiche, von Mode über Werbung bis zu Fetisch, zur Verfügung stehen. Ein paar der Fotos zeigten Rebecca Krüger in Lack und Leder. Der Mann glaubte, dass diese Bilder weniger ihrer Buchung als Model förderlich waren, sondern eher etwas über ihre unerfüllten Sehnsüchte verrieten.

Bei seiner ersten Observation hatte er ihren Freund gesehen. Ein verheirateter Mann Anfang vierzig, Chef einer Werbeagentur, der immer nur mittags für ein oder zwei heimliche Stunden mit seinem Porsche vorfuhr.

Die Abende verbrachte Rebecca Krüger allein auf ihrer Couch mit ihrem Perserkater. Die Lage ihrer Wohnung im ersten Stock eines Gründerzeithauses in der Isestraße hatte sich als Glücksfall erwiesen. Denn auf einem Viadukt in der Mitte der Straße fuhr im Fünfminutentakt die U-Bahn an ihrem Wohnzimmerfenster vorbei. Der Mann war etliche Male zwischen den Stationen Hoheluftbrücke und Eppendorfer Baum hin- und hergependelt und hatte sie dabei immer für ein paar Sekunden in ihrem Wohnzimmer beobachten können. Die Bewohner der Isestraße waren die ständig vorbeifahrenden U-Bahnen gewohnt und beachteten sie nicht weiter. Er wusste, dass Rebecca abends bei einem Glas Rotwein meistens einen ihrer Erotikromane zur Hand nahm, die sie sich regelmäßig kaufte, um sich im Schein ihrer Leselampe offensichtlich ihren Fantasien von lustvoller Unterwerfung hinzugeben. Sie schien diese Geschichten von reichen und mächtigen Männern, die junge, naive Mädchen in die dunkle Seite der Erotik einführten, besonders zu mögen. Klar wurde der gestörte Mann durch die bedingungslose Liebe der Frau auch immer ein bisschen von seinen Obsessionen geheilt. Nachdem die Heldin manch gefährliche Prüfung bestanden hatte, endeten diese Bücher stets mit einem kitschigen Happy End. Im Unterschied dazu würde die Liebesgeschichte zwischen ihm und Rebecca wohl kein glückliches Ende nehmen.

Rebecca Krüger bog auf den Parkplatz einer Tierklinik ab. *Interessant*, dachte er. Kein schlechter Ort, um sich an sein Opfer heranzupirschen.

# 39

Saskias Daumen schwebte über der Sendetaste ihres iPhones.

*Hallo Frau Bonnet, wegen Uni-Stress muss ich das Coaching einstweilen absagen,* lautete ihre SMS. Das war sowohl feige als auch eine Lüge. Feige, weil sie das Coaching per SMS und nicht persönlich oder zumindest telefonisch beendete. Eine Lüge war es, weil nicht der Uni-Stress, sondern das Profiling der Grund war. Es war so enttäuschend gewesen, dass Saskia der Bonnet nichts mehr zutraute. Eine schlechte Profilerin war wahrscheinlich auch kein guter Coach. Außerdem hatte sich Saskia darüber geärgert, dass die Bonnet sich mit den vertraulichen Informationen aus dem Coaching in das Seminar hineingedrängt hatte. Und sie sah einen Interessenkonflikt. Wie konnte die Bonnet gleichzeitig sie und Professor Heckscher beraten? Konnte sie einer Psychologin trauen, die es mit der Schweigepflicht nicht so genau nahm? Nicht zuletzt hatte Saskia Angst, dass die Bonnet ihre Studienprobleme und Schwächen in das Seminar hineintragen könnte. Sie drückte auf Senden.

Saskia ging zu Fuß von der Uni in die Innenstadt. Sie wusste nichts mit sich anzufangen. Wie jeden Morgen hatte sie sich einen Tagesplan gemacht, in dem jetzt eine Lücke klaffte.

Saskia mochte es nicht, wenn unerwartete Dinge ihren Tagesplan durchkreuzten. Was sollte sie mit den durch die Absage des Coachings unverhofft gewonnenen zwei Stunden anfangen? Fürs Joggen war es ihr jetzt, Mitte November, zu kalt. Für einen gemütlichen Liebesfilmabend nachmittags noch zu früh. Sie ließ sich mit den Passanten über den Jungfernstieg treiben. Vielleicht sollte sie in einen der Shoppingtempel gehen, das Alsterhaus oder die Europapassage. Aber eigentlich hatte sie alles, was sie brauchte. Es wurde ihr schmerzlich bewusst, dass sie nicht einmal Freunde hatte, mit denen sie sich spontan treffen konnte. Inmitten tausender Passanten fühlte sie sich allein.

Ein doppelter Piepser riss Saskia aus ihren trüben Gedanken und meldete eine eingehende SMS. Saskia zog ihr iPhone aus der Tasche und schaute auf das Display.

*Hallo Frau Cornelius, kein Problem. Melden Sie sich, wenn Sie wieder eine Beratung benötigen.*

Einerseits war Saskia froh, dass Bonnet das Ende des Coachings ohne Diskussion akzeptierte, andererseits fühlte sie einen Stich der Enttäuschung, weil Bonnet nicht einmal versuchte, sie umzustimmen. Eigentlich bin ich ihr vollkommen egal, stellte sie ernüchtert fest. Nicht mal meine Psychologin interessiert sich für mich.

# 40

Sie beobachteten die ehemalige Fabrikhalle gegenüber.

Florian saß neben Saskia in ihrem hellblauen VW Beetle Cabrio. Seit zwei Stunden observierten sie das *Ironman Bodybuilding Studio* in Rahlstedt. Sie hofften, Schneider würde dort drin sein. Sie hielten Schneider wegen seiner Snuff-Filme für den verdächtigeren der beiden und hatten deshalb beschlossen, an ihm dranzubleiben. Es war ihnen nicht möglich gewesen, seine Adresse herauszubekommen. Die Adresse in Farmsen aus der Akte stimmte nicht mehr. Von Zeit zu Zeit kam jemand heraus. Florian und Saskia verglichen denjenigen dann mit Schneiders Facebook-Bild. Bisher ergebnislos.

»Ich mach jetzt eine Raucherpause«, sagte Florian und wollte aussteigen.

»Nein, in Wirklichkeit willst du dir das Rauchen abgewöhnen«, sagte Saskia.

»Will ich das?«

»Ja, willst du.«

Florian schaute verdrossen aus dem Fenster, während Saskia auf ihrem iPhone spielte.

Florian stellte durch einen Seitenblick fest, dass mit Lars noch was lief, denn sie chattete mit ihm auf WhatsApp. Die Eifersucht nagte wie ein Magengeschwür an ihm.

»Mir ist langweilig«, sagte Saskia zum wiederholten Mal.

»Willst du jetzt die ganze Zeit rumnörgeln?«, entgegnete Florian.

»Diese blöde Observation war allein deine Idee. Warum machen wir das eigentlich?«

»Das machen die Detektive im Film auch immer. Vielleicht führt Schneider uns zum Tatort oder zumindest zu sich nach Hause oder wir erhalten ein anderes entscheidendes Indiz.«

»Ich glaube, mit deinen Filmweisheiten verschwenden wir nur unsere Zeit.«

Eine weitere halbe Stunde verging, in der nichts passierte. Er tagträumte sich eine glänzende Zukunft als Strafverteidiger zusammen.

»Da kommt wieder jemand«, unterbrach Saskia seine Gedanken.

Henrik Schneider kam mit Sporttasche heraus. Seine Glatze glänzte in der Morgensonne. Er stieg in sein rotes Hyundai Coupé.

»Folge dem Reiskocher«, sagte Florian.

»Wieso Reiskocher?«

»Weil dieser Pseudo-Porsche in Korea gebaut wird.«

Saskia fuhr vom Straßenrand los und dem Hyundai hinterher.

Der Hyundai beschleunigte rasant, bog um die Ecke und war außer Sicht.

»Ich weiß, du kennst alle Paragrafen der Straßenverkehrsordnung auswendig. Aber könntest du trotzdem etwas schneller fahren.«

Saskia drückte ihren Fuß aufs Gaspedal und schleuderte um die Ecke. Florian bemerkte, wie Saskias Fingerknöchel um das Lenkrad weiß wurden. Am Straßenende konnten sie einen kleiner werdenden roten Punkt sehen.

»Er entwischt uns!«

Der Hyundai war gerade noch zu sehen.

An der nächsten Ampel hatten sie den Wagen wieder eingeholt. Sobald er Grün bekam, fuhr er mit quietschenden Reifen an.

»Los, drück auf die Tube«, herrschte Florian sie an.

»Mach mir keine Vorschriften«, sagte Saskia. »Du hast doch auch keine Ahnung, welche Regeln bei der Verfolgung eines Autos zu befolgen sind.«

»Da irrst du dich. Alles, was man im Leben wissen muss, kann man im Kino lernen. Und ich habe *Bullit, French Connection* und *Getaway* gesehen.«

»Wenn ich zu dicht auffahre, bemerkt er uns.«

»Lahme Ausrede dafür, dass dein Auto so gut wie keine Beschleunigung hat.«

Der Dieselmotor kam langsam auf Touren.

»Immerhin habe ich eins. Mit deinem Fahrrad könntest du die Verfolgung gleich ganz vergessen.«

»Du hast keine Ahnung, wie das ist, wenn man sich jeden Euro verdienen muss. Nicht jeder wurde wie du oder Lars mit dem goldenen Löffel im Mund geboren«, platzte es aus Florian heraus.

Betretenes Schweigen breitete sich aus.

Seit Florians Vater vor acht Jahren seinen Job als Polizist verloren hatte, war Geld immer knapp gewesen. Florian hatte als Schüler Zeitungen ausgetragen und in den Ferien im Hafen gejobbt. Er hatte früh gelernt, wie schwer es war, Geld zu verdienen.

Die Tachonadel wanderte höher und der Abstand zu dem Hyundai wurde geringer.

Sie blieb drei Autolängen hinter ihm.

»Er fährt Richtung Hafen«, sagte Florian, nachdem sie dem Hyundai zwanzig Minuten gefolgt waren und er seinen Kurs Richtung Süden beibehielt.

»Kleines Quiz: In welchem Film gibt es die spektakulärste Verfolgungsjagd zu sehen?«

Saskia überlegte, während sie versuchte, am Sportwagen dranzubleiben.

»*Der Transporter* vielleicht?«

»Nein, *Blues Brothers.* Als die Polizei das Bluesmobil nach Chicago verfolgt, werden 103 Streifenwagen zerstört.«

»Das bringt dir also Spaß, wenn Streifenwagen zerstört werden. Und du willst Jurist werden.«

Die beiden Autos fuhren inzwischen über die Elbbrücken. Auf der mehrspurigen Straße vergrößerte sich der Vorsprung des Hyundais wieder.

»Wenn wir wüssten, was sein Ziel ist, könnten wir ihn einfach ziehen lassen«, sagte Saskia.

»Vielleicht zu Dreharbeiten von seinen Snuff-Filmen?«, frohlockte Florian.

»Die müsstest du dir aber alleine anschauen. Ich haue dann ab.«

»Du bist verklemmt!«

»Und du Primitivling stehst auf Sex und Zerstörung.«

Die Fahrt führte nach rechts in den Hafen. Schweigend folgten sie ihm ein paar Minuten. Dann bog der Sportwagen nach rechts auf ein Firmengelände ab.

»Fahr ein Stück weiter«, sagte Florian.

Saskia hielt zweihundert Meter weiter auf dem Randstreifen zwischen zwei aufgebockten Containern an. Sie stiegen aus und gingen zurück. Ein hoher Maschendrahtzaun mit Stacheldraht umgab das Gelände. Sie sahen Schneider gerade noch in einem baufällig aussehenden Lagerhaus verschwinden. Ein Hund bellte kurz auf. Fenster waren nur an der Stirnseite der

Lagerhalle im ersten Stock zu sehen. Dort ging einen Augenblick später das Licht an.

Sie traten an das verschlossene Tor. Auf dem Namensschild des schwarzen Briefkastens stand schlicht: Schneider.

»Hier wohnt er also«, stellte Saskia fest.

»Wahrscheinlich hat er die Lagerhalle als Studio für seine Snuff-Filme umgebaut. Und die ehemaligen Büros im ersten Stock zu seiner Wohnung«, sagte Florian.

Saskia sah sich um. »Eine furchtbar verlassene und düstere Gegend ist das hier.«

»Ideal, wenn niemand Schreie hören oder etwas beobachten soll. Und das Lagerhaus steht direkt am Hafenbecken, falls man mal etwas loswerden will.«

# 41

Als Florian das Zimmer seines Vaters betrat, lag dieser auf dem Rücken im Bett. Der Blick war starr ins Nichts gerichtet. Er hatte in der letzten Woche kein Wort mehr gesprochen. Und war inkontinent geworden. Speichel rann ihm aus dem Mundwinkel und tropfte auf das Kissen.

Florian setzte sich auf den Stuhl neben dem Bett und griff nach der knochigen Hand seines Vaters.

»Hallo Paps, hier ist Florian, dein Sohn.«

Keine Reaktion.

Die Hand war grau, und Florian konnte jeden Knochen sehen. Sie fühlte sich wie ein Stück Papier an. Hatte er weiter abgenommen? Selbst mit dem Füttern klappte es nicht mehr, sodass der Heimarzt empfahl, ihm eine Magensonde zu legen.

Florian hatte den Eindruck, sein Vater nehme seine Anwesenheit gar nicht wahr. Vorsichtig streichelte er die gebrechliche Hand. Geist und Seele seines Vaters schienen seinen dahinwelkenden Körper schon verlassen zu haben. Sie waren dem Tod vorausgeeilt. Florian hoffte, dass er zumindest seine Berührung spürte und sich dadurch nicht allein fühlte. Dabei hatte es niemals viel Zärtlichkeit zwischen ihm und seinem Vater gegeben. Als Polizist war er selten zu Hause gewesen. Ständig hatte er mit dem Kopf in irgendwelchen Ermittlungen gesteckt, manchmal sogar Undercover gearbeitet. Der andauernde Druck und die wechselnden Dienstzeiten hatten ein normales Familienleben unmöglich gemacht. Nach dem Tod von Astrid blieb er zwar daheim, verfiel aber endgültig dem Alkohol. Seit dieser verhängnisvollen Nacht, in der er betrunken gegen einen Baum gefahren war und Astrid auf dem Beifahrersitz zerquetscht wurde, war das Band zwischen Vater und Sohn zerrissen. Sie hatten nie darüber reden können.

Jetzt traf Florian die Erkenntnis wie ein Faustschlag in den Magen. Sie würden auch nie mehr darüber sprechen können. Florian erinnerte sich an das letzte Gespräch vor zwei Wochen. Sein Vater hatte über das schlechte Essen im Altenheim gelästert, und Florian hatte mit dem noch schlechteren Essen in der Mensa gekontert. Es quälte Florian, dass er diesen letzten Moment geistiger Klarheit seines Vaters mit einer derartigen Banalität verplempert hatte. Florians Wut auf seinen Vater zerschmolz zu Liebe.

»Vater«, flüsterte Florian, »ich wünsche mir so, du könntest bei mir bleiben und mir beistehen.« Florian fühlte sich allein und verlassen. Die Mutter schon vor Jahren verstorben, sein Vater siechte im Altenheim vor sich hin und sein Bruder saß im Gefängnis. Doch der entrückte Mann starrte ohne jede Reaktion weiter nach oben.

Die Gefühle verpasster Chancen, Mitleid mit seinem Vater und ein Gefühl großer Verlorenheit überkamen Florian mit ganzer Wucht. Er legte die Hand seines Vaters sanft auf die Bettdecke zurück. Dann stand er auf, beugte sich vor und küsste seinen Vater auf die Stirn.

»Ich liebe dich, Vater.«

Tränen rannen über seine Wangen. Jeder Besuch konnte der letzte sein, das wurde ihm jetzt endgültig klar.

# 42

Der Mann erwartete sie bereits.

Er hatte mit verstellter Stimme in der Tierklinik angerufen und nach dem nächsten Termin für die Katze von Rebecca Krüger gefragt, weil er den Bestellzettel verlegt habe. Bereitwillig hatte ihm die Sprechstundenhilfe Auskunft erteilt.

Rebecca Krüger fuhr zehn Minuten vor dem Termin mit ihrem roten Audi auf den Parkplatz. Sie nahm den Katzenkorb vom Beifahrersitz und ging hinein.

Der Mann hatte ebenfalls eine Perserkatze in einem Korb dabei, die er über eine Kleinanzeige im Internet besorgt hatte. Alt und sterilisiert war die Rassekatze billig zu haben gewesen. Im Fond seines Wagens lag eine Plastiktüte mit einem Taser, Handschellen und Klebeband. Nur für den Fall, dass Rebecca nicht freiwillig mitgehen würde.

Der weiße Warteraum war mit ungefähr zwanzig Tierbesitzern gut gefüllt. Die meisten hatten kranke Hunde und Katzen dabei. Er entdeckte noch einen Kakadu und einen Leguan. Die Besitzer hielten ihre aufgeregten Tiere überwiegend auf dem Schoß. Sechs Tierärzte praktizierten in dem Neubau in einem Gewerbegebiet. Das Personal trug dunkelblaue OP-Kleidung. Er setzte sich mit dem Katzenkorb neben Rebecca. Sie beachtete ihn nicht weiter und las in dem Buch *Justine – Lehrjahre einer Sklavin*. Er beugte sich vor und schaute in Rebeccas Korb. Der Kater hatte stumpfes Fell und wirkte teilnahmslos.

»Was hat er denn?«, fragte er mit besorgter Miene.

Rebecca sah von ihrem Roman hoch. »Chronische Niereninsuffizienz.«

»Das klingt schlimm.«

»Ist es auch. Unheilbar.«

Die nächsten Minuten erzählte Rebecca ausführlich die Krankheitsgeschichte ihres Perserkaters. Die Masche mit der Katze war ziemlich genial, fand er. Wenn ein Mann mit einem Hund oder einer Katze auftauchte, wirkte er harmlos. Wer gut zu Tieren ist, behandelt auch Frauen gut, lautet der gefährliche Irrglaube.

»Das tut mir sehr leid«, sagte der Mann. »Wie alt ist er denn?«

»Neun Jahre. Heute bekommen wir die Ergebnisse des letzten Bluttests. Ich hoffe, er bleibt mir noch ein paar Jahre erhalten.«

»Dann drücke ich Ihnen die Daumen!«

Der Mann sah ihr tief in die Augen. Er wusste, Frauen liebten seinen magnetischen Blick.

»Danke.« Rebecca Krüger lächelte ihn an und warf einen Blick auf seinen Katzenkorb. »Wie heißt denn Ihrer und was hat er?«

*Wie heißt das Scheißvieh eigentlich?* Im Tierheim hatten sie einen Namen genannt, er hatte ihn sich aber nicht gemerkt.

»Er ist eine Sie und heißt Corinne«, antwortete er und hoffte, dass das ein passender Name für eine Katze war. Die Hauptdarstellerin des Films *Die Geschichte der O* hieß so. »Sie ist nicht krank. Es ist nur die nächste Impfung fällig.«

Der Mann ließ den Blick bekümmert über die zahlreichen Wartenden schweifen. »Ich hoffe, es dauert hier nicht lange, denn ich muss noch ein Shooting vorbereiten.«

Ein Lächeln huschte über ihr Gesicht. Er hatte ihr Interesse geweckt.

»Sie sind Fotograf?«

»Ja, ich mache hauptsächlich Mode und Werbung. Ich habe ein Studio in St. Pauli. Warum fragen Sie? Sind Sie zufällig Model? Das Aussehen dafür haben Sie ja.«

Rebecca strahlte ihn an und nickte.

»Nicht verraten! Lassen Sie mich raten«, sagte er und stützte sein Kinn auf seine Hand. »Sie sind das *Shampoo-Girl* aus dem Werbespot.«

»Gut erkannt.«

»Was lesen Sie da?«, fragte er und zeigte auf das Buch auf ihrem Schoß.

»Ach, nichts Besonderes«, sagte Rebecca verlegen. Sie klappte es zu und legte ihre Hände darauf.

»Das Halsband auf dem Cover hat mich an die *Geschichte der O* erinnert. Kennen Sie den Roman oder den Film?«

Rebecca senkte den Blick. Während sie das Buch umklammerte, wurden ihre Wangen rot.

»Das muss Ihnen nicht peinlich sein. Millionen Frauen haben so ein Buch auf dem Nachttisch liegen.«

Rebecca zögerte, nickte schließlich und sagte: »Ja, ich kenne beide.«

»Ich habe mal Werbefotos für den Hersteller von Ringen und Halsreifen aus *Geschichte der O* gemacht. Silberglänzender Edelstahl an zarten Frauenhälsen war sehr erotisch. Das hat mich auf den Geschmack gebracht.«

Rebecca musterte ihn mit wachsendem Interesse von der Seite.

»Ich durfte ein paar der Sachen von dem Shooting behalten und habe mir ein Spielzimmer eingerichtet.«

»So wie in *Shades of Grey*?«

Rebecca hatte den Köder geschluckt.

# 43

Florian stand wie erstarrt da.

Er schaute die Schlüterstraße hinunter und konnte nicht glauben, was er sah. Saskia und Lars gingen händchenhaltend über den Campus. Der Regen schien das junge Paar nicht zu stören. Am Zebrastreifen blieben sie stehen und umarmten sich. Dann küssten sie sich lang und tief.

Florian brauchte Bewegung, um sich abzureagieren. Er stieg auf sein Fahrrad und radelte zum Fischmarkt. Große Elbstraße 27 hatte auf dem an Kleinschmidt adressierten Umschlag gestanden. Er fand die Adresse direkt neben der Fischauktionshalle. Er war klatschnass, als er abstieg. Auf das historische Speichergebäude waren vier Wohngeschosse gesetzt worden. Im Erdgeschoss gab es einen Edel-Italiener und ein paar Läden, in den mittleren Etagen Büros und oben die Lofts. Der Messerladen an der Reeperbahn musste besser laufen, als Florian vermutet hatte, um sich so eine Adresse leisten zu können. Konnte hier der Mörder sein Unwesen treiben? Zwei Tatsachen sprachen dafür: Das Wohn- und Geschäftshaus würde außerhalb der Geschäftszeiten weitgehend verwaist sein, sodass der Mörder ungestört seine kranken Fantasien umsetzen konnte. Und die ehemalige Weizenmühle stand direkt am Wasser. Früher hatten hier Schuten mit dem Getreide angelegt. Der Mörder brauchte die Leiche nur aus dem Fenster zu werfen, um sie in der Elbe zu entsorgen. Eine Zeit lang versuchte Florian noch, einen Hinweis auf seinen Verdächtigen zu finden, ein Namensschild vielleicht, aber ohne Erfolg.

Durchnässt vom Regen und etwas erschöpft, aber nach wie vor aufgebracht stürmte Florian zehn Minuten später in *Trekkie's World* am Grindelhof.

Simon schaute hinter seinem mit *Star-Trek*-Filmen, Büchern und Modellbausätzen bestückten Tresen hoch.

»Was geht ab?«, fragte er zur Begrüßung.

»Ich bin im Schockzustand. Ich habe gerade gesehen, wie sich Saskia und Lars geküsst haben.«

»Ein richtiger Kuss?«

»So ein ekelhaft romantischer Kuss im Regen. So wie zwischen Ben Affleck und Jennifer Garner in *Daredevil.*«

»Muss ein toller Kuss gewesen sein. Die beiden Schauspieler haben nach den Dreharbeiten geheiratet und drei Kinder bekommen«, bemerkte Simon trocken.

»Scherze nicht, mein Emo-Chip ist kurz vorm Durchbrennen.«

Florian ließ sich auf einen Stuhl in der Ecke fallen und vergrub das Gesicht in den Händen. Es war eine Sache, von der Beziehung von Saskia und Lars zu wissen, aber eine ganz andere, beide als Liebespaar zu sehen.

Simon legte ihm die Hand auf die Schulter.

»Schreib die Perlenpaula ab. Gegen Lars hast du keine Chance.«

»Ein toller Freund bist du«, sagte Florian und wischte Simons Hand von seiner Schulter.

»Schau mal, die Mädchen verlieben sich immer in den besten Studenten. Lars ist das Ass in eurem Seminar, seine Eltern haben Geld und er sieht auch noch gut aus. Mit meinem Rat will ich dir nur weitere Schmerzen ersparen.«

Florian nickte kaum merklich. Dann spürte er, wie sich Tränen in seinen Augen sammelten. Doch er wollte nicht hier und vor seinem Freund weinen. Er wandte den Kopf ab, biss die Zähne zusammen und atmete tief durch.

»Es ist eh gerade nicht viel los. Ich schließe heute früher und dann gehen wir ein Bier trinken.«

»Oder gleich einen Kasten killen.«

# 44

Der Geruch von Männerschweiß war überwältigend. Saskia rümpfte die Nase, als sie Florian am nächsten Tag in das *Ironman Bodybuilding Studio* folgte. Ein zitroniger Raumduft Marke Bahnhofsklo machte die Sache nicht besser. In der schmucklosen Fabrikhalle mit weißen Betonwänden standen Dutzende chromglänzende Foltergeräte unter grellen Neonröhren, auf denen überwiegend Männer schwitzten. Es war das rhythmische Schleifen der Geräte und gelegentlich ein Ächzen zu hören. Henrik Schneider trainierte im Freihantelbereich, hatte man ihnen am Tresen gesagt. Der Hantelraum war mit einer Glaswand von der übrigen Trainingsfläche abgetrennt. In ihm waren Dutzende Hanteln in Ständern nach Gewichten gestaffelt aufgebahrt. Sie fanden Schneider in einer Bodybuilder-Pose vor der Spiegelwand. In der linken Hand hielt er eine Kurzhantel. An den Enden einer Chromstange waren Scheibengewichte befestigt. Er verharrte posend in der Bewegung mit angewinkeltem Arm. Florian sah den Bizeps zittern. Muskeln und Sehnen waren wie Stahlseile unter der Haut angespannt.

»Guten Tag, Herr Schneider«, sprach Florian ihn an.

Schneider drehte sich um und sah Florian aggressiv an. In seinen eigenen Anblick vertieft, hatte er ihr Hereinkommen nicht bemerkt und fühlte sich offensichtlich bei seiner Selbstbespiegelung gestört.

»Was willst du?«, fragte Schneider und ließ die Kurzhantel krachend auf den Ständer fallen. Er hatte ein attraktives Gesicht, eine breite Brust, gewaltige tätowierte Bizepse, und unter dem verrutschten Muskelshirt erschien das obligatorische Sixpack. Schweiß glänzte auf seiner solariumgebräunten Haut.

»Was wiegt die?«, fragte Florian.

»Fünfzig.«

Florian überlegte, ob er die fünfzig Kilo wenigstens für ein paar Sekunden vom Boden hochbekommen hätte. Er schätzte Schneiders Körpergewicht auf hundert Kilo, ohne auch nur ein Gramm Fett. Für ihn war eine Fünfzig-Kilo-Hantel ein Leichtes.

»Wir kommen von der Universität Hamburg und befassen uns im Rahmen eines Seminars mit dem Mordfall Julia Nitsche. Dazu hätten wir ein paar Fragen.«

Schneider musterte Florian und Saskia mit verschränkten Armen und schien darüber nachzudenken, ob er ihre Fragen beantworten sollte. Dann setzte er sich auf eine Hantelbank.

»Ich wollte eh gerade Pause machen«, sagte Schneider und griff nach seiner Getränkeflasche.

»Julia war bis kurz vor ihrem Tod Ihre Freundin?«

»Ja«, sagte Schneider und saugte an seiner Flasche. Als er sie absetzte, zischte und knackte sie.

»Aber sie hat sich vorher von Ihnen getrennt?«

»Werde ich hier wegen irgendetwas beschuldigt?«, fragte Schneider misstrauisch.

»Nein, wir wollen uns nur ein Bild über die Ermordete, ihre Beziehungen und ihr Umfeld machen«, wiegelte Florian ab. »Ihr Mörder wurde schon rechtskräftig verurteilt.«

»Dann ist es ja gut.«

Florian sah ihn fragend an, wartete auf eine Antwort.

»Julia wurde zunehmend zickiger, und dann habe ich Schluss gemacht.«

Florian und Saskia tauschten einen Blick aus.

Saskia versuchte ein Lächeln und fragte: »Sie waren auch ihr Manager. Gab es da Differenzen?«

»Nein, nach dem *Playboy* boomten die Geschäfte.«

»Dann war die Trennung von Julia ein großer Verlust für Sie?«

»Erst mal ja. Ein paar Wochen später habe ich eine neue Freundin und Geschäftspartnerin gefunden.«

Florian und Saskia wechselten einen schnellen Blick. Nach Schneiders Homepage *Homemade Venus* war die Nachfolgerin von Julia auch eine Blondine Anfang zwanzig gewesen.

»Versteht mich nicht falsch. Ich bin schon tierisch auf Julia abgefahren, aber letztlich ist jede ersetzbar.«

Seine Trauer über die Trennung und ihren späteren Tod hielt sich offenbar in Grenzen.

»Sie sind nach dem Mord routinemäßig von der Polizei befragt worden«, setzte Florian an.

»Mit dem Mord habe ich aber nichts zu tun«, unterbrach ihn Schneider.

*»Der Polizei sind Schnittwunden und* Kratzer in Ihrem Gesicht und an Ihren Händen aufgefallen. Woher stammten die?«

»Da bin ich gestolpert und in eine Glastür gefallen.«

Florian sah kurz zu Saskia. Sie hatte keine Fragen mehr.

»Danke, das war's«, sagte Florian und wandte sich zum Gehen.

»Schneider hat gelogen«, sagte Saskia auf dem Weg zu ihrem Auto. »Frau Nitsche hat uns gesagt, er hat Kleinschmidt verprügeln wollen, der ihn dann mit dem Messer verletzt hat. Offensichtlich will er diesen Vorfall vertuschen.«

»Oder schlimmer noch, Julia hat sich bei ihrer Ermordung gewehrt und es waren Abwehrverletzungen. Das würde Schneider erst recht nicht zugeben.«

# 45

Das Haus der Familie Cornelius war ein imposanter Bungalow mit weiß verputzten Mauern, Holzsprossenfenstern und schwarzem Schieferdach. Die über zweihundert Quadratmeter große Wohnfläche im Erdgeschoss wirkte wegen der weißen Wände und der hellgrauen Bodenfliesen steril. Daran konnten auch die vereinzelt aufgestellten dunkelbraunen Antikmöbel nichts ändern. Der einzige Farbfleck war eine Vase mit gelben Tulpen.

Saskia saß mit ihren Eltern im Esszimmer. Das gemeinsame Mittagessen jeden Sonntag war eine heilige Tradition im Hause Cornelius. Für diesen Zweck verließ der Vizepräsident des Hanseatischen Oberlandesgerichts sogar sein häusliches Arbeitszimmer. Umgeben von mehreren Festmetern juristischer Literatur brütete er dort auch am Wochenende über dicken Akten. Freitags brachte er sich immer ein paar Gürteltiere, mehrbändige Akten, die sich nur noch mit Spanngurten zusammenhalten ließen, mit nach Hause.

Saskia saß aufrecht am Tisch, mit einer zum Rechteck gefalteten Stoffserviette auf dem Schoß. Ihre Mutter hatte Scholle Finkenwerder Art mit Petersilienkartoffeln gekocht. Die drei aßen schweigend. Der Hausherr schätzte keine Gespräche beim

Essen, da dies der Nahrungsaufnahme und nicht der Konversation diene.

Helmut Cornelius war einundsechzig Jahre alt, schlank und trug auch am Sonntag zu Hause einen Anzug. Sein schütteres weißes Haar hatte er seitlich über die Glatze gekämmt. Wässrig hellblaue Augen, ausgeprägte Tränensäcke und herabhängende Mundwinkel ließen ihn stets mürrisch aussehen.

»Was macht das Studium?«, fragte er, nachdem er Messer und Gabel parallel nebeneinander auf den Tisch abgelegt hatte. Mindestens einmal im Monat musste sie ihrem Vater Rechenschaft ablegen. Als Großsponsor ihres Studiums hatte er alles Recht, nach dessen Fortschritten zu fragen. Wegen ihrer Prüfungsangst schob sie das Examen vor sich her.

»Das läuft gut. Das Seminar über Fehlurteile macht Fortschritte«, sagte Saskia, nachdem sie sich mit der Serviette den Mund abgewischt hatte. Sie faltete die Serviette und legte sie links neben ihren Teller. Ihre Mutter, eine unscheinbare Endfünfzigerin mit grau gewellter Kurzhaarfrisur und ein paar gefärbten blonden Strähnen, klein und pummelig, hatte ihre Mahlzeit ebenfalls beendet und räumte die Teller ab. Dabei blinzelte sie unablässig mit den toffeebraunen Augen.

Ihr Vater schüttelte den Kopf und nahm einen Schluck Wasser. »Die Justiz produziert so gut wie keine Fehlurteile. Mich wundert, wie man sich damit ein ganzes Semester beschäftigen kann.«

»Fehlurteile kommen viel häufiger vor, als die meisten glauben. Und es ist für die Betroffenen wirklich schlimm, jahrelang unschuldig im Gefängnis zu sitzen. Viele verlassen es als gebrochene Menschen.«

Helmut Cornelius sah seine Tochter einen Augenblick lang verständnislos an. »Das ist sentimentaler Unsinn. Etwaige Fehler in der Urteilsfindung werden von den Rechtsmittelinstanzen zuverlässig erkannt und korrigiert. Falls jemand tatsächlich einmal unschuldig eine Freiheitsstrafe verbüßt hat, erhält er dafür eine Haftentschädigung.«

Saskia wusste, dass eine weitere Diskussion hierzu zwecklos gewesen wäre. Der Glaube ihres Vaters an die Justiz war unverbrüchlich, genauso wie er Gefühle schon immer für ›sentimentales Zeug‹ gehalten hatte. Auch wenn sie längst ahnte, dass sie von ihm nie die Anerkennung bekommen würde, die sie sich wünschte, tat sie doch immer noch alles, um ihn zu beeindrucken. Ihr Abitur hatte sie als Drittbeste ihres Jahrgangs abgeschlossen. Sie war stolz darauf gewesen, die Nummer drei von knapp fünftausend Hamburger Abiturienten zu sein. Ihr Vater hatte nur trocken gefragt, warum sie nicht Jahrgangsbeste geworden sei. Ihre Mutter hatte ihr mal im Vertrauen erzählt, dass ihr Vater lieber einen Sohn bekommen hätte. Saskia war aber ihr einziges Kind geblieben.

Saskia konnte aus dem Esszimmer über den Gartenteich mit den vielen Seerosen direkt auf den Volksdorfer Wald schauen. Als Kind hatte sie sich zum Spielen oft dorthin zurückgezogen. Sie hätte es nicht in Worte zu fassen vermocht, aber sie hatte sich im Wald unbeschwerter als in ihrem Kinderzimmer gefühlt. *Kühlhaus* hatte ihr erster Freund ihr Elternhaus wegen der von ihm so empfundenen steifen und frostigen Atmosphäre genannt. Damals, als Siebzehnjährige, hatte sie ihm die Bemerkung übel genommen. Heute hätte sie ihm beinahe zugestimmt.

Saskias Mutter kam mit einem Tablett mit Kaffeetassen aus der Küche zurück.

»Möchtest du mir sonst noch etwas sagen?«, fragte ihr Vater. Kurze Fragen, gepaart mit langem, vorwurfsvollem Anstarren waren auch zu Hause seine liebste Vernehmungstechnik. Als Vorsitzender einer Schwurgerichtskammer hatte er damit früher viele schwere Verbrecher zum Geständnis gebracht. Nur wenige hatten seinem anklagenden Blick und seinem eisigen Schweigen lange standhalten können.

»Nein, Vater.«

»Was willst du nach dem zweiten Examen werden?«, fragte Helmut Cornelius.

Saskia zwang sich, nicht mit den Augen zu rollen. Ihr Vater stellte die immer gleichen Fragen.

»Immer noch Rechtsanwältin in einer Großkanzlei.«

Ihr Vater sagte nichts, und seinem Gesicht war keine Regung zu entnehmen. War Rechtsanwältin in einer Großkanzlei ein in seinen Augen angemessenes Karriereziel? Als jemand, für den nur Leistung zählte, musste er eigentlich von den unendlich langen Arbeitszeiten in großen Wirtschaftskanzleien angetan sein. Aber sie würde ihn das besser nicht fragen, denn sie rechnete nicht mit einer positiven Antwort. Nichts, was sie jemals angestrebt und erreicht hatte, war in den Augen ihres Vaters gut genug gewesen. Wie sehr man sich anstrengte, es gab immer jemand, der noch ein bisschen besser als man selbst war. Das hätte ihr Vater, der mit seiner Bewerbung zum Präsidenten des Oberlandesgerichts gescheitert und ›nur‹ Vizepräsident geworden war, doch wissen müssen.

»Wie alt wirst du bei Abschluss des zweiten Examens sein?«, fragte ihre Mutter. Sie sagte selten etwas, wenn ihr Mann mit dabei war. Wenn sie den Mund aufmachte, sah man, dass dieser mit zu großen Schneidezähnen bestückt war.

»Siebenundzwanzig.«

»Dann wird es Zeit, den Mann fürs Leben zu finden.«

Die regelmäßigen Fragen ihres Vaters nach dem aktuellen Wasserstand ihres Studiums waren schon ziemlich lästig, und jetzt fing ihre Mutter auch noch an, zu nerven. Von ihrem Freund Lars hatte sie noch nichts erzählt, weil sie erst seit Kurzem zusammen waren. Sie wollte erst selbst sicher sein, ob er der Richtige war, bevor sie Hoffnungen bei ihrer Mutter weckte und gleichzeitig kritische Fragen ihres Vaters provozierte.

»Mit Heirat und Kindern hat es noch Zeit. Ich will meine achtjährige Ausbildung zur Volljuristin nicht verschwenden, indem ich mich anschließend dem Stillen und Windelnwechseln widme.«

»Schade.« Ihre Mutter, die ihr ganzes Leben vergeblich auf die Geburt weiterer Kinder gewartet hatte, wünschte sich Enkelkinder sehnlichst herbei, wusste Saskia. Ihre Tante war vor Kurzem Oma geworden und hatte das Thema neu entfacht. Sie konnte es aber nicht beiden Eltern gleichzeitig recht machen. Ihr Vater wollte Karriere, ihre Mutter Enkelkinder.

Nach dem Essen verabschiedete sich der Vater in sein häusliches Arbeitszimmer. Als sie ihm nachsah, wurde ihr klar, dass er ein zurückgezogenes, trauriges Leben führte. Sein Dasein ausschließlich der Juristerei zu widmen, hatte ihn nicht zu einem glücklichen Menschen gemacht. So wie ihr Vater wollte sie nicht werden.

# 46

»Ich werde dich jetzt fesseln«, sagte der Mann nach einem leidenschaftlichen Kuss. »Bist du schon mal gefesselt worden?«

Rebecca schüttelte den Kopf. Sie sah sich in dem innen liegenden, fensterlosen Spielzimmer um. Das Licht in dem orangeroten Raum war gedämpft. In der Mitte dominierte ein großes Stahlbett. An der Wand standen ein Andreaskreuz aus schwarz lackiertem Holz und eine Kommode. Darüber befand sich eine Leiste, an der Hand- und Fußfesseln, Peitschen, Knebel und Masken hingen. Die andere Wand und die Decke waren verspiegelt.

Der Mann las in ihrem Gesicht eine Mischung aus Neugier, Vorfreude und Angst. Das war gut so. Sie würde mitspielen.

»Zieh dich aus!«

Rebecca zögerte nur kurz, bevor sie sich ihrer Kleidung entledigte. Währenddessen holte der Mann eine Schatulle aus der Kommode. Darin lagen auf schwarzem Samt ein silberner Halsreif, zwei Armreife, ein Schloss und eine Kette. Am Halsreif und an den Armreifen waren die berühmten *Ringe der O* angebracht.

»Mein damaliger Kunde hat die Lederfesseln aus *Geschichte der O* als Edelstahlkollektion herausgebracht«, sagte er und zeigte ihr das Set.

Rebecca strich mit dem Zeigefinger über den auf Hochglanz polierten Edelstahl.

»Kühler Stahl auf heißer Haut. Du wirst es lieben.«

Rebecca öffnete ihren BH und zog ihn aus.

Für einen Augenblick streichelte sein Blick über ihre Brüste.

»Dreh dich um und mach die Haare hoch!«

Als sie das getan hatte, legte er ihr den Edelstahlhalsreif um. Ihre Halsschlagader schimmerte bläulich unter ihrer hellen Haut. Er drückte den Schnappverschluss zu. Er liebte dieses Klicken, mit dem sein Opfer einen Teil seiner Freiheit verlor. Es erregte ihn. Öffnen ließ sich der Halsreif nur mit einem speziellen Schlüssel. Und der lag in der Kommode.

Seine Hand fuhr von ihrem Nacken die Wirbelsäule entlang ihren Rücken hinunter.

»Jetzt streck die Hände aus!«

Rebecca zögerte.

»Aber du tust mir nicht weh?«, fragte sie mit einem ängstlichen Unterton.

»Selbstverständlich nicht. Du kannst mir vertrauen.«

Der Mann schenkte ihr mit seinen unwiderstehlichen Augen einen tiefen Blick. Er konnte sehen, wie sich die letzten Zweifel in ihrem Kopf auflösten. Sie war erregt und wollte die Fantasien aus ihrem Buch Wirklichkeit werden lassen. Und sie fand ihn zweifellos attraktiv.

Sie streckte ihm langsam ihre Hände entgegen, die beiden Armreife schlossen sich mit einem Klicken um ihre Handgelenke.

Der Mann wollte gerade ihre Hände zu ihrem Hals führen, da riss sie sich plötzlich los.

»Versprich mir, mich sofort wieder davon zu befreien, wenn ich das sage.«

»Versprochen.«

Dann packte der Mann ihre beiden Hände, führte sie zusammen und kettete sie mit einem kleinen Schloss an den Halsreif. Wie beim Gebet stand Rebecca demütig mit gefalteten Händen in Höhe des Halses da. Sie rüttelte versuchsweise, doch aus dem Edelstahl würde es ohne fremde Hilfe kein Entrinnen geben.

»Jetzt bin ich deine Sklavin«, sagte Rebecca und spreizte ihre gefesselten Hände. Ihr gefiel das Rollenspiel.

Der Mann liebte dieses Spiel von Macht, Kontrolle und Unterwerfung.

»Noch nicht ganz.«

Er nahm eine schwarze Augenbinde aus der Schublade. Rebecca kannte die Rituale auf Schloss Roissy aus dem Roman und ahnte, was er mit ihr vorhatte. Sie senkte den Kopf, damit er ihr die Binde leichter aufsetzen konnte. Dann hakte er ein Ende der Kette in den Halsreif ein. Er führte sie zum Kopfende des Bettes und ließ sie sich auf den Rücken hinlegen. Dann hakte er das andere Ende der Kette in einen Ring an der Wand ein und zog die Kette straff.

»Du siehst wunderschön aus«, sagte der Mann, während er die bis auf den Slip nackte, gefesselte Frau betrachtete. Rebecca hatte eine exzellente Figur und war ihm wehrlos ausgeliefert. Wegen der gefalteten Hände sah es ein bisschen so aus, als ob sie ihn anbeten würde. Er bekam eine Erektion.

Der Mann ging in die Küche und holte Eiswürfel aus dem Kühlschrank. Dann nahm er ein Messer mit einem sargförmigen schwarzen Griff aus dem Messerblock. Wegen des symbolträchtigen Griffes war es sein Lieblingsmesser. Er wusste, was bald passieren würde. Sein Herzschlag beschleunigte sich. Die Schale mit den Eiswürfeln stellte er auf das Bett, das Messer legte er darunter. Dann zog er sich aus.

Rebecca erschauderte, als ein Tropfen Eiswasser auf ihr Schlüsselbein fiel. Er ließ sie an dem Eiswürfel lutschen und fuhr dann damit ihren Hals hinunter zu ihren Brustwarzen. Sie richteten sich erwartungsvoll auf, noch bevor der Eiswürfel sie erreichte. Dann strich der Würfel über ihren flachen Bauch nach unten, kreiste um ihren Bauchnabel und näherte sich dem Bund ihres Slips.

Eine halbe Stunde später lagen beide schweißnass nebeneinander auf dem Bett. Ein Arm von ihm baumelte über den Bettrand. Seine Hand berührte den Boden.

»War das geil«, flüsterte Rebecca.

Seine Hand strich über den Holzfußboden, bis er das Messer fand. Seine Fingerspitzen ertasteten die Klinge. Ganz vorsichtig strich der Mann mit einem Finger über die lange Klinge bis zum Griff.

»Mach mir die Augenbinde ab, ich will dich sehen.«

Rebecca hob den Kopf, so weit die rasselnde Kette es zuließ. Sie keuchte noch ein wenig. Unter den Duft ihres Parfüms hatten sich ein leichter Schweißgeruch und der Moschusduft von Sex gemischt.

Seine Finger umschlossenen wie in Zeitlupe den sargförmigen Griff des Messers. Vorsichtig nahm er es hoch. Es sollte kein Geräusch geben, das Rebecca vorzeitig warnen konnte. Er spürte das beruhigende Gewicht des Messers in seiner Hand. Die zwölf Zentimeter lange Klinge verlieh ihm Macht über Leben oder Tod.

Langsam setzte er sich auf.

Mit einer Hand schob er ihr die Augenbinde auf die Stirn. Das Messer hatte er in der anderen Hand hinter seinem Rücken versteckt.

»Findest du mich schön?«, stellte er die entscheidende Frage.

# 47

Es hatte geklingelt. Schnell warf Saskia einen letzten Blick in den Spiegel und zupfte ihren Pony zurecht. Dann verließ sie ihre Wohnung. Florian erwartete sie auf dem Gehweg und begrüßte sie mit einem Lächeln.

»Bereit für unseren Ausflug?«, fragte Florian. Er hatte gemeint, ein jurafreier Abend könne ihr mal ganz guttun. Es würde ihren Teamgeist fördern und sie könnten dann mit klarem Kopf die Ermittlungen fortsetzen.

»Na klar.«

»Das Klovermieterkind hat keine Einwände, wenn du mit einem anderen Mann losziehst?«

Saskia bedachte ihn mit einem warnenden Blick und fügte hinzu: »Wir sind nicht mehr zusammen.«

Florian brauchte ein paar Sekunden, um die Nachricht zu verarbeiten. Am liebsten wäre er vor Freude in die Luft gesprungen, doch er bemühte sich stattdessen um einen mitfühlenden Gesichtsausdruck.

»Wie kommt's?«

»Es hat halt nicht funktioniert«, sagte Saskia und zuckte mit den Schultern. Sie wollte offensichtlich nicht darüber reden.

Dann steuerte er zu ihrer Überraschung auf eine blaue Yamaha zu. Wortlos reichte er ihr einen Helm.

»Ich wusste gar nicht, dass du ein Motorrad hast.«

»Ist nicht meine Maschine. Hab ich von Simon geliehen«, entgegnete Florian.

Während sie ihn mit dem Helm in der Hand unschlüssig ansah, setzte er den eigenen Helm auf. Er trug Jeans, ein weißes Sweatshirt und eine schwarze Lederjacke. Ihr fielen zum ersten Mal seine schmale Taille und die ausgeprägte V-Form seines Rückens auf. Die eng geschnittene Lederjacke endete am Hosenbund und darunter kam sein knackiger Hintern gut zur Geltung.

Falls er bemerkt hatte, dass sie ihn beobachtete, ließ er es sich nicht anmerken.

Dann stieg Florian mit einer geschmeidigen Bewegung auf das Motorrad, schob es vom Ständer und nahm den Zündschlüssel aus der Hosentasche.

»Ich bin noch nie Motorrad gefahren«, sagte Saskia zaghaft.

»Es gibt für alles ein erstes Mal«, erwiderte Florian scherzhaft und zog eine Augenbraue hoch. Er sah unverschämt gut aus, wenn er das tat.

Saskia hörte noch ihre Mutter im Hinterkopf. *Motorradfahren ist viel zu gefährlich!* Allerdings hatte ihre Mutter im Grunde alles außer Hausaufgaben machen für irgendwie gefährlich gehalten …

Florian bemerkte ihr Zögern. »Du kannst mir auch in deinem Auto hinterherfahren.«

Saskia warf einen zweifelnden Blick auf ihren VW Beetle, der zehn Meter weiter stand.

Florian drehte den Zündschlüssel und drückte den Anlasser. Die Yamaha erwachte mit einem lauten Röhren zum Leben.

*Welches Bild würde Florian von mir gewinnen, wenn ich jetzt kneife? Wohl das einer unsicheren, verklemmten und ängstlichen Frau.*

Florian streckte ihr die Hand entgegen. Saskia gab sich einen Ruck, ergriff seine Hand, stieg auf den Rücksitz und setzte den Helm auf.

»Festhalten!«, rief Florian ihr über die Schulter zu. Saskia schlang die Arme um seine Taille. Er lenkte die schwere Maschine tuckernd auf die Straße und gab Gas. Der Motor heulte auf und Saskia spürte die enorme Beschleunigung. Der kalte Fahrtwind riss an ihr. Sie fühlte sich wie in einer Achterbahn, die senkrecht nach unten stürzt. Instinktiv klammerte sie sich an Florian, presste den Kopf gegen seine Lederjacke und schloss die Augen.

Als die Beschleunigung nachließ, spähte sie über seine Schulter. Achtzig Stundenkilometer zeigte der Tacho. Florian steuerte die Yamaha erst Richtung Süden und dann nach Westen. Saskia hatte keine Ahnung, wohin sie fuhren.

Die Ampel vor ihnen wurde gelb.

Florian schaltete einen Gang zurück und gab Gas.

Die Ampel sprang auf Rot um. Satte drei Sekunden später schoss die Yamaha über die Kreuzung hinweg. Saskia hatte Mühe, sich an Florian festzuhalten.

Prachtvolle weiße Villen inmitten großzügiger Parks flogen links und rechts vorbei. Sie waren auf der Elbchaussee unterwegs. Sie konnte durch die Lederjacke Florians Körper spüren, ihre Beine umschlossen seine Hüften. Eine seltsam intime Situation. Eigentlich kannten sie sich nicht gut genug, um sich körperlich so nahe zu sein.

Einen langsamen Kombi überholte er mit aufheulendem Motor rechts.

In Blankenese ging es eine enge und gewundene Straße zur Elbe hinab. Florian lenkte die Maschine auf einen Parkplatz. Saskia stieg zuerst ab, dann Florian. Sie brauchte nach der kurvigen Fahrt einen Augenblick, um ihr Gleichgewicht wiederzufinden.

»Alles im grünen Bereich bei dir?«, fragte Florian.

»Das schon, aber dein Fahrstil ist ein Fall für den Bußgeldrichter.«

»Das war doch ein ganz gemütliches Cruisen.« Florian sah sie mit hochgezogenen Augenbrauen unschuldig an.

»Überschreitung der zulässigen Höchstgeschwindigkeit, Missachtung des Rotlichts der Lichtzeichenanlage und verbotswidriges Rechtsüberholen.«

»Du bist eine ganz schöne Paragrafenreiterin.«

»Und du ein Verkehrsrowdy.«

Florian fingerte eine Zigarette aus seiner Jacke.

»Du wolltest aufhören!«, sagte Saskia und hielt ihm einen Kaugummi hin.

»Wenn du das sagst.« Florian steckte die Zigarette weg und nahm den Kaugummi.

Als Florian die beiden Helme verstaut hatte, sagte er: »Jetzt bringe ich dich zum schönsten Platz der Stadt.«

Saskia konnte es kaum erwarten.

# 48

Über den feinen Sand des Strandes gingen sie in der Abendstimmung auf den rot-weiß gestreiften Leuchtturm mit der weißen trichterförmigen Laterne zu. Es war ein ungewöhnlich milder Novembernachmittag. Von der Besucherplattform sahen sie aufs Wasser hinaus. Die Elbe war hier fast drei Kilometer breit und man konnte meinen, hinter der nächsten Flussbiegung beginne schon die Nordsee. Ein großes Kreuzfahrtschiff schob sich am Leuchtturm vorbei in Richtung Meer. Die Luft roch leicht salzig und die Möwen tanzten über den Wellen.

»Von hier aus können wir in ein paar Minuten einen herrlichen Sonnenuntergang erleben«, sagte Florian und sah sie mit seinen ozeanblauen Augen an, in denen mehr als nur kollegiales Interesse aufleuchtete.

Saskia antwortete nicht. Dafür kräuselte sie die Stirn.

»Es ist der Fall Hoffmann, der dir im Kopf rumspukt?«, wollte Florian wissen.

»Ja, wir erzielen einfach keine Fortschritte. Seit Wochen arbeiten wir an diesem Fall und haben bisher nichts in den Händen. Ich komme mir wie eine Versagerin vor.«

»Kannst du nicht einfach ein paar Minuten deinen Kopf abschalten und das hier genießen?«

Florian zeigte mit einer Halbkreisbewegung auf den Strand und die sanften Wellen im Abendlicht.

Saskia musste sich eingestehen, dass sie es verlernt hatte, abzuschalten. Jede Minute ihrer wachen Zeit beschäftigte sie sich fast zwanghaft mit der Juristerei.

»Nein, das kann ich nicht, weil ich mir wirklich Sorgen mache.«

Florian legte vorsichtig die Hand auf ihre Schulter. »Auch eine sehr gute Studentin kann nicht jeden Fall lösen.«

»Das stimmt. Aber es geht mir nicht mehr nur um eine gute Seminarnote, denn ich glaube inzwischen auch, dass Hoffmann unschuldig verurteilt wurde.«

»Wie meinst du das?«, fragte Florian, die Hand noch immer auf ihrer Schulter.

Sie drehte sich zu ihm um und entwand sich dadurch seiner Hand auf ihrer Schulter.

»Außer dem DNA-Beweis spricht nichts für Hoffmann als Täter. Es sagen zwar alle, der DNA-Test sei ein todsicheres Beweismittel. Aber was, wenn doch ein Fehler gemacht oder er hereingelegt wurde? Immerhin haben wir zwei Verdächtige, die noch auf freiem Fuß sind.«

»Da bin ich ganz deiner Meinung. Warum hast du eigentlich keinen Freund?«, wechselte er unvermittelt das Thema. »So eine attraktive Studentin wie du kann sich vor Angeboten sicher kaum retten.«

Saskia brauchte wegen des abrupten Themenwechsels einen Augenblick für ihre Antwort.

»In letzter Zeit habe ich zu viel studiert, um mir Gedanken über Männer zu machen.«

Tatsächlich hatte sie außer dem Reinfall mit Lars seit einem Jahr nicht mal mehr ein einziges Date gehabt. »Und mein Ehrgeiz wirkt auf viele abschreckend.«

»Wirklich? Auf mich nicht.«

*Lügner!*

Die letzten Sonnenstrahlen wärmten ihre Gesichter.

Saskia war klar, in welche Richtung Florian steuerte. Romantischer Ort, Hand auf ihre Schulter legen, nach Freund fragen. Er war attraktiv, keine Frage. Aber es würde nicht funktionieren. Sie waren einfach zu unterschiedlich.

Schweigend sahen sie zu, wie die Sonne langsam in die Elbe eintauchte und versank. Gerade als sie dachten, der Sonnenuntergang sei vorüber, wurden die Wolken von der Sonne hinter dem Horizont angestrahlt. Sie leuchteten blutrot auf und bildeten einen herrlichen Kontrast zu dem dunkelblauen Himmel. Langsam ging das Rot in Orange über.

Florian rückte ein Stück näher, bis sich ihre Oberarme berührten. Ihre Blicke begegneten sich. Er sah sie mit seinen sanften blauen Augen an, als wollte er sie damit streicheln. Sie wich seinem intensiven Blick aus und sah wieder auf das Wasser hinaus. Das Geräusch der ans Ufer brandenden Wellen wirkte beruhigend.

Saskia bemerkte aus den Augenwinkeln, wie Florians Blick von ihren Augen zu ihren Lippen wanderte und er sich langsam zu ihr beugte. Wie in Zeitlupe näherte sich sein Mund ihrem.

»Du willst mich doch nicht etwa küssen?«, fragte Saskia mit hochgezogener linker Augenbraue.

Florian wich ein Stück zurück und hob beschwichtigend die Hände.

»Nie im Leben würde ich die Situation ausnützen und mit einer AG-Partnerin anbändeln.«

»Wolltest du doch«, erwiderte Saskia. »Ich habe doch deinen schmachtenden Blick gesehen.«

»Reines Wunschdenken.«

# 49

Der Mann las auf seinem Tablet Zeitung. Er hatte es sich auf seiner Couch gemütlich gemacht. Durch die großen Fenster konnte er tausende Lichter des Hafens, vorbeifahrende Schiffe und die wie ein futuristischer Eisberg leuchtende Elbphilharmonie sehen.

Rebecca Krüger hatte einen neuen Werbevertrag bekommen, stand auf der Klatschseite. Er hatte sie gehen lassen, nachdem sie seine Frage, ob sie ihn schön fand, bejaht hatte. »Für mich bist du der schönste Mann der Welt«, hatte sie ohne zu zögern gesagt. Er war einen Augenblick gerührt gewesen und hatte seine Hand mit dem Messer wieder sinken lassen. Von Rebecca hatte er auch nichts zu befürchten, denn für sie hatte sich das Treffen als erregendes Fesselspiel dargestellt. Das Messer unter dem Bett hatte sie nie zu sehen bekommen.

Aber sein Blutdurst war durch das Laufenlassen von Rebecca nicht befriedigt worden. Auf der Suche nach einem neuen Opfer blätterte er weiter. Er stieß auf ein Interview mit der aufstrebenden Serienschauspielerin Anna-Maria Beesten. Optisch passte die Siebenundzwanzigjährige mit ihren grünen Augen, den blonden Haaren und der Modelfigur genau in sein

Beuteschema. Bekannt geworden war sie mit einem Werbespot für eine angeblich schlank machende Halbfettmargarine. Danach war es ihr gelungen, Serienschauspielerin zu werden. Sie war inzwischen ein häufiges Gesicht in den Vorabendserien fast aller Sender geworden. Soeben hatte sie die Hauptrolle in der neuen TV-Serie *Gefährliche Liebe* bekommen. Die Reporterin fragte sie, ob gutes Aussehen wichtig sei, um so eine Hauptrolle zu ergattern. Beesten antwortete, sie habe die Rolle nicht wegen ihres Aussehens, sondern wegen ihres schauspielerischen Talents bekommen.

*Was für eine Hirnwichserei*, dachte der Mann. Ärger stieg in ihm hoch. Als wenn es für eine Vorabendserie, die die Pausen zwischen den Werbeblöcken füllte, auf schauspielerisches Talent ankäme. Nein, für eine Herz-Schmerz-Seifenoper wie *Gefährliche Liebe* wurden junge und attraktive Frauen gecastet. Hässliche Frauen hatten nur für Außenseiterrollen eine Chance, zum Beispiel als übergewichtige Witzfigur. Ganz abgesehen davon hatte Beesten nie eine Schauspielschule von innen gesehen. Die gelernte Zahnarzthelferin war von einem Fotografen in einem Straßencafé entdeckt worden.

Die Reporterin hakte nach, ob ihr gutes Aussehen nicht am Anfang ihrer Karriere geholfen habe. Die eingebildete Schnepfe antwortete allen Ernstes, sie sei der festen Überzeugung, dass ihre Karriere ähnlich verlaufen wäre, wäre sie weniger attraktiv gewesen. Es komme für den Erfolg vor der Kamera auf die Persönlichkeit und das Talent und nicht auf das Aussehen an. In Wirklichkeit hätte der Fotograf sie in dem Straßencafé niemals angesprochen, wenn sie statt grün-leuchtender matt-graue Augen, statt blonder Haare mausbraune und statt hundertsiebenundsiebzig nur hundertsechzig Zentimeter groß und zudem fünfundzwanzig Kilo schwerer gewesen wäre. Ohne ihre Schönheit wäre sie für immer Zahnarzthelferin geblieben. Letztlich wäre das besser für sie gewesen.

Der Mann fuhr mit dem Finger auf dem Foto von Beesten die fein geschwungene Linie zwischen Jochbein über ihre Wangen bis zu ihren vollen Lippen entlang.

*Dir werde ich dein schönes Gesicht zerschneiden.*

# 50

Der potenzielle Tatort lag in dichtem Nebel.

Florian und Saskia wollten frühmorgens Schneiders Lagerhaus auskundschaften. Saskia hatte den VW Beetle wieder ein paar hundert Meter entfernt geparkt. Sie stellten sich zwischen einen am Straßenrand abgestellten stillgelegten Transporter und einen auf Stützen stehenden Container.

Das Lagerhaus aus rotem, inzwischen schwarz angewittertem Backstein war über einhundert Jahre alt. Es sah baufällig aus. Dutzende der Ziegel waren aus der Fassade gefallen und lagen vor dem Gebäude. Alle Fenster, bis auf die an der Stirnseite der Lagerhalle im ersten Stock, waren mit Sperrholzplatten zugenagelt worden. Löcher im Teerdach hatte man mit blauen Müllsäcken abgedichtet. Das Grundstück war mit Unkraut überwuchert und vermüllt. Das Einzige, was in den letzten Jahren gemacht worden war, war ein hoher Maschendrahtzaun mit Stacheldraht. Der funkelnd rote Sportwagen vor dem Lagerhaus wirkte wie ein Fremdkörper in dieser Tristesse.

»Schneider ist da«, sagte Florian und zeigte auf die Wohnung im ersten Stock, durch deren Jalousien Licht zu sehen war.

»Verdammt einsame Gegend«, stellte Saskia fest. In der Umgebung war keine Menschenseele zu sehen oder zu hören.

Auf dem Grundstück links waren Container gestapelt. Das Grundstück rechts lag brach. Ein großes Schild informierte darüber, dass die Gewerbefläche zu kaufen war. Auf der anderen Straßenseite verliefen Eisenbahnschienen. Hinter dem Lagerhaus war ein Hafenbecken zu erkennen. Aus der Ferne ertönte das Nebelhorn eines Schiffes.

»Niemand würde es merken, wenn Schneider Frauen hierher verschleppte und ermordete«, sprach Saskia weiter.

»In der dreiviertel Stunde, seit wir hier stehen, ist kein einziges Fahrzeug vorbeigekommen«, stimmte Florian ihr zu.

»Was aber nicht reicht, um unsere These, hier befinde sich ein geheimes Snuff-Filmstudio, zu untermauern.«

»Was wäre, wenn der Mord an Julia gefilmt wurde? Mit dem Tatvideo könnten wir sicher den Mörder überführen.«

»Wir wissen nicht, ob so ein Video existiert, und dann müssten wir noch drankommen.«

»Du hast recht«, erwiderte Florian. »Letztlich sind das alles Spekulationen. Was wir brauchen, sind Beweise.«

Zweifelnd sah Saskia ihn an. »Wo sollen wir die herbekommen?«

»Wir müssten uns mal in dem Lagerhaus umsehen.«

»Das kannst du vergessen«, sagte Saskia mit einer wegwerfenden Handbewegung. »Er wird uns wohl kaum hereinbitten, und wir haben keine Ermittlungsbefugnisse.«

»Da gibt es noch andere Wege«, meinte Florian vielsagend.

Saskia wollte gerade nachfragen, da durchschnitten Scheinwerfer den Nebel. Ein 3er BMW näherte sich, hielt vor dem Einfahrtstor und hupte. Im Lagerhaus schlug ein Hund an. An den Jalousien im ersten Stock war eine Bewegung zu sehen. Das Tor öffnete sich von Geisterhand. Der BMW fuhr auf das Gelände und stoppte vor der Tür. Ein schwarz gekleideter Mann stieg aus und ging zum Kofferraum. Er holte ein Paket heraus und verschwand im Lagerhaus.

Florian konnte nicht glauben, wen er da gesehen hatte.

»Wer war das?«, fragte Saskia. »Du siehst überrascht aus.«

»Das war unser Messermann.«

»Sicher?«

»Ich habe Kleinschmidt eindeutig wiedererkannt.«

»Was wohl in dem Paket war? Etwa Handschellen und Messer?«, fragte Saskia, nun auch aufgeregt.

»Bibeln wird Kleinschmidt wohl kaum ausliefern.«

»Ich kann es nicht fassen. Unsere beiden Verdächtigen stecken unter einer Decke!«

# 51

Kriminalkommissar Michaelis stand unter Druck. Zwei Wochen waren seit dem Verschwinden der Moderatorin Denise Schäfer vergangen, eine Woche, seitdem man sie mit durchschnittener Kehle und zerschnittenem Gesicht in der Elbe gefunden hatte. Er hatte wenig mehr herausgefunden, als dass es ein Tötungsdelikt gewesen sein musste. Die Obduktion hatte eindeutig ausgeschlossen, dass der Halsschnitt und die Gesichtsverletzungen von einer Schiffsschraube stammen konnten. Schäfer war schon tot gewesen, als sie ins Wasser geworfen wurde, und an ihren Handgelenken waren Spuren einer Fesselung festgestellt worden.

Ihr Fernsehsender berichtete täglich über den Mord. Davon, dass der Sender *Paparazzi – Das Superstarmagazin* wegen schwächelnder Quoten eigentlich absetzen wollte, war keine Rede mehr, Denise Schäfer war posthum mit einem Mal zur beliebtesten Moderatorin des Senders mutiert. Hatte der Sender sich anfangs traurig über den unersetzlichen Verlust geäußert, war er seit ein paar Tagen zu einer offenen Kritik an der Polizeiarbeit übergegangen. *Denises Mörder läuft immer noch frei herum – warum unternimmt die Polizei nichts?*

*Weil die Mordkommission kaputt gespart wird*, wäre die ehrliche Antwort gewesen. Aus Kostengründen waren unlängst die Mordkommission und die Abteilung Todesermittlung zusammengelegt und dabei sieben Stellen gestrichen worden. Zudem hatten über ein Dutzend Beamte wegen der schlechten Arbeitsbedingungen Versetzungsgesuche gestellt. Michaelis musste mit seinen fünfunddreißig Ermittlern zusätzlich zu den Tötungsdelikten sechstausend Todesermittlungen führen. Er war übermüdet. Dennoch riefen sein Vorgesetzter und auch die Pressestelle Michaelis jeden Morgen an und fragten nach Ermittlungsfortschritten. Doch tatsächlich tappte die von ihm geleitete Mordkommission im Dunkeln und die Analysen aus dem Kriminallabor ließen auf sich warten. Statistisch werden knapp die Hälfte der Morde an Frauen vom Ehemann, Freund oder Ex-Partner begangen. Der Freund von Denise Schäfer war aber seit Monaten nachweislich in Los Angeles und schied als Täter aus. Hinweise auf andere Männer in ihrem Leben gab es keine. Anhaltspunkte für eine Beziehungstat gab es deshalb nicht. Auch die Befragungen im Fernsehstudio hatten nichts erbracht. Es gab kein Mobbing, keinen krankhaften Neid auf die Moderatorin, keine irren Fans, einfach nichts.

Ohne anzuklopfen wurde die Tür aufgerissen, sein Assistent Schröder schoss herein und knallte ihm ein Papier auf den Schreibtisch.

»Chef, das musst du lesen«, sagte Schröder. Der Einunddreißigjährige mit der Designerbrille und der blonden Kurzhaarfrisur war trotz der täglichen Beschäftigung mit Mord und Totschlag immer gut drauf.

Vor Michaelis lag endlich der Bericht der DNA-Spurenauswertung. Das überlastete LKA-Labor hatte dafür eine ganze Woche gebraucht. An der Leiche waren Sperma und fremde Schamhaare gefunden worden. Im Labor war das Spurenmaterial einer DNA-Analyse unterzogen und dabei das DNA-Profil einer männlichen Person festgestellt worden. Dann war das DNA-Profil mit der DNA-Analysedatei beim Bundeskriminalamt abgeglichen worden. Michaelis versprach sich eigentlich nicht viel davon. Nur bei jeder fünften Datenbank-Abfrage ist das Ergebnis positiv. Er blätterte nach hinten zum Ergebnis weiter. Seine Augenbrauen zuckten nach oben, als er las, dass die Datenbank-Abfrage einen Treffer ergeben hatte. Den Namen des Mannes, der fortan nur noch der Beschuldigte genannt wurde, kannte er nicht. Es war ein Zufallstreffer, denn sein Name war bei den bisherigen Ermittlungen kein einziges Mal gefallen. Das war zwar ungewöhnlich, aber weiß Gott nicht undenkbar. Auch die Methoden der Polizei hatten ihre Grenzen. Angesichts zu vieler Fälle und zu weniger Mitarbeiter war er dankbar über den DNA-Treffer. Eine schnelle Erledigung des medienwirksamen Falles würde seine Vorgesetzten besänftigen und sie konnten sich dadurch wieder der Aufklärung der zahlreichen weiteren Fälle widmen. Manchmal muss man als Kommissar auch einfach Glück haben. Die Analyse hatte die Übereinstimmung seines DNA-Profils zu dem des Spermaverursachers festgestellt. Der Beschuldigte war mit an Sicherheit grenzender Wahrscheinlichkeit der Verursacher der Spermaspuren.

*Und damit auch der Mörder von Denise Schäfer*, schlussfolgerte Michaelis.

Sie hatten ihren Mörder!

Aufgeregt griff Michaelis nach seinem Telefon und wählte die Nummer des Staatsanwalts.

»Ich brauche einen Haftbefehl«, verkündete Michaelis.

# 52

Florian klopfte an die Tür.

Er hatte ein Sixpack in der Hand und wartete. Drinnen war Musik zu hören. Möwen tanzten auf dem vom Sonnenuntergang orangerot gefärbten Wasser.

Die Kajütentür der *Seeadler* wurde geöffnet, und Heckscher erschien. Sein Gesichtsausdruck wechselte in einem Sekundenbruchteil von Überraschung in Verärgerung.

»Was willst du Anfänger hier?«

*Anfänger statt Juraversager ist ein Schritt in die richtige Richtung*, dachte Florian. *Anfänger* bedeutete, er war noch nicht so weit und es bestand Hoffnung. Bei *Versager* hingegen war er als aussichtsloser Fall abgeschrieben.

»Ich habe eine Meinungsverschiedenheit mit Frau Cornelius über das Profiling, worüber ich gern mit Ihnen sprechen möchte.«

Florian nahm an, Heckscher würde sich genauso allein und verlassen fühlen wie er selbst. Er hatte von einer Scheidung und versoffenen Nächten auf dem Segelboot gehört. Nach dem letzten Besuch im Altenheim hatte ihn ein Verlustgefühl geplagt. Mit seinem Vater konnte er nicht mehr sprechen, dafür aber mit seinem Professor.

»Meine Sprechstunde ist immer mittwochs in meinem Büro.«

»Während wir hier diskutieren, sitzt Hoffmann weiter im Gefängnis.«

»Das ist mir scheißegal!«

»Das ist ein Zitat aus *Auf der Flucht.*«

»Dann sollten Sie jetzt auch wie Harrison Ford kopfüber ins Wasser springen.«

Florian hielt stattdessen das Sixpack hoch.

»Wir könnten ein Bier zusammen trinken. Ich habe gehört, Sie sind oft alleine hier draußen.«

»Wie kommen Sie auf die Idee, ich wäre alleine?«

Florian reckte sich und linste an Heckscher vorbei in die Kajüte. Er konnte Frauenbeine erspähen. Oha, der Herr Professor hatte Damenbesuch.

»Sie sind ein Lamm. Und was tun Lämmer am besten?«, sagte Heckscher.

»Schweigen?«

»Nein, sie lassen sich zur Schlachtbank führen. Bei Jurastudenten heißt das Examen. Sie sollten sich mal ein Beispiel an Nummer eins nehmen.«

»Den heben Sie nur deshalb auf den Thron, um uns alle besser fertigmachen zu können«, konterte Florian schnell.

Heckscher fasste sich ans Kinn und überlegte.

»Ich bekenne mich schuldig. Mit Feuerbach als Klassenprimus stelle ich Ihnen jemand hin, den Sie noch mehr als mich hassen können. Und jetzt runter von meinem Boot.«

Heckscher knallte die Tür zu.

Florian stand einen Augenblick verdattert da, bevor er von Bord ging.

Die ganze Aktion war ein Flop gewesen.

# 53

Anna-Maria Beesten war das ideale Opfer. Die Serienschauspielerin war jung, attraktiv und eingebildet. Aber wie sollte er an sie rankommen?

Der Mann recherchierte seit zwei Stunden erfolglos auf seinem Tablet-PC nach ihr. Über ihr Privatleben war kaum etwas bekannt, denn sie ließ Fragen danach mit einem charmanten Lächeln ins Leere laufen. Hatte sie einen Freund? Wo wohnte sie? In welchem Hotel stieg sie bei Dreharbeiten ab? Hatte sie Hobbys? Er fand keine Antworten auf diese Fragen. Die Serienschauspielerin hatte ihr Privatleben komplett abgeschottet. Er stieß auf keine brauchbaren Informationen, die helfen konnten, sich seinem Opfer zu nähern.

Und die Zeit drängte. Seit er Rebecca Krüger hatte laufen lassen, konnte er kaum noch an etwas anderes als ein tödliches Fesselspiel denken. Er spielte gedankenverloren mit einer Handschelle. Er liebte dieses metallische Geräusch, wenn die Zahnrasten sich Klick um Klick im Schloss arretierten. Mit dem Zudrücken war das Opfer ihm wehrlos ausgeliefert. Bei dem nächsten wollte er sich ein bisschen mehr Zeit lassen. Bis eines seiner Messer an die Reihe kam. Das aus der aufgeschlitzten Kehle spritzende Blut verlieh ihm eine Ekstase, stärker als der eigentliche Orgasmus. Er fühlte sich so berauscht und lebendig, wenn der rote Saft durch seine Hand aus einer Frau herausströmte. Und wenn er dann wie im Blutrausch das Gesicht der Frau zerschnitt. Das machte ihn so high wie sonst nichts auf dieser Welt. Aber es ging immer viel zu schnell. Nach spätestens zwei Minuten waren alle tot gewesen. Seine nächste Gespielin würde er ein wenig länger leiden lassen.

Gerade als er den Tablet-PC frustriert ausschalten wollte, fand er doch etwas. Man konnte ein Dinner mit Anna-Maria Beesten bei einer Wohltätigkeitsauktion gewinnen. »Ersteigern Sie ein Dinner mit Anna-Maria Beesten und lernen Sie sie dabei persönlich kennen«, warb ersteiger-einen-star.de. Der Erlös würde an die Kindernothilfe gehen. Die Auktion lief online, endete morgen um Mitternacht und das Höchstgebot war danach zu überweisen. Das kam ihm entgegen, denn er hatte sowohl eine E-Mail-Adresse als auch ein Bankkonto unter falschem Namen. Die Polizei würde nie herausfinden, wer die Jungschauspielerin zum letzten Dinner ihres Lebens ausgeführt hatte. Er würde ihr zwar die übliche Frage stellen, ging aber davon aus, dass die hochnäsige Schauspielerin sie nicht zufriedenstellend beantworten würde. Er würde wie bisher mit allem davonkommen.

Der Mann schaute sich abgelaufene Auktionen an. Die erfolgreichen Gebote für einen Abend mit einem B-Promi lagen zwischen fünfhundert und zweitausend Euro. Er überlegte einen Augenblick und gab dann sein Maximalgebot ab.

*3… 2… 1… und du bist meins!*

# 54

Vorsichtig pirschte sich Florian an das in bleiches Mondlicht getauchte Containergelände an. Der hämmernde Sound des *Mission-Impossible*-Themas hallte durch seinen Kopf. Er spähte nach rechts zum Lagerhaus, in dem kein Licht brannte. Schneider war vor zehn Minuten mit seinem Hyundai weggefahren.

Auf der verlassenen Straße war niemand zu sehen.

*Will ich da wirklich rein?*, fragte sich Florian. Was er vorhatte, war kein Einbruch im klassischen Sinne, denn er hatte nicht vor, etwas zu stehlen. Es war nur ein Hausfriedensbruch, der zudem nur auf Antrag Schneiders verfolgt werden würde. Schneider würde wegen seiner illegalen Snuff-Filmproduktion sicher nicht die Polizei rufen. Und Florian wollte in der Sache unbedingt weiterkommen, auch wenn er dafür ein paar Regeln brechen musste. Der Fall war bereits größer geworden, als er es für möglich gehalten hätte. Dennoch ging es ihm vor allem um Hoffmann, der immer noch unschuldig im Gefängnis saß und dem es, wie er von seinem Bruder wusste, schlecht ging. Wie er es drehte und wendete, er sah keine andere Möglichkeit, als sich in Schneiders Lagerhaus umzusehen, um mehr über die Snuff-Filme herauszufinden. Saskia wäre mit seinem Vorhaben sicher nicht einverstanden gewesen, deshalb hatte er sie gar nicht erst gefragt. Für sie musste immer alles nach Vorschrift gehen. Aber das hätte bei dem Verdächtigen Schneider bedeutet aufzugeben, denn sie hatten keine Ermittlungsbefugnisse.

Florian gab sich einen Ruck und zog sich die Latexhandschuhe über. Er kletterte mit seinem geschulterten Rucksack über den Zaun. Der Maschendrahtzaun des Containergeländes war nur brusthoch und ohne Stacheldraht. Er spürte einen Adrenalinstoß, als er zwischen den Containern in Richtung Lagerhaus ging. Alle Sinne aufs Äußerste angespannt beobachtete er die Umgebung. Das Nachbargrundstück mit dem Lagerhaus war keine zehn Meter entfernt. Dort war niemand zu sehen, alles war dunkel. Sicherheitstechnik konnte er nicht entdecken. Es gab keine Außenlampen mit Bewegungsmelder und keine roten Leuchtdioden einer Alarmanlage an Türen und Fenstern. In dem Hafenbecken zogen die Lichter einer Schute vorbei. Er hörte seinen eigenen Atem und das leiser werdende Tuckern des Dieselmotors.

*Welche dunklen Geheimnisse das Haus von Schneider barg?*, fragte er sich.

Florian schlich bis zum über zwei Meter hohen Maschendrahtzaun, der von Stacheldraht gekrönt wurde. Den würde er nicht unverletzt überklettern können. Da entdeckte er ein paar Meter weiter einen direkt am Zaun abgestellten Container. Er kletterte darauf. Mit etwas Anlauf sprang er vom Container über den Zaun und landete auf dem Rasen auf der anderen Seite. Er rappelte sich wieder auf und ging geduckt zu der Eingangstür. Sichernd schaute er sich um, dann auf seine Armbanduhr. Schneider war jetzt seit fünfzehn Minuten weg und würde vielleicht bald zurückkommen. Florian machte seinen Rucksack auf und nahm eine Taschenlampe heraus. Die ehemals graue Farbe der Stahltür war vergilbt und blätterte ab.

Aber sie hatte ein neues Schloss. Er nahm ein pistolenförmiges Gerät aus seinem Rucksack. Mit dem Elektropick ließen sich fast alle Schlösser innerhalb von Sekunden öffnen. Er hatte ihn aus einem Karton mit Einbruchswerkzeug, den sein Bruder für die Dauer seines Gefängnisaufenthalts bei ihm deponiert hatte. Er setzte den Pick auf das Schloss und drückte den Abzug. Ein lautes Rattern ertönte. Dann war das Schloss offen. Er zog die Tür auf und ging hinein.

Drinnen grinste ihm unversehens das sabbernde Maul eines Pitbulls direkt vor seinen Füßen entgegen. Der Hund fletschte die Zähne und knurrte. Florian verharrte in der Bewegung. Der Pitbull war sprungbereit. Eine falsche Bewegung und der Hund würde ihn anfallen. Florian kniete sich hin, grinste, streckte die Zunge heraus und hechelte. Das hatte Mel Gibson in *Lethal Weapon 3* bei der Konfrontation mit einem Rottweiler auch so gemacht. Der Hund sah ihn irritiert an. Florian zog einen Hunde-Biskuit aus der Jackentasche und hielt ihn hoch. Der Pitbull fuhr sich mit der Zunge über die Schnauze. Florian hielt ihm die Hand hin und er fraß begierig das Leckerli. Er fühlte sich prächtig. Wusste er doch, dass man in Filmen alles lernen kann, was man braucht. Dann stand Florian auf, gab dem Hund noch einen Hunde-Biskuit. Er machte das Licht an. Die Lagerhalle war etwa zwanzig mal dreißig Meter groß und zehn Meter hoch. Unverputzte Backsteinwände, grauer Betonfußboden und alle Fenster waren zugenagelt. In einer Ecke stand eine professionelle Videokamera auf einem Stativ nebst ein paar Scheinwerfern. Florian ging näher heran. Im Lagerhaus war alles still. Die Sohlen seiner Sneakers machten keine Geräusche. Dort stand eine mittelalterliche Streckbank. Von einem Eisenträger an der Decke hing ein Strick mit einer Schlinge. Vor einer weißen Kachelwand stand ein gynäkologischer Stuhl mit Fixierungsriemen. In einem Nebenraum stieß er auf ein Stahlbett mit an den Pfosten angebrachten Hand- und Fußschellen. Ein weiterer Nebenraum war mit einem schmiedeeisernen Gitter in eine Zelle umgebaut worden. Ob die verschleppten Frauen hier eingesperrt wurden, bis ihre Hinrichtung gefilmt werden konnte?

*Ich habe das geheime Snuff-Filmstudio entdeckt!*

Schnell machte er mit seinem Smartphone ein paar Beweisfotos.

Der Pitbull kam angelaufen und sah ihn erwartungsvoll an. Florian gab ihm eine Handvoll Biskuits. So lange deren Vorrat reichte, würden sie die besten Freunde bleiben. Der Pitbull legte sich vor dem Haufen hin und begann zu fressen.

An der Stirnseite führte eine Treppe nach oben. Florian stieg sie hoch. Als die Dielenbretter unter seinen Füßen knarrten, hielt er inne. Im Lagerhaus blieb es dunkel und still. Sein Herz klopfte, obwohl er nicht besorgt sein musste. Außer dem Hund war offensichtlich niemand hier, der das Knarren hören konnte.

Im Obergeschoss befand sich die Wohnung von Schneider. Sie hatte eine separate Tür, die mit dem Elektropick schnell geöffnet war. Er machte das Licht nicht an, denn das hätte von draußen durch die Fenster gesehen werden können. Mit der Taschenlampe sah er sich in Wohnzimmer, Schlafzimmer, Küche und Bad um. Dann stieß er auf ein Arbeitszimmer. Hier befand sich die Unternehmenszentrale der Snuff-Filmproduktion. In dem Büro standen ein Schreibtisch, ein paar Schränke und Regale. Es gab sogar Büroelektronik, wie Computer, Fax und einen Drucker. Florian ließ die Alu-Jalousie herunter und schaltete die Schreibtischlampe ein. Er setzte sich an den Computer und fuhr ihn hoch. Die Horrorfilmrequisiten unten würden für eine Überführung von Schneider nicht ausreichen. Perfekt wäre es, wenn er den Film mit Julias Ermordung finden könnte. Und den vermutete er auf der Festplatte des Computers. Wenig später fragte der Rechner mit einem Piepsen nach einem Passwort. Er suchte unter der Schreibauflage und in den Schubladen des Schreibtisches nach einem Zettel mit dem Passwort, fand aber keinen.

Florian sah auf seine Uhr. Er war jetzt seit fünfzehn Minuten hier drinnen, Schneider war vor dreißig Minuten weggefahren. Wie lange würde er wegbleiben? War er zum Training gefahren, oder nur noch mal kurz zur Tankstelle?

Er wusste zu wenig über Schneider, um das Passwort zu erraten. Am ehesten würde der Hundename das Passwort sein. Er kannte noch nicht mal den Namen des Kampfhundes. Vielleicht *Tyson,* schlicht *Killer* oder *Biskuit-Lover*? Jetzt hätte Mister Spock, alias Cheng hier sein müssen. Für den chinesischen Computerfreak wäre es ein Leichtes gewesen, das Passwort zu hacken. Florian gab auf und schaltete den Computer aus.

Florian stand auf und ging zum Aktenschrank. Er fand darin eine zweite Kamera, sowie Filmzubehör, wie Ladegerät, Akkus und diverse Kabel. Dazwischen lag eine rote Perücke.

Was er dann sah, ließ ihm den Atem stocken. In dem vorletzten Fach lagen Handschellen, Knebel und Messer. Er machte ein Foto davon. Aber waren sie bei dem Mord an Julia eingesetzt worden? Es war ihnen nicht anzusehen.

Nein, das brachte nichts. Er wollte die Schranktür gerade wieder zu machen, da hob er überrascht die Augenbrauen. Das wollte er sich ansehen.

Oder hatte er draußen etwas gehört?

# 55

»Aufmachen! Polizei!«, rief Michaelis, drückte mehrfach auf die Klingel und hämmerte gegen die Stahltür. Hinter ihm standen drei weitere Kripobeamte. Es tat sich nichts.

Michaelis versuchte es noch mal mit seiner lautstarken Kombination aus Rufen, Läuten und Gegen-die-Tür-hämmern. Drinnen rührte sich nichts.

»Öffnen Sie die Tür«, sagte er zu dem Mann vom Schlüsseldienst, den sie vorsorglich mitgebracht hatten. Der kniete sich mit seinem Werkzeugkoffer vor der Tür hin und steckte zwei silberne Instrumente in das Schloss. Nachdem er zwei Minuten in dem Schloss herumgestochert hatte, öffnete sich die Tür mit einem Klacken.

Michaelis und seine Männer stürmten hinein. Sie teilten sich auf und durchsuchten die weiträumige Studio-Wohnung-Kombination. Michaelis hielt einen roten Haftbefehl in der Hand. Er war auf Philippe Anderson ausgestellt. Bevor er sich diesen Künstlernamen zulegte, hatte er Philipp Andresen geheißen. Der Fotograf hatte sein Studio in dem Hochbunker Feldstraße. Anderson lebte und arbeitete in sechs Zimmern auf zweihundertvierzig Quadratmetern. Doch die Wohnung war leer.

»Der Vogel ist ausgeflogen«, sagte sein Assistent Schröder, nachdem alle wieder im Flur zusammen gekommen waren.

»Also gut, dann Plan B. Wir durchsuchen das Loft nach Beweismitteln.«

Michaelis hatte sich neben dem Haftbefehl auch einen Durchsuchungsbeschluss besorgt. Während seine Männer ausschwärmten und die Zimmer durchsuchten, sah er sich die gerahmten Poster im Flur an. Darauf waren nackte und gefesselte Frauen zu sehen. Die Aktbilder waren sehr ästhetisch in Schwarz-Weiß gehalten. Nur die Fesseln waren farbig. Leuchtend rot sprangen sie fast aus den Bildern.

»Chef, das musst du dir ansehen«, rief sein Assistent vom Ende des Flurs. Michaelis folgte dem Ruf und stieß auf einen innen liegenden, fensterlosen Raum. In dessen Mitte dominierte ein großes Stahlbett. An der Wand standen ein Andreaskreuz aus schwarz lackiertem Holz und eine Kommode. Darüber befand sich eine Leiste, an der Hand- und Fußfesseln, Peitschen, Knebel und Masken hingen.

»Das ist seine Folterkammer«, sagte Assistent Nielsen.

»In der Tat.«

Michaelis trat an die Kommode und besah sich die an der Leiste hängenden Utensilien. Am Ende einer mittelalterlichen Peitsche hing eine dornengespickte Eisenkugel. Er machte eine Schublade darunter auf.

»Hier ist seine Handschellensammlung.«

Zwei Dutzend chromfarbene Handschellen diverser Hersteller lagen darin.

Michaelis sah sich die Fesselutensilien und das Stahlbett an. Alles war von solider Qualität und gebraucht. Es waren nicht nur bloße Dekorationen für ein Fotoshooting. Anderson musste auf harten Fesselsex stehen.

Michaelis machte die Schublade wieder zu und sagte: »Komm mit raus. Da muss die Spurensicherung ran. Vielleicht findet die noch Tatspuren.«

Michaelis versammelte seine Männer wieder im Flur.

»Philippe Anderson ist unser Mann. Erst haben wir einen positiven DNA-Treffer, dann steht er auf Bondage und hat sogar eine eigene Folterkammer. Mich würde nicht wundern, wenn das der Tatort wäre. Das muss die Spusi klären.«

Seine Männer stimmten ihm zu.

»Wir werden Anderson zur Fahndung ausschreiben und auch die Medien informieren.«

# 56

*Das ist wirklich interessant.*

Auf dem Boden des Aktenschranks stand ein kleiner Karton. Florian zog ihn heraus und sah hinein. Er enthielt selbstgebrannte DVDs. Sie waren jeweils mit *Movies* sowie Monat und Jahr handbeschriftet. Sollten das Sicherungskopien der Snuff-Filme sein? Hielt er die Tatvideos in den Händen? Das wäre zu schön gewesen, um wahr zu sein. Er ging mit dem Karton zurück zum Schreibtisch. Sollte er einfach den ganzen Karton mitnehmen, dessen Fehlen Schneider sicher bemerken würde, oder sich einzelne DVDs aussuchen, deren Fehlen Schneider nicht sofort bemerken würde? Plötzlich tanzte ein Lichtstrahl durch die Alu-Lamellen.

Florian trat ans Fenster, drückte zwei Lamellen auseinander und spähte nach draußen. Der rote Hyundai war gerade vorgefahren.

Sein Herz setzte einen Schlag aus.

Florian hechtete zum Tisch und machte die Lampe aus. Hoffentlich hatte Schneider das Licht in seinem Arbeitszimmer nicht gesehen.

Florian hörte, wie eine Autotür zugeschlagen wurde. Dann das Trapsen des Hundes. Der Pitbull lief zur Eingangstür und bellte freudig erregt.

Fieberhaft suchte Florian die DVDs April und Mai 2014 heraus, denn Julia war Ende April 2014 ermordet worden.

Unten war das Öffnen der Eingangstür zu hören. Schneider begrüßte seinen Hund.

Florian stellte den Karton zurück in den Aktenschrank und machte die Türen zu.

Die Dielenbretter knarrten protestierend unter schweren Schritten.

*Einhundert Kilo reine Muskelmasse kommen nach oben!*

Florian hastete aus dem Arbeitszimmer in das weiter hinten liegende Bad.

Die Schritte auf der Treppe kamen näher.

Sollte er die Badtür von innen abschließen? Nein, das würde Schwarzenegger und seinen Kampfhund nur für Sekunden aufhalten.

Wie sollte er jetzt hier rauskommen?

Florian öffnete das Badfenster und kletterte auf die Fensterbank. Der Boden lag drei Meter unter ihm. Die Schritte und das Hundetapsen waren jetzt im Obergeschoss angekommen. Jede Sekunde konnte Schneider hereinkommen.

Florian zog das Fenster hinter sich wieder zu und sprang.

Bei dem Aufprall auf den Rasen durchzuckte ein stechender Schmerz seinen Knöchel. Mit Mühe konnte er einen Schrei unterdrücken. Er fiel seitlich zu Boden, rappelte sich aber gleich wieder auf. Leise stöhnend humpelte er durch die Dunkelheit zum Zaun.

# 57

Anna-Maria Beesten erschien fünfzehn Minuten zu spät zu dem letzten Dinner ihres Lebens.

Der Mann hatte sie auf dem zu einem italienischen Restaurant umgebauten Alsterdampfer am Ballindamm erwartet. Die Location war in der Auktion vorgegeben worden. Anfangs hatte er befürchtet, ein Restaurant in der City wäre ein zu großes Risiko für ihn. Nachdem er sich umgesehen hatte, fand er es doch geeignet. Denn der Italiener war brechend voll und er hatte schon mehrere Promis entdeckt. Einen Tagesschausprecher, einen Modedesigner, einen Schlagerstar und einen Bundesliga-Fußballer hatte er gesichtet. Beesten würde hier weit weniger auffallen, als wenn er mit ihr ein abgelegenes, leeres Lokal aufgesucht hätte. Wieder einmal hatte er alles richtig gemacht.

Der Mann zog den Ärmel über seine Patek Philippe. Er zeigte es zwar nicht, war aber über ihre Verspätung verärgert.

Bunte Lichterketten schmückten das Schiff, von dem man einen grandiosen Ausblick auf die Binnenalster und den hell erleuchteten Jungfernstieg hatte. Drinnen schufen dunkles Holz, weiße Tischdecken und weinrote Kerzen ein edles Ambiente. Der Kellner platzierte sie an einem Zweiertisch. Beesten trug ein enges, knielanges schwarzes Kleid und sah sehr appetitlich aus. Ihre Handtasche hängte sie über die Stuhllehne.

»Sie sind also der Höchstbietende?«, fragte Beesten.

»Ja, der bin ich«, antwortete der Mann. Sein Gebot war mit eintausendachthundert Euro das höchste gewesen. Als *Höchstbietender* angesprochen zu werden, gefiel ihm nicht. Es zerstörte die Illusion eines intimen Dates.

»Zwei Ansagen vorneweg: Ich habe neunzig Minuten Zeit und werde keine privaten Fragen beantworten.«

*Das fängt ja gut an.*

Immerhin war Beesten seinem Wunsch nachgekommen und hatte auf die Presse heute Abend verzichtet.

Sie bestellte sich einen Rucolasalat, Rotwein und Mineralwasser. Sonst nichts. Fast hätte der Mann gefragt, warum eine Frau, die nach ihrer Selbstdarstellung allein durch ihr Talent bestach, auf ihre Figur achten musste. Dem Rotwein schloss er sich an. Dazu bestellte er sich argentinisches Rinderfilet, innen roh. Er mochte es schön blutig.

Als das Essen kam, testete er das Messer unauffällig unter dem Tisch an seinem Handrücken. Es war zwar edel, aber stumpf. Zu gern hätte er eins aus seiner Sammlung hier gehabt. Sie schnitten durch das Fleisch wie ein Schiffsbug durch Wasser.

Während des Essens fragte der Mann sie nach ihren größten Film- und Fernseherfolgen. Wenn man jemand schmeicheln will, braucht man ihn nur nach seinen Erfolgen zu fragen. Anna-Maria Beesten zählte die Höhepunkte ihrer Schauspielkarriere der letzten Jahre auf. Sie hatte in mehreren langlebigen Serien, einem Dutzend Fernsehfilmen und sogar schon in einem Kinofilm mitgespielt. Aber sie wirkte dabei gelangweilt. So als wenn es eine Selbstverständlichkeit wäre, eine der meistbeschäftigten Seriendarstellerinnen zu sein. Und sie war von den Regisseuren genervt, die sie immer nur als blondes Püppchen besetzten, anstatt ihr Charakterrollen zu geben, in denen sie ihr schauspielerisches Talent entfalten konnte. Er stimmte ihr zu und wünschte ihr einen Regisseur, der ihre wahre Begabung erkennen würde.

Wie er enttäuscht feststellte, fragte sie ihn nichts. Es hätte bei dem Thema Film nahegelegen, ihn nach seinen Vorlieben zu fragen. Die Wahrheit hätte er ihr zwar nicht sagen können, denn er stand auf Slasher-Filme. Der Begriff kam vom englischen *slash,* was »aufschlitzen« bedeutet. Aber sie hätte mit einer Frage zumindest Interesse an ihm zeigen können.

Als das Essen abgeräumt wurde, schaute Beesten beiläufig auf ihre Uhr. Das Zeitlimit von neunzig Minuten war also ernst gemeint.

Der Mann war es gewohnt, allein durch sein Aussehen eine anziehende Wirkung auf Frauen zu haben. Es gab kaum eine Frau, die seine feinen Gesichtszüge mit den magnetischen Augen, seinen durchtrainierten Körper und die Designerkleidung nicht attraktiv fand. Doch Beesten blieb ihm gegenüber kühl-distanziert. Sie war nicht an ihm interessiert.

»Machen Sie solche Charity-Treffen öfter?«, fragte er.

»Mir liegt soziales Engagement sehr am Herzen und deshalb mache ich einmal im Jahr dabei mit.«

*Einmal im Jahr neunzig Minuten zu opfern und sich schick zum Essen ausführen zu lassen, klingt jetzt nicht wie das größtmögliche soziale Engagement*, dachte er.

»Haben Sie bei den Charity-Dinners schon mal einen interessanten Mann kennengelernt?«, wagte der Mann einen Vorstoß.

Einen Augenblick blinzelte Beesten irritiert.

»Ziel eines Charity-Dinners ist nicht, einen Mann kennenzulernen, sondern eine gemeinnützige Organisation zu unterstützen. Der Erlös dieses Treffens geht an die Kindernothilfe.«

»Haben Sie Kinder?«

Sie warf ihm einen verärgerten Blick zu. »Ich sagte doch eingangs: keine privaten Fragen.«

Dem Mann wurde immer deutlicher, dass dieser Abend in gut zwanzig Minuten definitiv zu Ende sein würde. Es war ihm nicht gelungen, ihr Interesse zu wecken. Für sie war das ein Geschäft: neunzig Minuten ihrer Zeit für den Auktionserlös. Nie im Leben würde es ihm gelingen, sie anschließend in sein Loft zu locken. Schon gar nicht in das Spielzimmer.

Der Kellner brachte einen Latte macchiato für sie und einen Espresso für ihn. Dem Mann war klar, dass sie beide nach dem Kaffee auseinandergehen würden. Er musste auf Plan B zurückgreifen und Anna-Maria Beesten entführen. Seine rechte Hand fuhr über seine Hosentasche, in der er die kleine Glasampulle spürte. Im Auto vor dem Restaurant hatte er noch Taser, Handschellen und Klebeband. In seinem Kopf ging der Mann verschiedene Szenarien durch, wie er diese Frau in seine Gewalt bekommen konnte.

Beesten berichtete soeben ausführlich über die Kindernothilfe, deren Geschichte, Ziele und Schwerpunkte.

Ihr Monolog wurde durch die 20th-Century-Fox-Fanfare unterbrochen, mit der das Smartphone in ihrer Handtasche zum Leben erwachte. Beesten murmelte »Tschuldigung«, drehte sich um und fingerte es heraus.

*Glück gehabt*, dachte der Mann. Das war die ideale Gelegenheit. Während Beesten sich abgewandt dem Anruf widmete, glitt seine Hand in die Hosentasche und nur wenige Sekunden später kippte er die farblose Flüssigkeit aus der Glasampulle in ihren Latte macchiato. Kurz darauf beendete Beesten das Gespräch, in dem es um die Verlegung eines Termins im Beauty-Salon am nächsten Tag ging, gab Zucker in ihr Glas und rührte um.

*Gut so*, dachte er, *süße und verteile es schön, damit du die bitteren K.O.-Tropfen nicht schmeckst.*

Beesten trank einen Schluck. Dann nahm sie den Faden wieder auf und erzählte von einem aktuellen Projekt der Kindernothilfe in Äthiopien.

Der Mann schaute auf seine Patek Philippe. Die Wirkung der Gamma-Hydroxybuttersäure, kurz GHB, würde innerhalb von fünfzehn bis dreißig Minuten einsetzen. Entscheidend war jetzt das Timing. Er musste warten, bis die Droge anfing zu wirken, durfte aber auch nicht so lange warten, bis sie am Tisch zusammenbrach.

Beesten trank erneut von ihrem Getränk und berichtete von einem geplanten Besuch in Äthiopien im Januar. Der Mann stellte ein paar interessierte Fragen, um sie am Reden zu halten.

Schließlich trank Beesten ihr Glas leer.

*Jetzt musste die Droge bald wirken.*

Beesten freute sich auf die Reise nach Äthiopien, denn sie würde ihre Patentochter kennenlernen. Für den Preis dreier Kinokarten monatlich könne ein Kinderpate einem halb verhungerten Kind ausreichend Essen, Arzt- und Schulbesuche ermöglichen.

Sie gähnte, schaute auf ihre Uhr und meinte, sie werde langsam müde.

*Die Droge hatte angefangen zu wirken.*

Der Mann winkte den Kellner heran und zahlte. In den eintausendachthundert Euro war nicht einmal das Essen enthalten.

Beesten stützte mit einer Hand ihre Stirn ab und sagte: »Mir wird schwindelig.«

Der Mann stand auf. »Ich bringe Sie an die frische Luft. Kommen Sie.«

Er zog sie vom Stuhl hoch und fasste sie um die Taille. Der Kellner wünschte ihnen noch einen schönen Abend. Für ihn musste es so aussehen, als ob der Mann fürsorglich seine angetrunkene Freundin nach Hause brachte.

Widerstandslos ließ sie sich aus dem Restaurant führen.

»Wir werden diese Nacht noch viel Spaß miteinander haben.«

# 58

»Du hast was?«, fragte Saskia entgeistert.

»Habe ich doch gerade gesagt«, antwortete Florian. Er saß mit Saskia zusammen in seinem WG-Zimmer. Es schmerzte, zum ersten Mal nach dem Fast-Kuss wieder neben ihr zu sitzen. Wie Gamora in *Guardians of the Galaxy* hatte sie ihn bei dem schon sicher geglaubten Kuss abblitzen lassen. Da hatte nur noch das Messer gefehlt. *Verstehe einer die Frauen*, knurrte er innerlich. »Du spinnst! Du kannst doch nicht bei einem Verdächtigen ins Haus einsteigen. Auf die Art wirst du noch vor ihm im Gefängnis landen.«

»Keine Sorge. Ich habe weder etwas entwendet noch etwas beschädigt.«

»Das Einsteigen wäre immer noch als Hausfriedensbruch strafbar.«

»Schneider hat es nicht gemerkt, und wenn, dann würde er kaum Strafanzeige erstatten. Bei seinen zwielichtigen Geschäften will er bestimmt nicht die Polizei im Haus haben. Die größte Gefahr war, dass er mich erwischt und mir alle Knochen bricht. Aber ich konnte rechtzeitig fliehen.«

»Und jetzt kommst du dir wie ein Held vor?«

»Ein bisschen wie Brad Pitt in *Ocean's Eleven.* Man muss auch mal auf Risiko spielen, oder?«

Saskia hob konsterniert eine Augenbraue. »Und so was will Jurist werden.«

»Du könntest wenigstens ein bisschen Mitleid mit mir haben. Ich habe mir den Knöchel verstaucht, als ich aus dem Fenster gesprungen bin.« Florian zog ein Bein seiner Jeans hoch und zeigte auf die Bandage um den Knöchel. »Das ist tierisch schmerzhaft. Und hier die Schramme«, Florian deutete auf seinen Unterarm, »habe ich vom Stacheldraht bekommen.«

»Das geschieht dir recht. Woher weißt du überhaupt, wie man in ein Haus einbricht?«

Verlegen strich Florian eine Haarsträhne aus dem Gesicht.

»Mein Bruder ist als Jugendlicher auf die schiefe Bahn geraten. Erst hat er Autos geknackt, später ist er in Häuser eingestiegen. Ich bin bei seinen Einbruchstouren nie mitgegangen, aber er hat mir genug erzählt, damit ich Bescheid weiß.«

Saskia holte tief Luft. »Jetzt wundert mich auch nicht, warum du mir deinen Bruder bisher verschwiegen hast. Was macht er jetzt?«

Ein peinliches Schweigen breitete sich aus. Es war nur das Knacken der Heizung zu hören.

»Nun ja, mein Bruder sitzt eine Freiheitsstrafe in Santa Fu ab. Vier Jahre für mehrere Einbrüche. Zuletzt war er übermütig geworden und hatte sich auf Tresore in Gewerbeobjekten spezialisiert. Dabei ist er erwischt worden.«

»Nette Familie, die du hast. Deshalb hast du dich in Santa Fu so gut ausgekannt. Und der Retter von Hoffmann in der Dusche war dein Bruder?«

»Richtig.«

»Und was hast du herausgefunden?«

Bevor er antworten konnte, steckte Simon den Kopf zur Tür herein. »Ich werde jetzt gehen, damit ihr beiden Turteltäubchen ungestört seid.«

»Sie ist nicht meine Freundin«, erwiderte Florian gereizt.

»Und ich werde es auch nie«, fügte Saskia schnell hinzu.

»Dann macht's gut, aber nicht zu oft«, verabschiedete Simon sich.

»Blöder Trekkie«, rief Florian ihm hinterher.

Wenige Sekunden später hörten sie die Wohnungstür ins Schloss fallen.

»Also, was hast du herausgefunden?«, wiederholte Saskia ihre Frage.

»Schneider hat sein Snuff-Filmstudio in dem Lagerhaus. Komplett mit Folterstuhl, Zellen und Filmausrüstung. Schau mal, ich habe ein paar Fotos gemacht.«

Florian zeigte ihr die Bilder auf seinem Smartphone.

»Das sieht echt gruselig aus«, kommentierte Saskia.

»Und dann habe ich noch das hier gefunden!«

Florian hielt triumphierend die beiden DVDs hoch.

»Dann hast du doch etwas entwendet«, sagte Saskia.

»Nein, ich habe nur Beweismaterial sichergestellt.«

»Was ist da drauf?«

»Könnte das Tatvideo sein. Aber ich wollte warten, bis du da bist.« Er zwinkerte ihr zu.

»Los, leg die DVD ein.«

Florian ging zu seinem kleinen Fernseher mit DVD-Player darunter.

Ein Menü erschien auf dem Bildschirm. Die erste DVD enthielt vier Filme mit einer Länge von fünf bis zehn Minuten.

»Schneider hat wöchentlich einen Snuff-Film produziert. Das sind die vom April 2014«, sagte Florian und drückte auf Start.

Der erste Clip zeigte, wie eine Frau auf dem Bauch liegend auf dem Stahlbett mit Hand- und Fußschellen fixiert wurde. Der Mann nahm sie von hinten und schnitt ihr dann mit einem Messer die Kehle durch.

Saskia schlug die Hand vor den Mund.

»Das ist genau wie bei Julia«, sagte sie entsetzt.

»Aber sie ist es nicht«, sagte Florian.

Im zweiten Clip war zu sehen, wie ein Mann eine Frau vergewaltigte und sie anschließend mit seiner Krawatte erwürgte. Verzweifelt versuchte die Frau, ihre Finger zwischen Schlinge und Hals zu bekommen. Der Mörder zog die Krawatte fester zu. Qualvoll lange dauerte es, bis die Frau mit starrem Blick, heraushängender Zunge und gespreizten Beinen endlich tot war.

»Mir ist schlecht«, stieß Saskia plötzlich hervor und rannte aus dem Zimmer zum Bad. Florian hörte Würgegeräusche.

In dem dritten Clip wurde das Opfer auf dem Gyno-Stuhl festgebunden. Der Mann folterte sie mit einem Lötkolben. Anschließend vergewaltigte er sie und schnitt ihr die Kehle durch.

Der letzte Clip zeigte, wie sich eine Kreissäge zwischen die gespreizten Beine einer gefesselten Frau fraß.

Es dauerte eine Weile, bis Saskia aus dem Bad wiederkam. Blass im Gesicht ließ sie sich auf den Stuhl fallen und sagte: »Ich finde diese Filme im wahrsten Sinne des Wortes zum Kotzen.«

»Du kannst dich beruhigen. Sie sind nur ein *fake*«, sagte Florian.

»Wirklich? Es sah alles so echt aus. Wie kommst du darauf?«

»Das Erwürgen mit der Krawatte in Clip zwei hat viel zu lange gedauert. In Wirklichkeit tritt nach Abschneiden der Blutzufuhr zum Gehirn bereits nach sieben bis dreizehn Sekunden Bewusstlosigkeit ein. Ein minutenlanger Todeskampf wie in dem Clip ist nicht realistisch.«

Florian merkte, dass Saskia noch nicht überzeugt wirkte.

»Zudem war die Frau in dem ersten und vierten Clip dieselbe. Die erste war zwar blond und die vierte rothaarig.

»Letztere trug aber eine Perücke. Ich habe sie in Schneiders Aktenschrank liegen gesehen. Und wenn die Schauspielerin bereits in Clip Nummer eins ermordet wurde, kann sie schlecht in Nummer vier noch mal ermordet werden. Die Morde sind gefaked.«

Florian legte die Mai-DVD ein. Auch sie enthielt vier abstoßende Snuff-Filme in gleicher Machart.

»Wenn unsere These stimmen würde, Schneider habe Julia für einen Snuff-Film ermordet, hätten wir ihren Mord spätestens auf der Mai-DVD sehen müssen. Haben wir aber nicht«, sagte Florian.

»Dafür hatte die Frau aus Nummer eins und vier ihren dritten Auftritt«, ergänzte Saskia.

»Schneider produziert keine echten Tötungsvideos«, sagte Florian enttäuscht. »Ein Snuff-Filmer, der Julia für Videos ermordet hat, hätte wirklich gut gepasst.«

»Was an Verdachtsgründen dann noch bleibt, ist, dass er gewalttätig ist und durch die Trennung vorübergehend seine einzige Einnahmequelle verloren hat.«

Florian dachte über alles nach, was sie bisher herausgefunden hatten.

»Ich denke, das reicht nicht«, sagte er dann. »Aber eins können wir noch checken.«

Florian rief auf seinem Laptop ein Tool auf und schob wieder die April-DVD hinein.

»Mit dem Tool kann ich die Metadaten auslesen.«

Saskia sah ihn stirnrunzelnd an.

»Das sind Informationen über die Videos, wie technische Details, aber auch Aufnahmezeit und -ort.«

Florian ging die Metadaten der vier Videos durch.

»Volltreffer! Der Kreissägen-Clip mit der Rothaarigen wurde am Abend des 26. April 2014 aufgenommen. Zu dieser Zeit wurde auch Julia ermordet.«

Saskia sah ihn erstaunt an und sagte: »Wenn Schneider zur Tatzeit ein Snuff-Video gedreht hat, hat er ein Alibi. Manchmal hat deine Filmmacke doch was Gutes.«

Florian grinste wegen des Lobs.

»Oder kann das Aufnahmedatum gefälscht sein?«, fragte Saskia nach.

»Die Metadaten lassen sich manipulieren. Doch die meisten wissen nicht einmal, dass die Videokamera bei der Aufnahme automatisch welche erzeugt und speichert. Und sich durch gefälschte Metadaten ein Alibi zu beschaffen, wäre schon sehr raffiniert. So clever ist Schneider nicht.«

»Und was sagt uns das, Sherlock Holmes?«

»Wir können Schneider als Verdächtigen streichen.«

# 59

Die Frau, die bald sterben würde, stöhnte, bewegte ihren Kopf und öffnete die Augen. Blinzelnd versuchte sie, sich zu orientieren.

»Ausgeschlafen?«, fragte der Mann, der am Bettende stand. Die K.O.-Tropfen hatten Anna-Maria Beesten für vier Stunden in einen komatösen Zustand versetzt. Sie war willenlos mit zu seinem Auto gegangen und kurz darauf bewusstlos geworden.

Sie sah ihn einen Augenblick irritiert an und versuchte aufzustehen. Erst jetzt bemerkte sie, dass sie mit Händen und Füßen ans Stahlbett gefesselt war. Als sie daran zog, klirrten die Hand- und Fußschellen.

»Sind Sie so ein irrer Fan?«, fragte sie mit aufflammendem Zorn in ihren Augen. »Machen Sie mich sofort los!«

»Was willst du machen, wenn ich das nicht tue?«, fragte der Mann amüsiert und trat näher.

Anna-Maria bäumte sich auf, doch die Hand- und Fußschellen hielten sie mit stählernem Griff auf dem Bett gefangen.

»Dann werde ich um Hilfe rufen.«

»Tu das ruhig. Niemand wird deine Schreie hören.«

Anna-Maria sah sich in dem innen liegenden, fensterlosen Raum um. Als sie das Andreaskreuz und die Leiste mit den Fesseln, Peitschen und Knebeln entdeckte, verschwand der Zorn in ihrem Blick und es flackerte Angst darin auf.

Er setzte sich auf die Bettkante und strich ihr mit einem Finger sanft über den Unterarm. Sie versuchte den Arm wegzuziehen, gab aber auf, als die Handschelle schmerzhaft in ihr Gelenk schnitt.

»Bitte tun Sie mir nichts«, schluchzte Anna-Maria.

Der Mann beugte sich zu ihr und wollte sie küssen. Doch Anna-Maria drehte den Kopf weg und seine Lippen trafen nur ihre Wange.

»Findest du mich schön?«, flüsterte er in ihr Ohr. Dann richtete er sich auf, um ihre Reaktion zu beobachten.

Anna-Maria verzog angewidert die Lippen. Im nächsten Augenblick besann sie sich anders, drehte ihm den Kopf zu, knipste ihr Schauspielerlächeln an und sagte: »Natürlich bist du schön.«

»Lügnerin!«

Wie aus dem Nichts tauchte ein großes Messer in seiner rechten Hand auf. Dessen silberne Klinge mündete in einem sargförmigen schwarzen Griff.

Anna-Marias Augen weiteten sich vor Entsetzen. Instinktiv versuchte sie nach oben wegzurutschen, doch wegen der Fußschellen konnte sie nicht ausweichen.

Fast zärtlich strich der Mann mit einem Finger über die funkelnde Klinge.

»Wir werden viel Spaß miteinander haben.«

Beestens eitle Ichbezogenheit war ihm während des Essens zunehmend zuwider gewesen. Der Gedanke, ihr das hübsche Gesicht zu zerschneiden, erregte ihn.

»Hilfe! Hilfe!« schrie sie aus voller Kraft und zerrte panisch an den Hand- und Fußschellen, aber sie schürften ihr nur die Gelenke auf.

Der Mann drückte ihr die rasiermesserscharfe Klinge an den Hals. Gerade so fest, dass sie noch nicht einschnitt. Anna-Maria erstarrte wie schockgefrostet.

Der Mann sah Todesangst in ihren Augen, die ihn noch mehr erregte. Er nahm den Dolch von ihrem Hals und fuhr sachte mit der Messerspitze zu ihrem Brustansatz. Sie atmete ganz flach und wagte nicht, sich zu bewegen. Die Klinge fuhr unter den Träger des kleinen Schwarzen und zerschnitt ihn. In der nächsten Sekunde folgte der andere Träger. Dann setzte der Mann die Messerspitze am Rand ihres Dekolletés an. Langsam zog er das Messer nach unten. Die scharfe Klinge ging durch den Satin wie durch Papier. In wenigen Sekunden hatte sie das Kleid von oben bis unten zerschnitten. Mit der linken Hand schob er die beiden Kleiderhälften von ihrem Körper, die seitlich auf das Bett rutschten.

Der Mann betrachtete den fast nackten Frauenkörper. Anna-Maria war sehr schlank und hatte kleine, feste Brüste. Ihm gefiel, was er sah. Sein Atem beschleunigte sich und er spürte, dass er eine Erektion bekam.

Mit dem Messer fuhr er über ihre Brüste. Sie bekamen unter der kalten Klinge eine Gänsehaut und die Brustwarzen richteten sich auf.

Anna-Maria liefen Tränen übers Gesicht.

Er fuhr mit dem Messer langsam über ihren Bauch. Die Messerspitze drückte in ihre weiche Haut. Sie zog den Bauch ein und zitterte am ganzen Körper.

Das Messer wanderte weiter runter und fuhr unter das Bändchen ihres Tangas. Aufreizend langsam drehte der Mann die Klinge und hob das Messer ein wenig an, sodass das Bändchen durchtrennt wurde. Auch das zweite Bändchen durchschnitt er.

Anna-Maria lag vollkommen nackt da.

Der Mann legte das Messer weg und zog sich aus.

Dann stieg er auf sie …

# 60

»Nach Hause! Aber schnell, meine Frau wartet«, sagte der Mann mit der enormen Leibesfülle mit verwaschener Stimme und ließ sich auf die Rückbank fallen. Der Mercedes E-Klasse ging hinten kurz in die Knie und pendelte aus.

»Wo ist Ihr Zuhause?«, fragte Florian vom Fahrersitz aus. Der angetrunkene *Jabba the Hutt* war auf dem Taxiplatz Große Freiheit in seinen Wagen eingestiegen.

»Pinneberg«, lallte es von der Rückbank. Eine üble Fahne waberte nach vorne.

Florian legte das dicke Buch über die Wiederaufnahme in Strafsachen auf den Beifahrersitz. Schon die ganze Nacht war er seltsam angespannt, als wäre etwas Übles im Gange, gegen das er nichts tun konnte. So vertrieb er sich die freie Zeit mit Lesen. Seine Abkanzelung durch Heckscher als desinteressiert und faul hatte ihm zu denken gegeben. Er würde tatsächlich nichts erreichen, wenn er sich nicht anstrengte. Deshalb hatte er sich ein paar Fachbücher besorgt und las darin, wann immer er Zeit fand, zum Beispiel beim Warten am Taxistand. Außerdem musste er häufig an Hoffmann denken und hoffte, in den Büchern auf etwas zu stoßen, das ihm helfen konnte.

Florian öffnete sein Seitenfenster ein Stück und fuhr los. Pinneberg lag über zwanzig Kilometer entfernt, gute fünfunddreißig Euro. Eine lohnende Tour.

Der Mann Anfang fünfzig rief mit seinem Smartphone seine Frau an. Nuschelnd entschuldigte er sich dafür, dass die Besprechung länger gedauert habe. Er sitze aber bereits im Taxi und werde in einer halben Stunde da sein.

*Was für eine Besprechung soll das nachts auf der Großen Freiheit gewesen sein?*, fragte sich Florian amüsiert. Büros kannte er in der Seitenstraße der Reeperbahn keine, dafür aber Nachtklubs, Kneipen und Stripteaseschuppen.

Ein würgendes Geräusch ließ Florian in den Innenspiegel schauen. Der Mann hatte sich übergeben. Eine Spur Erbrochenes zog sich von seinem Kinn über seine Krawatte und verschwand dann unter seinem Trenchcoat. Zu dem scharfen Alkoholgeruch kam jetzt auch noch der Gestank frischer Kotze. Florian drehte die Lüftung voll auf. Dann griff er in seine Jackentasche und suchte nach der Zigarettenschachtel. Er fand aber nur Kaugummi. Saskia musste die Packungen heimlich ausgetauscht haben, als sie nachmittags bei ihm gewesen war. Einen Augenblick stieg Ärger in ihm hoch, der aber gleich wieder verflog. Er steckte sich einen Kaugummi in den Mund und war dankbar über den intensiven Pfefferminzgeschmack.

Florian steuerte das elfenbeinfarbene Taxi auf der Stresemannstraße in Richtung Westen. Als er auf die Autobahn fuhr, war sein Fahrgast eingeschlafen. Sein Schnarchen mischte sich unter das Brummen des Dieselmotors.

Zweimal in der Woche fuhr Florian Taxi, weil das BAföG einfach nicht reichte. Wer auch immer die Regelsätze festgelegt hatte, hatte noch nie etwas von hohen Mieten und Lebenshaltungskosten in einer Großstadt gehört. Er fuhr Nachtschichten, denn da winkte fettere Beute und die Straßen waren leerer.

Mit den Alkoholleichen und dem einen oder anderen schrägen Vogel musste man leben. Den Taxi-Job mochte er, denn er war während seiner Schicht sein eigener Herr. Kein Chef stand hinter ihm und sagte ihm, was er zu tun hatte. Für das Studium waren die Nachtschichten weniger ideal. Am Tag nach der Nachtschicht schlief er bis mittags und war auch danach nur eingeschränkt lernfähig. Er musste aufpassen, sein Studium bald zum Abschluss zu bringen und nicht als Taxifahrer hängen zu bleiben.

Florian nahm die Ausfahrt Pinneberg-Süd und hielt am Straßenrand. Sein Fahrgast hatte ihm die Straße noch nicht genannt. Er drehte sich um und versuchte seinen Passagier zu wecken. Doch der reagierte weder auf lautes Ansprechen noch auf Rütteln. Der Mann schlief weiter tief und fest. Florian überlegte, was er tun sollte. Da fiel ihm das Smartphone auf, das neben dem Mann auf der Rückbank lag. Er nahm es und drückte die Wahlwiederholungstaste. Die Ehefrau nannte die Adresse.

Die zierliche Frau war Mitte vierzig, hatte schwarze kurze Haare und stand schon in der Haustür, als Florian vor dem Einfamilienhaus anhielt. Mit energischen Schritten kam sie zum Taxi. Die Frau war noch Meter entfernt, da hörte Florian sie schon schimpfen. Sie hielt sich die Hand vor Mund und Nase, nachdem er die hintere Tür aufgemacht hatte. Dann schoss sie einen giftigen Blick auf Florian ab. Der zuckte nur mit den Schultern. Sie zog die Brieftasche ihres Mannes aus seinem Trenchcoat. Als sie zwei Zwanzig-Euro-Scheine herausnahm, segelte eine bunte Karte heraus. Die Frau hob sie auf. Es war die Bonuskarte eines einschlägigen Amüsierbetriebs. Sechs Felder waren bereits abgestempelt. Das Schimpfen der Frau steigerte sich zu einem Schreien. Dann zogen sie den benommenen Nachtschwärmer gemeinsam aus dem Taxi, nahmen ihn in ihre Mitte und schleppten ihn in das Haus.

*Er wird morgen einiges zu erklären haben.*

# 61

Jetzt kam das Finale.

Nach seinem Orgasmus rollte sich der Mann von Anna-Maria runter und blieb rechts neben ihr liegen.

Anna-Maria starrte mit leeren Blick an die Decke. Tränen rannen über ihre Wangen und tropften auf das Bettlaken.

»Findest du mich schön?«, fragte der Mann noch einmal. Würde Anna-Maria wieder erst angewidert die Lippen verziehen und ihn dann anlügen?

An ihrer gerunzelten Stirn erkannte er, dass die Frage erst mit Verzögerung in ihrem traumatisierten Gehirn angekommen war. »Ja, du bist schön«, antwortete sie teilnahmslos.

Es klang nicht echt.

»Jetzt hätte dich dein angebliches Schauspieltalent retten können.«

Anna-Maria wusste nicht, dass sie gerade der Star in einem von vier versteckt eingebauten Kameras aufgenommenen Privatvideo war.

»Wie meinst …«

»Du hast kein Talent, und jetzt werde ich dir auch noch die Schönheit nehmen.«

Plötzlich war der Dolch wieder in seiner Hand. Bevor Anna-Maria darauf reagieren konnte, zerschnitt die Klinge ihre Stirn.

Er war wütend und konnte nicht aufhören.

Das Messer fuhr durch beide Wangen, über die Nase und das Kinn.

Sie stieß markerschütternde Schmerzensschreie aus, unter die sich das Klappern der Hand- und Fußschellen mischte, an denen sie panisch riss. Das Stahlbett ächzte.

Ihm gefielen ihre Schreie. Sie klangen so echt.

Blut quoll aus den tiefen Schnitten und rann seitlich ihr Gesicht herunter. Er fühlte sich berauscht von seiner Macht über ihre Schönheit. Das Blut erregte ihn und machte ihn rasend.

Ihre Schreie gingen in ein Stöhnen über und sie hörte zu strampeln auf.

»Schau, wie hässlich du jetzt bist«, sagte der Mann und zeigte auf ihr blutverschmiertes, zerschnittenes Gesicht in der verspiegelten Decke. Blut tropfte von seinem Messer auf ihre Brüste.

Anna-Maria starrte mit aufgerissenen Augen ihr Gesicht im Spiegel an.

Er drückte die Klinge in die klaffende Wunde in ihrer Wange und drehte sie.

Anna-Maria schrie wie von Sinnen.

Durch ihre Schreie bekam er eine neue Erektion.

*Es ist Zeit, die Sache zu Ende zu bringen.*

Der Mann hob das Messer über den Kopf, wartete einen Moment und ließ es dann herabsausen. Anna-Maria warf verzweifelt den Kopf zur Seite. Die Klinge drang seitlich in ihren weichen Hals ein. Mit einer fließenden Bewegung schnitt er ihre Kehle durch. Die scharfe Klinge durchtrennte mühelos

Haut, Halsschlagader und Luftröhre. Eine Fontäne aus arteriellem Blut schoss empor und traf ihn an der Brust.

*Pure Ekstase!* Jetzt war er Herrscher über Leben und Tod! Er fühlte sich absolut high.

Der finale Schmerzensschrei wurde von einem Gurgeln ertränkt.

Ein letztes Mal riss Anna-Maria vergeblich an den Handschellen, um sich an ihre klaffende Halswunde zu fassen.

Die Blutfontäne versiegte zu einem herausquellenden Blutstrom. Ihre Beine schlugen aus.

Nach dreißig Sekunden hörte Anna-Maria Beesten auf zu zucken.

# 62

*Polizei fahndet nach flüchtigem S/M-Mörder*, lautete die Schlagzeile des Tages in allen Hamburger Medien. Und weiter: »Die Polizei sucht nach dem Fotografen Philippe Anderson, der dringend tatverdächtig ist, die Moderatorin Denise Schäfer umgebracht zu haben. Es gab einen positiven DNA-Treffer.«

Saskia hatte Florian morgens mit dem *Hamburger Abendblatt* unter dem Arm aus dem Bett geklingelt. Er war erst vor einer Stunde von seiner Taxi-Nachtschicht nach Hause gekommen.

»Vielleicht war der Fotograf auch der Mörder von Julia Nitsche«, überlegte Florian. Er hatte schon neulich mit Saskia die Frage diskutiert, ob angesichts der Ähnlichkeit beider Morde ein Serienmörder am Werk war. Saskia war der Meinung gewesen, sie sollten sich auf ihren Fall konzentrieren. Dann war der Mord an Denise Schäfer irgendwie in Vergessenheit geraten.

In der Zeitung war auch ein Foto von Anderson abgedruckt. Er hatte ein schmales Gesicht und die langen Haare zu einem Pferdeschwanz gebunden. Außerdem war er branchenüblich komplett in Schwarz gekleidet. Von dem Sakko über Hemd und Hose bis zu den Schuhen war alles mitternachtsfarben. Fotografen glaubten offensichtlich, schwarze Kleidung lasse sie professionell und kreativ wirken.

»Den kennen wir«, stellte Saskia fest.

»Genau, wir haben ihn zufällig vor dem Bunker getroffen. Er hat uns den Weg zum *Uebel & Gefährlich* gezeigt«, sagte Florian.

»Was spricht für Anderson als Täter auch im Mordfall Julia Nitsche?«, fragte Saskia.

»Anderson steht auf Bondage, als Fotograf kommt er aus der gleichen Branche wie das Model, kannte Julia vielleicht sogar und es ist der gleiche Modus Operandi«, antwortete Florian. »In beiden Fällen hat der Mörder sein Opfer gefesselt, es vergewaltigt und ihm dann die Kehle durchgeschnitten.«

Saskia schüttelte den Kopf.

»Aus dem Profiling wissen wir, dass der Täter eine sadistische Persönlichkeitsstörung haben muss. Würde ein Sadist, der auf tödlichen Fesselsex steht, die Welt durch die Veröffentlichung von Bondage-Fotos darauf aufmerksam machen? Oder würde er seinen Fetisch nicht eher geheim halten, damit er ungeschoren davonkommt?«

Florian dachte nach. Bei Anderson passte trotzdem alles zusammen.

»Ich denke schon, Anderson könnte unser gesuchter S/M-Mörder sein«, hielt er dagegen. »Wahrscheinlich reichen ihm die Fotoshootings nicht mehr. Er will seine kranken Fantasien in die Realität umsetzen. Außerdem gibt es einen positiven DNA-Treffer.«

»Da wäre er schön blöd, weil alle Welt sofort auf ihn als S/M-Mörder zeigen würde«, sagte Saskia.

»Und mir fällt gerade ein, dass er sein Studio im Hochbunker Feldstraße hat. Wir sind an seinem Schild vorbeigegangen, als wir zum Musikclub sind.«

Saskia sah ihn stirnrunzelnd an. An dieses Detail konnte sie sich anscheinend nicht erinnern.

»Im Hochbunker hat Julia den letzten Abend ihres Lebens verbracht und wahrscheinlich ihren Mörder kennengelernt. Und Anderson hat ganz zufällig sein Studio im gleichen Gebäude. Dann könnte sehr gut auch Anderson der Mann sein, den sie dort kennengelernt hat.«

Dem konnte Saskia nichts entgegensetzen.

»Wenn Anderson der Mörder von Denise Schäfer ist, hat er wahrscheinlich noch mehr Leichen im Keller. Dann wäre Hoffmann fein raus«, konterte Florian.

»Die Lösung scheint mir zu einfach.« Florian stand von dem Bett auf und ging zu Saskia, die auf dem Schreibtischstuhl saß. Er drückte eine Taste auf seinem Laptop und dieser erwachte surrend zum Leben. »Lass uns Anderson mal googeln.«

Nach ein paar Tastenklicks waren sie auf seiner Homepage.

»Schau mal, er macht gerade eine Ausstellung mit seinen Fotos namens *Love in Bondage*.«

Auf dem Bildschirm erschien eine Diaschau mit Bildern gefesselter nackter Frauen. »Scharf, wie das Seil ihre Brüste einschnürt«, sagte Florian.

»Das ist einfach nur widerlich«, erwiderte Saskia und schlug den Deckel des Laptops zu. Dabei klemmte sie Florians Hand ein.

»Hey, du tust mir weh!« Florian zog seine Finger unter der Klappe raus und besah sie sich.

»Wenn dich S/M-Fotos antörnen, musst du auch auf Schmerzen stehen.«

»Nicht wirklich. Aber zurück zu den Fotos.« Florian klappte den Laptop wieder auf.

Saskia schaute ihn ernst an. »Ich will diese Bondage-Fotos nicht sehen.«

»Du bist verklemmt.«

Als Antwort zog sie ihr Poloshirt hoch und wieder runter, sodass er kurz ihren BH sehen konnte.

»Siehst du, ich bin nicht verklemmt.«

Florian starrte noch ein paar Sekunden lang verdattert auf das Logo ihres Poloshirts, wo eben noch ihr BH zu sehen gewesen war.

Dann fing er sich wieder. »Andersons Fotos sind sehr ästhetisch. Alle sind in edlem Schwarz-Weiß. Du kannst sie dir ohne Gefahr für dein Seelenheil anschauen.«

»Will ich aber nicht.«

Florian merkte, dass er einen wunden Punkt berührte, und beließ es dabei.

»Können wir noch was anderes über ihn herausfinden als seine Schmuddelbilder?«

Saskia zeigte angewidert auf den Laptop.

»Selbstverständlich«, sagte Florian und rief eine Seite aus dem Archiv des *Hamburger Abendblatts* auf. *Fotografen-Fall: Freispruch zweiter Klasse*, lautete die Schlagzeile.

»Anderson hat vor zwei Jahren wegen Vergewaltigung vor Gericht gestanden«, fasste Florian den Zeitungsartikel zusammen. »Er wurde aus Mangel an Beweisen freigesprochen. Ein Fotomodel hatte ihn angezeigt, er habe ein Bondage-Shooting ausgenutzt und sie vergewaltigt, als sie gefesselt und damit wehrlos war. Er hat die Tat abgestritten und die Anzeige als Rache dafür erklärt, dass es ihm nicht gelungen war, die Fotos an Illustrierte oder sonst wie zu verkaufen. Da die Anzeige erst Wochen nach dem Shooting erstattet wurde, konnten keine Verletzungen oder andere Spuren mehr festgestellt werden.«

»Es stand also Aussage gegen Aussage«, schlussfolgerte Saskia.

»Ja, und das Model war kokainabhängig und hatte Erinnerungslücken. Sie war wegen Verstößen gegen das Betäubungsmittelgesetz vorbestraft. Deshalb wurde Anderson nach dem Grundsatz in dubio pro reo freigesprochen.«

»Warum Freispruch zweiter Klasse?«

»Nach der mündlichen Urteilsbegründung glaubte die Kammer an die Vergewaltigung und hätte Anderson nur zu gern verurteilt, wenn die Zeugin einen besseren Leumund gehabt hätte. So hat die Gerichtsreporterin es beschrieben.«

Saskia notierte sich den Punkt nachdenklich in ihren Collegeblock.

»Dann war die Aussage glaubhaft, die Zeugin aber nicht glaubwürdig«, resümierte sie.

»So was ist doch mal wieder typisch für unsere Justiz. Die Unschuldigen werden verurteilt, die Schuldigen laufen gelassen.«

»Lieber ein Fehlfreispruch als ein Fehlurteil.«

»Wie dem auch sei. Eine Fast-Verurteilung wegen Vergewaltigung ist ein weiteres Indiz gegen Anderson«, sagte Florian. »Und das ist noch nicht alles.«

Florian ging auf eine andere Seite im Internet. Auf dem Bildschirm war der *Messer-Katalog 2017* zu sehen.

»Anderson hat eine Affinität zu Messern. Er hat hunderte Messer für diesen Katalog fotografiert.«

»Noch ein Punkt, der gegen ihn spricht. Die Kripo verdächtigt Anderson aber nur wegen des Schäfer-Mordes, richtig?«

»Dem Zeitungsbericht nach: ja.«

»Wir müssten uns über Heckscher die Ermittlungsakte besorgen.«

»Und es gibt immer noch Kleinschmidt«, sagte Florian ein wenig ernüchtert. Ein guter Ermittler durfte keinen Verdächtigen aus den Augen verlieren.

# 63

»Es hat einen Vorfall gegeben. Der Besuchstermin fällt aus«, sagte der Wärter atemlos. Florian und Saskia hatten seit zwanzig Minuten in dem klaustrophobischen Besucherraum des Gefängnisses auf die Vorführung von Hoffmann gewartet und dabei den Stiefelschritten der Wärter auf dem Flur und dem Rasseln von Schlüsseln gelauscht.

Florian stand auf.

»Was ist passiert?«

»Wie ich sagte, ein Vorfall«, antwortete der Wachmann kurz angebunden.

»Wir wollen jetzt gleich unseren Mandanten sehen!«, sagte Florian mit fester Stimme.

Saskia stand ebenfalls auf.

Der Wärter musterte beide einen Augenblick. Er schien unsicher zu sein, wie er sie einordnen sollte.

»Entweder Sie bringen uns zu unserem Mandanten oder ich verlange sofort den Anstaltsleiter zu sprechen«, beharrte Florian.

Der Wärter rieb sich das Kinn. Florian hatte den Eindruck, er wägte ab, was potenziell den größeren Ärger bedeutete. Die Studenten zum Gefangenen oder zum Anstaltsleiter zu bringen.

»Also gut, kommen Sie mit«, sagte der Wärter schließlich.
Im Laufschritt folgten sie ihm in den Zellentrakt.

*Ist Hoffmann wieder zusammengeschlagen worden?*, fragte Florian sich.

Vor Hoffmanns offener Zellentür standen drei Wärter.

In der Zelle lag Hoffmann mit nacktem Oberkörper auf dem Boden, neben ihm kniete ein Notarzt und machte eine Herzdruckmassage, indem er das Brustbein in rasantem Wechsel kurz und kräftig nach unten drückte und wieder entlastete. Ein Sanitäter hatte Hoffmann eine Gesichtsmaske aufgesetzt und beatmete ihn mittels des daran hängenden Beutels. Der zweite Sanitäter hatte einen Venenkatheter gelegt. Auf dem Bett befanden sich zwei geöffnete Sanitätskoffer.

Geschockt und ungläubig starrten Florian und Saskia auf den leblosen Hoffmann. Neben ihm lag ein gelber Defibrillator mit EKG-Funktion.

Die signalroten Uniformen und Koffer wirkten wie Fremdkörper in der düsteren Zelle.

»Selbstmord durch Erhängen«, erklärte ein Wärter. »Er hat sich mit seinem Gürtel am Fensterkreuz aufgehängt. Wir haben ihn leblos aufgefunden, als wir ihn wegen Ihres Besuches aus der Zelle holen wollten.«

»Kein Puls, keine Atmung«, sagte der Notarzt mit einer rauchigen Stimme. Er hatte ein zerknittertes Gesicht mit Schnauzbart und rotblonde Haare. »Noch mal Adrenalin, schnell.«

Florians Magen krampfte sich zusammen. Solche Szenen kannte er bisher nur aus Filmen.

Saskia wandte den Kopf ab. Sie konnte den Anblick offenbar nicht ertragen.

Der Sanitäter am Kopfende sah besorgt aus.

Der zweite Sanitäter spritzte Adrenalin in den Venenkatheter.

Florian fragte sich, ob es einen Zusammenhang zwischen ihrem Besuch und dem Selbstmordversuch gab. Sie hatten bisher nichts erreicht. Hatte ihr Mandant deshalb die Hoffnung verloren? Sollte er sich mitschuldig fühlen? Er musste dringend Robert danach fragen.

Der Notarzt sah aus tränensackumrandeten, traurigen Augen auf den EKG-Monitor.

»Ich habe hier nichts.«

»Es sieht ernst aus«, sagte ein Wärter überflüssigerweise.

»Noch mal den Defi«, sagte der Notarzt.

Der zweite Sanitäter reichte ihm die beiden Elektroden.

»Alle weg«, sagte der Notarzt, als er die Elektroden auf den Brustkorb drückte.

Hoffmanns Körper zuckte und versteifte sich unter dem Stromstoß.

Das EKG am Defibrillator zeigte weiterhin keinen Puls an.

Hilflos mussten er und Saskia mitansehen, wie der Notarzt und die Rettungssanitäter um das Leben von Hoffmann kämpften.

»Wie lange kann der gehangen haben?«, fragte der Notarzt, während er weiter eine Herzdruckmassage machte.

»Wissen wir nicht. Wir haben ihn sofort abgemacht, als wir ihn gefunden haben«, sagte ein Wärter.

»Zeit seit Beginn der Reanimation?«, fragte der Notarzt.

»Fünf Minuten«, antwortete der Sanitäter am Kopfende.

Der Notarzt schüttelte resigniert den Kopf.

»Das dauert schon zu lange.«

Saskia schlug die Hand vor den Mund und wurde kalkweiß im Gesicht.

Florian nahm sie in die Arme.

Der Notarzt sah wieder auf die Nulllinie des EKG-Geräts und hörte mit der Herzdruckmassage auf. Sein zerfurchtes Gesicht war von vielen Einsätzen gezeichnet. Er wischte sich mit dem Handrücken über seine schweißnasse Stirn.

»Das wird nichts mehr.«

# 64

Die Zeichnung zeigte den Professor mit wenig Haaren, versoffenen Augen und mürrischen Mundwinkeln. Florian hatte eine Karikatur von ihm gezeichnet. Heckscher wurde durch das Gelächter in der ersten Reihe aufmerksam, schnappte sich das Blatt, sah es sich an und hielt es dann hoch.

»Schaut her, dieser Sonderschüler hat seine wahre Berufung entdeckt. Er will Straßenmaler werden. Irgendwann werden Sie ihn vor dem Dammtor-Bahnhof wiederfinden und ihm ein paar Münzen in seinen Pappbecher werfen.«

Heckscher knallte das Blatt auf Florians Tisch.

»Erzählen Sie mir lieber, welche Fortschritte Sie bei Ihrer Mördersuche gemacht haben, anstatt den Klassenclown zu spielen.«

»Der Verdacht gegen Schneider hat sich nicht erhärtet. Er hat zwar von Pornos auf Snuff-Filme umgesattelt, es sind aber Fakes. Julia ist auf keinem von ihnen zu sehen. Und am Abend von Julias Ermordung hat er mit einer anderen Frau ein Video gedreht«, berichtete Florian.

»Dann hat Schneider so eine Art Alibi«, schlussfolgerte Heckscher. »Was ist mit Kleinschmidt?«

»Wir haben beobachtet, wie er Schneider etwas lieferte. Wir wissen aber nicht was. Weitere neue Ermittlungsergebnisse haben wir nicht«, antwortete Saskia.

Heckscher legte seine Stirn in Falten.

»Dafür halten wir den Fotografen für dringend tatverdächtig«, sagte Florian. »Er steht auf Bondage und arbeitet in der gleichen Branche wie Nitsche. Bei der ermordeten Moderatorin gab es einen positiven DNA-Treffer. Vielleicht hat er auch Nitsche umgebracht.«

»Bei der Mordsache Nitsche gab es aber ebenfalls einen positiven DNA-Treffer, nämlich den von Hoffmann«, konterte Heckscher. »Wenn es in beiden Fällen derselbe Täter war, kann einer der beiden DNA-Treffer nicht stimmen. Diese objektiven Beweise können Sie nicht ignorieren.«

*Verdammt, er hat recht*, dachte Florian und fragte sich, warum er nicht selbst darauf gekommen war. Diesen zentralen Widerspruch musste er im Auge behalten.

»Anderson ist wegen Vergewaltigung schon mal angeklagt worden. Er hat ein Model gefesselt und dann vergewaltigt, genauso wie in unserem Fall«, sagte Saskia.

»Wie ging das Verfahren aus?«

»Freispruch.«

Heckscher wandte sich wieder an alle Studenten. »Grundwissen Strafprozessrecht: Welche Verdachtsgrade kennen Sie?«

Lars' Finger schoss schnippend in Luft. Sein Seitenscheitel glänzte ölig und er hatte sich im Achtziger-Jahre-Stil den Pullover lässig über die Schultern gehängt.

»Ja, Nummer eins.«

Florian zuckte bei *Nummer eins* zusammen. Er konnte es nicht leiden, wenn Heckscher den neureichen Schnösel so nannte.

»Den Anfangsverdacht, den hinreichenden Tatverdacht und den dringenden Tatverdacht. Ein Anfangsverdacht besteht bei zureichenden tatsächlichen Anhaltspunkten für eine Tatbegehung. Ein hinreichender …«

»Das reicht, Nummer eins«, schnitt Heckscher ihm das Wort ab. »Schaut hier zur ersten Reihe, Ihr Nichtwissenden. Jura ist tatsächlich ein erlernbares Fach. Alles, was es dazu braucht, ein Spitzenjurist wie Nummer eins zu werden, sind ein Fünkchen Verstand, ein oder zwei Lehrbücher und ab und zu mal eine halbe Stunde Zeit in das Studium zu investieren.«

Florian kannte das schon. Heckscher machte alle Studenten fertig, indem er Lars auf den Thron hob. Er selbst hätte die Antwort nach dem Lesen eines Lehrbuchs über Strafprozessrecht auch gewusst.

»Was haben wir, wenn zureichende tatsächliche Anhaltspunkte für eine Tatbegehung fehlen?«, fragte Heckscher weiter.

»Ohne konkrete Tatsachen haben wir bloße Vermutungen«, antwortete Lars.

»Das ist richtig.«

Heckscher ging zum Whiteboard, um das aufzuschreiben.

»Lars kennt einfach alle Definitionen«, flüsterte Saskia Florian zu.

»Du brauchst ihn gar nicht so zu bewundern. Er hat eine neue Flamme. Ich habe beide gestern knutschend auf dem Campus gesehen«, flüsterte Florian. Es musste sie kränken, so schnell durch eine andere ersetzt worden zu sein.

»Mir egal«, gab Saskia schnippisch zurück.

»Wollen wir uns wieder mal außerhalb des Seminars treffen?«, flüsterte Florian ihr ins Ohr.

»Nein danke.«

»Warum nicht?«

»Weil wir zu unterschiedlich sind.«

»Es liegt an meiner Herkunft, stimmt's?«

Saskia antwortete nicht und konzentrierte sich wieder auf das Seminar.

Heckscher kehrte vom Whiteboard zurück, an das er die Verdachtsgrade und ihre Definitionen geschrieben hatte.

»Was Sie als dringenden Tatverdacht bezeichnen sind bloße Vermutungen. Das reicht nicht«, resümierte Heckscher an Florian und Saskia gewandt. »Wie wollen Sie weiter vorgehen?«

Florian und Saskia tauschten einen ratlosen Blick aus.

»Da treten wir ehrlich gesagt ein wenig auf der Stelle«, räumte Florian ein. »Wie Sie uns gesagt haben, bekommen wir die Ermittlungsakte von der Polizei nicht, weil sie wegen der laufenden Ermittlungen unentbehrlich ist.«

»Und Anderson können wir auch nicht befragen, weil er untergetaucht ist« fügte Saskia hinzu.

»Ich fasse Ihren Fall mal zusammen. Sie haben die Akten der Strafsache Hoffmann geprüft und sind zu dem Ergebnis gekommen, dass es keine Anhaltspunkte für ein Fehlurteil gibt.«

Florian und Saskia nickten bekümmert.

»Der Tatverdacht gegen Schneider hat sich nicht erhärtet. Gegen Anderson haben Sie nur Vermutungen und keine weiteren Ermittlungsansätze. Und bei Kleinschmidt haben Sie bislang nur herausgefunden, dass er einen Messerladen hat.«

Florian und Saskia widersprachen nicht.

»Sie arbeiten jetzt seit sieben Wochen an dem Fall Hoffmann und haben nichts erreicht. Ich überlege, Ihnen einen anderen, leichteren Fall zu geben.«

# 65

Hoffmann lag mit verbundenem Hals im Bett, als Florian und Saskia ihn drei Tage nach seinem Suizidversuch im Zentralkrankenhaus besuchten.

Sie hatten vorab ein kurzes Gespräch mit dem behandelnden Arzt geführt. Der Notarzt hatte die Reanimationsversuche bereits aufgegeben gehabt, als Hoffmanns Herz unerwartet in dem Moment, in dem die Sanitäter ihn für den Abtransport auf die Trage gelegt hatten, wieder anfing zu schlagen. Es musste noch neurologisch abgeklärt werden, sehe aber so aus, als ob Hoffmann keine bleibenden Schäden haben würde, da die Sauerstoffversorgung des Gehirns nur wenige Minuten unterbrochen gewesen war. Derzeit wurde Hoffmann sediert. Seine Rückverlegung nach Santa Fu war für nächste Woche geplant. Der Arzt hatte das alles in einem sachlich-nüchternen Ton erzählt. Suizidversuche gehörten im Strafvollzug zur Tagesordnung.

»Wie geht es Ihnen?«, fragte Saskia, nachdem sich beide zu Hoffmann ans Bett gesetzt hatten.

»Wie beim letzten Mal serbisch«, sagte Hoffmann leise und mit schleppender Stimme. »Das Schlucken und Sprechen fällt mir noch schwer.«

Florian sah sich in dem Krankenzimmer mit Gitterblick um. Keine Blumen, keine Geschenke. Sie beide waren wohl bisher seine einzigen Besucher. In einer Zimmerecke hing eine Kamera, die auf das Bett gerichtet war. Hoffmann galt offenbar weiter als suizidgefährdet.

»Sie haben uns einen Riesenschreck eingejagt«, sagte Florian. »Wir wollten Sie gerade besuchen, als das passiert ist.«

Florian vermied es, direkt anzusprechen, dass Hoffmann sich in seiner Zelle erhängt hatte.

»Wir hatten Sie über unsere Ermittlungen auf dem Laufenden halten wollen«, fuhr Florian fort.

Hoffmann winkte mit der bandagierten Hand, in der ein Venenkatheter steckte, müde ab. »Ich habe die Hoffnung, dass Ihr zwei Jurawelpen mich frei bekommt, längst aufgegeben.«

Zu gern hätte Florian ihm von bahnbrechenden Ermittlungsfortschritten erzählt, aber es gab keine.

»Aber deshalb haben Sie sich nicht das Leben nehmen wollen?«, fragte Saskia bestürzt.

Hoffmann runzelte die Stirn. Durch die Sedierung schien sein Denken verlangsamt.

»Nein, am Tag davor war mein Scheidungstermin«, krächzte Hoffmann leise.

Florian und Saskia beugten sich vor, denn er war kaum zu verstehen.

»Die Scheidung war gerade verkündet«, Hoffmann musste sich räuspern, »da hat mir meine frischgebackene Exfrau gesagt, ich werde meine Kinder nie mehr wiedersehen. Das hat mir den Rest gegeben.«

Florian und Saskia wechselten einen hilflosen Blick.

»Sandra wird Lennard und Leonie von mir fernhalten und ich kann hier im Knast nichts dagegen tun. Irgendwann wird es einen neuen Mann geben, zu dem sie *Papi* sagen. Wenn ich entlassen werde, werden sie schon volljährig sein und nicht einmal mehr wissen, wer ich bin.«

»Ich weiß, es klingt wie eine Floskel, aber Sie dürfen die Hoffnung nicht aufgeben. Sie werden freikommen und auch Ihre Kinder wiedersehen«, sagte Florian.

»Sie mit Ihren Durchhalteparolen«, kommentierte Hoffmann resigniert.

»Nein im Ernst, wir holen Sie hier raus! Der Mann, der Julia Nitsche umgebracht hat, hat wieder zugeschlagen. Der Mörder ist noch auf freiem Fuß und wir sind *so* dicht dran, es zu beweisen.«

Hoffmanns Blick wurde glasig. Tränen sammelten sich in seinen Augen. Mit brüchiger Stimme sagte er:

»Mein Leben hat keinen Sinn mehr. Ich werde es wieder tun.«

# 66

Bonnet und Heckscher saßen zusammen auf der Couch auf seinem Segelboot und stießen mit Sektgläsern an. Das erste Mal hatte er sie noch weggeschickt. Beim zweiten Mal hatte er sie hereingebeten, einer seiner Studenten hatte dann aber gestört. Danach war eine romantische Stimmung nicht mehr aufgekommen.

Bei der Begrüßung war ihr sein scharfer Alkoholgeruch entgegengeweht. Whiskey, wenn sie sich nicht täuschte.

»Machen deine Studenten mit dem Fall Hoffmann Fortschritte?«, fragte Bonnet.

»Fällt dir kein spannenderes Thema ein?«, fragte Heckscher. Er goss ihnen beiden Sekt nach.

»Dass Hoffmann möglicherweise für den Rest seines Lebens unschuldig hinter Gittern sitzt, berührt dich nicht?«

Es war Heckscher anzusehen, dass sein alkoholvernebeltes Hirn länger als sonst für eine Antwort brauchte.

»Es ist frustrierend, sie kommen nicht voran.«

Heckscher fasste die letzten Ermittlungsergebnisse kurz zusammen.

»Ich überlege, Hansen und Cornelius den Fall zu entziehen«, schloss er.

»Falk, du warst auch mal jung. Gehe nicht zu hart mit ihnen ins Gericht.«

Im Hintergrund waren italienische Balladen zu hören. Sie beugte sich vor und stellte ihr Sektglas ab. Sie sah, wie sich der Blick des Professors an ihrem Brustansatz festsaugte. Ihr Push-up-BH sorgte für ein verführerisches Dekolleté.

»Du bist sehr attraktiv«, sagte Heckscher mit schleppender Stimme. Damit meinte er nicht ihr herzförmiges Gesicht oder das blonde Haar. Sie lehnte sich zurück. Sein Blick wanderte von ihren Brüsten zu ihren langen Beinen. Sie musste innerlich schmunzeln. Obwohl sie nicht mehr zwanzig war, hatte sie immer noch eine sehr gute Figur.

»Wir könnten uns zu viert zusammensetzen. Vielleicht fällt uns gemeinsam etwas ein«, schlug Bonnet vor.

»Meinetwegen«, sagte Heckscher.

Man musste nicht wie sie Psychologie studiert haben, um zu erkennen, dass Heckscher jetzt etwas ganz anderes im Sinn hatte, als über den Stand der Ermittlungen zu diskutieren.

Heckscher trank sein Glas aus und stellte es auf den Couchtisch, wobei er diesen fast verfehlte. Er beugte sich vor und sie küssten sich. Er nahm sie in die Arme und zog sie an sich.

Bonnet gefiel Heckschers schmales und durch das Segeln gebräuntes Gesicht. Seine herb-männliche Stimme verlieh ihm Autorität. Er war mit Cowboystiefeln, Lederjacke und Motorrad der Rocker unter den Professoren. Sein Leben auf der Segelyacht hatte einen Hauch von Freiheit. Er steckte mitten in einer Midlife-Crisis und war daher empfänglich für Zuwendung. Heute würde sie seinen Panzer aus Alkohol und Zynismus durchbrechen.

Seine Hände gingen auf Wanderschaft und begannen ihren BH zu kneten, während er sie weiter leidenschaftlich küsste.

Heckscher hatte eine Weile gebraucht, um ihre obersten beiden Blusenknöpfe zu öffnen, kam wegen des Rückenverschlusses des BHs aber nicht weiter. Dann hatte er die Schnalle ihres Gürtels gelöst, war aber bei dem Versuch gescheitert, ihr die enge Jeans von den Hüften zu ziehen. Er war zunehmend erregt, seine Bewegungen aufgrund des Alkohols jedoch zu grobmotorisch.

Er gab auf: »Zieh dich aus.«

Bonnet stand auf und knöpfte langsam ihre Bluse auf. Dabei wiegte sie sich im Takt der Musik hin und her. Darunter kam ein schwarzer BH von Agent Provocateur zum Vorschein. Heckscher schaute ihr fasziniert zu. Dann streifte sie mit eleganten Bewegungen ihre Hose ab. Sie trug darunter einen Slip mit roter Spitze und Netzstrümpfe mit Strumpfband. Sie drehte ihm den Rücken zu und öffnete den BH, der auf den Boden fiel. Sie blieb einen Augenblick so stehen und ließ Heckscher ihren nackten Rücken, den schmalen Po und die langen Beine betrachten. Über die Schulter bemerkte sie, dass Heckscher gefiel, was er sah. Langsam drehte sie sich um und zeigte ihm auch ihre kleinen, festen Brüste.

»Wow, was für eine Spitzen-Figur!« Heckscher musterte sie mit kaum noch zu beherrschender Erregung.

Jedenfalls ihr Körper hatte dem Zahn der Zeit getrotzt und konnte noch mit jedem zwanzigjährigen Model mithalten. Mit dem Fuß stieß sie den Wäschehaufen zur Seite und wandte sich Heckscher zu. Dieser stand leicht schwankend auf und zeigte in Richtung Koje. Doch sie stieß ihn mit der Hand vor die Brust und er fiel wieder auf das Sofa. Sie ließ sich vor ihm auf die Knie fallen und fasste in seinen Schritt. Mit ihren langen Fingern knöpfte sie schnell seine Hose auf. Dann ließ sie ihre Zunge kreisen. Seine Hände gruben sich in ihr blondes Haar und zogen sie an ihn.

»Oh Baby, bei so einem Blowjob komme ich bald.«

Dann drückte er sie abrupt weg und sagte: »Schnell in die Koje.« Er machte den Versuch aufzustehen, war aber zu müde und betrunken.

Bonnet lächelte ihn an, entwand sich seinem Griff und nahm ihn wieder in den Mund. In die Koje wollte sie mit ihm nicht, er würde sich damit begnügen müssen. Sie steigerte das Tempo und nach nicht einmal einer Minute kam er. Er stöhnte laut auf und erschlaffte unmittelbar danach. *La petite mort*, französisch für »der kleine Tod«, war in diesem Fall eine treffende Beschreibung für den Orgasmus des Professors. Heckscher versank in einen glücklichen Schlaf.

# 67

»Er hat wieder zugeschlagen«, sagte Florian.

Auf dem Weg zu Heckschers Büro las er mit Saskia eine Eilmeldung auf ihrem iPhone. Beide waren durch den Suizidversuch Hoffmanns deprimiert gewesen. Florian verspürte darüber hinaus Schuldgefühle. Wäre der Fall vielleicht schon gelöst, Hoffmann aus dem Gefängnis entlassen und der Selbstmordversuch gar nicht passiert, wenn er sich anfangs mehr engagiert hätte? Vielleicht war er doch nicht eine so gute Spürnase, wie es sein Vater einst gewesen war. Die Eilmeldung hatte jetzt beide aus ihren finsteren Gedanken gerissen. Die Leiche des Soap-Stars Anna-Maria Beesten war in einem Plastiksack in einer Baugrube in der Hafencity gefunden worden. Einem aufmerksamen Bauarbeiter war es zu verdanken, dass sie nicht in das Fundament eines Geschäftshauses einbetoniert worden war. Sie war vergewaltigt, dann ermordet und ihr das Gesicht zerschnitten worden.

»Das war der gleiche Mörder wie bei der Nitsche«, bekräftigte Florian. »Das ist doch sonnenklar.«

»So klar ist das nicht. Denn hier steht, die Ermittlungen stünden erst am Anfang und es gebe noch keinen konkreten Tatverdächtigen«, sagte Saskia.

»Das schreiben die immer. Aber eins steht doch fest, die Opfer stammen aus dem gleichen Milieu. Nitsche war Model, Beesten Schauspielerin. Und die Begehungsweise, Vergewaltigung, Durchschneiden der Kehle und Gesicht zerschneiden, ist identisch. Für mich besteht kein Zweifel.«

Florian machte eine Kunstpause.

»Der Mörder von Nitsche hat wieder zugeschlagen.«

»Wenn der Mörder von Nitsche weiter mordet, kann es der einsitzende Hoffmann nicht gewesen sein«, sagte Saskia und steckte ihr iPhone weg.

»Davon bin ich überzeugt. Ob es der Fotograf ist, nach dem gefahndet wird?«, überlegte Florian laut. »Dann hätte er sich gerade das dritte Mädchen geholt.«

Sie waren vor Heckschers Büro angekommen. Florian klopfte, wartete aber das *Herein!* nicht ab.

*Hoppla!* Hatte Heckscher gerade noch die Hand auf dem Oberschenkel von Bonnet gehabt? Aus den Augenwinkeln hatte es beim Eintreten so ausgesehen. Beide rückten hastig auseinander.

Sie begrüßten sich und setzten sich zu viert an den Besprechungstisch.

»Professor Heckscher hat mir erzählt, Ihre Ermittlungen hätten sich festgefahren?«, fragte Bonnet.

»Wir stochern ein bisschen im Nebel. Es sind noch zwei Verdächtige übrig, nämlich Kleinschmidt und Anderson. Wir wissen nicht so richtig, wie wir gegen sie ermitteln sollen«, räumte Florian ein.

»Sie müssen sich überlegen, was für einen Tätertyp Sie suchen«, begann Bonnet.

Florian und Saskia sahen sie erwartungsvoll an.

»Sie suchen einen Sadisten, also jemand, der Menschen zu seiner sexuellen Befriedigung umbringt. Er wird durch seine Gewalttaten sexuell erregt, denn er führt mit seinen Opfern den Geschlechtsverkehr bis zum Samenerguss durch. Bei allen Frauen wurde Sperma in der Vagina gefunden.«

Saskia machte sich Notizen. Sie hatte Florian vorher gebeten, die Fragen zu stellen, da sie keine große Lust verspürte, mit ihrem ehemaligen Coach zu reden.

»Woran würden wir erkennen, dass wir es mit dem gesuchten Sadisten zu tun haben?«, fragte Florian.

»Die meisten Sadisten haben schon seit der Pubertät Gewaltfantasien. Ein Ansatz wäre daher, die Jugend des Verdächtigen zu untersuchen. Hat er gern Kriegs- und Horrorfilme geschaut? Am Computer Killerspiele gespielt? Sie könnten dazu Eltern, ehemalige Lehrer und Mitschüler befragen.«

»Schneider hat als Jugendlicher Tiere aufgeschlitzt und schaut auch heute noch am liebsten Horrorfilme«, sagte Florian.

»Genau so etwas meine ich. Schneider haben Sie aber als Mörder ausgeschlossen, weil seine Snuff-Filme nur ein Fake sind und er ein Alibi hat.«

»Korrekt. Was wir noch nicht verstehen, ist, wie Kleinschmidt mit seiner Lieferung da reinpasst.«

»Die Kooperation beider kann sich darauf beschränken, dass Kleinschmidt die Messer als Requisiten liefert«, sagte Heckscher. »Aus einer einmaligen Lieferung können Sie nicht viel mehr schlussfolgern.«

Bonnet lehnte sich zurück und schlug die Beine übereinander. Heckscher lächelte sie an.

»Die Wenigsten starten direkt von einer Pubertätsfantasie zum Sexualmord durch«, dozierte Bonnet weiter. »Sie werden am Anfang kleinere und sich steigernde Gewalttaten begehen. Schauen Sie, ob die Verdächtigen schon früher grausam zu Menschen oder Tieren waren. Sind sie zum Beispiel wegen Körperverletzung oder Tierquälerei vorbestraft?«

»Schneider wurde als Schüler *Der Schlitzer* genannt – eben weil er Tiere gefangen und aufgeschnitten hat«, wiederholte Florian.

»Genau nach so etwas müssen Sie auch bei Kleinschmidt und Anderson suchen.«

»Wir müssen Michaelis fragen, ob wir die Strafregisterauszüge beider bekommen können«, sagte Florian zu Saskia gewandt, die das notierte.

»Dann dürfte sexuelle Gewalt auch in früheren Beziehungen eine Rolle gespielt haben. Berichten die Ex-Partnerinnen von Schlägen oder S/M-Sex? Bekam er nur eine Erektion, wenn er seine Partnerin vorher ausgepeitscht hat?«, fuhr Bonnet fort.

*Interessante Fragen, die wir wildfremden Frauen stellen sollen,* dachte Florian.

»Eine weitere Sache, die Sie prüfen müssen, ist, wie der Täter seine Opfer kennenlernt. Übers Internet oder im Real Life? Überredet er sie, mitzukommen, oder entführt er sie gleich?«

»Julia hat ihren Mörder im *Uebel & Gefährlich* kennengelernt und sie ist ihm freiwillig gefolgt«, sagte Florian.

»Und die anderen Opfer?«

»Keine von ihnen war unmittelbar vor ihrem Verschwinden dort.«

»Egal. Jedenfalls Anderson wäre als Täter perfekt, denn er kann die Frauen unter dem Vorwand eines Shootings in sein Studio locken. Wahrscheinlich finden sie auch nichts dabei, sich von ihm fesseln zu lassen.«

Saskia machte sich eifrig Notizen.

»Das Gesichtzerschneiden könnte einen Hinweis auf den Täter geben. Er könnte den Frauen ihr Gesicht aus Neid auf ihre Schönheit zerschneiden. Die Schlussfolgerung wäre, der Täter ist ein hässlicher Mann, der keinen Erfolg bei Frauen hat.«

»Dieses Kriterium passt bei beiden nicht. Kleinschmidt sieht sonst normal aus. Anderson kann man sogar durchaus attraktiv nennen.«

»Dann vergessen Sie das.«

Heckscher sah inzwischen gelangweilt aus. Er wäre wohl lieber mit Bonnet alleine gewesen.

»Sexuelle Sadisten verfügen zur Tatausführung oft über eine Folterkammer. Sie müssten nach jemand suchen, der entsprechend Platz hat.«

»Anderson hat ein weiträumiges Studio, sogar mit S/M-Spielzimmer. Kleinschmidt hat zumindest ein großes Loft am Hafen«, sagte Florian.

»Das passt. Ein weiterer Ansatzpunkt wäre das Equipment. Ein Bondage-Bett bekommen Sie nicht bei IKEA. Ich kenne mich da nicht aus, aber es gibt bestimmt Läden, wo man das ganze S/M-Zeug kaufen kann. Dort könnte man nachfragen. Hat sich jemand vor zwei Jahren eine komplette Folterkammer eingerichtet?«

Florian sah, wie Saskia gequält die Mundwinkel verzog, während sie den Punkt aufschrieb.

»Sadisten sind zwanghafte Trophäensammler. Alle Opfer wurden nackt und ohne ihre Habseligkeiten gefunden. Es ist anzunehmen, dass der Täter ein paar Erinnerungsstücke, wie Uhren, Schmuck oder Unterwäsche, behalten hat. Wahrscheinlich hat er die Morde sogar gefilmt.«

»Was nützt uns das?«, fragte Florian.

»Sie müssten sich für jedes Opfer eine Liste machen, was sie für Kleidung und Schmuck am Tag ihres Verschwindens anhatten, damit Sie wissen, wonach Sie suchen müssen.«

»Ach so.«

»Als Erstes sollten Sie sich das Studio mit Spielzimmer von Anderson anschauen. Mit etwas Glück haben Sie dann den Tatort gefunden«, sagte Heckscher.

Florian nickte und sah dann Saskia fragend an, die ein vollgeschriebenes Blatt vor sich hatte. Mit einem Kopfschütteln signalisierte sie ihm, dass sie keine weiteren Fragen hatte.

»Danke, Frau Bonnet. Sie haben uns sehr weitergeholfen. Das reicht uns für den Augenblick.«

»Dann ran an die Arbeit!«, scheuchte Heckscher sie aus seinem Büro.

# 68

Die Tür war von der Polizei versiegelt worden.

Florian und Saskia standen unschlüssig vor dem Studio von Philippe Anderson. Das Polizeisiegel klebte halb auf der Tür und halb auf der Zarge.

»Da kommen wir nicht rein«, sagte Saskia.

»Das Schloss wäre an sich kein Problem«, erwiderte Florian und zeigte auf seinen Rucksack.

»Das wäre ein Siegelbruch, strafbar nach § 136 Abs. 2 StGB.«

»Erst mal das, und das Siegel sagt uns, dass die Polizei das Studio bereits durchsucht hat. Falls es dort belastendes Beweismaterial gegeben hat, hat die Polizei es mitgenommen.«

Die beiden Studenten standen einen Augenblick ratlos in dem Flur des Medienbunkers.

»Die Nähe zwischen dem *Uebel & Gefährlich* und Andersons Studio ist schon verdächtig. Er brauchte Julia nur aus dem Club herauszuführen und beim nächsten Eingang waren sie auch schon beim ihm«, sagte Florian.

»Das war trotzdem wieder nichts«, sagte Saskia. »Gehen wir?«

Sie traten mit ihren Ermittlungen auf der Stelle, was Florian gehörig auf die Nerven ging.

»Wie wäre es noch mit einer Zeugenbefragung?«, sagte Florian mit dem Anflug eines Grinsens. »Schließlich kennt dich niemand besser als deine Nachbarn.«

Direkt gegenüber befand sich das F/X-Filmstudio. Die Tür stand offen und sie gingen hinein. Das Studio war circa zwölf mal zwölf Meter groß und fünf Meter hoch. Der Boden und die hintere Wand waren grün. In der Mitte standen eine professionelle Videokamera und ein futuristischer Audi.

»Das ist ein Green Screen. Anstelle des Grüns kann am Computer jeder beliebige Hintergrund eingespielt werden«, erklärte Florian. »Der Audi sieht aus wie eine Designstudie. Wahrscheinlich hat er noch nicht einmal einen Motor. Mittels Green Screen wird er im Film über Straßen jagen, ohne sich hier im Studio auch nur einen Zentimeter bewegt zu haben.«

»Woher weißt du das?«, fragte Saskia.

»Filmemachen hat mich schon immer fasziniert. Als Schüler habe ich bei einer Filmgruppe mitgemacht und mir vorgestellt, später Filmemacher zu werden.«

»Warum stattdessen Jura?«

»Ein Filmstudium schien mir zu unsicher. Wie du weißt, komme ich aus einem ärmlichen Elternhaus. Ich wollte was Sicheres machen.«

»Nur nützt auch ein vermeintlich sicheres Studium nichts, wenn man es nicht ernsthaft betreibt.«

»Kann ich Ihnen helfen?«, sprach sie überraschend eine Frau Anfang fünfzig mit dauergewellten dunkelblonden Haaren, Goldrandbrille und roter Bluse an. Sie musste aus den Nebenräumen rechts gekommen sein.

»Entschuldigen Sie unser Eindringen. Wir sind Jurastudenten, ermitteln in einem Fall und wollten eigentlich Herrn Anderson sprechen«, erklärte Florian ihr Anliegen.

»Der Vogel ist seit drei Wochen ausgeflogen. Und wir sind nicht traurig darüber, wenn ich das hinzufügen darf«, sagte die Frau.

»Warum?«, stellte Saskia die naheliegende Frage.

Die Frau verschränkte ihre Arme vor der Brust. »Es war ein ständiges Kommen und Gehen junger Frauen. Tag und Nacht Türenschlagen. Manchmal hörten wir sogar Schreie. Das ging so weit, dass wir wegen des Lärms Aufnahmen wiederholen mussten. Wir haben uns deshalb schon bei der Hausverwaltung beschwert. Leider ohne Erfolg.«

»Trotz der dicken Wände?«, fragte Saskia.

»Massiv sind nur die Außenwände. Drinnen sind die Wände zum Teil erst nachträglich eingezogen worden, um den ehemaligen Flakturm zum Medienbunker umzubauen.«

»Können Sie uns etwas über die Freundinnen von Anderson sagen?«, fragte Saskia. Bonnet hatte vorgeschlagen, die Ex-Partnerinnen nach sexueller Gewalt zu befragen.

»Nein, es war wie gesagt ein ständiges Kommen und Gehen junger Frauen. Ich könnte nicht einmal sagen, welche von ihnen seine Freundinnen und welche Models waren.«

»Was waren das für Schreie?«, hakte Florian nach.

»Schwer zu sagen. Frauenschreie halt.«

»Lust- oder Schmerzensschreie?«, insistierte Florian. »Mehr wie Linda Lovelace in *Deep Throat* oder mehr wie Janet Leigh in *Psycho*?«

»Ich weiß, worauf Sie anspielen. Anderson steht auf Bondage und hat eine eigene Folterkammer. Er macht daraus auch kein Geheimnis.«

»Wissen Sie noch, wann er sich seine Folterkammer eingerichtet hat?«, fragte Saskia.

»Lassen Sie mich nachdenken. Ich würde sagen, so etwa vor zweieinhalb Jahren.«

»Also unmittelbar vor der Ermordung von Julia«, stellte Saskia fest. »Vielleicht war sie sein erstes Opfer.«

»Noch mal zurück zu den Schreien«, nahm Florian den Faden wieder auf.

»Ich kann Ihnen wirklich nicht sagen, was für Schreie das waren.«

Florian sah die Fünfzigjährige enttäuscht an.

»Wenn ich eine Peitsche knallen und dann einen Frauenschrei höre, klingt das wie ein Schmerzensschrei, doch es kann genauso gut ein Lustschrei sein. Der Schmerz soll schließlich die Lust steigern. Ich kann nicht unterscheiden, wo die Lust aufhört und der Schmerz anfängt oder umgekehrt«, sagte die Frau.

»Kam Ihnen das nie verdächtig vor? Haben Sie deshalb nie die Polizei gerufen?«, wollte Saskia wissen.

Der Mund der Frau wurde zu einem schmalen Strich. »Einverständliches Bondage ist nicht strafbar. Alle Mädchen, die ich hier auf dem Flur gesehen habe, sind freiwillig hineingegangen. Und es ist nicht meine Aufgabe zu kontrollieren, ob sie auch alle das Studio wieder heil verlassen haben.«

# 69

*Ich bin doch nicht blöd und kaufe meinen neuen Fernseher hier*, dachte der Mann. *Irgendwo im Internet wird es das Gerät sicher billiger geben.*

Ein roter Wald aus Plakaten versuchte, von der tristen Betonarchitektur in dem Elektromarkt abzulenken. Auf einer fußballfeldgroßen Fläche waren an die hundert schrankgroße Flachbildschirme aufgestellt. Wenn Geiz wirklich geil war, würde er sich hier beraten lassen, die Fernseher ausgiebig testen und sich das ausgewählte Modell dann online woanders günstiger ordern. Er schlenderte durch die langen Reihen. Ein sogenannter Fachberater war nirgends in Sicht. Frechheit! Wenn so ein besonderer Kunde wie er den Laden betrat, konnte er auch eine prompte Bedienung erwarten.

Ein Fernseher funkelte silbern wie die Klinge seines Messers. Der Rahmen war aus Edelstahl. Laut Produktschild betrug die Bildschirmdiagonale hundert Zoll, das waren umgerechnet gute zweieinhalb Meter. Damit hätte er echtes Kinofeeling in seinem Wohnzimmer. Statt eines amerikanischen Blockbusters lief jedoch eine Teleshopping-Sendung. Zarte Frauenhände präsentierten in Großaufnahme eine Schmuckkollektion. Aus dem Off leierte ein Moderator seine Verkaufssprüche herunter.

»Mit diesem Schmuck sehen Sie sofort viel besser aus.«

Die Kamera zoomte langsam zurück. Neben dem Moderator der Hundertfünfzig-Kilo-Klasse stand eine junge rothaarige Frau.

*Attraktiv!*, dachte der Mann.

Die Frau hatte grüne Augen, auffallend helle Haut und war schlank.

»Diesen Schmuck gibt es exklusiv nur bei uns«, sagte der Moderator.

Auf Samt waren Ringe, Halsketten, Armbänder und Ohrstecker ausgebreitet.

»Nastassja Kusmin ist ein ehemaliges Model und kennt sich mit den schönen Dingen des Lebens besonders gut aus«, predigte der Moderator weiter.

»Diamonds are a girl's best friends«, trällerte die Rothaarige fröhlich.

*Model* war ein Schlüsselwort für den Mann. Er schaute sich die Frau fasziniert an. Ihre Haare schienen echt rot zu sein.

»Kann ich Ihnen helfen?«, sprach ihn jemand von der Seite an.

Er schaute nach rechts. Die Stimme gehörte zu einem verpickelten Auszubildenden mit hochgegelten Haaren im roten Poloshirt. Gestern noch mit Play Station und Stimmbruch im Kinderzimmer, war er jetzt Verkaufsberater.

»Nein danke«, sagte der Mann.

*Waren Rothaarige wirklich wilder im Bett?*, fragte der Mann sich. Das Model wirkte leidenschaftlich und verführerisch auf ihn. Und vielleicht kratzbürstig?

»Dieses Modell kommt gerade frisch von der Funkausstellung. Es bietet beste Bildqualität in HD und 3D«, hob der Pickelige die Vorzüge des Fernsehers hervor.

»Ich sagte doch *Nein danke*!«, erwiderte der Mann barsch.

Plötzlich wechselte das Bild zu einem Kinotrailer.

»Hier können Sie die herausragende Bildqualität anhand von Blue Ray sehen«, sagte der Verkäufer-Azubi unbeeindruckt, der aus dem Nichts eine Fernbedienung hervorgezaubert hatte.

»Schalte sofort zurück, du Rotzlöffel!«, herrschte der Mann ihn an. Er wollte jetzt die scharfe Rothaarige sehen.

Der Verkäuferlehrling sah den Mann erschrocken an und schaltete zu der Teleshopping-Sendung zurück.

»Und jetzt gehst du einfach weg und lässt mich in Ruhe«, sagte der Mann und machte eine wegscheuchende Handbewegung.

Der Azubi ging weg.

»Nastassja studiert Schmuckdesign und hat diese Kunstwerke selbst entworfen«, pries der Moderator die Ware weiter an.

Der Schmuck sah billig aus, war den Preisen in dem eingeblendeten Kasten nach aber teuer.

»Sie bekommen diese Kleinode heute zum Vorteilspreis. Rufen Sie schnell an, bevor sie ausverkauft sind.«

Nastassja legte sich ein Goldarmband um und verschloss es.

*An deinem zarten Handgelenk würde sich auch eine Handschelle gut machen.*

# 70

»Wie geht's Vater?«, fragte Robert.

»Leider schlechter. Er spricht nicht mehr und starrt mit leerem Blick an die Decke«, sagte Florian. Sie saßen sich wieder in dem klaustrophobisch kleinen Besucherraum gegenüber.

Robert zuckte nur mit den Schultern. Dass er nie wieder mit seinem Vater ein Gespräch würde führen können, schien ihm nicht bewusst zu sein. Vielleicht würde dieser bei seiner Haftentlassung schon nicht mehr leben.

»Robert, ich mache mir wegen Hoffmann große Sorgen. Er hat versucht, sich umzubringen.«

»Ich weiß. Er hatte mir zuvor beim Hofgang auch gesagt, er habe die Hoffnung verloren und wolle Schluss machen«, antwortete Robert.

»Hast du ihn nicht davon abhalten können?«

»Anscheinend nicht.«

Florian dachte kurz nach.

»Wie gut versteht ihr euch?«

»Mäßig. Ich bin zwar hier im Knast sein einziger Freund. Aber er ist doppelt so alt wie ich. Und er meint, er sei kein Krimineller wie ich und die anderen. Er grenzt sich schon sehr ab.«

»Gut, dann wird es mit der ganz großen Knastfreundschaft nichts werden. Aber kannst du dich nicht in seine Zelle verlegen lassen?«

»Warum das denn?«

»Damit du ein Auge auf ihn hast. Ich möchte nämlich, dass Hoffmann seinen Freispruch noch erlebt.«

Robert fuhr sich mit der Hand übers Gesicht.

»Gut, das werde ich versuchen.«

»Dank dir, Bruder«, sagte Florian und stand auf. Er hatte noch eine Verabredung mit Saskia.

»Eins noch, Florian. Es gibt da etwas, das du über Markus wissen musst.«

# 71

Es duftete nach gebrannten Mandeln, Lebkuchen und Glühwein, als Saskia und Florian über den Weihnachtsmarkt schlenderten. Vor dem imposanten Rathaus hatten rund hundert Händler ihre Stände aufgebaut. Die Lichterketten eines großen Tannenbaums spiegelten sich im Alsterfleet. In einer der engen Gassen blieben die beiden an einem Glühweinstand stehen. Ihr Atem bildete kleine Wölkchen. Mit den wärmenden Bechern in den Händen sahen sie dem bunten Treiben zu. Kinder strebten mit großen Augen auf die Spielzeuggasse und das historische Karussell zu. Im Hintergrund spielte weihnachtliche Musik.

Saskia umklammerte ihren heißen Becher und pustete den Dampf des Glühweins beiseite. »Der hat es aber in sich. Da werde ich schon vom Einatmen betrunken.«

Florian zuckte mit den Achseln.

»Das war ein guter Vorschlag von dir, der staubigen Bibliothek hierher zu entfliehen.«

»Es gibt auch ein Leben außerhalb der Universität. Wenn man sich Tag und Nacht nur mit Paragrafen beschäftigt, wird man depressiv.«

»Du übertreibst.«

»Nein, schau dich an. Du beschäftigst dich Tag und Nacht mit Jura und wirkst total unglücklich.«

Ihre Mundwinkel verzogen sich nach unten.

»Spaß bringt das alles nicht«, gab sie zu.

»Und dir fehlt jeder Ausgleich. Du hast keine Freunde, Hobbys, betreibst keinen Sport.«

»Ich jogge.«

»Einmal im Monat. Deshalb ist es wichtig, mal rauszukommen, wie jetzt.«

»Das stimmt. Aber wir können nicht lange bleiben«, sagte Saskia.

»Warum? Ist doch nett hier«, fragte Florian.

»Weil wir weiter an unserem Fall arbeiten müssen«, sagte Saskia und hob den Glühweinbecher langsam an die Lippen. Sie nahm einen Schluck und verbrannte sich an der heißen Flüssigkeit die Zunge.

»Wir können den Fall doch auch hier besprechen«, schlug Florian vor.

Saskia sah Florian über den Becherrand hinweg an. »Na gut.«

Nachdem sie den Glühwein abgestellt hatte, holte sie Block und Stift aus ihrer Umhängetasche und legte beides vor sich auf den Stehtisch. Den Block mit ihren akribischen Notizen schlug sie auf. »Wir müssen noch die Ermittlungsvorschläge der Bonnet abarbeiten«, stellte sie fest.

»Meine Intuition sagt mir, dass uns die Bonnet nur verarscht hat. Keiner ihrer Vorschläge wird zu irgendetwas führen«, wandte Florian ein.

»Warum glaubst du das? Was sie vorgeschlagen hat, klang doch ganz vernünftig.«

»Ist nur so ein Gefühl.«

»Aha. Und warum sollte die Bonnet uns verarschen?«

»Keine Ahnung. Da läuft etwas zwischen ihr und Heckscher. Vielleicht erzählt sie uns irgendeinen Mist, nur damit sie in seiner Nähe sein kann.«

»Dein Gefühl allein wird nicht reichen, um ihre Vorschläge zu ignorieren. Und es ist ja nicht so, dass wir bessere Ideen hätten.«

»Leider wahr«, musste Florian einräumen.

»Also zurück zu ihren Ermittlungsvorschlägen. Punkt eins war die Jugend der Verdächtigen. Wie wollen wir da vorgehen?«

»Ganz klassisch über Stayfriends. Dann haben wir schon mal Namen von Schule, Klassenlehrern und Mitschülern. Mit denen können wir weiterrecherchieren.«

»Ist notiert.«

Saskia trank einen kräftigen Schluck und spürte, wie sich eine wohlige Wärme in ihr ausbreitete.

»Der schmeckt wirklich gut«, sagte sie und sah bedauernd in ihren leeren Becher. »Ohne die Wärme des Glühweins bekomme ich schnell kalte Hände.«

Sie rieb sich die Hände, um die Kälte zu vertreiben.

Er umfasste ihre Hände und wärmte sie. Zart und geschmeidig fühlten sich ihre Hände an. Sie sah ihn dankbar an.

»Ich hol uns noch zwei«, sagte Florian, löste sich von ihr und ging zum Stand.

Kurze Zeit später kam er mit zwei dampfenden Bechern zurück.

»Die sind mit einem Schuss Rum«, grinste er.

»Dann müssen wir Michaelis noch nach Strafregisterauszügen von Kleinschmidt und Anderson fragen«, erwiderte Saskia und nahm ihren Becher. »Der ist aber stark«, sagte sie, nachdem sie an dem Glühwein genippt hatte.

»Der dritte Punkt ist, ob die Ex-Partnerinnen von sexueller Gewalt berichten. Dazu müssten wir erst mal wissen, wer die Ex-Partnerinnen sind.«

»Wir könnten bei Facebook und anderen sozialen Netzwerken nachschauen. Viele Leute posten das Auf und Ab ihrer Beziehungen dort.«

Saskia hörte ihm zu, machte sich eine Notiz und nahm wieder einen Schluck. Eine weitere Welle sanften Glühens durchströmte sie.

»Punkt vier war die Ausstattung der Folterkammer«, gab sie das Stichwort.

»Auch hier zu Beginn eine Internetrecherche nach einschlägigen Lieferanten«, schlug Florian vor.

»In die Läden gehst du dann aber ohne mich.«

»Wie gehabt. Ich fürchte nur, das Suchen nach dem S/M-Ausrüster wird zur Suche nach der Nadel im Heuhaufen. Denn wir wissen nicht ansatzweise, wie die Folterkammer unseres Mörders eingerichtet ist. Und er kann die Sachen auch einfach irgendwo online bestellt haben.«

»Wir machen es trotzdem, auch wenn es vermutlich nichts bringen wird. Punkt fünf sind die Kleidung und der Schmuck der Opfer«, las Saskia von ihrer Liste ab. »Da können wir Michaelis fragen, ob wir die Akten oder zumindest diese Liste bekommen können.«

»Ich habe immer noch keinen Besuchstermin bei Hoffmann bekommen«, sagte Florian und dachte an den Besuch bei seinem Bruder. »Ich habe gehört, dass Hoffmann seiner Frau häufig untreu gewesen ist.«

»Wieso ist dir das so wichtig?«, fragte Saskia erstaunt.

»Nichts, es ist nur … Ach, vergiss es, wahrscheinlich stellt es sich als Sackgasse heraus.«

Saskia klappte ihren Block wieder zu und sagte: »Na gut, trink aus und dann geht's an den Rechner und ans Telefon.«

# 72

Der Mann war wieder auf der Jagd.

Seit zwei Stunden folgte er Nastassja Kusmin durch die Innenstadt. Sie hatte ihre Shoppingtour in der Europapassage begonnen, war dann im Alsterhaus gewesen und brachte nun im Hanseviertel die Kreditkarte zum Glühen.

Zehn Tage vor Weihnachten waren die Geschäfte voll. Es war nicht schwer, unbemerkt zu bleiben. Ihre roten Haare waren wie ein Leuchtfeuer, das ihm half, sie in der Menschenmenge nicht aus dem Blick zu verlieren.

Nastassja Kusmin hatte sich bisher eine Prada-Handtasche, Parfum und drei Paar Schuhe gekauft. Und das schien nur der Anfang zu sein. Sie war offenbar auf der Suche nach neuer Kleidung, hatte schon mehrere Sachen anprobiert, aber noch nichts Passendes gefunden.

Der Mann hatte sein nächstes Opfer gegoogelt. Nastassja Kusmin war fünfundzwanzig Jahre alt und in der Ukraine geboren. Ihr Vater war Eishockeyspieler gewesen und 2002 zu den Hamburg Freezers gewechselt. Deshalb war die Familie nach Deutschland gezogen. Nastassja hatte schon mit vierzehn Jahren ihren ersten Model-Wettbewerb gewonnen. Als Rothaarige mit der auffallend hellen Haut war ihr der ganz große Durchbruch allerdings verwehrt geblieben. Dazu hätte sie blond und blauäugig sein müssen. Vor zwei Jahren hatte sie sich einen Millionär geangelt und das Modeln aufgegeben. Ihr Mann, wie sie ihn in Interviews nannte, obwohl sie nicht verheiratet waren, war der größte Autoexporteur Deutschlands. Der zweiundfünfzigjährige Selfmade-Millionär hatte sich vom Gebrauchtwagenhändler hochgearbeitet. Er kaufte bundesweit systematisch Gebrauchtwagen an, möbelte diese ein wenig auf und exportierte sie nach Afrika. Schrottkisten, die wegen Dellen, hohen Kilometerständen und fehlendem TÜV in Deutschland nichts mehr wert waren, waren in Afrika sehr gefragt. Von seiner Kaianlage im Hafen verschiffte er monatlich im Schnitt zweieinhalbtausend Autos nach Westafrika.

Vom Hanseviertel ging Nastassja Kusmin über die Bleichenbrücke. Der Mann folgte ihr auf der anderen Straßenseite. Dabei schaute er ununterbrochen nach links, um sie nicht aus dem Blick zu verlieren.

Fast wäre er in eine junge Frau hineingelaufen, die plötzlich in seinem Weg stand. Sie lächelte ihn an und hielt ihm eine Rose entgegen. Verdutzt und reflexartig nahm er die Rose. Er fühlte sich geschmeichelt, von einer jungen Frau eine Rose geschenkt zu bekommen.

Er sah gerade noch, wie Nastassja Kusmin um die Ecke in den Neuen Wall verschwand. Er musste ihr folgen und durfte sich hier nicht aufhalten lassen.

Die Rosenfrau hielt ihm plötzlich eine Karte unter die Nase, auf der stand, dass sie in Rumänien kranke Kinder habe.

»Du mir Geld geben! Kleine Spende«, sagte die Bettlerin.

Der Mann gab ihr die Rose zurück.

Als er weitergehen wollte, hielt sie ihn am Oberarm fest.

»Kinder krank. Gib mir ein bisschen Geld.«

Der Mann riss sich los und rannte seinem Opfer hinterher.

Der Neue Wall war Hamburgs teuerste Einkaufsstraße. Designerläden und internationale Modehäuser reihten sich hier aneinander. Ein weihnachtlicher Lichterbogen überspannte die Einkaufsmeile. Vor einem Juweliergeschäft entdeckte der Mann sie wieder. In dem Schaufenster lagen Uhren und Schmuck aus, deren Preise über denen eines Neuwagens lagen. Vielleicht wollte sie sich hier Anregungen holen.

Nastassja Kusmin studierte Schmuckdesign. Auf der Rangliste *Berufe, die die Welt nicht braucht* erzielte die Schmuckdesignerin seit Jahren eine Topplatzierung. Der ideale Beruf für talentfreie Frauen ohne abgeschlossene Berufsausbildung, die nicht einfach *Die Freundin von …* oder arbeitslos gescholten werden wollten. Mit dem Lötkolben Edelmetalle zu biegen ist für jede, die als Kind schon mal mit Knete gespielt hat, eine leicht erlernbare Tätigkeit. In Wirklichkeit lebte Nastassja von dem Geld ihres Freundes und gab mit seiner goldenen Kreditkarte an einem Nachmittag mehr aus, als der ganze Schmuckverkauf den Monat über einbrachte. Und dies hatte sie allein ihrer Schönheit zu verdanken.

Nastassja hatte verdient, was ihr bald zustoßen würde.

# 73

»Willkommen bei unserem kleinen Talentwettbewerb«, eröffnete der Professor die Seminarsitzung. »Wer hier weiterkommt, fliegt zwar nicht zum Recall auf die Malediven, kann sich aber für die Examensanmeldung qualifizieren.«

Neben Heckscher saß Bonnet. Sie hatte ihre Haare hochgesteckt und trug einen silbergrauen Hosenanzug mit einer weißen Bluse. Mit kühlem Blick musterte sie die Runde. Durch das Fenster fiel ein Sonnenstrahl auf ihr Gesicht. Zum ersten Mal bemerkte Florian eine überschminkte Narbe auf ihrer linken Wange.

»Wir fangen heute mit den beiden Kandidaten Bambi und Juraversager an. Dann singen Sie mal vor«, sagte Heckscher.

»Wir haben über Stayfriends die ehemaligen Schulen beider Verdächtiger herausgefunden. Nach den Weihnachtsferien wollen wir sie besuchen und ehemalige Lehrer befragen«, sagte Saskia. »Vielleicht gibt es dort auch noch Schüler aus den damals unteren Klassen, die sich erinnern.«

Bonnet nickte ihr beifällig zu, wie einer Tochter, die brav ihre Hausaufgaben gemacht hat.

»Von Michaelis haben wir das Strafregister von Kleinschmidt bekommen. Er ist wegen gefährlicher Körperverletzung und Nachstellung vorbestraft.«

»Das würde zu der Biografie eines Sadisten passen«, kommentierte Bonnet.

»Auf Facebook haben wir jeweils eine Ex-Freundin von Kleinschmidt und Anderson gefunden. Wir wollen die Frauen anschreiben und um ein Treffen bitten.«

»Was ist Ihre aktuelle Einschätzung von Kleinschmidt?«, fragte Heckscher.

»Der Stalker Matthias Kleinschmidt ist zwar weiterhin verdächtig, handfeste Beweise gegen ihn haben wir aber immer noch nicht«, sagte Saskia.

»Was für ein Fiasko«, kommentierte Heckscher und hob theatralisch die Hände. »Sie sitzen jetzt seit zwei Monaten an diesem Fall und haben nichts herausgefunden. Sie haben keine Fehler des Urteils gefunden und der Verdacht gegen die beiden anderen Verdächtigen hat sich nicht erhärten lassen. Eine Spitzenleistung, das muss ich schon sagen.«

Die Studenten schwiegen betreten.

»Nummer eins, Sie haben Ihren Fall ja schon gelöst. Wären Sie bereit, den Fall Hoffmann zu übernehmen?«

»Mit Vergnügen«, antwortete Lars beflissen.

»Es gibt noch zwei weitere, aktuelle Morde mit ähnlicher Handschrift an einer Moderatorin und einer Schauspielerin«, sagte Florian schnell. Er wollte nicht, dass ihnen der Fall entzogen und dem Schnösel übertragen wurde.

»Was meinen Sie mit ähnlicher Handschrift?«

»Die Frauen wurden wie Julia Nitsche gefesselt, vergewaltigt, ihnen wurde das Gesicht zerschnitten und anschließend die Kehle durchgeschnitten. Sie waren beide früher Models«, antwortete Florian.

»Identische Opfer und gleichartige Tatbegehung würden auf jeden Fall dafür sprechen, dass wir es mit einem Serienmörder zu tun haben, der draußen noch frei rumläuft«, sagte

Heckscher. Dann wandte er sich an Bonnet. »Das sehe ich doch richtig, oder?«

»Die meisten Serienmörder haben eine spezifische Opferauswahl und folgen dem gleichen Modus Operandi«, sagte Bonnet. »Es ist, als ob sie dem immer gleichen inneren Drehbuch folgen. Man könnte das auch ihre *Handschrift* nennen. Dadurch lassen sich Zusammenhänge zwischen den einzelnen Taten herstellen. Bei den Morden an den drei Frauen liegt es schon nahe, dass alle vom gleichen Täter umgebracht wurden.«

»Haben Sie über den Fotografen etwas herausgefunden?«, wandte sich Heckscher wieder an Saskia.

»Anderson steht auf Bondage, hat eine eigene Folterkammer und eine Nachbarin hat öfters Frauenschreie aus seinem Studio gehört«, antwortete Saskia.

»Was für Frauenschreie?«

»Die Nachbarin konnte nicht sagen, was für Schreie das waren.«

»Vorstrafen?«, fragte Bonnet.

»Er stand mal wegen Vergewaltigung vor Gericht, ist aber freigesprochen worden. Ansonsten ist sein Strafregister sauber«, sagte Saskia.

»Allerdings hat ein Model ihn erfolgreich auf Zahlung von eintausend Euro Schmerzensgeld verklagt. Er hatte ihr bei einem Shooting die Handschellen so fest angelegt, dass sie multiple Schürfwunden an beiden Handgelenken erlitten hat«, ergänzte Florian.

»Das könnte ein Indiz für Sadismus sein«, sagte Bonnet.

»Aber würde ein Sadist die Welt durch Veröffentlichung von Bondage-Fotos auf seinen Fetisch aufmerksam machen?«, wandte Saskia ein.

»Das schließt einander nicht aus, denn viele Sadisten sind geltungssüchtig und werden deshalb unvorsichtig«, sagte Bonnet. »Anderson wird wie die meisten Fotografen einen narzisstischen Zug haben. Er will für seine Fotos bewundert werden, auch gerade für die, die seine sadomasochistischen Neigungen widerspiegeln.«

»Jedenfalls könnte der Fotograf alle Morde begangen haben«, resümierte Heckscher.

»Dafür spricht, dass der Fotograf und die Opfer alle zum selben Milieu gehören und sich wahrscheinlich sogar gekannt haben«, stimmte Bonnet ihm zu. »Unter dem Vorwand eines Shootings dürfte es ihm nicht schwergefallen sein, sie in sein Studio zu locken.«

»Und vergessen Sie den DNA-Treffer nicht«, fügte Heckscher hinzu.

»Bezüglich dieses Beweismittels habe ich meine Zweifel«, sagte Florian spontan.

»Und die wären?« Alle starrten ihn an.

»Ich muss meine These noch belegen …« murmelte Florian verlegen und ärgerte sich, dass er noch immer nicht mit Hoffmann hatte sprechen können.

»Auch das eine Nullnummer. Also Kinder, bleibt am Fotografen dran.«

# 74

»Sind Sie Ihrer Ehefrau jemals untreu gewesen?«, fragte Florian. Saskia saß neben ihm im Besucherraum von Santa Fu. Sie warf Florian einen erstaunten Blick zu. Er hatte einen Tipp von seinem Bruder Robert bekommen. Hoffmann hatte ihm, nachdem sich beide ein wenig angefreundet hatten, ein Geheimnis erzählt.

»Ich wüsste nicht, was Sie das angeht«, antwortete Hoffmann schroff.

»Wir wollen Ihnen doch helfen«, beschwichtigte Florian ihn. »Es könnte wichtig sein.« Saskia verfolgte den Wortwechsel beider Männer aufmerksam.

»Das ist meine Privatsache«, sagte Hoffmann und verschränkte die Arme vor der Brust.

Florian beugte sich vor.

»Hören Sie, wir können Ihnen nicht helfen, wenn Sie uns nicht die volle Wahrheit sagen.«

Hoffmann lehnte sich zurück und dachte nach.

»Ich war öfter bei Prostituierten, aber das ist kein Fremdgehen«, sagte Hoffmann schließlich.

Saskia wollte gerade entrüstet etwas sagen, da stoppte Florian sie mit einer Handbewegung. Was für Hoffmann eine normale Dienstleistung war, war für Saskia nichts anderes als Ehebruch. Eine Diskussion über die moralische Bewertung von käuflicher Liebe würde Hoffmanns Auskunftsfreude aber nur vorzeitig stoppen.

»Wo sind Sie hingegangen? Reeperbahn, Straßenstrich, Bordelle?«, fragte Florian.

»Ich bin immer ins *Aphrodite* in Hammerbrook gegangen.«

»Was ist das?«

»Ein Groß-Bordell mit siebzig Frauen.«

Florian erinnerte sich daran, schon mal eine Reklametafel des *Aphrodite* gesehen zu haben. Zwei barbusige Frauen hatten sich lasziv auf einem Bett geräkelt und für den Besuch des FKK-Clubs geworben.

»Warum sind Sie ins Bordell gegangen?«, fragte Saskia.

»Im Ehebett spielte sich kaum noch etwas ab. Nach zehn Jahren Ehe und zwei Kindern war die Erotik zwischen uns erkaltet. Im Bordell konnte ich unkomplizierten Sex haben, ohne die Ehe zu gefährden, wie es bei einer Affäre mit einer Kollegin der Fall gewesen wäre«, antwortete Hoffmann.

Saskias gerümpfte Nase verriet, was sie davon hielt. Florian konnte sich leicht vorstellen, dass für sie die Vorstellung von gekauftem Sex im Bordell ekelerregend war.

»Wie oft?«, fragte Florian.

»Etwa einmal pro Woche. Aber was sollen diese ganzen Fragen?«

»Wie lange ging das schon so?«, echauffierte Saskia sich.

»Das ist doch egal«, sagte Florian.

»Wenn du meinst«, gab Saskia gereizt zurück.

»Das einzige wirklich belastende Beweismittel ist das von Ihnen stammende Sperma in der Leiche der Nitsche. Wenn wir die These aufstellen, jemand habe Sie hereingelegt, muss dieser

Jemand Ihr Sperma irgendwo herhaben«, beantworte Florian Hoffmanns Frage.

Darüber dachte Hoffmann einen Augenblick nach. Dann sagte er: »Das kann der Täter aber nicht aus dem *Aphrodite* haben, denn ich war dort immer nur mit Mädchen zusammen.«

# 75

Das schmiedeeiserne Tor der prachtvollen weißen Villa in Poppenbüttel schwang mittags auf. Ein schwarzer Porsche Cayenne fuhr von dem parkähnlichen Grundstück.

Der Mann in dem Toyota Avensis gegenüber erkannte einen Rotschopf hinter dem Steuer. Er startete den Motor und folgte ihr. Er hatte sich morgens auf die Lauer gelegt und fünf Stunden auf das Erscheinen von Nastassja Kusmin warten müssen. Der Hausherr hatte sich bereits im Morgengrauen auf den Weg zu seinem Autoexport im Hafen gemacht.

Der Porsche Cayenne nahm Kurs Richtung Süden. Der Mann überlegte, was wohl das Ziel von Nastassja Kusmin sein mochte. Ging es zum Beauty-Salon, zum Shopping in die City oder zur Uni? Es war der dritte Tag seiner Observierung und es zeichnete sich bereits ein Muster ab. Sein nächstes Opfer stand regelmäßig erst am späten Vormittag auf und verließ die Villa in der Mittagszeit. Sie verbrachte den Nachmittag gern außerhalb des goldenen Käfigs. Lästige Haushaltspflichten hatte sie keine, dafür gab es eine Haushälterin. Abends musste sie dann ihrem zwanzig Jahre älteren Freund zur Verfügung stehen.

Sie fuhr am Flughafen vorbei und dann durch Eppendorf weiter Richtung Süden.

Der Lebenspartner der Kusmin verdiente mit seinem Autoexport nach Afrika richtig viel Geld. Allein die weiße Villa mit dem großen Grundstück direkt am Alsterlauf musste Millionen wert sein. Und der Hausfrauenpanzer vor ihm kostete mindestens sechzigtausend Euro.

An einer roten Ampel verstellte Kusmin den Rückspiegel und zog den Lippenstift nach. Während sie sich die Haare richtete, sprang die Ampel auf Grün um. Die Autofahrer hinter ihr hupten ungeduldig.

Der Mann folgte seinem Opfer mit drei Autolängen Abstand. Der Geländewagen bog von der Rothenbaumchaussee nach rechts in die Schlüterstraße ab. Aha, die Rothaarige wollte sich ihrem Alibi-Studium widmen. Sie stellte den Porsche Cayenne hinter dem Hauptgebäude ab. Eins der neuesten von der Universität angebotenen Orchideenfächer war das Schmuckdesign. Mit überschaubarem Aufwand ließ sich hier der *Master Edelstein und Schmuck* erwerben. Studieninhalte waren unter anderem die Schmuckgestaltung, die Mineralogie und ein Grundkurs Fotografie. Der Beruf der Zahnarztgattin war ebenso wie der Trauschein ein wenig aus der Mode gekommen und die Universität bot mit dem Schmuckdesign-Studium eine echte Alternative an. Nastassja Kusmin fuhr nicht jeden Tag zum Campus und blieb nie länger als zwei Stunden. Der Mann in dem Toyota Avensis parkte gegenüber und wartete. Allein durch ihre Schönheit hatte Nastassja Kusmin ein arbeitsfreies und luxuriöses Leben. Das würde er ihr nehmen.

Langsam entstand in seinem Kopf ein Plan.

Aber vorher würde er noch bei seiner Gartenlaube vorbeischauen.

# 76

»Können wir nicht vorspulen?«, fragte Florian. Er saß neben Saskia auf der Couch in ihrer Wohnung. Sie schauten sich *Titanic* auf einer DVD an. Jack und Rose bändelten gerade an der Reling miteinander an. Vor ihm stand ein Bier, vor ihr ein Wein. »Bis zu der Stelle, wo endlich der Eisberg auftaucht.«

Saskia brauchte ein paar Sekunden, um sich von dem Film loszureißen.

»Warum?«

Florian verzog das Gesicht zu einem gequälten Grinsen.

»Weil diese Schiffsdeck-Romanze nervt. Der Katastrophenfilm beginnt eigentlich erst nach eindreiviertel Stunden, als die Titanic den Eisberg rammt.«

»Es ist kein Katastrophen-, sondern ein Liebesfilm«, belehrte Saskia Florian pikiert. »Rose und Jack scheinen anfangs nicht zusammenzupassen, weil sie aus unterschiedlichen gesellschaftlichen Schichten stammen. Doch die Liebe lässt sie alle Schranken überwinden.«

»Haben wir dasselbe Problem?«

»Du meinst Klassenunterschiede?« Saskias Stirn legte sich in Falten. »Nein, wir passen auch sonst überhaupt nicht zusammen.«

»Wie meinst du das?« fragte Florian verdutzt.

»Schau nur mal, was du anhast«, sagte Saskia und zeigte mit dem Finger auf sein zerschlissenes T-Shirt. »War Räumung in der Altkleiderkammer vom Roten Kreuz?«

»Das ist wieder diese Arroganz einer aufgetakelten Perlenpaula«, schoss Florian zurück.

Zorn blitzte in ihren Augen auf.

»Ich bin nicht arrogant.«

»Stimmt. Richtig muss es zickig-arrogant heißen.«

»Ich will Karriere machen, du nicht. Ich könnte nicht mit einem Versager wie dir zusammen sein.«

Das Wort *Versager* traf ihn, wie ein an die Schläfe geschmetterter Richterhammer.

»Ich bin dabei, mich zu bessern«, sagte Florian kleinlaut.

»Hoffmann tut dir leid und deshalb engagierst du dich für ihn. Ansonsten geht dir das Jurastudium doch am Arsch vorbei.«

Das konnte Florian schlecht bestreiten.

»Siehst du, mit deinem Schweigen räumst du dein Desinteresse und deine Faulheit ein.«

»So ein semi-erotisches Verhältnis wie du zu Paragrafen will ich gar nicht bekommen. Jurabesessenheit ist ein Zeichen einer ernsthaften Persönlichkeitsstörung.«

Damit hatte er es ihr gegeben. Florian lehnte sich zufrieden zurück.

»Ach, du hältst mich für gestört?«, fragte Saskia angriffslustig.

»Ja, du bist eine verklemmte Paragrafen-Fickerin.«

Saskia hob die ausgestreckte Hand wie zu einer Ohrfeige, fing sich dann aber wieder.

»Dankeschön«, sagte sie sarkastisch. »Und du bist ein mental retardierter Loser.«

Wütend schlug er mit der Faust auf den Couchtisch. Die Gläser protestierten klirrend.

»Das muss ich mir von dir nicht bieten lassen.«

»Weißt du, ich mache Schluss mit dir!«, sagte sie triumphierend.

»Nein, ich mache zuerst Schluss mit dir!«

»Zu spät, ich habe es zuerst gesagt.«

»Das ist ohnehin evident unfugig«, würgte Florian den Schlagabtausch ab. »Man kann nicht mit jemandem Schluss machen, mit dem man nie zusammen war.«

Saskia brauchte keine Millisekunde, bis sie eine schlagfertige Antwort parat hatte. »Dann kündige ich dir das Anwartschaftsrecht auf eine Beziehung mit mir fristlos. Mit einem Versager wie dir wäre es ohnehin nie etwas geworden.«

Florian stürmte aus der Wohnung. Eigentlich hätte er mit ihr noch seine These bezüglich Hoffmanns Puffbesuchen diskutieren wollen, die ihm nach wie vor plausibel vorkam, aber das musste warten. Das Türenknallen war noch zwei Häuserblocks weiter zu hören.

# 77

»Verklemmte Paragrafen-Fickerin« hatte Florian sie genannt. Saskia spürte, wie die Wut in ihr hochkochte. Ihr Herz galoppierte und Zornesröte schoss ihr in die Wangen. Sie trank das Weinglas in einem Zug aus und schleuderte es von sich. Es zerschellte an der Wand und hinterließ ein Spritzmuster Rotwein.

»Mental retardierter Loser« war als Replik noch viel zu harmlos für das größte Arschloch auf der Welt. Dieser stinkend faule, schlampige und unreife Paragrafenlegastheniker!

Saskia trank ein paar Schlucke Wein direkt aus der Flasche und beruhigte sich allmählich. In dem Augenblick, als der Zorn verraucht war, fühlte sie sich einsam. Sie hatte nicht einmal eine Freundin, die sie jetzt anrufen und der sie ihr Herz ausschütten konnte. Ihre Mutter hätte kein Verständnis für das Zerwürfnis mit einem Juraversager gehabt und ihrer Therapeutin hatte sie gekündigt. Wie Rose auf dem Brett im offenen Meer kam sie sich völlig verlassen vor.

Ihr Jack war in den Tiefen des Ozeans versunken und würde nicht wieder auftauchen. Erinnerungen an unbeschwerte Momente mit Florian am Strand und auf dem Weihnachtsmarkt kamen in ihr hoch. Er hatte sie oft zum Lachen gebracht. Sie hatte sich in seiner Gegenwart unbeschwert gefühlt. Insgeheim hatte sie gehofft, er würde ihre Käfigtür der Juristerei öffnen und ihr das echte Leben da draußen zeigen. Doch was immer aus ihnen hätte werden können, war am Eisberg der verletzenden Worte zerschellt und im kalten Ozean des Streits ertrunken.

Eine Träne rann langsam über ihre Wange. Eine zweite aus dem anderen Auge folgte. Sie tropften auf die Glasplatte des Couchtisches. Einen kurzen Augenblick sah Saskia die beiden Tränen verwundert an. Sie hatte schon seit Jahren nicht mehr geweint. Doch nun brachen alle Dämme und sie konnte sie nicht mehr zurückhalten. Immer neue Tränen strömten immer schneller aus ihren Augen. Sie schwollen zu Sturzbächen heran, die auf dem Couchtisch einen See bildeten.

# 78

»Du hast geweint?«, fragte Simon, als Florian zu ihm und Cheng in die Küche stieß. Beide waren noch am Abendessen.

»Ach iwo. Der Fahrtwind hat mir die Tränen in die Augen getrieben.«

Florian nahm sich ein Bier aus dem Kühlschrank und setzte sich zu den beiden anderen.

»Das war aber ein kurzer Filmabend mit deiner Freundin«, kommentierte Simon Florians vorzeitige Rückkehr.

»Sie ist nicht meine Freundin«, protestierte Florian.

»Das Zitat ist aus *Ghostbusters*, 1984.«

»Hör zu, Simon, mir ist jetzt nicht nach Scherzen«, sagte Florian und bedachte Simon mit einem mahnenden Blick.

»Beziehungsstress?«

»Nein, wir haben keine Beziehung und werden auch nie eine haben. Wir haben uns über meine Einstellung zum Studium gestritten. Sie hat mich Loser und Versager genannt.«

»Und da hast du dich weggebeamt.«

Florian nickte und nahm einen Schluck Bier. Er warf einen neidischen Seitenblick auf Cheng. Der interessierte sich nicht für Frauen und hatte deshalb auch keine Probleme mit ihnen. Trotzdem wirkte er glücklich.

»Ihr werdet euch wieder vertragen«, meinte Simon aufmunternd.

»Werden wir nicht. Mit dem Perlhuhn bin ich fertig.«

# 79

Geduckt schlichen die Polizisten um die Hecken. Morgens um sechs Uhr war die Kleingartenanlage Horner Marsch menschenleer. Der Mond warf in dieser sternenklaren und kalten Nacht sein fahles Licht auf das Labyrinth von Wegen, Parzellen und Lauben.

Kriminalkommissar Michaelis führte den Trupp mit einem Kartenausdruck in der Hand an. Er knipste seine Taschenlampe an und verglich die Karte mit seinem Standort. Sie hatten die richtige von knapp tausend Parzellen gefunden. Zwölf Polizisten standen hinter ihm und bliesen Atemwolken in die Luft. Michaelis wies den Trupp mit Handzeichen an, die Gartenlaube zu umstellen. Die Polizisten drangen durch das Tor in den Garten vor und gingen in Position.

Michaelis zog den roten Haftbefehl aus seiner Mappe. Dummerweise hatte es im Präsidium eine undichte Stelle gegeben. Jemand hatte einem Polizeireporter gesteckt, dass Anderson verdächtigt werde. Nachdem Anderson dies von dem Polizeireporter erfahren hatte, war er untergetaucht. Michaelis und seine Kollegen hatten umfangreich den Charakter, den Lebenslauf und das Umfeld von Anderson ermittelt. Sie hatten sich gefragt, bei wem er Unterschlupf suchen würde.

Er hatte eine Freundin. Sie hatten diese bisher nicht befragt, weil sie hofften, über sie an Anderson heranzukommen. Eine einwöchige Observation ihrer Wohnung hatte schließlich ergeben, dass er dort nicht aufgetaucht war. Es wäre auch zu einfach gewesen. Aber deren Mutter hatte einen Schrebergarten. Und sie hatten die Freundin mehrfach dabei beobachtet, wie sie Tüten mit Lebensmitteln in den Schrebergarten gebracht hatte. Das war verdächtig, nicht zuletzt, weil sie den Schrebergarten jeweils nach einer halben Stunde wieder ohne die Tüten verlassen hatte. Der gesuchte Anderson musste hier untergeschlupft sein. Michaelis war sich sicher, mit der unmittelbar bevorstehenden Festnahme von Anderson den Mörder von Rebecca Krüger und Anna-Maria Beesten zu haben. An Krügers Leiche war schon die DNA von Anderson festgestellt worden. Bei Beesten brauchte er nur noch die Laborergebnisse, dann war der Fall wasserdicht. Im Grunde war schon Andersons Untertauchen ein Schuldeingeständnis.

Michaelis überzeugte sich, dass seine Männer alle auf Position waren. Links und rechts der Laube konnte er jeweils zwei Polizisten im Garten ausmachen. Zwei weitere standen mit gezogenen Waffen unmittelbar neben der Tür des Gartenhäuschens. Ein dritter Polizist leuchtete mit einer Taschenlampe auf die Tür und gab ein Okay-Zeichen. Er würde sie ohne Probleme aufbekommen.

Außer dem Atmen der uniformierten Männer war nur das entfernte Rattern eines Güterzuges zu hören.

»Zugriff!«, rief Michaelis.

Ein Beamter trat mit seinem Stiefel wuchtig gegen das Schloss. Die einfache Holztür flog splitternd auf. Sofort stürmten zwei Polizisten in die Laube. Sie fanden Anderson in einem Schlafsack auf dem Boden. Er hob verschlafen den Kopf.

Die Handschellen klickten, bevor er richtig wach geworden war.

# 80

Das Krisengespräch fand in dem knallroten Feuerschiff am Baumwall statt. Der schwimmende Leuchtturm war nach seiner Außerdienststellung zum Restaurant und Hotel umgebaut worden.

»Hauch mich mal an«, sagte Antje Horn-Heckscher zur Begrüßung.

Heckscher tat wie geheißen.

Seine Exfrau schnupperte.

»Ich bin beeindruckt. Du hast es tatsächlich geschafft, pünktlich und nüchtern zu erscheinen.«

Noch war er nicht ganz vom Alkohol losgekommen. Aber seit er sich dann und wann mit Christin traf, waren die versoffenen Nächte weniger geworden. Durch sie hatte sein Ego Aufwind bekommen. Auch mit seinen fünfundvierzig Jahren konnte er noch eine jüngere und attraktive Frau für sich begeistern. Er hatte schon befürchtet, er habe seine besten Zeiten längst hinter sich.

Sie setzten sich an einen Tisch. Im Hintergrund konnten sie den Schiffsverkehr auf der Elbe und links die steil in den Himmel aufragende Elbphilharmonie sehen.

»Was macht das Seminar?«, begann sie das Gespräch.

Eine Smalltalk-Frage, erkannte Heckscher. Das war ihm aber auch recht, um den Beginn des eigentlichen konfliktträchtigen Gesprächs noch ein wenig hinauszuzögern.

»Es ist mühsam, begriffsstutzigen Studenten Strafrecht beizubringen. Die meisten taugen nichts.«

»Sei nicht so streng mit ihnen. Du warst auch mal jung.«

»Das ist verjährt.«

Die Kellnerin erschien am Tisch und nahm die Bestellung auf. Zweimal Kaffee schwarz.

Heckscher schweifte in Gedanken ab. Als Student war er wie Florian gewesen: brillant, aber faul. Das Studium war ihm zu theoretisch gewesen, um wirklich interessant zu sein. Die Kehrtwende kam, als er Strafverteidiger wurde. Echte Fälle, Menschen und Schicksale. Er hatte die Angeklagten engagiert und oft auch erfolgreich verteidigt.

»Falk, hörst du mir zu?«, riss seine ehemalige Frau ihn aus seiner Vergangenheit.

»Ich war gerade woanders. Ich habe mich gefragt, wo mein Idealismus geblieben ist.«

»Den hast du an dem Tag verloren, als der kurz zuvor mit deiner Hilfe Freigesprochene das Mädchen vergewaltigt und ermordet hat.«

»Das stimmt.«

Er hatte sich an der Ermordung des fünfzehnjährigen Mädchens mitschuldig gefühlt. Desillusioniert hatte er seine Kanzlei aufgegeben und war an die Uni zurückgekehrt.

Die Ausbildung von noch mehr Juristen, die niemand brauchte, hatte ihn aber auch nicht erfüllt. Im Lauf der Jahre war er zynisch geworden. Seine innere Leere hatte er mit Whiskey betäubt.

»Ist dein neues Fehlurteils-Seminar nicht wenigstens ein bisschen sinnstiftend?«, hakte Antje nach.

»Ansatzweise ja. In manchen Momenten fühle ich mich an meine Zeit als junger Strafverteidiger erinnert.«

»Schön, aber deswegen sind wir hier nicht zusammengekommen«, würgte seine Exfrau das Thema ab.

Die Kellnerin brachte den Kaffee. Dies bedeutete weitere dreißig Sekunden Gnadenfrist.

Sie blickte ihn ungeduldig an.

Heckscher gab sich einen Ruck.

»Antje, ich habe um das Gespräch wegen der verfahrenen Situation gebeten. Ich habe Clarissa schon seit zwei Monaten nicht mehr gesehen. Und in fünf Tagen ist Weihnachten.«

»Du warst derjenige, der es mit dem Besuchsrecht verbockt hat, nicht ich«, erwiderte sie vorwurfsvoll.

Der Kaffee dampfte und war noch zu heiß, um für die Ausweichhandlung des Trinkens herzuhalten.

»Ich bekenne mich schuldig.« Er hob entschuldigend die Hände. »Aber dieser Schriftwechsel mit deinem Anwalt führt doch zu keiner Lösung.«

»Gefällt dir mein Anwalt nicht?«

Leider hatte sie es sich angewöhnt, gleich alles als Angriff auf sich selbst zu verstehen und sofort zurückzuschlagen.

»Manche Anwälte sind mehr Teil des Problems als Teil der Lösung. Deiner gießt doch nur immer mehr Öl ins Feuer.«

»Er vertritt die Interessen von mir und Clarissa eben engagiert.«

Ihr Anwalt hatte in scharfen Worten unhaltbare Vorwürfe gegen ihn erhoben, um eine Aufhebung seines Umgangsrechts zu erreichen. Er sollte seine elfjährige Tochter bis mindestens zu ihrer Volljährigkeit nicht mehr sehen dürfen.

»Er verkennt aber, dass unsere Tochter auch ihren Vater braucht.«

»Einen unzuverlässigen Trinker als Vater braucht keine Tochter.«

»Ich versuche, mein Leben wieder in den Griff zu kriegen. Ich will mir das Trinken abgewöhnen und Clarissa ein guter Vater sein.«

»Das hört sich fast zu gut an, um wahr zu sein, Falk«, sagte sie kopfschüttelnd.

»Antje, ich meine es ernst. Ich habe erkannt, dass ich ein Alkoholproblem habe, und mich deshalb an eine Psychologin gewandt.«

Er hatte mit Christin tatsächlich ausführlich über das Trinken und darüber, wie er es sich abgewöhnen konnte, gesprochen. Dass Christin nicht seine Therapeutin, sondern seine Freundin war, verschwieg er lieber.

Seine Exfrau dachte nach, während im Hintergrund das laute Zischen der Espressomaschine das Möwengeschrei übertönte.

»Clarissa vermisst dich«, sagte sie schließlich. »Deswegen, und nur deswegen kannst du sie Weihnachten sehen. Wenn das gut läuft und du trocken bleibst, können wir uns über ein Besuchsrecht im neuen Jahr noch mal unterhalten.«

Erleichtert lehnte sich Heckscher zurück.

# 81

Der Mann folgte Nastassja Kusmin, die im Alstertal-Einkaufszentrum ihrem Hobby nachging, in zehn Meter Abstand. Das mit zweihundertvierzig Geschäften größte Shopping-Center Hamburgs lag im idyllischen Poppenbüttel am Oberlauf der Alster mit einer überwiegend wohlhabenden Bevölkerung. Die Mall war weihnachtlich geschmückt, mit Schneespray weiß gefärbte Tannenbäume glitzerten mit Lichterketten um die Wette. Aus den Lautsprechern erklang Weihnachtsmusik. In der Mitte der Mall war ein Weihnachtsmarkt aufgebaut. Nastassja Kusmin blieb an einem Stand mit Dekorationsartikeln stehen. Sie nahm ein paar Weihnachtskugeln in die Hand. Der Trend ging zu poppigen Farben. Die Kugeln sahen in knalligem Lila, Pink und Neonfarben von Weitem eher wie Ostereier aus.

Das war seine Chance.

Der Mann schlenderte zu dem Stand und stellte sich neben sein Opfer. Dann nahm er eine lila gestreifte Weihnachtskugel in die Hand.

»Entschuldigen Sie, wenn ich Sie anspreche. Ich brauchte den Rat einer Frau. Sind solche bunten Kugeln jetzt modern? Sehen die am Weihnachtsbaum wirklich gut aus?«

Nastassja Kusmin blickte ihn beiläufig an und sagte: »Poppige Weihnachtskugeln sollen im Trend liegen. Auf der anderen Seite des Stands gibt es aber auch die klassischen.«

Kusmin zeigte auf rote und silberne Kugeln gegenüber.

Er bemerkte, wie sie sein Gesicht musterte. Ihre Stirn kräuselte sich. Etwas musste sie irritiert haben.

»Schmücken Sie Ihren Baum selbst?«, fragte der Mann, um das Gespräch in Gang zu halten.

Kusmin wich ein Stück zur Seite. »Nein, das macht unsere Haushälterin.«

»Ich bin als Mann total hilflos, was das Schmücken von Weihnachtsbäumen angeht. Können Sie mir ein paar Tipps geben?«

Nastassja Kusmin sah auf ihre Armbanduhr. »Nein, ich muss mich beeilen, mein Liebster wartet auf mich. Fragen Sie doch die Verkäuferin.«

Das war eine glatte Lüge. Der Autoexporteur würde wie jeden Abend erst nach neunzehn Uhr, also in drei Stunden, nach Hause kommen.

»Wenn Sie mich beraten, schenke ich Ihnen auch ein paar Kugeln«, versuchte der Mann es noch einmal.

»Nein, ich muss jetzt los.«

Nastassja Kusmin wandte sich ab und verschwand im Weihnachtsgetümmel.

Der Mann musste auf Plan B zurückgreifen.

# 82

Am Heiligabend betrat Florian mit schlechtem Gewissen das Altenheim. Er hatte seinen Vater seit über einem Monat nicht mehr besucht. Das letzte Mal war frustrierend gewesen, da sein Vater stumm geblieben war. Zudem hatte ihn der Fall Hoffmann völlig vereinnahmt. Aber heute würde er das wiedergutmachen.

Im Foyer war ein Weihnachtsbaum aufgestellt und aus der Pförtnerloge drang weihnachtliche Musik. Unter dem Arm trug er einen in Weihnachtspapier eingepackten Galerie-Bilderrahmen mit zehn Fotos aus dem Leben seines Vaters. Wenn er mal wieder einen lichten Moment hatte, würde er sich über die Fotos seiner Frau, seiner beiden Söhne und seiner wichtigsten Lebensstationen sicher freuen.

Der Vater lag wie gewohnt auf dem Rücken im Bett. Sein Blick war wie beim letzten Besuch starr ins Nichts gerichtet. Sein Gesicht sah eingefallen aus. An einem Ständer hing ein Plastikbeutel mit Flüssignahrung. Florian hatte schweren Herzens in die Legung einer Magensonde eingewilligt, nachdem sein Vater nichts mehr gegessen hatte.

»Fröhliche Weihnachten«, sagte Florian. Er hielt das Geschenk übers Bett.

»Schau mal, was ich dir mitgebracht habe.«

Sein Vater zeigte keine Reaktion.

Florian hielt das Geschenk in das Gesichtsfeld seines Vaters.

Wieder keine Reaktion.

Günther Hansen schien in seiner ganz eigenen Welt gefangen zu sein. *Was er wohl sieht, denkt und fühlt?*, fragte sich Florian.

Er legte das Geschenk auf die Kommode und setzte sich auf den Stuhl neben dem Bett.

»Ich habe dir zu Weihnachten einen Bilderrahmen mit Fotos von Astrid und deinen Jungs mitgebracht«, sagte er. »Und es tut mir leid, dass ich eine Weile nicht hier war. Ich hatte an der Uni zu viel zu tun.«

Florian konnte im Gesicht seines Vaters keine Regung erkennen. Der Heimarzt hatte einmal zu ihm gesagt, Demenzkranke würden Berührungen spüren, auch wenn sie sonst keine Reaktion zeigten. Er griff nach seiner Hand. Sie fühlte sich kalt und steif an.

Sein Vater war tot.

# 83

In dem gläsernen Bücherturm neben dem Rechtshaus befand sich die juristische Zentralbibliothek. Raumhohe Fensterwände, helle Holztische und hellgrauer Teppichboden schufen eine lichte, freundliche Atmosphäre. Im Kern des Gebäudes standen rund dreihundertsiebzigtausend Bände juristische Fachliteratur und neunhundert laufende Zeitschriften bereit. Zusätzlich konnten die Studenten über die online vernetzten Arbeitsplätze in diversen Datenbanken recherchieren. Jetzt, zwischen den Jahren, war die Bibliothek weitgehend verwaist. Saskia saß bereits dort, als Florian mittags dazukam.

Sie schaute zu ihm auf und und bedachte ihn mit einem finsteren Blick. »Siehst fertig aus. Bist du gestern versumpft?«, fragte sie ihn zur Begrüßung. Wie ein leck geschlagener Atomreaktor strahlte sie eine Überdosis Feindseligkeit aus.

Florian hatte Augenringe, war nicht rasiert und seine Haare waren völlig verwuschelt.

»Mir geht es nicht gut«, antwortete er.

Sie ignorierte ihn und sah wieder auf ihre Unterlagen. Wahrscheinlich vermutete sie, er wäre noch angeschlagen von ihrem Streit und wollte darüber nicht reden. Das wollte er auch nicht. Die Sache mit Saskia war gegessen.

Er ließ sich ihr gegenüber auf einen Stuhl fallen. »Wie war dein Weihnachten? Heile Welt mit Tannenbaum, Gänsebraten und vielen teuren Geschenken? Alles vom Feinsten?«

Saskia sah ihn voller Verachtung an. »Der Gänsebraten war verkohlt, meine Eltern haben die ganze Zeit gestritten und ich habe einen Stapel Fachbücher geschenkt bekommen. Ich habe die Feiertage in meinem ehemaligen Kinderzimmer mit den Büchern verbracht.«

Florian wusste angesichts dieser erschütternd ehrlichen Antwort nichts zu sagen.

»Mein Vater hat mir noch mangelnde Dankbarkeit vorgeworfen, weil ich über die Jurabücher wenig begeistert war. Er hätte ohnehin lieber einen Sohn gehabt. Meine Mutter war vor mir mit einem Jungen schwanger gewesen.«

»Was ist aus dem geworden?«

»Fehlgeburt in der siebzehnten Schwangerschaftswoche. Kurz darauf wurde meine Mutter wieder schwanger, und zwar mit mir. Danach konnte sie keine Kinder mehr bekommen.«

»Tut mir leid, das zu hören.«

Florian bereute, das Thema angeschnitten zu haben. Er wartete ein paar Sekunden, ob Saskia ihn nach seinem Weihnachten fragen würde, doch es kam nichts. Zwischen ihnen herrschte Eiszeit.

»Woran arbeitest du da?«

Der Tisch vor Saskia war mit Büchern und Zetteln überhäuft. Sie musste schon seit Stunden hier sitzen.

»Ich mache einen Plan für die Examensvorbereitung. Ich habe das Juristenausbildungsgesetz genommen und mir die Prüfungsfächer rausgeschrieben. Jetzt mache ich einen Arbeitsplan. Ich will den gesamten Prüfungsstoff in einem Jahr wiederholen.«

*Wiederholen?* Florian fürchtete, von manchen Rechtsgebieten bei der Examensvorbereitung zum ersten Mal zu hören.

Saskia drehte ihren Laptop zu ihm hin. Florian sah fassungslos auf den Bildschirm. Sie hatte einen detaillierten Wochenplan für ein ganzes Jahr entworfen. Sie hatte den gesamten Prüfungsstoff in fünfzig Einheiten aufgeteilt. Obwohl Florian auch vorhatte, das Examen in absehbarer Zeit zu absolvieren, war es für ihn zugleich etwas Nebulöses in einer fernen Zukunft. Es würde in mehreren Lichtjahren in einer weit, weit entfernten Galaxis stattfinden. Und er hatte keinen Plan. Er würde auch nie einen haben.

»Ich freue mich schon auf das Examen«, sagte Saskia.

*Großer Gott, ist das bescheuert!*, dachte Florian. Kein Jurastudent freute sich auf das Examen. Aber er würde sich hüten, darüber noch mal einen Streit anzufangen. Es war Zeit für einen weiteren Themenwechsel.

»Also, was liegt im Fall Hoffmann an?«, fragte Florian schroff.

Saskia lehnte sich konsterniert zurück, fing sich aber gleich wieder.

»Eigentlich gar nichts, und genau das ist das Problem. Wir kommen nicht weiter.«

»Wir haben noch zwei Verdächtige, Anderson und Kleinschmidt. Anderson wurde festgenommen, das hast du sicher in den Nachrichten mitbekommen. Ich bin mir sicher, dass Anderson der Täter ist«, sagte Florian.

»Dann wäre zumindest niemand mehr in Gefahr. Aber um zu beweisen, dass er auch Nitsche umgebracht hat, müssen wir an ihn ran und das wird kaum möglich sein. Er sitzt seit letzter Woche in Untersuchungshaft, und Akteneinsicht ist uns von Michaelis verweigert worden, weil die Akte wegen der laufenden Ermittlungen unentbehrlich ist«, fasste Saskia zusammen.

»Und wenn wir es über seinen Verteidiger versuchen?«, schlug Florian vor.

»Der wird uns abblitzen lassen«, sagte Saskia. »Sein Mandant wird bereits des zweifachen Mordes beschuldigt. Er wird kein Interesse daran haben, dass Anderson noch ein dritter Mord zur Last gelegt wird.«

»Und wenn wir Anderson im Untersuchungsgefängnis besuchen?«, machte Florian einen weiteren Vorschlag.

»Er macht von seinem Schweigerecht Gebrauch. Sein Anwalt wird ihn angewiesen haben, zu niemandem etwas zu sagen.«

Florian ließ sich Saskias Argumente durch den Kopf gehen.

»Gut, also lassen wir den Fotografen erst mal beiseite. Wollen wir nicht mal zum *Aphrodite* fahren und schauen, ob man sich dort Fremdsperma beschaffen kann?«, fragte Florian.

»Das ist ekelhaft und abwegig«, sagte Saskia und rümpfte die Nase.

»Okay. Was ist mit Kleinschmidt?«

»Auf dem Weihnachtsmarkt, als du mich mit Glühwein betrunken gemacht hast und ich den nächsten Tag rasende Kopfschmerzen hatte …«

»Woher konnte ich wissen, dass du sonst nichts trinkst und keinen Alkohol verträgst?«, rechtfertigte Florian sich. Drei Glühweine, zwei davon mit Schuss, waren wirklich nicht viel.

»Wie dem auch sei«, würgte Saskia die Diskussion ab. »Jedenfalls waren wir der Meinung, Matthias Kleinschmidt sei verdächtig, da er sowohl ein Tatmotiv als auch das Tatmittel hatte.«

»Ich habe gestern mit seiner letzten Facebook-Freundin gechattet. Sie schreibt, sie sei gar nicht seine Freundin gewesen. Das habe Kleinschmidt sich nur zusammenfantasiert. Er habe sie aber monatelang gestalkt. Erst als sie einen Anwalt eingeschaltet hat, hörte das Stalking auf«, berichtete Florian.

»Todesdrohungen ihr gegenüber? Ist er gewalttätig geworden?«

»Nein, nichts dergleichen. Bei ihm weiter nach Auffälligkeiten in der Jugend oder Gewalt gegenüber Ex-Freundinnen zu suchen, bringt nichts. Wir wissen doch längst, dass er ein Stalker mit einer Messermacke ist.«

»Trotzdem müssen wir dem Verdacht nachgehen. Und wir haben derzeit keine anderen Optionen.«

»Dann sollten wir das abklären.«

Saskia warf ihm mit einer hochgezogenen Augenbraue einen Da-wäre-ich-selbst-nie-drauf-gekommen-Blick zu.

»Vorschläge?«, fragte sie.

Florian dachte kurz nach. »Wir könnten noch mal Nitsches Mutter befragen.«

# 84

Jasmin stellte sich vor das Andreaskreuz. Sie trug nur noch eine vorne geschnürte schwarze Corsage und einen Tanga.

Der Mann schloss die Ledermanschette um ihr rechtes Handgelenk und hängte sie in den Karabinerhaken rechts über ihrem Kopf ein.

»Die Corsage behalte ich an«, sagte Jasmin bestimmt.

Der einzige Lichtblick der letzten Tage war die Verhaftung des Fotografen Anderson gewesen, von der er aus den Medien erfahren hatte. Sein Racheplan war aufgegangen. Ansonsten hatte der Mann einsame und quälende Feiertage hinter sich. Es war ihm nicht gelungen, Nastassja Kusmin in sein Spielzimmer zu locken. Deshalb hatte er Jasmin über eine Internet-Amateurmodel-Seite gebucht. Dazu hatte er eine nicht rückverfolgbare Einmal-E-Mail-Adresse verwendet. Für die Terminvereinbarung hatte er ein nicht registriertes Prepaid-Handy benutzt. Er hatte sie zu einem tatsächlich existierenden Fotostudio bestellt. Dort hatte er draußen auf sie gewartet und ihr gesagt, sie müssten wegen eines Wasserrohrbruchs kurzfristig auf eine andere Location ausweichen. Die Sedcard der Neunundzwanzigjährigen mit den kurzen, feuerrot gefärbten Haaren war mit *Bondage-Girl* überschrieben. Sie würde sich auch ohne viel Überredungskunst von ihm fesseln lassen, denn sie glaubte, es wäre ein Shooting. Zweihundertfünfzig Euro und ein paar Hochglanzabzüge der Bilder hatten sie vereinbart. Die Kamera lag auf der Kommode, aber er hatte nicht vor, sie zu benutzen.

Der Mann fesselte auch ihre linke Hand ans Andreaskreuz.

»Hast du gehört? Ich will nicht, dass du meine Brüste fotografierst.«

»Fesseln törnt dich an?«, fragte der Mann.

»Ich bin nicht gerade ein Standard-Model, aber für Fetisch-Shootings reicht es«, antwortete Jasmin.

Dem Mann war klar, was sie damit sagen wollte. Jasmin war mit ihrem nichtssagenden Gesicht, den nur hundertsechzig Zentimetern Körpergröße, den Piercings in Nase und Unterlippe sowie den Totenkopf-Tattoos auf beiden Schultern alles andere als fotogen. Ihre Frisur sah aus, als wäre sie mittels Heckenschere und Sprühdose in der Garage entstanden.

Er ging vor ihr in die Hocke und zog ihre Beine auseinander. Anschließend legte Ledermanschetten um beide Fußgelenke und kettete sie an. Die Tattoos auf ihren Knöcheln wurden gnädig vom Leder verdeckt.

Jasmin hing jetzt wehrlos mit gespreizten Armen und Beinen am Andreaskreuz. Normalerweise bekam er eine Erektion, wenn die Beute fixiert und ihm ausgeliefert war. Doch sie blieb aus.

*Fehlte ihm die Jagd*, fragte er sich. Brauchte er die Eroberung einer Frau? Befriedigte es ihn nicht, die Frau einfach zu kaufen? Oder war Jasmin einfach zu hässlich?

Der Mann nahm eine Reitgerte von der Halterung an der Wand.

»Wozu die Peitsche?«, fragte Jasmin besorgt. »Leg sie weg und nimm die Kamera.«

Der Mann schlug auf ihren rechten Oberschenkel.

Jasmin zuckte und schrie auf. Instinktiv riss sie an ihren Fußfesseln, doch sie hielten ihre Beine ohne Spielraum gespreizt.

»Auspeitschen haben wir nicht ausgemacht«, schimpfte sie.

Die Gerte knallte auf ihren linken Oberschenkel.

»Bist du so ein Perverser?«

Der dritte Schlag traf ihren Schamhügel.

Jasmin stöhnte vor Schmerz auf.

»Mach mich sofort los!«

Der Mann stand mit der Gerte in der Hand vor Jasmin und betrachtete sie. Normalerweise erregten ihn die Schmerzen der von ihm gequälten Frauen. Doch es regte sich nichts. Ihre großen, schweren Brüste drohten die Corsage zu sprengen. Vielleicht würde ihr Anblick seinen Schwanz zum Stehen bringen.

Der Mann legte die Reitgerte weg und zückte sein Messer.

Jasmin sah ihn mit großen, angstgeweiteten Augen an. Sie hielt den Atem an und presste ihren Rücken gegen das Holzkreuz.

Der Mann durchschnitt in einer fließenden Bewegung die Schnüre und Träger der Corsage.

»Du Wichser! Ich hatte doch gesagt, die Corsage behalte ich an.«

Er riss ihr die Corsage vom Körper.

Ihre Brüste hingen. Kein schöner Anblick. Sein Schwanz blieb schlaff.

»Du kleines, perverses Arschloch!«

Nein, Fesselsex mit dieser gekauften Frau würde ihn nicht befriedigen. Er würde noch hundert Euro drauflegen, damit sie die Klappe hielt, und sie gehen lassen.

»Ich will, dass du mich losmachst! Sofort!«

Da er das Messer noch in der rechten Hand hielt, machte er mit der linken eine Ledermanschette auf.

Sobald Jasmin ihre Hand frei hatte, holte sie weit aus und versetzte ihm eine schallende Ohrfeige.

Der Mann war einen Augenblick verdutzt und rieb sich die brennende Wange.

Dann entgleiste sein Gesicht zu einer wutverzerrten Grimasse.

Seine Hand mit dem Messer schoss hoch und durchtrennte ihre Kehle.

Jasmin bäumte sich am Kreuz auf, als zischend die Luft aus ihrer Kehle entwich.

# 85

Die Pressekonferenz fand im Polizeipräsidium statt. Es waren ungefähr dreißig Reporter von Presse, Radio und Fernsehen erschienen. Kriminalkommissar Michaelis saß in der Mitte vor einer weißen Wand mit dem Hamburg-Wappen und dem Polizeischriftzug, beides in Blau. Links neben ihm saß der Polizeipressesprecher Jonas, der die Veranstaltung moderieren würde, und rechts neben ihm der Oberstaatsanwalt Berger. Beide waren nur Statisten, denn es war Michaelis großer Tag. Er hatte sich für seinen Auftritt extra einen schwarzen Anzug mit weißem Hemd und blau gestreifter Krawatte angezogen.

Pressesprecher Jonas eröffnete die Konferenz mit ein paar einleitenden Worten und gab dann an Michaelis weiter.

»Die Morde an Rebecca Krüger und Anna-Maria Beesten sind aufgeklärt«, begann Michaelis seine Ausführungen. »Des Doppelmords dringend tatverdächtig ist der Fotograf Philippe Anderson. Auf seine Spur ist die Mordkommission gekommen, nachdem an den Frauenleichen Sperma und Schamhaare festgestellt wurden. Deren Analyse ergab in beiden Fällen einen positiven DNA-Treffer. Die DNA von Anderson befand sich in der Datenbank, weil er vor zwei Jahren schon einmal wegen Vergewaltigung angeklagt worden war. Sein Fetisch ist zudem

Bondage und er hat in seinem Studio sogar einen speziellen Raum für sadomasochistische Praktiken. Die Opfer stammen aus der Medienbranche wie er selbst. Es passt alles zusammen.«

Michaelis stellte durch einen Blick in die Runde befriedigt fest, dass die Reporter ihm gebannt zuhörten. Die Aufklärung eines Doppelmordes zu verkünden, gehörte zu den Lichtblicken in seinem ansonsten düsteren Beruf.

»Der Tatverdächtige war zunächst flüchtig, konnte nach einer intensiven Personenfahndung aber letzte Woche in einer Kleingartenanlage festgenommen werden. Er sitzt seitdem in Untersuchungshaft.«

»Hat er gestanden?«, rief ein Reporter von hinten.

»Nein, er macht von seinem Schweigerecht Gebrauch. Philippe Anderson ist aber durch den DNA-Beweis eindeutig überführt«, sagte Michaelis. »Seine Flucht ist ein weiteres Schuldindiz. Für die Mordkommission ist der Fall damit abgeschlossen.«

Mit einem Blick nach rechts gab er das Wort weiter an Oberstaatsanwalt Berger. Der Mittfünfziger mit Glatze und einer sonoren Stimme sagte: »Erst mal gratuliere ich der Mordkommission zu ihrem Ermittlungserfolg. Die Staatsanwaltschaft Hamburg bereitet die Erhebung einer Anklage wegen Mordes in zwei Fällen gegen den Beschuldigten vor. Wir gehen davon aus, dass Anderson die Opfer zur Befriedigung des Geschlechtstriebes umgebracht hat.«

»Wie stehen die Chancen einer Verurteilung von Anderson?«, rief ein Reporter dazwischen.

Oberstaatsanwalt Berger strahlte in die Menge.

»Der Fall ist dank des doppelt positiven DNA-Treffers wasserdicht. Wir streben die Verurteilung zu einer lebenslänglichen Freiheitsstrafe mit anschließender Sicherungsverwahrung an.«

# 86

Das *Aphrodite* war ein Mega-Bordell in Hammerbrook. Nach seiner Werbung war der FKK- und Sauna-Club mit siebzig Prostituierten und einer Fläche von viertausend Quadratmetern auf vier Stockwerken das größte Bordell in Hamburg.

Florian hielt mit dem Rad davor an und bückte sich, um es abzuschließen.

Unvermittelt schlug ihm jemand auf die Schulter.

»Na Freundchen, was willst du denn hier?«

Florian kam erschreckt hoch und drehte sich um.

Vor ihm stand ein Security-Mann. Der etwa Dreißigjährige hatte blonde, hochgegelte Haare, einen kantigen Kiefer und viele Muskeln. Der Mann betrachtete einen Augenblick lang Florians Studentenkluft und dann sein altes Fahrrad. Er konnte seine Geringschätzung kaum verbergen.

Das *Aphrodite* war das Stamm-Bordell von Hoffmann. Florian wollte herausfinden, ob es möglich war, dort an das Sperma von Männern zu gelangen.

»Ich will da rein«, sagte Florian.

»Bist du überhaupt schon achtzehn?«, fragte der Security-Mann.

Florian kannte das schon. Oft hielten ihn die Leute für jünger, als er war. Er holte sein Portemonnaie heraus, um seinen Personalausweis zu zeigen.

Der Mann riss ihm die Geldbörse aus der Hand und fächerte sie durch. Ohne sich den Ausweis anzusehen, klatschte er sie Florian vor die Brust.

»Der Eintritt kostet achtzig Euro und jeder Stich sechzig Euro extra. Du hast nur zwanzig Euro. Jetzt radelst du erst mal heim zu Papi und lässt dir genug Geld geben.«

Die Erwähnung seines Vaters schmerzte.

»Ich will nicht zu den Frauen, ich will nur etwas ermitteln«, stammelte Florian.

»Ach so, du bist ein Schnüffler. Solche können wir hier gar nicht gebrauchen. Und jetzt machst du einen Abflug!«, sagte der Security-Mann mit bedrohlichem Unterton und tippte ihm mit dem Zeigefinger auf die Brust.

Frustriert zog Florian unverrichteter Dinge davon.

Als Nächstes radelte Florian gegen den eisigen Fahrtwind zur Reeperbahn. Der gefrorene Matsch machte die Fahrt zu einer Schlitterpartie. An diesem Nachmittag war es früh dunkel geworden. Die Reeperbahn wirkte wie ein grelles Lichtermeer. Florian stellte sich gegenüber von Kleinschmidts Messerladen in eine Bushaltestelle und beobachtete ihn. Er konnte den Ladeninhaber hinterm Tresen ausmachen.

Sein Atem bildete dünne Wölkchen und seine Finger wurden klamm, obwohl er Handschuhe trug. Alle paar Minuten kam ein Bus, in den er nicht einstieg. Und alle paar Minuten betrat ein Kunde den Messerladen. Mittlerweile stand er schon eine Stunde hier in der Kälte, ohne etwas Verdächtiges beobachtet zu haben. Was hoffte er hier eigentlich zu entdecken?

Florian wollte die Aktion schon abbrechen, da sah er einen roten Sportwagen vor den Laden vorfahren. Henrik Schneider stieg aus, holte einen Karton aus dem Kofferraum und ging hinein.

Florian lief über die Straße und versteckte sich hinter einer Litfaßsäule. Er konnte Kleinschmidt und Schneider am Tresen sehen. Auf diesem stand der gleiche Karton, den Kleinschmidt zum Lagerhaus von Schneider gebracht hatte. Schneider holte ein Dutzend Messer und vier Handschellen aus dem Karton und legte sie auf den Tresen. Kleinschmidt besah sie sich sorgfältig. Dann zahlte Schneider fünfzig Euro, bekam eine Quittung und verließ den Laden.

Florian schlussfolgerte, dass Kleinschmidt die Messer und Handschellen als Requisiten für Schneiders Snuff-Filme zur Verfügung gestellt hatte. Dafür hatte er fünfzig Euro Ausleihgebühr bekommen. Damit löste sich die vermutete Komplizenschaft von Kleinschmidt und Schneider in Luft auf.

# 87

Hand- und Fußfesseln, Peitschen, Knebel und Masken hingen pedantisch aufgereiht an der Wand. Ordnung war wichtig. Es machte ihn wahnsinnig, wenn er etwas nicht gleich fand. Die Knebel brauchte er wegen der schalldichten Wände des Spielzimmers nicht wirklich, sie dienten eher der Dekoration. Der Mann legte seinen Tablet-PC auf die Kommode darunter ab. Er spürte, dass es bald zu einem Rendezvous in seinem Spielzimmer kommen würde. Und er wollte kontrollieren, ob auch alles bereit dafür war. Er warf einen Blick auf das große Stahlbett. Gefertigt aus massivem gebürstetem Edelstahl war es so stabil, dass er darauf herumspringen konnte, ohne dass es wackelte oder quietschte. Er hatte es frisch bezogen. Hier würde die Auserwählte bald fixiert sein. Ein *Pling!* des Tablet-PCs signalisierte den Eingang einer neuen Nachricht und riss ihn aus seinen Gedanken.

Nastassja Kusmin war auf Facebook. Sie präsentierte sich der Welt auf über zweihundert Fotos, überwiegend posend und spärlich bekleidet, niemals ungeschminkt. Purer Online-Narzissmus. Neunhundert meist männliche Fans waren auf ihrer Freundesliste. Sie wechselte ihr Profilbild jeden Monat.

Das Tollste war, dass Kusmin geplante Aktivitäten postete. Die Gefahr, damit die falschen Leute anzulocken, sah sie offenbar nicht.

*Hallo Freunde, übermorgen findet im CCH eine Schmuckausstellung statt. An einem Stand werden auch meine Kunstwerke zu bewundern sein. Ich würde mich freuen, den einen oder anderen von euch dort zu sehen,* lautete ihr neuester Post.

Wenn er sie übermorgen hierher holen wollte, musste er noch Küche und Bad putzen, was er schon seit drei Tagen nicht mehr gemacht hatte. Dann würden seine Edelstahlküche und das in dunkelgrauem Marmor gehaltene Bad wieder glänzen.

Er hatte Hunger bekommen und überlegte sich nach seiner Zimmerkontrolle ein Carpaccio zu machen. Er liebte Fleisch roh und blutig. Es bereitete ihm Freude, es in hauchdünne Scheiben zu schneiden. In dem silbernen Messerblock in seiner Küche steckten dazu sechs rasierklingenscharfe Messer.

Seine Gedanken kehrten zurück zu dem Post. *Ihre überwiegend männlichen Fans dürften sich weniger für ihre Schmuckkollektion als vielmehr für eine Nacht mit ihr interessieren*, dachte der Mann. Zu denen gehörte er auch. Unter dem Post waren mehrere Fotos der angeblichen Kunstwerke zu sehen. *In meiner Kindheit konnte man solch minderwertigen Modeschmuck aus Kaugummiautomaten ziehen*, dachte der Mann verächtlich. Ein Foto zeigte ein Armband an ihrem Handgelenk. Es hieß *Princess Dream*, war golden und mit rosafarbenen Edelsteinimitaten besetzt. Ihm fielen bessere Sachen ein, die man um ihr Handgelenk legen konnte. Er zog die Schublade mit den Handschellen auf. Zwanzig Paare verschiedener Bauarten und Hersteller lagen ordentlich nebeneinander darin. Sie waren aus bestem Solinger Stahl und verchromt oder vernickelt. Er reinigte und ölte sie regelmäßig, damit sie leichtgängig blieben. Nastassja würde es bestimmt antörnen, richtige Qualität an ihrem Puls zu spüren. Er nahm ein Paar heraus und inspizierte den Innendurchmesser. Sie waren wie gemacht für die zarten Handgelenke einer Frau. Manche Männer finden es erotisch, wenn sie hören, wie ein Reißverschluss runtergezogen oder ein BH-Verschluss aufgeschnippt wird. Oder es törnt sie an, wenn die Frau »Ich will dich« in ihr Ohr flüstert. Er dagegen liebte dieses mehrmalige Klicken, mit dem die Handschellen sich immer enger um die Handgelenke seines Opfers schlossen. Er ließ die Handschelle probehalber zuschnappen.

Der Mann hatte auch schon eine Vorstellung, wo sie ihren Porsche Cayenne beim Besuch der Schmuckausstellung parken würde.

Übermorgen würde er sie erwischen.

# 88

»Herr Professor, Herr Professor!«

Heckscher eilte mit der Aktentasche unter dem Arm durch das Foyer des neobarocken Hauptgebäudes. Ein bisschen sah er aus wie auf der Flucht.

Florian lief mit Saskia im Schlepptau hinter ihm her.

Heckscher ignorierte sie und ging zügig weiter.

»Die Morde an Krüger und Beesten sind aufgeklärt«, sagte Florian, nachdem er ihn eingeholt hatte. »Die Polizei hat das auf einer Pressekonferenz bekannt gegeben.«

Der Professor trat zwischen den weißen Säulen nach draußen. Es war kalt und es fiel leichter Schnee. Missmutig sah er in den grauen Himmel, schlug seinen Mantelkragen hoch und sagte: »So ein Mistwetter.«

Dann schritt er energisch über den Vorplatz des Hauptgebäudes in Richtung Dammtor-Bahnhof.

Florian lief neben ihm her und sagte: »Der Fotograf Philippe Anderson ist dringend tatverdächtig und sitzt in Untersuchungshaft. Bei beiden Opfern wurde seine DNA festgestellt.«

»Was wollen Sie wegen ihm machen?«, fragte Heckscher im Laufschritt.

»Wir kommen nicht an ihn heran. Und wie Sie bereits wissen, ist uns Akteneinsicht verweigert worden«, sagte Florian.

»Anderson könnte tatsächlich unser Mann sein, wenn nicht bei Nitsche die DNA von Hoffmann gefunden worden wäre«, sagte Heckscher, den Bahnhof auf der anderen Straßenseite fest im Blick. »Diesen Widerspruch müssen Sie auflösen.«

An der Fußgängerampel über die Edmund-Siemers-Allee musste Heckscher endlich stehen bleiben.

»Ich glaube, an dem Fall Hoffmann und dem Verdacht gegen Anderson ist tatsächlich etwas dran«, sagte Heckscher.

»Können wir die Aufklärung nicht der Kripo überlassen?«, fragte Florian.

»Sie wollen es sich wieder leicht machen, was? Die Kripo ermittelt aber nur die beiden aktuellen Fälle. Der Fall Hoffmann wird dadurch nicht automatisch wieder aufgerollt.«

»Was brauchen wir dafür?«

»Wir müssen einerseits den gegen Hoffmann sprechenden DNA-Beweis entkräften und andererseits beweisen, dass Anderson auch der Mörder von Nitsche ist. Aber ganz offensichtlich sind Sie beide nicht gut genug, um den Fall zu lösen.«

Die Rüge war ungerecht, fand Florian. Wie sollten sie den DNA-Beweis entkräften? Sie waren Jurastudenten, keine Kriminalisten oder Labortechniker. Der Spur des Spermas war er schon gefolgt, aber im *Aphrodite* abgeblitzt.

»Ich werde den Fall gleich im neuen Jahr Nummer eins übertragen«, regte sich Heckscher weiter auf. »Bringen Sie zu unserem nächsten Seminar mit, was Sie bisher an Unterlagen über den Fall haben. Sie beide sind ab sofort draußen«, wies er sie zurecht.

Florian und Saskia schwiegen betreten.

Die Ampel sprang auf Grün.

»Und jetzt husch zurück ins Körbchen«, sagte Heckscher auf die Kuppel des Hauptgebäudes zeigend und lief über die Straße.

Florian und Saskia blieben stehen und sahen zu, wie Heckscher im Bahnhof verschwand.

»Dann werde ich nach Hause gehen und schon mal die Unterlagen für Lars zusammenpacken«, sagte Saskia resigniert.

»Das kommt gar nicht in Frage. Wir machen weiter. Ich weiß, Hoffmann ist unschuldig, und wir werden es irgendwann auch beweisen können«, sagte Florian energisch.

»Hast du nicht gehört, was Heckscher gesagt hat? Er traut uns die Aufklärung des Falls nicht zu. Wir beide sind draußen.«

»Fuck off!«

»Ich jedenfalls werde mich nach seiner Anweisung richten«, sagte Saskia, drehte sich um und stiefelte durch den Schneematsch davon. »Dann müssen wir uns außerhalb des Seminars auch nicht mehr sehen.« Aha, die Eiszeit aufgrund des Streits dauerte an.

Aber er würde nicht aufgeben. Er hatte auch schon eine Idee, was er als Nächstes tun würde.

# 89

Der Mann fuhr in die Tiefgarage unter dem Congress Center. Sie war ein schlecht beleuchtetes Labyrinth aus Pfeilern und Zwischenwänden unter einer niedrigen Decke. Als das Congress Center mit dem einhundertacht Meter hohen Hotelturm daneben Anfang der Siebzigerjahre gebaut wurde, waren die Sicherheit und Benutzerfreundlichkeit von Parkhäusern noch kein Thema. Das Parkdeck mit seinen über tausend Stellplätzen wirkte verlassen, denn es standen dort nur vereinzelt Autos. Die Schmuckausstellung schien kein Besuchermagnet zu sein. Nachdem er eine Weile herumgekurvt war, entdeckte er den Porsche Cayenne. Er schätzte den wahrscheinlichen Weg von Nastassja Kusmin vom Treppenhaus zu ihrem Wagen ein und stellte seinen Toyota dazwischen ab.

Die verwinkelte, düstere Tiefgarage war perfekt für seine Zwecke. Sie war nur wenig frequentiert, denn viele Besucher würden mit Bus und Bahn kommen. Das Congress Center lag direkt neben dem Dammtor-Bahnhof. Er würde wahrscheinlich allein mit seinem Opfer sein. Der Mann fuhr die Seitenscheibe herunter. Er sah an die Decke. Dort zog sich ein weitverzweigtes Netz aus Lüftungsschächten, Wasserrohren und Elektrokabeln längs. Er entdeckte dort keine Überwachungskameras. Solche

Sicherheitsmaßnahmen waren Anfang der Siebzigerjahre noch unüblich.

Bald würde Nastassja Kusmin von der Schmuckausstellung kommen, denn sie schloss in wenigen Minuten. Mit einem Blick auf sein Smartphone stellte der Mann fest, dass Nastassja in diesem Moment noch ein paar Stockwerke über ihm war und Prosecco trank. Sie hatte soeben ein Selfie gemacht und es auf Facebook gepostet.

Der Mann ließ die Seitenscheibe unten, denn er würde ihr Kommen vermutlich bereits hören können, bevor er sie sah. Es roch muffig in der Tiefgarage. Eine Mischung aus abgestandener Luft, Benzin und Abgasen. Außer dem Summen der Lüftung und dem *Pling-Pling* einer defekten Neonröhre war nichts zu vernehmen. Neben ihm auf dem Beifahrersitz lagen sein Messer, Handschellen und eine Flasche mit einer roten Flüssigkeit. Wahrscheinlich könnte er die Gazelle in der Tiefgarage auch einfach so einfangen, aber das Fallenstellen gab ihm einen zusätzlichen Kick. Die Jagd nach der Frau war Teil des Vorspiels.

Er setzte seine Baseballkappe auf und bereitete sich vor.

Ein Blick auf die Uhr.

Gleich würde sie kommen.

# 90

Der Seefischgroßhandel war in der Großen Elbstraße am Fischmarkt. An der Decke der weißgekachelten Produktionshalle hingen nackte Neonröhren, die mehrere chromglänzende Verarbeitungsmaschinen und Arbeitstische beleuchteten. Es roch streng nach Fisch. Florian traf Ulrike Nitsche in weißem Kittel, blauer Gummischürze und gelben Handschuhen an, als er sie am 30. Dezember ein zweites Mal aufsuchte. In dieser Nachtschicht filetierte sie Rotbarsch.

Er wollte Frau Nitsche nachvernehmen. Seit ihrer Befragung am Anfang der Ermittlungen hatte sich für ihn eine Reihe neuer Fragen ergeben. Vielleicht würde Frau Nitsche den entscheidenden Hinweis und damit dem Fall eine neue Wendung geben. In seiner Verzweiflung, den Fall in Kürze ungelöst Lars übergeben zu müssen, wollte er nach jedem Strohhalm greifen. Seine Intuition sagte ihm, dass der Mörder in Julias Vergangenheit zu suchen war. Und zu dieser gehörte der stalkende Messerfreund allemal. Die Sache mit dem Sperma und der DNA war auch noch offen, aber ihm war noch kein rettender Einfall gekommen, wie er in das *Aphrodite* hineinkommen konnte. »Guten Abend, Frau Nitsche, ich komme noch mal wegen Matthias Kleinschmidt«, sprach Florian sie an.

»Warum ist Ihre kleine Freundin heute nicht dabei?«, fragte Frau Nitsche.

»Sie ist nicht meine Freundin. Und sie hat heute keine Zeit.«

Frau Nitsche bearbeitete unbekümmert den Fisch weiter.

»Ich brauche mehr Informationen über Kleinschmidt. Was können Sie mir noch über ihn erzählen?«, fragte Florian.

»Er hat Julia mal auf einer Veranstaltung angesprochen und sie um ein Autogramm in das *Playboy*-Heft gebeten«, antwortete Frau Nitsche, ohne von ihrer Arbeit hochzusehen. »Da hat sie *Für Matthias – In Liebe* reingeschrieben. Sie hat den Fans immer was Nettes geschrieben. Dieser Typ hat das aber missverstanden und glaubte, sie würde ihn wirklich lieben.«

Frau Nitsche schnitt mit geübten Bewegungen das Filet heraus. Es machte nur etwa ein Drittel des Rotbarsches aus. Der Rest wanderte in den Müll.

»Und dann begann das Stalking?«, fragte Florian.

»Er hat sie dauernd angerufen und wollte sich mit ihr treffen. Sie hat ihm gesagt, sie möchte das nicht, denn sie habe schon einen festen Freund. Diesen Korb hat er aber nicht akzeptiert. Er hat sie mit Telefonanrufen, SMS, Nachrichten auf dem Anrufbeantworter und E-Mails Tag und Nacht bombardiert.«

»Wie hat Julia darauf reagiert?«

»Sie war verärgert und besorgt, weil der Typ sie einfach nicht in Ruhe ließ. Sie hat dann ihre Telefonnummern und ihre E-Mail-Adresse geändert.«

Florian bewunderte, wie geschickt Frau Nitsche mit dem Messer umging. Jeder Schnitt saß. Ein bisschen bemitleidete er sie aber auch. Produktionsarbeiterin im Fischgroßhandel war keine leichte und saubere Arbeit. Im Akkord mussten Tonnen von Fisch in verkaufsfertige Filets verarbeitet werden. Ob sie den Fischgeruch nach Feierabend überhaupt wieder loswurde?

»Das hat aber nicht zum Ende des Stalking geführt?«, fragte Florian.

»Nein, Matthias hat ihr dann dauernd Liebesbeweise vor die Tür gelegt. Liebesbriefe, Blumen und Geschenke.«

»Was hat sie mit den Sachen gemacht?«

»In die Mülltonne geworfen. Das hat der Matthias auch bemerkt, denn er hat sogar Julias Abfall durchwühlt. Nachbarn haben ihn beobachtet, wie er seine Geschenke in ihrem Müll fand und dann wütend herumschrie.«

»Was kam als Nächstes?«

»Das Verfolgen und Auflauern. Er lungerte häufig bei ihr vor der Tür herum, versuchte, sie bei Shootings abzupassen, und folgte ihr sogar in den Supermarkt.«

»Wie hat das auf Julia gewirkt?«

»Mit den Stacheln muss man aufpassen. Sie sind giftig«, sagte Frau Nitsche. Sie vermied es, ihnen zu nahe zu kommen.

Florian kannte den Fisch bisher nur als paniertes Goldbarschfilet. Im Originalzustand war der rote Fisch mit den Glupschaugen und den Rückenstacheln ziemlich hässlich.

»Also noch mal, wie hat das auf Julia gewirkt?«

Frau Nitsche überlegte einen Augenblick.

»Sie hielt Matthias für gefährlich. Sie wusste, er war jähzornig und konnte ein Nein einfach nicht akzeptieren. Er hatte auch immer ein Messer bei sich. Sie bekam wirklich Angst und traute sich kaum noch, vor die Tür zu gehen.«

Frau Nitsche sah kurz zum Fenster hoch, an dem es geklopft hatte. Eine Möwe saß draußen auf dem Fenstersims, warf begehrliche Blicke auf die Fischberge und stocherte mit dem Schnabel am Fenster, um hineinzukommen.

»Matthias war durch nichts zu stoppen«, seufzte Frau Nitsche. »Weder die Anzeige noch das Hinschicken von Henrik haben was gebracht. Kurz darauf wurde sie ermordet.«

»Was ist eigentlich aus der Anzeige geworden?«, fragte Florian.

»Bis zu ihrem Tod nichts. Die Polizei hat die Anzeige aufgenommen und abgeheftet. Als sie schon beerdigt war, kam ein Schreiben der Staatsanwaltschaft, in dem sie mitteilten, dass sie nichts unternehmen würden, denn bei der Nachstellung handele es sich um ein Privatklagedelikt.«

»Das Stalking endete demnach erst mit Julias Tod?«

»Nicht einmal dann. Er lungerte auch danach noch vor ihrer Wohnung rum und legte Blumen vor ihre Tür. Ich habe ihn einmal selbst dabei beobachtet, als ich ihre Wohnung ausräumte.«

»Das ist seltsam«, sagte Florian.

»Als später Julias Todesanzeige erschien, rief er mich an und fragte, ob sie wirklich tot sei. Er wollte das erst nicht glauben und vermutete, Julia wolle durch die Anzeige ihren Tod nur vortäuschen, damit sie Ruhe vor ihm habe. Ich habe ihm gesagt, er soll die Zeitungsartikel über das ermordete Model lesen. Das sei nämlich Julia gewesen. Erst dann hörte dieser Scheißkerl mit dem Stalking auf.«

»Dann war er nicht Julias Mörder«, schlussfolgerte Florian. »Oder er ist sehr gerissen.«

»Halten Sie Kleinschmidt für gerissen?«

»Nein, unser Stalker ist nicht so clever.«

*Eine weitere Spur endet im Niemandsland,* dachte Florian frustriert. *Jetzt wird es verdammt eng.*

# 91

Der Mann hörte sie, bevor er sie sah.

Das Schlagen der Treppenhaustür und dann ihre Schritte.

Er stieg aus, versteckte sich hinter einer Säule und sah sich um. Die Tiefgarage war außer Nastassja, die sich etwas unsicher auf den Beinen und mit einem Pappkarton unter dem Arm ihrem Auto näherte, menschenleer. Der Herzschlag des Mannes beschleunigte sich. Adrenalin strömte durch seine Adern. Diese Momente kurz vor dem Zuschlagen waren immer die aufregendsten.

Sein Opfer kam näher.

Nastassja eilte zu ihrem Auto in der düsteren Tiefgarage. Eine Leuchtstoffröhre flackerte, die Schritte ihrer Pfennigabsätze hallten von den schmutzig-grauen Betonwänden wider und es roch nach Benzin. In Tiefgaragen hatte sie immer so ein mulmiges Gefühl. Sie warf einen schnellen Rundumblick in das Halbdunkel. Es war niemand zu sehen.

Plötzlich hörte er Motorengeräusche. Ein Auto bog um die Ecke. *Scheiße!* Wenn sie nicht ungestört waren, konnte er die Entführung vergessen.

Der Mann duckte sich und das Auto fuhr vorbei. Der Mann sah ihm nach, bis es verschwunden war.

Schnell kam er hinter der Säule hervor, öffnete die Heckklappe seines Kombis und setzte sich halb hinein.

Nastassja sah im Gehen auf ihre Armbanduhr. Es war 22.10 Uhr. Karsten würde gereizt sein, denn er hatte den Abend allein verbringen müssen. Der Pappkarton war schwer. Nastassja hatte kaum Schmuck verkauft. Sie fand das nicht schlimm, denn sie hatte sich nett unterhalten und ein paar Gläser Sekt getrunken. Aber Karsten würde ihr wieder mal vorhalten, dass sie ihre Zeit sinnlos verschwendete. Er sah die Schmuckfertigung nur als ihr Hobby an, das nichts einbrachte. Ein paar Meter vor ihrem Auto begann sie mit fahrigen Bewegungen, den Schlüsselbund aus ihrer Handtasche zu fingern, um rasch aufschließen zu können. Den Karton auf dem Unterarm balancierend war das gar nicht so einfach. Vielleicht hatte sie doch etwas zu viel Sekt getrunken.

»Oh Gott, mein Bein«, schrie er vor Schmerzen auf. »Helfen Sie mir!«

Nastassja Kusmin blieb abrupt stehen, als sie den verletzten Mann entdeckte.

Sein Hosenbein war zerfetzt. Blut tropfte herunter und hatte auf dem öligen Betonboden eine kleine Lache gebildet.

»Hilfe! Es tut so weh«, schrie der Mann erneut.

»Was ist passiert?«

»Angefahren … Unfallflucht«, stammelte der Mann.

Sein Gesicht war unter einer Baseballkappe verborgen, an seiner Schläfe schimmerte Blut.

Sie stellte den Pappkarton ab und eilte zu ihm, um zu helfen. Im Nähern zückte sie ihr Smartphone.

Der Mann stöhnte laut auf, schloss die Augen und sank auf die Ladefläche.

»Halten Sie durch. Ich rufe einen Krankenwagen.«

Mit dem Smartphone in der Hand beugte sich Nastassja Kusmin über den Mann.

Der nahm die im Seitenfach versteckte Elektroschockpistole, zielte auf ihre Brust und drückte ab.

Funken sprühend entlud der Taser seine Kraft. Sechzigtausend Volt jagten durch Nastassjas Körper.

Sie schrie auf.

Das Smartphone fiel scheppernd auf den Betonboden.

Ihr Körper zuckte noch zweimal krampfartig und erschlaffte dann. Der Geruch versengten Fleisches lag in der Luft.

Der Mann zog sie noch im Fallen auf die Ladefläche des Kombis.

# 92

Florian saß zusammengesunken und vornübergebeugt auf einer tannengrünen Parkbank auf dem Friedhof Ohlsdorf. Er hielt ein zerrissenes Papiertaschentuch in den Händen. Über Nacht war Schnee gefallen und hatte sich wie ein Leichentuch über die Stadt gelegt. Florians heiße Tränen hatten Löcher in den Schnee unter ihm geschmolzen. Auf der baumbestandenen Wiese neben ihm stolzierten ein paar Krähen auf der Suche nach Futter umher. Entfernt war eine Kirchenglocke zu hören. Es roch nach frischer Erde, den Tannenzweigen der Kränze und klarer Winterluft. Zwischen den verschneiten Bäumen hing Nebel. Alles war weiß in weiß. Die Farbe des Todes.

Vor einer halben Stunde war sein Vater hier beerdigt worden. Anwesend waren nur er, der Bestatter und vier Totengräber gewesen. Sein Bruder hatte keinen Freigang bekommen. Zwischen Weihnachten und Neujahr hatten viele Gefängniswärter Urlaub, weshalb es nicht möglich gewesen war, zwei von ihnen für eine Ausführung zur Beerdigung abzustellen. Eine Grabrede des Bestatters hätte extra gekostet, daher war die Beerdigung schweigend abgelaufen und in wenigen Minuten vorüber gewesen. Das Grab war schon vorher ausgehoben gewesen, der Sarg wurde hinabgelassen und die Erde wieder darauf geschaufelt. Sein Vater lag nun Seite an Seite mit Astrid, seiner Frau. Er stand noch nicht auf dem Grabstein, denn Florian hatte auch für den Steinmetz kein Geld gehabt.

Die Kälte kroch seine Beine hoch und es wäre an der Zeit gewesen, zu gehen. Doch seine Gedanken hielten ihn gelähmt auf der Parkbank fest. Er war jetzt mit erst fünfundzwanzig Jahren völlig auf sich allein gestellt. Beide Eltern tot und der Bruder im Gefängnis. Nicht dass sein Vater ihm in den letzten Jahren eine große Stütze gewesen wäre. Aber er vermisste ihn trotzdem. Florian wusste, mit dem Tod des letzten Elternteils musste er endgültig erwachsen werden. Es gab jetzt niemanden mehr, der ihn einfach in die Arme nahm und zuhörte, wie es nur Eltern tun. Auch wenn sein Vater ihn vernachlässigt hatte, hatte er ihn geliebt. Ohne ihn wäre er nicht auf der Welt gewesen. Und wenn er in den Spiegel schaute, erkannte er vieles von seinem Vater wieder. Die blauen Augen, das dichte schwarze Haar und das jungenhafte Grinsen hatte er von ihm geerbt. Als kleiner Junge hatte Florian seinen Vater in seiner Uniform bewundert. Sein Vater hatte früher häufig von seinem Berufsalltag als Polizist erzählt. So war in Florian das Interesse für die Kriminalität und das Recht geweckt worden, was letztlich zu dem Jurastudium geführt hatte. Sein Vater war auch immer ein guter Zuhörer gewesen. Florian bereute, sich nie mit seinem Vater ausgesprochen zu haben. Es gab viele wunde Punkte in seiner Kindheit und den Unfalltod seiner Mutter, die sie hätten klären müssen. Aber dafür war es nun zu spät.

Abwesend registrierte er eine sich nähernde Person, die sich neben ihm auf die Bank setzte. Er sah hoch und erkannte mit tränenverschleiertem Blick Saskia.

Vorsichtig nahm sie seine Hand.

»Komm, lass uns einen Kaffee trinken gehen.«

# 93

Florian war der Verzweiflung nahe.

Er saß auf der Matratze in seinem WG-Zimmer und starrte die Eiskristalle am Fenster an. Draußen waren schon die ersten Böllerschüsse zu hören, obwohl es noch zwölf Stunden bis zum Jahreswechsel waren. Er nahm die Zigarettenpackung neben sich und wollte sich eine anzünden. Doch eine Zigarette würde ihm bei dem Fall Hoffmann auch nicht weiterhelfen. Und er wollte auch kein *Zigarettensuchtkrüppel* mehr sein, wie Saskia ihn spitz genannt hatte. Sie hatten nach der Beerdigung noch einen Kaffee zusammen getrunken, was ihm gut getan hatte. Sie würde Silvester bei ihrer Familie verbringen. Er warf die Packung in hohem Bogen in den Papierkorb. Durch den Fall Hoffmann hatte er sich zum ersten Mal wirklich für Jura interessiert. Und ihm tat der unschuldig einsitzende Hoffmann leid. Doch der Fall war hoffnungslos. Seit über zwei Monaten saßen sie an dem Fall und hatten weder einen Fehler in der Verurteilung Hoffmanns finden noch den wahren Mörder entlarven können. Der Verdacht gegen Schneider und Kleinschmidt hatte sich in Luft aufgelöst.

Florian sah missmutig auf den Stapel Ermittlungsunterlagen auf seinem Schreibtisch. Als einzigen Verdächtigen hatten sie noch den Fotografen Anderson. *Doppelmörder gefasst – Fotograf durch DNA überführt* lauteten die Schlagzeilen. Für die Polizei und die Presse schien der Fall klar zu sein. Florian war sich da nicht mehr so sicher. Sahen die Beweise gegen Anderson nicht zu gut aus, um wahr zu sein? Jemand, der schon einmal wegen einer Sexualstraftat verdächtigt wurde und dessen Fingerabdrücke und DNA bei der Polizei gespeichert waren, hätte doch keine so eindeutigen Spuren hinterlassen. Was wäre, spekulierte Florian, wenn es einen Laborfehler gab? Dem Heilbronner Phantom waren schließlich auch über vierzig Straftaten zur Last gelegt worden, bis sich herausgestellte, dass alle DNA-Spuren von einer Arbeiterin stammten, die spezielle Wattestäbchen für die Spurensicherung verpackte. Oder seine These, dass Hoffmann mit dem Sperma hereingelegt worden war: Konnte die nicht auch für Anderson gelten? Wenn er doch nur herauskriegen könnte, ob das Hoffmann belastende Sperma aus dem *Aphrodite* stammte. Ob Anderson das Bordell auch besucht hatte? Sein Bauchgefühl sagte ihm, dass der Fotograf nicht der Serienmörder war. Es gab aber auch keine anderen Verdächtigen oder sonstige Ermittlungsansätze. Der Fall Hoffmann war tot. Und was macht man, wenn man entdeckt, dass man ein totes Pferd reitet? Man steigt ab.

Florian vergrub die Hände im Gesicht. Er war kein Spürhund wie sein Vater. Er fühlte sich tatsächlich wie ein Versager, weil er Hoffmann nicht hatte helfen können, genauso, wie er auch schon seinen Bruder nicht vor dem Gefängnis hatte bewahren können. Robert hatte sich keinen Anwalt leisten können, als er einer Einbruchserie beschuldigt wurde. Florian war damals im dritten Semester gewesen und hatte versucht, ihn zu verteidigen. Er hatte eine Einlassung an die Kripo geschrieben, mit der er Einwände aus einem Strafprozess-Lehrbuch erhoben hatte. Doch diese theoretischen Lesefrüchte waren nicht so recht fallrelevant gewesen und hatte vor allem die erdrückende Beweislage nicht erschüttern können. Auf den entscheidenden Antrag auf Anwendung von Jugendstrafrecht war Florian nicht gekommen. Robert war damals zwanzig gewesen und auch bei Heranwachsenden kann unter bestimmten Voraussetzungen noch das sehr viel mildere Jugendstrafrecht angewandt werden. Dann wäre vielleicht eine weitere Bewährung drin gewesen. Die mit einer gehörigen Portion Empörung geschriebene Einlassung ließ Robert jedoch uneinsichtig wirken und hatte letztlich mehr geschadet als genützt. Der Versuch einer Verteidigung war erfolglos geblieben, denn Robert wurde angeklagt und vor Gericht gestellt. Florians Anfängerwissen im Strafrecht hatte einfach nicht ausgereicht. Im Prozess wurde Robert dann ein Pflichtverteidiger bestellt, der aber auch nichts mehr machen konnte. Nachdem Robert schon von der Polizei und auch von der Staatsanwaltschaft nach dem Erwachsenenstrafrecht behandelt worden war, wollte das Gericht in dem späten Verfahrensstadium nichts mehr von der Anwendung des Jugendstrafrechts hören. Florians einzigen beiden Versuche, jemand durch sein juristisches Wissen zu helfen, hatten zur Endstation Santa Fu geführt. Ungerechterweise hatte Robert Florian für die vierjährige Freiheitsstrafe verantwortlich gemacht. Er hatte ihm vorgeworfen, ihn nicht vor dem Knast bewahrt zu haben. Ihr Verhältnis hatte darunter gelitten. Erst im Lauf der Zeit und nach vielen Gesprächen war Robert zu der Erkenntnis gelangt, dass ihn seine kriminelle Karriere und nicht Florian ins Gefängnis gebracht hatte.

Ein Klingelton meldete den Eingang einer SMS. Florian hatte sich im Internet ein Abo für Hamburger Nachrichten über Verbrechen eingerichtet. »Model Nastassja Kusmin wurde entführt«, stand in der Überschrift. Es lief ihm eiskalt über den Rücken und sein Herz zog sich zusammen. Der Mörder war noch auf freiem Fuß. Hatte er sich wieder ein Mädchen geholt? Dieser Tag wurde immer beschissener.

# 94

Als Nastassja Kusmin aufwachte, war sie orientierungslos. Sie hatte Kopfschmerzen und fühlte sich benommen. Von der Decke schaute ihr das eigene Spiegelbild entgegen. Sie lag auf einem Bett. Es war nichts zu hören und sie roch Desinfektionsmittel.

*Wo war sie?*

Sie sah sich um. Es gab kein Fenster. An der Wand standen ein Andreaskreuz aus schwarz lackiertem Holz und eine Kommode. Darüber befand sich eine Leiste, an der Hand- und Fußfesseln, Peitschen, Knebel und Masken hingen. Am Ende einer mittelalterlichen Peitsche hing eine dornengespickte Eisenkugel. Die andere Wand und die Decke waren verspiegelt.

*Eine Folterkammer?*

Nastassjas Herzschlag setzte einen Moment aus. Als sie versuchte sich aufzurichten, stellte sie fest, dass ihre Hände mit Handschellen an das Bettgestell gefesselt waren. Sie hob ihren Kopf und sah, dass auch ihre Füße angekettet waren. Eisige Beklemmung schnürte ihre Brust ein. Im Deckenspiegel konnte sie sehen, dass sie mit gespreizten Armen und Beinen gefesselt auf einem Stahlbett lag. Sie fröstelte am ganzen Körper, obwohl sie noch ihr Kleid an hatte.

Nastassja versuchte sich zu erinnern, was ihr passiert war und wie sie hierher gekommen war. Sie erinnerte sich an den Prosecco-Empfang auf der Schmuckausstellung, einen verletzten Mann in der Tiefgarage und dann – Filmriss.

Plötzlich hörte sie die Tür aufgehen und Schritte, die auf sie zukamen. Ein Mann beugte sich über sie.

»Ausgeschlafen?«, fragte er.

Nastassja spürte, wie sich ihr Herzschlag beschleunigte.

Sie musterte ihn.

»Ich kenne Sie. Sie haben mich beim Shopping angesprochen.«

Der Mann setzte sich auf die Bettkante. Sie drehte ihren Kopf weg.

»Und du hast mich abblitzen lassen. Deshalb musste ich dich tasern, um dich hierher zu bekommen.«

Sie strampelte wütend und zog mit aller Kraft an den Hand- und Fußschellen, doch sie gaben nicht nach. Resigniert ließ sie ihren Kopf auf das Kissen sinken.

»Sie haben mich entführt!«

»Das wäre nicht nötig gewesen, wenn du ein wenig kooperativer gewesen wärest.«

Nastassja erkannte ihre ausweglose Lage. Sie war diesem Vergewaltiger wehrlos ausgeliefert. Ihre Augen füllten sich mit Tränen. Sie zitterte am ganzen Körper.

»Bitte tun Sie mir nicht weh«, schluchzte Nastassja.

Ein Strom verlaufender Mascara lief ihr über die Wangen.

»Bitte machen Sie mich los. Ich mache auch alles, was Sie mir sagen.«

Der Mann strich ihr mit seinen langen, manikürten Fingern über die Haare.

»Weißt du, ich hatte noch nie eine Rothaarige. Mit dir werde ich mir viel Zeit lassen«, sagte er.

»Bitte, bitte«, wimmerte Nastassja.

Mit tränenverschleierten Blick sah sie ihn flehentlich an.

»Findest du mich schön?«, fragte der Mann.

# 95

Saskia warf einen zweifelnden Blick auf das *Aphrodite*, als sie gegenüber aus ihrem VW Beetle ausstieg. Von außen war nicht zu sehen, was hinter den Mauern vor sich ging. Einen Augenblick stand sie unschlüssig auf der anderen Straßenseite.

*Was wird mich erwarten?* Wahrscheinlich war es da drinnen schmutzig und plüschig rot. Aus Osteuropa verschleppte Frauen mussten hier ihren Körper an ältere Männer verkaufen. Widerlich!

Saskia überquerte die Straße. Auf dem Parkplatz vor dem *Aphrodite* standen etwa zwanzig Autos der Mittelklasse. Griechische Statuen nackter Männer und Frauen säumten den Weg zu dem weißen Gebäude, dessen Eingang von Säulen flankiert wurde. An einer lehnte Zigarette rauchend ein Security-Mann. Er nickte ihr nur kurz zu, als sie ihn passierte.

Saskia wollte Florians Theorie nachgehen, nach der es hier möglich sein konnte, an das Sperma von Männern zu gelangen. Sie war mittlerweile ebenfalls von Hoffmanns Unschuld überzeugt, aber wenn er hereingelegt worden war, musste der Täter irgendwie an sein Sperma gekommen sein. Florian war hier abgeblitzt. Deshalb wollte sie es selbst noch mal versuchen. Außerdem würde sie Florian, der nichts von ihrem Plan wusste, und nicht zuletzt sich selbst beweisen, dass sie nicht verklemmt war. Dauernd zog er sie damit auf.

Nach dem Eintreten stand Saskia unvermutet vor einem Empfangstresen, der an den eines Hotels erinnerte. Die Glasflächen des Tresens glänzten aseptisch unter hellen Halogenstrahlern und es roch nach Reinigungsmitteln. Im Regal hinter dem Tresen stapelten sich Handtücher und Bademäntel. Sie hatte sich das Innere des Bordells eher verkeimt und spärlich rot beleuchtet vorgestellt. Die etwa dreißigjährige Frau hinter dem Tresen war eine typische Hanseatin. Blaue Augen, blond und groß. Sie trug eine weiße Bluse und einen schwarzen Rock.

Die Rezeptionistin musterte sie mit kühlem Blick und fragte: »Bist du Studentin?«

»Ja.«

»Du kannst bei uns viel Geld bei freier Zeiteinteilung verdienen. Mehrere unserer Mädchen studieren.«

»Oh nein, ich komme nicht wegen eines Jobs«, sagte Saskia und hob abwehrend die Hände.

»Sondern?«, fragte die Rezeptionistin.

»Das ist ein bisschen kompliziert. Ich bin Jurastudentin und arbeite an einem Fall, in dem der Täter möglicherweise mit fremdem Sperma eine falsche Spur gelegt hat. Deshalb wollte ich herausfinden, ob es grundsätzlich möglich ist, sich in einem Bordell Sperma zu besorgen.«

»Hat dein Fall etwas mit Kunden des *Aphrodite* zu tun?«

»Nein, es ist ein Lehrbuchfall ohne real existierende Personen«, log Saskia. »Ich möchte nur wissen, wo das Sperma der Kunden bleibt und ob ein Dritter theoretisch drankommen könnte.«

»Komm mit. Es ist ohnehin gerade nichts los«, sagte die Rezeptionistin.

Saskia zögerte.

»Willst du nun wissen, wo das Sperma bleibt, oder nicht?«, fragte die Rezeptionistin.

Saskia gab sich einen Ruck und folgte der Frau durch die Wellness-Anlage nach hinten. Sie gingen an einem Schwimmbecken und einem Whirlpool vorbei. An der Seite sah sie eine Bar und ein Kino. Nackte griechische Götter an den Wänden, rote Sitzgruppen und schummrige Beleuchtung schufen ein Ambiente wie aus Tausendundeiner Nacht. Auf den Barhockern saßen ein Dutzend junger Frauen, die nichts anderes als kniehohe Stiefel anhatten. Dazwischen blitzten die weißen Bademäntel zweier Männer auf. Saskia schaute schnell weg. Sie verdrängte den Gedanken, was später auf den Zimmern passieren würde. Die Rezeptionistin führte sie durch die Küche zum Hinterausgang. Draußen zeigte sie auf einen Müllcontainer, der an der Rückseite des Gebäudes stand.

»Hier hast du die Antwort auf deine Frage.«

Die Frau machte die Klappe des Containers auf. Darin war ein Meer aus kleinen Müllbeuteln zu sehen.

Saskia stand eineinhalb Meter entfernt.

»Du musst schon ein Stück näher kommen«, sagte die Rezeptionistin.

Saskia machte widerstrebend drei Schritte auf den Container zu. »Das sind aber viele Beutel«, stellte sie fest.

»Das ist bei dreihundert Freiern täglich kein Wunder«, sagte die Frau und holte einen transparenten Müllbeutel heraus. Darin waren benutzte Kondome und Papiertücher zu sehen.

Ein angewiderter Ausdruck huschte über Saskias Gesicht. Sie wich einen Schritt zurück. Hoffentlich drückte die Frau ihr das eklige Zeug nicht in die Hand.

»Die Papierkörbe der Zimmer werden täglich geleert und die Hinterlassenschaften der Männer landen dann hier.«

Die stewardessenhafte Frau warf den Müllbeutel zurück und klappte den Container wieder zu.

Saskia war erleichtert. Sie sah sich um. Hinten war ein Kanal, links ein Reifenhändler und rechts eine Brachfläche.

»Das Grundstück ist nicht eingezäunt«, erklärte die Tresenkraft, die Saskias Blick bemerkt hatte. »Theoretisch könnte jeder an den Container herankommen und sich ein benutztes Kondom hier herausfischen.«

*Florian hat doch recht*, dachte Saskia. Sein Instinkt war besser, als sie gedacht hatte, das musste sie zugeben.

# 96

Der Mann sah Nastassja Kusmin begehrlich an. Sein Blick wanderte über ihr Gesicht zu ihren Brüsten. Ihr Ausschnitt war verrutscht, sodass man den Rand ihres BHs zu sehen bekam. Sein Blick wanderte tiefer. Das dünne rote Kleid klebte zwar wie eine zweite Haut an ihrem schlanken Körper, doch beim Strampeln hatte sich ihr Kleid hochgeschoben. Ein weißer Seidenslip blitzte hervor. Er bekam einen Ständer, als er sich vorstellte, was er gleich mit ihr anstellen würde.

Nastassja Kusmin starrte ihn mit angstgeweiteten Augen an. Er hatte den Taser in der Hand.

»Bitte tun Sie mir nichts«, bettelte Nastassja. »Ich werde alles machen, was Sie sagen.«

»Natürlich wirst du das«, sagte der Mann und fuhr mit dem Finger über den Lauf des Tasers.

Der Mann beugte sich zu ihr runter und wollte sie küssen. Plötzlich hielt er inne und rümpfte die Nase. Nach vierundzwanzig Stunden in seiner Gewalt roch Nastassja nicht mehr ganz so frisch. Sie war verheult, durchgeschwitzt und hatte eingenässt. Das törnte ihn mächtig ab.

»Würdest du dich für mich duschen?«

»Ja.«

»Ich mache dich jetzt los. Aber ich warne dich, Nastassja.« Er hielt ihr den Taser dicht vors Gesicht. Ein Elektrobogen blitzte knisternd zwischen den Kontakten auf. »Keine Spielchen, sonst werde ich dich grillen.«

Nastassja starrte mit geweiteten Pupillen den Taser an.

»Ich werde gehorchen.«

Der Mann fischte einen Schlüssel aus seiner Hosentasche und öffnete Hand- und Fußschellen. Nastassja rieb ihre schmerzenden Handgelenke.

»Nach dem Duschen wirst du dich wieder fesseln lassen und dich mir hingeben.«

Nastassja nickte.

»Komm mit.«

Der Mann packte Nastassja am Oberarm und führte sie aus dem Zimmer. Ihre Schritte waren unsicher. Über den Flur schob er sie zum Badezimmer.

»Die Tür ist nicht abschließbar und das Bad hat keine Fenster. Zieh dich nicht wieder an. Ich gebe dir fünf Minuten.«

Der Mann sah auf seine Armbanduhr.

Die Zeit lief.

Nastassja ging hinein. Der Mann hörte kurz darauf die Dusche angehen. Er stellte sich vor, wie das Wasser über ihre Brüste und ihren Po perlte. Ihr Modelkörper wäre gleich sauber und bereit für den letalen Fesselsex.

Der Mann sah auf seine Uhr.

Noch vier Minuten.

Den Mann erregte der Gedanke, gleich eine widerspenstige Rothaarige zu haben. Er nahm sich vor, sich mit ihr viel Zeit zu lassen.

Noch drei Minuten.

Vielleicht sollte er was anderes als Hand- und Fußschellen nehmen? In seiner Kommode und an der Leiste hatte er viel anderes Spielzeug.

Noch zwei Minuten.

Das Messer hatte er in der Hosentasche.

Eine Minute, dann würde er sie herausholen.

Plötzlich flog die Badezimmertür auf.

Nastassja stürmte heraus und sprühte ihm etwas ins Gesicht.

Ein heftiger brennender Schmerz durchzuckte ihn, als die Flüssigkeit seine Augen traf.

Der Mann schrie auf und schlug die Hände vor die Augen.

Wie ein Blitz schoss sie an ihm vorbei.

Nastassja rannte um ihr Leben.

# 97

Florian konnte es nicht glauben und sah Saskia mit offenem Mund an.

»Du hast was?«

»Ich war im *Aphrodite* und habe dort herausgefunden, dass die benutzten Kondome in einem frei zugänglichen Container landen, aus denen sie jeder herausfischen kann.«

Florian hatte gerade mit Cheng in der Küche Abendbrot gegessen, als Saskia überraschend vorbeigekommen war.

»Respekt, ich hätte nicht gedacht, dass du dich ins Bordell traust«, sagte Florian anerkennend.

Saskia ließ sich ihre Freude nicht anmerken.

»Erzähl mir alle schmutzigen Details«, forderte Florian sie auf.

Cheng löffelte still in einer Schüssel seine Suppe aus Glasnudeln, Sprossen und Garnelen, während Saskia ausführlich von ihrem Bordellbesuch berichtete.

»Das untermauert unsere These, dass Hoffmann hereingelegt wurde«, schlussfolgerte Florian. Er hatte also doch recht gehabt!

»Und Hoffmann war ein Zufallsopfer. Das *Aphrodite* ist ein Großbordell. In dem Container lagen hunderte Mülltüten mit jeweils dutzenden Kondomen. Es ist unmöglich, ein Kondom einem bestimmten Freier zuzuordnen«, sagte Saskia.

»Da sieht man mal wieder, wie klein die Welt ist. Denn Hoffmann hatte die ermordete Julia als Verkehrssünderin kennengelernt.«

»Solche Zufälle sind dann doch nicht so unwahrscheinlich.«

»Das bringt uns für den Beweis der Unschuld von Hoffmann aber auch nicht weiter«, sagte Florian. »Allein die hypothetische Möglichkeit, dass der wahre Mörder sich zufällig ein Kondom von Hoffmann aus einem Bordell geschnappt und damit eine falsche Spur gelegt haben könnte, reicht nicht. Wir wissen nämlich immer noch nicht, wer der Täter ist. Und für einen erfolgreichen Wiederaufnahmeantrag müssten wir schon Ross und Reiter benennen.«

Cheng war mit seiner Suppe fertig und stellte mit der Fernbedienung den Fernseher an. Er sah sich die Nachrichten an.

»Dann nehmen wir uns das Profiling der Bonnet noch einmal vor. Vielleicht bringt uns das auf neue Ideen«, sagte Saskia und holte eine Mappe aus ihrer Tasche.

»Die Polizei bittet um ihre Mithilfe«, tönte es aus dem Fernseher, nachdem Cheng den Ton lauter gestellt hatte. »Seit gestern wird das ehemalige Model Nastassja Kusmin vermisst …« Dann war das Foto einer rothaarigen Schönheit zu sehen. »Sie ist zuletzt im CCH gesehen worden. Ein Karton mit ihren Sachen ist in einer Tiefgarage unweit ihres Autos gefunden worden. Deshalb ist eine Entführung nicht auszuschließen.«

»Der Mörder hat sich vielleicht wieder ein Mädchen geholt«, sagte Florian nach dem Ende der Suchmeldung. »Das wäre der Beweis, dass es nicht der Fotograf war.«

Ein Lächeln blitzte in Florians Gesicht auf, weil er sich bestätigt fühlte. Doch es erstarb sofort wieder, als ihm die Todesgefahr bewusst wurde, in der Nastassja Kusmin möglicherweise schwebte.

»Während wir hier im Nebel stochern, liegt sie möglicherweise gerade gefesselt auf seinem Bett, wird vergewaltigt und umgebracht«, sagte Florian.

»Dann sollten wir uns jetzt auf die Mördersuche konzentrieren«, nahm Saskia den Faden wieder auf. »Punkt eins des Profilings der Bonnet war: Der Täter ist ein Mann.«

»Wir suchen also einen Mann«, stimmte Florian ihr zu.

»Warum keine Frau?«, fragte Cheng beiläufig.

Florian und Saskia sahen ihn verdutzt an.

»Wenn das Sperma aus dem Bordell entwendet worden ist, muss der Täter kein Mann sein«, erklärte Cheng. »Wer würde mit geklautem Sperma falsche Spuren legen, um den Tatverdacht von sich abzulenken? Für eine weibliche Täterin wäre das perfekt, weil die Polizei dann von Anfang an nur nach Männern fahnden würde. Ein männlicher Täter hätte sich diese Mühe wohl nicht gemacht, sondern durch den Gebrauch von Kondomen dafür gesorgt, dass überhaupt kein Sperma gefunden werden konnte.«

Florian war überrascht, von seinem sonst schweigsamen WG-Genossen vier Sätze am Stück zu hören.

»Dann wären wir die ganze Zeit auf der falschen Fährte gewesen«, sagte Saskia aufgeregt. »Wir haben immer nach einem Mann gesucht, der die Models fesselt, vergewaltigt und dann umbringt. Aber was ist, wenn der Täter kein sexbesessener Mann ist?« Saskia beugte sich vor. »Was ist, wenn er in Wahrheit eine Frau ist?«

Florian lehnte sich zurück und dachte nach.

»Dagegen sprechen drei Gründe«, hielt Florian Saskia entgegen. »Erstens ist kein Motiv ersichtlich. Ein Mann tötet Models, damit er Sex mit ihnen haben kann. Aber welches Motiv sollte eine Frau haben, wenn sie Sex durch entwendetes Sperma nur vortäuscht?«

Saskia fiel kein Gegenargument ein.

»Zweitens wurden die Frauen vergewaltigt. Und drittens sind weibliche Serienmörder sehr selten. Und wenn Frauen morden, sind es meist Beziehungstaten. Sie bringen ihre eigenen Kinder oder Ehemänner um, keine fremden Frauen.«

»Es gibt schon weibliche Serienmörderinnen«, entgegnete Saskia. »Ich denke da an Aileen Wuornos, die sieben Morde begangen hat.«

»Die Opfer waren alles Männer, keine Frauen. Sie hasste alle Männer«, hielt Florian entgegen. »Ich weiß alles über diesen Fall, denn ich habe die Verfilmung *Monster* mit Charlize Theron gesehen.«

»Du immer mit deinen Filmweisheiten.«

»Das ist Teil deines Problems. Du hast zu wenige Filme gesehen. Alle Rätsel des Lebens werden da gelöst.«

»Sagt wer?«

»Steve Martin in *Grand Canyon.*«

»Aber nicht das Rätsel unseres Falles.«

Einen Augenblick funkelten sich Florian und Saskia über den Küchentisch an.

»Die logische Schlussfolgerung ist, ihr müsst nach einer Frau suchen, die alle Frauen hasst«, sagte Cheng.

Schlagartig dämmerte es Florian. Er ahnte jetzt, wer die Mörderin war.

# 98

Nastassja rannte auf die Wohnungstür zu.

Sie hatte nur so getan, also ob sie duschen würde und hatte noch ihr Kleid an.

Sie riss an der Klinke. Die Tür war verschlossen. Sie war zusätzlich durch einen Panzerriegel gesichert. Hier würde sie nicht rauskommen.

Der Mann stolperte blind und schreiend ins Bad. Seine Augen brannten höllisch. Die Schlampe hatte ihm etwas Ätzendes ins Gesicht gesprüht. Er hielt den Kopf unter den Wasserhahn.

Nastassja rannte durch das Wohnzimmer zu einem raumhohen Fenster und riss es auf. Dreißig Meter unter ihr glänzte Kopfsteinpflaster. Dann kam ein Kanal und dahinter das nächste Lagerhaus. Links und rechts vom Fenster war nur rote Backsteinfassade. Das Fenster bot auch keinen Ausweg.

Sollte sie um Hilfe rufen? In den umliegenden Gebäuden brannte nirgendwo Licht und auf der Straße waren keine Menschen zu sehen. Es war zwecklos.

Immerhin hatte ihr der Blick aus dem Fenster zweierlei gesagt: Sie befand sich in Hafennähe, denn sie hatte einen Fleet und Brücken gesehen. Und es war der Silvesterabend. Vereinzelt stiegen Raketen in den Himmel und es waren Böller zu hören.

Nastassja hörte, wie der Wasserhahn geschlossen wurde.

»Dafür wirst du Schlampe büßen. Ich werde dich jetzt holen!«, brüllte der Mann.

Panisch sah sich Nastassja nach einer Fluchtmöglichkeit um.

Das kalte Wasser hatte seinen brennenden Augen gutgetan. Seine Augenlider klebten immer noch zusammen, aber der schreckliche Schmerz hatte ein wenig nachgelassen. Auf dem Boden vor dem Bad fand er die Sprühflasche mit dem Chlorreiniger, mit dem sie ihn außer Gefecht gesetzt hatte. Für die Spurenbeseitigung im Spielzimmer brauchte er ein scharfes Reinigungsmittel. Noch einmal würde er sich von ihr nicht überrumpeln lassen. Den Taser und sein Messer trug er noch bei sich. Sie würde ihm nicht entkommen. Es gab aus dem Loft im siebten Stock nur einen Ausgang. Und er hatte die Schlüssel dafür in der Tasche.

Nastassja hörte den Mann nach ihr suchen. Fieberhaft überlegte sie, was sie tun sollte. Nach einem Telefon Ausschau halten? Der Typ musste irgendwo eins haben. Oder sollte sie das Loft nach ihrer Handtasche mit ihrem Smartphone durchkämmen? Sie hörte den Mann näher kommen. Keine Zeit für die Suche nach einem Telefon.

Panisch schaute sie sich um. Wohin sollte sie fliehen?

Da entdeckte sie eine rechteckige Luke in der Decke. An der Wand hing eine Bedienstange, mit der sie die Luke öffnen konnte. Es kam eine Klappleiter herunter. Sie kletterte nach oben und schaute sich um. Vor ihr lag ein düsterer lang gezogener Dachboden mit hölzernem Gebälk. Er war mit Regalen, Kisten und Gerümpel vollgestellt, die dick mit Staub und

Spinnweben überzogen waren. Auf dem Dielenboden lag Bauschutt. Er war zehn Meter breit und unabsehbar tief. Sie konnte nur so weit sehen, wie das Licht aus der Bodenluke reichte. Es war kein zweiter Ausgang zu erkennen. Eine Sackgasse? Sollte sie besser wieder runtersteigen?

Da hörte Nastassja die Tritte des Mannes auf den knirschenden Sprossen hinter sich.

# 99

Die Blitze der ersten explodierenden Feuerwerksraketen zuckten in Chengs Zimmer, das aussah wie die Brücke der *Enterprise.* Auf dem großen Schreibtisch standen drei Monitore, darunter vier Rechner. Sie hatten keine Gehäuse. In der Zimmerecke lag eine Matratze auf dem Boden. Daneben standen Regale voll mit Bauteilen, chinesischen Büchern und Computerliteratur. An der Wand hing ein einsames *Star-Trek*-Filmplakat. Das hatte Simon Mister Spock geschenkt, damit die weißen Wände nicht so kahl aussahen.

Cheng setzte sich auf den Schreibtischstuhl, Florian und Saskia standen mangels Sitzgelegenheiten daneben. Einer der Computer fuhr piepsend und surrend hoch.

»Nun sag schon endlich, was für eine Idee du hast«, insistierte Saskia.

»Cheng hat recht. Wir suchen nach einer Frau, die alle Frauen hasst.«

Saskia hörte Florian gebannt zu.

»Den Opfern wurde das Gesicht zerschnitten, was ein Ausdruck von Frauenhass ist. Die Täterin wollte die Models nicht einfach umbringen, sie wollte ihnen ihre Schönheit nehmen.«

Florian sah Saskia und Cheng vielsagend an.

»Da kommt ihr nie drauf.«

»Los, sag!«, drängte Saskia.

»Es ist jemand, den du kennst.«

Florian zögerte die Antwort bewusst hinaus.

»Nun spann uns nicht länger auf die Folter.«

»Christin Bonnet«, ließ Florian die Bombe platzen. »Sie ist auch entstellt, denn sie hat diese stark überschminkte Narbe im Gesicht. Was mir bei dem Profiling merkwürdig vorgekommen ist, war, dass sie von Julia Nitsche immer nur als dem *Opfer* sprach, das zudem sterben musste, weil es den Täter durch Jugend, Attraktivität und sexuelle Freizügigkeit angelockt hat. Das klang nicht sehr empathisch, sondern eher so, als würde Bonnet solche Frauen verachten.«

Ein Ausdruck der Erkenntnis huschte über Saskias Gesicht.

»Stimmt, mir ist auch ihre Einmischung in das Seminar merkwürdig vorgekommen. Sie wollte über unsere Ermittlungen immer genau Bescheid wissen, hat zu diesen im Grunde aber kaum etwas beigetragen.«

»Weißt du, wie es zu ihrer Gesichtsverletzung gekommen ist?«, fragte Florian.

»Nein. Mir ist natürlich auch aufgefallen, dass sie diese Narbe hat, nie lächelt und ihr Gesicht manchmal so komisch zuckt. Aber ich habe mich nie getraut, sie darauf anzusprechen«, antwortete Saskia.

Cheng saß vor seiner Tastatur. Das Suchmenü blinkte erwartungsvoll auf dem Bildschirm.

»Gib mal *Christin Bonnet* ein«, sagte Florian.

Cheng ließ die Fingerknöchel knacken und hämmerte ein paar Befehle in die Tastatur.

Auf dem Bildschirm erschienen in Sekundenbruchteilen dutzende Treffer, durch die sie nun scrollten. Es gab vereinzelt

Verweise auf ihr Studium, außerdem ihre Praxis-Homepage und auch etwas über ihre Profiler-Ausbildung in den USA.

»Hast du irgendetwas aus der Zeit vor ihrem Psychologiestudium?«, fragte Florian nach zehn Minuten.

Wieder flogen Chengs Finger über die Tastatur. Sein sonst schon blasses Gesicht sah im kalten Licht des Monitors bläulich aus.

»Nope«, antwortete Cheng.

»Das ist merkwürdig«, sagte Saskia.

»Vielleicht hatte sie früher einen anderen Namen«, meinte Florian. »Kommst du ins Melderegister?«

»Ich komme in jeden Rechner, der mit dem Internet verbunden ist«, sagte Cheng und machte sich an die Arbeit.

Cheng hatte wenig Schwierigkeiten, sich in das Computersystem des Einwohnermeldeamts einzuhacken. Es war für Onlineauskünfte registrierter Nutzer mit dem Internet verbunden. Die Sperren zu umgehen, war für ihn ein Leichtes.

»Bingo«, sagte Cheng nach drei Minuten. Auf dem Bildschirm erschienen Bonnets Geburtsdatum und -ort, ihr Familienstand und alle früheren Anschriften samt Tag des Ein- und Auszuges.

»Das ist interessant. Bonnet hat ein paar Jahre den Künstlernamen Céline Bouguet geführt und wurde in München geboren«, sagte Florian.

»Sie hat einen leichten bayerischen Akzent und hat beim Coaching mal was von München erwähnt«, fiel Saskia ein.

»Und jetzt googeln wir Céline Bouguet«, sagte Florian.

*Volltreffer!* Christin Bonnet hatte früher unter dem Künstlernamen Céline Bouguet als Model und Moderatorin gearbeitet. Sie war eine attraktive junge Frau gewesen, der alle eine große Karriere voraussagten. Die junge Christin lächelte ihnen auf einem Foto mit unversehrtem Gesicht entgegen. Das jähe Ende war mit einem Arbeitsunfall gekommen, über den in einer Zeitungsmeldung berichtet wurde. Durch einen explodierenden Scheinwerfer hatte sie schwere Gesichtsverletzungen erlitten. In einem Folgeartikel ein halbes Jahr später wurde über das Ende ihrer Modelkarriere berichtet, da trotz mehrerer Operationen eine entstellende Narbe im Gesicht zurückgeblieben war.

»Nach dem Unfall konnte sie nicht mehr als Model arbeiten, hat wieder ihren alten Namen angenommen und Psychologie studiert«, fasste Saskia zusammen.

»Vielleicht will sie mit dem Gesichtzerschneiden den Opfern antun, was sie selbst erlitt?«, mutmaßte Florian. »Ihnen auch ihre Schönheit nehmen.«

»Das wäre gestört. Die Models haben doch keine Schuld an ihrem Unfall«, konterte Saskia.

»Stimmt, aber der Fotograf bei dem Scheinwerferunfall und der jetzt verhaftete klingen ähnlich. Cheng, geh noch mal zu dem ersten Zeitungsartikel zurück.«

Cheng tat, wie ihm geheißen.

Florian zeigte auf den Monitor. »Hier schau mal. Philipp Andresen hieß der Fotograf. Das wird der heutige Philippe Anderson sein. Wahrscheinlich findet er es hip, wenn sein Name international klingt.«

»Meinst du, Anderson wurde von der Bonnet hereingelegt?«

»Könnte eine späte Rache gewesen sein.«

»Was machen wir jetzt?«

»Wir statten der Dame einen Besuch ab.«

# 100

Der Kopf des Mannes tauchte in der Bodenluke auf.

Nastassja hechtete hinter einem ausrangierten Regal nach rechts und stieß mit dem Kopf gegen einen Stützbalken, den sie in der Dunkelheit nicht gesehen hatte. Sie konnte einen Schrei gerade noch unterdrücken. Sie tastete sich benommen mit den Händen die Dachschräge längs. Das Holz fühlte sich rau und rissig unter ihren Fingern an. Plötzlich spürte sie etwas Watteweiches im Gesicht und wischte es panisch weg. Es waren Spinnweben. Am Rand der Dachschräge konnte sie nicht mehr stehen, sondern nur noch hocken. Hinter zwei aufgestapelten Kisten versteckte sie sich. Nastassja konnte kaum etwas sehen. Sie hörte den Mann die letzten Sprossen der Leiter hochklettern und seinen schweren Atem. Eine Gänsehaut kroch ihre Arme hoch. Es war kalt auf dem Dachboden. Sie rieb sich mit den Händen ihre nackten Oberarme.

Der Mann kletterte auf den Dachboden und spähte mit einem Auge umher. Das andere war immer noch von dem Chlorreiniger zugeschwollen. Er meinte, ihren Schatten gerade noch weghuschen gesehen zu haben. Doch er konnte auf dem dunklen Dachboden nichts erkennen. Er drückte den Lichtschalter, aber die tellerförmige Hängelampe blieb dunkel. Die Glühbirne war schon vor Jahren durchgebrannt. Es gab nur vereinzelte kleine Dachfenster, durch die dann und wann kurz ein Lichtschein hereinfiel, wenn draußen eine Rakete explodierte. Zudem war der Dachboden voll Gerümpel. Sein Loft war vor dem Umbau der Lagerboden eines Gewürzhändlers gewesen. Die Bauarbeiter hatten einfach alles Inventar nach oben auf den Dachboden gebracht, wo es in Vergessenheit geraten war. Säcke und Holzkisten mit längst vergammelten Gewürzen, Regale mit Dosen und eine Sackwaage mit Eisengewichten standen dort herum.

Der Mann wartete, bis sich sein Auge allmählich an die Dunkelheit gewöhnt hatte. Doch er konnte sie nicht entdecken. Er horchte angestrengt. Nichts rührte sich.

Schön, sie wollte Verstecken spielen. Die Schlampe hatte nicht die geringste Chance, zu entkommen. Aus diesem Dachboden gab es nur zwei Wege: der Sprung aus dreißig Metern in die Tiefe oder den durch sein Loft. Und sie war unbewaffnet, während er einen Taser und ein Messer bei sich trug. Was er noch brauchte, war eine Taschenlampe. Er musste eine in der Küche haben.

Dann würde die Jagd beginnen.

Während er die Leiter heruntersteig, kam ihm eine bessere Idee.

# 101

»Nastassja! Da ist ein Anruf für dich.«

Nastassja horchte auf. Das klang zu gut, um wahr zu sein.

»Da ist Karsten für dich dran. Er will zahlen, damit ich dich freilasse. Aber erst will er mit dir sprechen, damit er weiß, dass du am Leben bist.«

*Lösegeld?*, fragte Nastassja sich. War sie entführt worden, damit ihr Freund für ihre Freilassung zahlte? Karsten war Millionär und hatte für seine Autoankäufe ständig große Mengen Bargeld in seinem Tresor. Und er war vernarrt in sie. Er würde zahlen, keine Frage. Und zweifellos würde er sie auf ihrem Handy zu erreichen versuchen, nachdem sie gestern Nacht nicht nach Hause gekommen war. Sie spähte um die Ecke der Kisten. Der Mann stand neben der Luke und hielt ihr leuchtendes Smartphone hoch.

»Karsten will dich sprechen«, rief der Mann lockend. »Nun komm schon raus.«

Nastassja war schon drauf und dran, aus ihrem Versteck zu kommen, da bekam sie Zweifel. Der Mann war ein Perverser, denn er hatte eine eigene Folterkammer. Angesichts des großen Lofts musste er auch wohlhabend ein. Er wollte Sex von ihr, kein Geld. Der Anruf von Karsten war eine Falle. Sie zog sich wieder in die Ecke zurück.

Die Schlampe war nicht darauf reingefallen. Sie war nicht herausgekommen. Der Mann hatte gleich nach der Entführung die SIM-Karte aus dem Smartphone herausgenommen, damit es nicht zu orten war. Er warf es wütend auf die Fliesen, wo es zersprang.

Dann nahm er eine Taschenlampe aus der Schublade.

Jetzt würde er sich die Schlampe vom Dachboden holen.

# 102

»Fahr schneller!«, herrschte Florian Saskia an.

Sie lenkte den VW Beetle mit neunzig Stundenkilometern durch das nächtliche Hamburg.

»Schneller geht nicht. Ich kann wegen des Qualms von den Raketen und Böllern kaum was sehen«, rechtfertigte Saskia sich.

»Wenn du Gas gibst, kommen wir vielleicht noch rechtzeitig, um Nastassja Kusmin zu retten.«

»Ruf lieber die Polizei an, statt mich vom Fahren abzulenken.«

»Nein, erst Heckscher.«

»Warum?«

»Er ist unser Ausbilder, und ich glaube, eigentlich ist er ein anständiger Kerl. Und bis wir die Polizei überzeugt haben ...«

Florian rief ihn über die Freisprechanlage des Autos an. Der Professor ging beim vierten Klingeln ran. Er war kaum zu verstehen. Silvester zog es Abertausende an den Hafen, wo sie ein wahres Inferno aus Raketen und Böllern veranstalteten. Und Heckschers Boot lag mitten in diesem Kriegsgebiet.

Florian berichtete ihm von ihrem Verdacht gegen Christin Bonnet und ihren Internetrecherchen. Sie seien jetzt unterwegs zu ihrer Praxis, um sie zur Rede zu stellen. Sie hatte Saskia mal erzählt, Silvester würde sie dort bis abends die Quartalsabrechnungen erstellen.

»Gegen Ihre Theorie einer Frau als Täter spricht, dass die Opfer auch penetriert wurden«, tönte es blechern aus dem Lautsprecher.

»Auch das könnte eine Frau simulieren, mit einem Dildo zum Beispiel«, sagte Florian.

»Googeln Sie ihren Künstlernamen Céline Bouguet«, warf Saskia ein. »Sie finden dann Zeitungsberichte über ihre Modelkarriere und deren Ende durch den Scheinwerferunfall. Wenn Sie die Passage über ihre entstellende Narbe im Gesicht lesen, wird es auch Ihnen wie Schuppen von den Augen fallen.«

Heckscher erwiderte nichts. Stattdessen hörten sie das Klappern von Tastaturanschlägen.

Nach einer Weile sagte Heckscher: »Wenn Christin Bonnet unsere Mörderin ist, ist sie gefährlich. Sie dürfen nichts auf eigene Faust unternehmen. Wir treffen uns morgen in der Uni und …«

»Das geht nicht, Herr Professor«, unterbrach Florian ihn. »Ich glaube, sie hat sich Nastassja Kusmin geschnappt. Heute können wir sie vielleicht noch retten, morgen nur noch als Wasserleiche aus der Elbe ziehen.«

# 103

Die Sprossen knarrten.

Nastassja hob den Kopf und hörte den Mann wieder die Leiter hochsteigen. Sie lugte vorsichtig über die Kisten. Das wutverzerrte Gesicht des Mannes leuchtete im Schein einer explodierenden Rakete gruselig rot auf.

Sie duckte sich in die Ecke und verhielt sich ganz still. Sie hielt die Luft an. Der raue Backstein kratzte an ihrer Wange. Direkt über ihrem Kopf waren die rissigen Holzbretter des Dachs. Angespannt lauschte sie nach weiteren Geräuschen.

Der Lichtstrahl einer Taschenlampe tanzte über die Decke und ließ Spinnweben im Gebälk aufleuchten.

»Ich komme dich jetzt holen«, rief der Mann. Der Strahl der Taschenlampe bohrte sich suchend in den düsteren Dachboden. Erneut kroch eine Gänsehaut über ihre Unterarme und breitete sich über ihren ganzen Körper aus.

Ihre Sinne waren geschärft. Sie hörte, wie etwas unter seinen Füßen knirschte. Sachen wurde beiseite geräumt. Der Mann fing an, den Dachboden systematisch zu durchsuchen. Nach den Geräuschen und dem Lichtstrahl zu schließen war der Entführer etwa sechs Meter entfernt.

Er kam näher.

Der gleißend helle Strahl der Taschenlampe stocherte in dem Gerümpel. Der Mann kippte ein Regal um. Eine Staubwolke stieg empor, als es krachend auf den Boden aufschlug.

Fünf Meter.

»Du wirst es bitter bereuen, weggelaufen zu sein. Ich werde dir sehr wehtun«, rief der Mann wütend.

Der Mann trat gegen einen Kistenstapel, der polternd umfiel.

Vier Meter.

Nastassja überlegte fieberhaft, was sie tun sollte. Der Mann würde sie gleich in der Ecke kauernd entdecken. Sie konnte nirgendwohin.

»Die Handschellen und das Messer warten schon auf dich!«

Dem Geräusch nach hatte er die Taschenlampe auf einer Kiste abgelegt und auch der Lichtstrahl bewegte sich nicht mehr. Nastassja hörte, wie er mit dem Messer gegen die Handschellen schlug. Es klang wie ein Koch, der zum Essen ruft. Ihr Magen drehte sich bei der Vorstellung, was er ihr damit antun würde, um.

»Du kannst mir nicht entkommen.«

Der Mann schlug weiter rhythmisch mit dem Messer gegen die Handschellen.

Sie saß in der Falle. Und er war außer sich. Sie musste sofort raus hier.

Panisch überlegte Nastassja ihre Optionen. Der Mann war zwischen ihr und der Bodenluke.

Drei Meter.

Gegenüber war ein kleines Fenster. Durch das würde sie es zumindest auf das Dach schaffen. Das war im Moment der einzige Ausweg.

Nastassja stand vorsichtig auf. Der Dielenboden knarrte. Sie stieß im Stillen einen Fluch aus.

Zwei Meter.

Der Strahl der Taschenlampe bewegte sich wieder und glitt knapp über ihren Kopf hinweg. Sie konnte den Mann schwer atmen hören. Hatte er ihre Position erkannt? Sie hielt inne.

Doch dann widmete er sich einem Berg aus Kartons.

Sie schlich zwischen den Kisten geduckt langsam zur anderen Seite. Dabei stieß sie gegen einen Stapel Holzkisten. Eine darauf stehende Blechdose fiel herunter. Nastassja konnte sie in letzter Sekunde auffangen, bevor sie scheppernd aufschlug. Sie stellte die Dose ganz vorsichtig auf den Boden. Reglos blieb sie stehen und lauschte. Es war nichts zu hören. Wo war er?

Sekunden, die ihr wie Minuten vorkamen, war nichts von dem Entführer zu sehen und zu hören. Dann sah sie wieder den tanzenden Lichtstrahl und hörte ihn räumen. Vorsichtig machte sie einen Schritt in Richtung Fenster.

Mit jedem Schritt gewann sie etwas Abstand zu ihrem Peiniger.

Plötzlich kribbelte es in ihrer Nase. Sie war einer Kiste mit Pfeffer zu nahe gekommen. Sie hielt sich die Nase zu. Jetzt nur nicht niesen. Das hätte ihren Standort verraten.

Der Mann räumte nahe der Stelle, an der sie sich bis eben versteckt hatte, Gerümpel zur Seite.

Das Kribbeln in ihrer Nase war kaum auszuhalten.

Er kam wieder näher.

Nastassja hielt den Atem an und kniff ihre Nase fest, bis der Niesreiz nachließ. Sie sah nach ihm. Er war fünf Meter entfernt auf der anderen Dachbodenseite. Er hatte ihr den Rücken zugedreht und leuchtete in die Dachschräge.

Das war ihre Chance. Auf Zehenspitzen schlich sie zum Fenster. Vorsichtig stellte sie eine Kiste darunter, stieg hinauf und öffnete es langsam, um keine verräterischen Geräusche zu verursachen. Kühle Nachtluft drang herein. Das Fenster war klein, aber sie war schlank und würde hindurchpassen.

Nastassja warf einen Blick über ihre Schulter. Der Mann hatte das Öffnen des Fensters nicht bemerkt und suchte sie polternd weiter auf der anderen Seite.

Sie spähte hinaus und konnte weit unter sich das dunkle Wasser eines Kanals sehen. Das waren zwanzig, dreißig Meter nach unten. Zu hoch für einen Sprung ins Wasser? Egal, erst mal raus hier. Vielleicht würde sie vom Dach aus noch eine andere Möglichkeit nach unten finden.

Nastassja wollte gerade hinausklettern, da erfasste der Lichtstrahl der Taschenlampe sie.

Sie erstarrte mitten in der Bewegung. Mit schreckgeweiteten Augen sah sie nach hinten. Der Mann stand vier Meter hinter ihr. Mit der einen Hand hielt er eine Taschenlampe auf sie gerichtet, mit der anderen den Taser.

Ein doppelter Mündungsblitz zuckte auf. Zwei Pfeile flogen auf sie zu.

Sie begriff, dass ihre Flucht zu Ende war.

Sekundenbruchteile später bohrten sich zwei Stahlhaken in ihren Rücken und schickten sechzigtausend Volt durch ihren Körper.

# 104

Die Blaulichter zweier Streifenwagen tauchten wie Ufos aus dem Feuerwerksnebel auf. Sie kamen mit jaulenden Sirenen und quietschenden Reifen vor dem Professor zum Stehen. Vier uniformierte Polizisten stiegen aus.

»Da ist es«, sagte Heckscher aufgeregt und zeigte auf das ehemalige Lagerhaus hinter ihm. Sieben Stockwerke Backsteingotik erhoben sich dort in Elbnähe in den Himmel. »Der gesuchte Model-Mörder ist da drin und hat wahrscheinlich gerade Nastassja Kusmin in seiner Gewalt.«

»Woher wissen Sie das, Herr Professor?«, fragte der Einsatzleiter. Der Mann war Anfang vierzig, hatte einen Schnauzbart und schwarze Haare. Seine blassblauen Augen und seine tiefe Stimme strahlten Autorität aus.

»Meine Studenten ermitteln seit Wochen in den Serienmorden an den Models und haben Beweise. Aber jetzt ist keine Zeit für lange Erklärungen. Der Mörder hat Kusmin seit vierundzwanzig Stunden in seiner Gewalt und vielleicht kommen wir gerade noch rechtzeitig.«

»Wo sind Ihre Studenten?«

»Die sind auf dem Weg hierher. Aber wir haben keine Zeit für Diskussionen. Es besteht unmittelbare Gefahr für Leib und Leben der Kusmin.«

»Ihr Lebenspartner hat sie als vermisst gemeldet«, sagte der Einsatzleiter.

»Ja und sie ist höchstwahrscheinlich da drin«, sagte Heckscher nun etwas lauter und zeigte noch einmal auf das Lagerhaus. »Und wird gerade gefoltert und ermordet!«

Der Einsatzleiter sah stirnrunzelnd zu dem Lagerhaus hoch. Heckscher sah ihm an, dass er nachdachte.

»Okay, wir gehen rein«, sagte der Einsatzleiter zu seiner Truppe. Dann wandte er sich wieder an Heckscher. »Wie heißt der mutmaßliche Entführer?«

»Christin Bonnet.«

»Eine Frau demnach. Sehr ungewöhnlich.«

»Das lässt sich alles erklären, aber dafür haben wir jetzt keine Zeit.«

Der Einsatzleiter deutete ein Kopfschütteln an, gab ein Handzeichen und lief los.

Heckscher wurde bei dem Gedanken schlecht, dass er etwas mit einer Mörderin gehabt hatte.

In dem zum Büro- und Wohnhaus umgebauten Lagerhaus liefen die Polizisten die Treppen hoch. Ihre Stiefeltritte hallten im Treppenhaus wider.

Heckscher versuchte mitzuhalten und fragte sich, ob sie noch rechtzeitig kommen würden.

Dann hatten sie die Tür von Christin Bonnet erreicht.

Es war nichts zu hören.

*Würde die Entführte nicht um Hilfe schreien, wenn sie noch lebte?*, fragte Heckscher sich.

»Die Gesuchte ist Psychologin?«, sagte der Einsatzleiter nach einem Blick auf das Praxisschild. Erneutes Kopfschütteln.

Zwei Polizisten bauten sich mit gezogenen Pistolen neben der Tür auf.

Der Einsatzleiter sagte zu dem größten Polizisten: »Los Siggi, eintreten.«

Der ein Meter neunzig große und durchtrainierte Polizist mit dem Kurzhaarschnitt ging ein paar Schritte zurück, nahm Anlauf und trat die Tür in Höhe des Schlosses ein.

Die vier Polizisten stürmten hinein.

Heckscher hörte sie mehrfach »Gesichert« rufen.

Dann folgte er den Polizisten in die Praxis.

Sie war leer.

# 105

Nastassja schlug die Augen auf.

Gleichzeitig kam der Schmerz. Dort, wo sich die Stahlhaken des Tasers in ihren Rücken gebohrt hatten, brannte es höllisch.

Im Deckenspiegel sah sie sich wieder angekettet auf dem Stahlbett liegen. Der Mann saß auf dem Bettrand. Er setzte gerade neue Kartuschen in den Taser ein und legte ihn dann weg.

»Du hast wirklich geglaubt, mir zu entkommen?«, sprach der Mann sie an.

Nastassja antwortete nicht.

»Jetzt werden wir viel Spaß miteinander haben.«

Der Mann beugte sich mit geöffnetem Mund zu ihr runter. Verzweifelt versuchte Nastassja, ihr Gesicht wegzudrehen, doch er packte sie am Kinn, hielt sie eisern fest und küsste sie brutal auf den Mund. Er schmeckte nach Fisch und Alkohol. Ein Würgereiz stieg in ihr hoch. Dieser Perverse würde sie jetzt vergewaltigen und sie konnte nichts dagegen tun.

Plötzlich tauchte ein Messer in seiner Hand auf. Mit zitternden Nasenflügeln starrte sie es an. Dessen spitz zulaufende Klinge funkelte und endete in einem sargförmigen Griff.

»Du warst nicht brav und dafür wirst du jetzt büßen.«

Nastassja rüttelte an den Ketten. Es gab kein Entrinnen.

Er drückte ihr das Messer gegen die Wange. Kalter Stahl auf heißer Haut.

Ihr Herz raste.

»Bitte legen Sie das Messer weg. Sie brauchen es nicht, wenn Sie mit mir schlafen wollen«, bettelte Nastassja.

Der Mann fuhr mit dem Messer von ihrem Gesicht über ihr Kinn nach unten.

Das Messer kam ihrem Hals näher.

Und näher.

Sie versuchte, sich aus den Fesseln herauszuwinden, obwohl sie wusste, dass es zwecklos war.

Weit entfernt hörte sie ein Nebelhorn.

Die Klingenspitze berührte ihren Hals. Sie spürte die Schärfe des Stahls auf ihrer Haut. Sie hielt den Atem an und versuchte nicht zu schlucken.

Dann fuhr der Mann mit dem Messer zu ihrem Dekolleté. Mühelos durchtrennte die Klinge den Stoff ihres Kleides und die Träger des BHs. Ihre Brüste lagen frei.

»Sex genügt mir nicht. Ich werde dir deine Schönheit nehmen«, sagte der Mann.

Nastassja sah ihn mit gekräuselter Stirn an. Er wollte kein Geld und Sex genügte ihm auch nicht? Das ergab alles keinen Sinn.

»Mädchen wie du glauben, sie könnten im Leben allein durch ihr Aussehen alles haben. Sich jung und attraktiv einen Sugar Daddy angeln, nie mehr arbeiten müssen und fortan ein Leben in Luxus genießen.«

Der Mann lachte verächtlich.

»Ich weiß, wovon ich spreche, denn ich war früher auch sehr schön. Doch dann hatte ich einen Unfall.«

Der Mann zeigte auf seine Wange.

Was war das? Eine Narbe? Auch die Starre seines Gesichts fiel ihr auf. Sein Gesicht schien gelähmt zu sein, denn er lächelte nie. Langsam dämmerte es ihr, was sie schon bei ihrer ersten Begegnung im Einkaufszentrum irritiert hatte, ohne dass es ihr bewusst gewesen war.

»Aber Schönheit ist vergänglich. Ich werde sie dir mit ein paar Schnitten nehmen. Und dann bist du ein Niemand wie ich.«

Nastassja begann zu hyperventilieren.

Der Mann packte ihr Gesicht wieder mit der linken Hand.

Ihre gefesselten Hände krallten sich am Bettlaken fest.

Er hob die rechte Hand mit dem Messer.

Nastassja schrie in Todesangst.

Dann kam der erste Schnitt.

# 106

Sie hörten die gellenden Schreie einer Frau.

Florian und Saskia waren nur noch fünf Meter von dem Loft entfernt. Es lag in einem umgebauten Lagerhaus in der Speicherstadt. Bonnet hatte Saskia gegenüber im Coaching das Loft mit seinem spektakulären Hafenblick erwähnt. Sie hatten die Treppen genommen und nicht auf den Fahrstuhl gewartet.

Es waren Schreie wie in *Psycho,* nicht wie in *Deep Throat.*

Florian und Saskia wechselten einen schockierten Blick.

Die Schreie wurden hysterisch, klangen hochfrequent wie eine Kreissäge.

Beide spürten den Adrenalinschub.

Sie rannten zur Tür.

Florian rüttelte erfolglos an der Klinke der massiven Holztür.

»Was machen wir?«, fragte Florian.

»Du machst die Tür auf und ich rufe Heckscher an«, sagte Saskia atemlos.

»Warum keine Polizei?«

Die Schreie der Frau wurden noch schriller.

»Keine Zeit für zwei Anrufe. Heckscher soll die benachrichtigen.«

Florian nickte, nahm den Elektropick aus dem Rucksack, Saskia zückte ihr Handy.

»Scheiße, es sind zwei Schlösser«, sagte Florian und setzte das Gerät an das erste Schloss.

»Professor Heckscher, hier ist Cornelius. Unterwegs ist uns eingefallen, dass es in der kleinen Praxis der Bonnet kein Bondage-Zimmer geben kann. Wir stehen jetzt vor ihrem Loft in der Speicherstadt und hören die Schreie einer Frau.«

Das erste Schloss war offen, Florian setzte den Pick an das zweite an.

»Wir sollen uns nicht vom Fleck rühren und auf die Polizei warten, lautet die Anweisung von Heckscher«, sagte Saskia, nachdem sie die Adresse durchgegeben und das Telefonat beendet hatte.

Mit einem Klick war das zweite Schloss entsperrt. Aber das Entsperren schob den Panzerriegel noch nicht zur Seite.

Florian fingerte hektisch einen Dietrich aus seinem Rucksack, steckte ihn in das Schloss und drehte ihn. Schabend fuhr der Panzerriegel ein. Die Tür war endlich offen.

Durch den Türspalt wurden die Schreie lauter. »Also gehen wir rein«, erwiderte Florian.

Sie drangen in das Loft ein und folgten den Schreien.

Als sie in die Folterkammer stürmten, rissen sie vor Entsetzen die Augen weit auf.

Auf dem Bett lag eine gefesselte Frau.

Sie war voller Blut.

# 107

Der Mann hatte ein blutiges Messer in der Hand. In einer geschmeidigen Bewegung stieg er von dem Bett runter und zog einen Taser.

»Stehenbleiben! Eine falsche Bewegung und ich werde euch beide grillen«, brüllte er. Der rote Ziellaser wanderte zwischen beiden hin und her.

Florian und Saskia blieben schockiert stehen.

Die Szene erinnerte Florian an einen Horrorfilm. Die Frau stöhnte, lebte also noch. Sie hatte mehrere oberflächliche, aber stark blutende Schnittwunden im Gesicht. Ihr Hals war unversehrt. Noch. Sie waren in letzter Sekunde gekommen.

Saskia starrte den Mann ungläubig an. »Ich kenne Sie. Sie sind Frau Bonnet!«

Florian sah erst Saskia und dann den Mann irritiert an.

»Du bist ein kluges Kind«, sagte der Mann plötzlich mit hellerer Stimme, und löste seinen Pferdeschwanz. Lange blonde Haare fielen über Bonnets Schultern.

Die Frau wand sich stöhnend in den Ketten. Florian warf ihr einen besorgten Seitenblick zu. Die Wunden im Gesicht sahen furchtbar aus. Vor dem Bett hatte sich eine Blutlache gebildet. Sie kam langsam wieder zu sich.

»Das verstehe ich nicht«, sagte Florian.

»Ich gehöre dem dritten Geschlecht an. Ich habe sowohl Brüste als auch einen Penis. Ich lebe zwischen den Geschlechtern.«

Florian starrte ihn ungläubig an.

»Ein Zwitter?«

Bonnet fuchtelte mit dem Messer in Richtung Florian.

»Zwitter klingt nicht gut. Ich vereine das Beste beider Geschlechter in mir. Ich wurde mit einem Penis geboren und in der Pubertät wuchsen mir zusätzlich Brüste.«

»Was sind Sie nun, Mann oder Frau?«, fragte Saskia, deren Stimme verriet, wie verwirrt sie war.

»Klare Antwort: beides. In meinem Beruf und im Alltag bin ich eine Frau. Wenn ich mir ein Mädchen zum Spielen hole, bin ich ein Mann«, sagte Bonnet.

Florian sah auf Bonnets Schritt, was dieser nicht entging.

»Mein Schwanz ist voll funktionsfähig«, sagte Bonnet.

»Wie konnten Sie dann als Model arbeiten?«, fragte Florian. Eine belanglose Frage, aber er wollte Bonnet unbedingt am Reden halten, um Zeit zu gewinnen. Heckscher musste mit der Polizei jede Sekunde auftauchen.

»Mit ein bisschen Drücken, Ziehen und Klebeband lässt er sich ganz gut verstecken.«

»Haben Sie sich nie für ein Geschlecht entscheiden können?«, fragte Saskia.

»Ursprünglich wollte ich eine Frau werden und mir die kleinen Brüste vergrößern und den Penis entfernen lassen. Nach dem Model-Aus geriet ich in eine Identitätskrise. Ich war mir nicht mehr sicher, ob ich den männlichen, aggressiven Teil von mir aufgeben wollte.«

»Das erklärt, warum die Polizei die ganze Zeit im Dunkeln tappte«, schlussfolgerte Florian. Bonnet schien froh zu sein, sich outen zu können.

»Ich kann wahlweise als Frau oder Mann auftreten. Als Frau kann ich den Penis gut verbergen. Mit einem Push-up-BH sorge ich für ein verführerisches Dekolleté. Als Mann mache ich mir einen Pferdeschwanz und binde mir die Brüste flach. Da wird die Kripo nie darauf kommen.«

»Und Sie haben sich in unser Seminar eingeschlichen, damit Sie über unsere Ermittlungen immer auf dem neuesten Stand waren«, stellte Saskia verärgert fest. »Zudem haben Sie uns mit dem Profiling auf die falsche Spur gelockt. Der Täter kann nur ein Mann sein, haben Sie gesagt.«

»Dann haben Sie Julia Nitsche, Denise Schäfer und Anna-Maria Beesten umgebracht«, sagte Florian. Es war eine Feststellung, keine Frage.

»Die und noch ein paar andere. Und ihr seid gerade noch rechtzeitig gekommen, um das Ende von der da mitzuerleben.«

Bonnet zeigte mit dem blutigen Messer auf Nastassja Kusmin.

Diese zuckte zusammen und hob den Kopf.

»Das Schwein hat mein Gesicht zerschnitten und wollte mich vergewaltigen«, schluchzte Nastassja.

Um Bonnet abzulenken, fragte Florian schnell: »Eins verstehe ich noch nicht. Warum tun Sie das? Hat es etwas damit zu tun, dass Sie früher selbst Model und Moderatorin waren?«

»Ah, die berühmte Frage nach dem Motiv«, antwortete Bonnet. »Ich war eine sehr attraktive junge Frau. Die Kamera liebte mich.« Selbstvergessen betrachtete sich Bonnet einen Augenblick im Wandspiegel und strich sich eine Haarsträhne aus dem Gesicht, bevor sie fortfuhr. »Ich hatte eine glänzende Karriere als Model und Moderatorin vor mir. Heute würde ich wahrscheinlich meine eigene Sendung haben.«

»Und dann hatte er einen Unfall«, kreischte Nastassja von hinten dazwischen. »Er wollte mein Gesicht zerschneiden, damit ich so scheiße aussehe wie er.«

Bonnets Gesicht entgleiste zu einer verzerrten Fratze.

Florian bedeutete Nastassja mit warnendem Blick und auf den Mund gelegtem Zeigefinger, sofort still zu sein.

»Ein Scheinwerfer explodierte«, erklärte Bonnet. »Ich behielt diese Narbe und eine halbseitige Gesichtslähmung zurück.« Bonnet fuhr sich mit der blutigen Messerspitze über die Wange. Sie zeichnete eine Blutspur genau neben der Narbe. »Über Nacht war ich hässlich geworden, und meine Karriere war zu Ende.«

»Und daran ist Julia Nitsche schuld?«, fragte Florian ungläubig.

Bei dem Namen zuckte Bonnets Gesicht unkontrolliert.

»Nein, aber sie war meine Nachfolgerin geworden. Über Nacht. Das Fotoshooting wurde schon am nächsten Tag mit ihr fortgesetzt. Als ich nach mehreren Operationen Wochen später die Klinik mit bandagiertem Gesicht verließ, strahlte mir von allen Plakatwänden das lächelnde Gesicht der Nitsche entgegen, wo eigentlich mein Gesicht hätte sein sollen.«

»Sie waren wütend auf Julia?«, fragte Saskia.

»Nicht sofort. Ich habe alle Artikel über sie gesammelt. Sie war richtig gut im Geschäft, hatte sogar ein *Playboy*-Shooting. Ihre Karriere wäre eigentlich mein Weg gewesen. Erst war ich nur neidisch, mit der Zeit wurde ich immer wütender. Und dann habe ich ihr ihre Schönheit genommen, genauso wie der Scheinwerfer mir meine genommen hat.«

*Was ist das denn für eine Hirnwichserei?*, dachte Florian, wagte aber nicht, es auszusprechen. Stattdessen fragte er: »Das war also das Motiv für den Mord an Julia Nitsche. Aber warum die anderen Frauen?«

Bonnet zuckte mit den Schultern. »Ich finde, keine Frau hat es verdient, nur aufgrund ihrer Schönheit reich und berühmt zu werden.«

Florian und Saskia sahen Bonnet entgeistert an.

»Ich sehe, das überzeugt euch nicht«, fügte Bonnet hinzu. »Die Lust am Töten wurde in mir geweckt. Das Fesseln, der Sex und der Mord haben mich so richtig angetörnt. Das Geräusch, wenn die Handschellen einrasten. Die Macht und Kontrolle, die ich über das Leben dieser attraktiven Frauen habe. Meistens hatte ich zwei Orgasmen, einen beim Sex und den zweiten, wenn ich mit dem Messer zustach. Ich habe mich nie lebendiger als in diesen Momenten gefühlt.«

Florian wurde flau im Magen.

»Nach dem Aus Ihrer Modelkarriere haben Sie dann Psychologie studiert?«, fragte Saskia. Sie wollte nichts weiter von Orgasmen im Blutrausch hören.

»Ich konnte den Unfall schlecht verarbeiten und hatte gehofft, durch das Studium könnte ich mir selber helfen. Aber ich habe dann gemerkt, dass mit mir alles in Ordnung ist.«

*Mit ihr ist alles in Ordnung?* Florian konnte sich kaum beherrschen. Aber Bonnet zielte weiter mit dem Taser auf sie. Mit den älteren Modellen war nur ein Schuss möglich, mit den modernen bis zu drei. Florian kannte sich mit Tasern nicht gut genug aus, um die Leistungsfähigkeit des Tasers, dessen roter Ziellaser gerade über seine Brust wanderte, einzuschätzen. Zudem hatte sie ein Messer in der Hand.

»Wie haben Sie es bewerkstelligt, dass in der Leiche von Julia Nitsche das Sperma von Hoffmann und nicht Ihres gefunden wurde?«, fragte Saskia.

Bonnet wollte lächeln, doch ihre Gesichtszüge verzerrten sich zu einer Fratze.

»Um jeden Tatverdacht von mir abzulenken, habe ich ein gebrauchtes Kondom aus dem Müllcontainer eines Bordells gefischt und mit dem Sperma eine falsche Spur gelegt.«

»Dann kannten Sie Hoffmann überhaupt nicht?«

»Nicht wirklich.«

»Aber den Fotografen Anderson haben Sie dann absichtlich reingelegt«, fragte Florian.

»Ja, ich hatte wegen des Shootings mit dem Scheinwerferunfall noch eine Rechnung mit ihm offen. Um an sein Sperma und an seine Schamhaare zu kommen, hatte ich einen One-Night-Stand mit ihm. Aufgrund seines Frauenverschleißes hat er mich nicht wiedererkannt. Danach konnte ich die nächsten Opfer wie geplant präparieren.«

Bonnet lachte trocken mit starrem Gesicht. »Auf die Weise habe ich zwei Fliegen mit einer Klappe geschlagen. Ich wurde gar nicht erst verdächtigt und Anderson wanderte ins Gefängnis.«

Einen Augenblick herrschte Stille in der Folterkammer.

Bonnet richtete drohend den Taser und das Messer auf Florian und Saskia und kam auf sie zu.

»Und jetzt ist es Zeit, die Sache zu Ende zu bringen.«

# 108

Der Taser zielte auf Florians Brust.

»Stell dich ans Andreaskreuz«, befahl Bonnet und winkte mit dem Lauf in dessen Richtung.

Florian gehorchte widerwillig.

»Und du nimmst die Ledermanschetten und fesselst ihn«, befahl Bonnet Saskia.

Bonnet hielt das Messer in Richtung Saskia, den Taser weiter auf Florians Brust gerichtet.

Saskia drehte sich zu der Leiste mit den Hand- und Fußfesseln, Peitschen und Handschellen um.

Ketten klirrten. Das Geräusch kam von Nastassja Kusmin, die sich auf dem Bett wand.

Bonnet bugsierte Florian mit dem Taser an das Andreaskreuz. »Beine breit, Arme hoch.«

Florian stellte sich breitbeinig und mit erhobenen Armen an das Andreaskreuz. Ängstlich sah er sich die Haken zur Fixierung seiner Arme über seinem Kopf an.

Saskia bemerkte, dass Bonnets Aufmerksamkeit Florian galt. Statt nach den Manschetten griff sie schnell nach dem Morgenstern.

Dann schwang sie den Holzstab mit der dornenbesetzten Eisenkugel wie einen Baseballschläger. Das mörderische Geschoss rotierte sausend durch die Luft.

Bonnet bemerkte die Bewegung aus den Augenwinkeln.

Saskia schleuderte die Schlagwaffe mit voller Wucht auf Bonnet.

Diese riss gleichzeitig den Taser herum und drückte ab.

Wie in Zeitlupe kreuzten Elektrohaken und Morgenstern ihren Weg in der Luft.

Saskia versuchte noch, sich wegzuducken.

Zu spät! Ein Elektrohaken bohrte sich in ihre Schulter. Mit einem blauen Blitz und Knistern entluden sich die sechzigtausend Volt. Ein sengender Schmerz durchzuckte ihren Körper und schickte sie zu Boden.

Die Eisenkugel traf Bonnet an der Wange.

Ein Dorn durchschlug ihre Backe. Ihr Kopf wurde zur Seite gerissen. Sie schrie vor Schmerz auf.

Der Morgenstern fiel scheppernd auf den Holzboden.

Florian hob ihn auf.

Bonnet fing sich wieder, zielte mit dem Taser auf Florian und drückte ab.

Florian sah auf seine Brust, wartete auf den Einschlag.

Doch es passierte nichts.

Bonnet schaute stirnrunzelnd die Elektroschockpistole an und ließ sie dann auf den Boden fallen. Sie war nutzlos geworden, offensichtlich ein Modell, das nur einmal abgefeuert werden konnte und dann erst mal nachgeladen werden musste.

Aber Bonnet hatte noch das Messer in der Hand.

Florian hielt den Morgenstern mit beiden Händen fest, bereit zum Kampf.

Bonnet fuhr sich mit der freien Hand über die Wunde in ihrer Wange und sah sich dann ihre blutverschmierte Hand an.

»Dafür werde ich euch leiden lassen«, fauchte Bonnet.

»Jetzt sind Sie wirklich hässlich«, sagte Florian.

Bonnet warf einen Blick in den Wandspiegel. Sie hatte eine Narbe mit Blutspur auf einer Wange, ein klaffendes Loch in der anderen.

Das Gesicht entgleiste zu einer verzerrten Fratze.

Mit erhobenen Messer und Wutgeheul stürzte sich Bonnet auf Florian.

Florians Augen weiteten sich.

Er schlug mit dem Morgenstern zu. Die Kette mit der schweren Eisenkugel wickelte sich um die Hand mit dem Messer.

Mit aller Kraft riss Florian am Holzgriff.

Bonnet schrie vor Schmerz auf, als sich die Dornen in ihr Handgelenk bohrten und ließ das Messer fallen. Sie entwand sich der Kette mit der Eisenkugel und trat einen Schritt zurück.

Saskia stöhnte und kam langsam wieder zu sich.

Florian hielt den Morgenstern in einer Hand, mit der anderen nahm er ein paar Handschellen von der Leiste.

Von draußen waren sich nähernde Polizeisirenen zu hören.

»Frau Bonnet, ich werde Sie jetzt vorläufig festnehmen wegen Mordes in drei Fällen. Umdrehen und Hände auf den Rücken.«

Zur Bekräftigung ließ Florian die Eisenkugel des Morgensterns in der Luft rotieren. Er rauschte gefährlich klingend durch die Luft.

Die Serienmörderin mit ihren eigenen Handschellen zu fesseln, wäre eine Ironie des Schicksals.

Bonnet und Florian umkreisten einander in dem engen Raum.

Florian sah zu Saskia, die neben der Kommode auf dem Boden saß und sich die schmerzende Schulter hielt, und fragte: »Alles in Ordnung?«

Saskia nickte.

Florian achtete nicht auf den Boden, trat in die Blutlache und rutschte aus.

Bonnet nutzte diese kurze Unaufmerksamkeit.

Sie hob das Messer vom Boden auf und warf es in Richtung Florians Kopf.

# 109

Florian sah etwas Silbernes auf sich zufliegen und duckte sich.

Das Messer flog wenige Zentimeter über seinen Kopf und schlug mit einem dumpfen Geräusch in das Andreaskreuz ein.

Plötzlich rannte Bonnet los.

Sie stieß Florian im Vorbeilaufen zur Seite, der auf Saskia fiel.

Saskia stöhnte vor Schmerz auf.

Florian rappelte sich auf und sprintete hinterher.

Als Florian aus der Folterkammer auf den Flur kam, sah er Bonnet gerade im Wohnzimmer verschwinden.

Bonnet durchquerte das Wohnzimmer und riss ein raumhohes Fenster auf.

Florian blieb drei Meter hinter ihr stehen.

Eisige Luft wehte durch das Zimmer. Draußen waren explodierende Raketen zu sehen und zu hören. Darunter mischten sich Blaulicht und Polizeisirenen.

»Kommen Sie vom Fenster weg!«

Florian wollte Bonnet nicht zum Sprung aus dem siebten Stock treiben. Er legte den Morgenstern vorsichtig auf den Teppichboden und hob beschwichtigend die Hände. Beide waren jetzt unbewaffnet.

Von unten waren Bremsenquietschen und Türenschlagen zu hören.

Bonnet drehte sich zu ihm um. Sie stand mit den Hacken an der Fensterkante. Das Blut aus dem Wangenloch hatte ihr Dekolleté verschmiert.

»Kommen Sie da weg!«, rief Florian.

Christin Bonnet wusste, dass sie in der Falle saß. Der Student würde sie so lange in Schach halten, bis die Polizei das Loft stürmen und sie festnehmen würde. Sie hatte unten gerade einen Trupp Uniformierte in das Lagerhaus laufen gesehen. Ihr blieb weniger als eine Minute. Was für eine Demütigung, dass ihr so durchdachter Plan ausgerechnet von zwei Studenten durchkreuzt worden war! Der Kripo war sie haushoch überlegen. Und nun hatten ausgerechnet diese Grünschnäbel alles über ihre Morde herausgefunden. Angesichts ihres letzten Opfers, das gefesselt und mit zerschnittenem Gesicht nebenan im Spielzimmer lag, wäre ein Abstreiten der Taten sinnlos. Die Polizei würde auch Schmuck und Uhren der bisherigen Opfer sowie die Videos ihres letzten Auftritts in ihrem Spielzimmer finden. Und schlimmer noch, das Bondage-Model lag in der Tiefkühltruhe. Sie war nicht dazu gekommen, die Leiche zu entsorgen. Die Frauen, die ihren Erfolg nur ihrer Schönheit verdankten, hatten verdient, was ihnen zugestoßen war. Wer sonst als sie sollte die Welt von solchen Frauen befreien?

Sie würde zweifellos lebenslänglich mit anschließender Sicherheitsverwahrung bekommen. Sie konnte sich nicht vorstellen, den Rest ihres Lebens im Gefängnis zu verbringen. Jemand, der einzigartig war wie sie, gehörte nicht mit gewöhnlichen Verbrechern zusammengesperrt. Als Intersexueller würde sie es im Männerknast verdammt schwer haben. Ein Mann mit blonden Haaren und Brüsten wäre dort Frischfleisch. Ihre seit Jahren aufgeschobene Umwandlung zur Frau konnte sie dann auch vergessen. Und im Gefängnis alterte man vorzeitig. Sie hatte einmal eine Reportage über eine Berlinerin gesehen, die vierundzwanzig Jahre in Texas im Gefängnis gesessen hatte. Die war wie im Zeitraffer optisch verfallen. Hinter Gittern wäre auch sie schon bald nicht mehr schön. Nein, festnehmen lassen würde sie sich nicht.

# 110

Kirchenglocken, Dampfertuten und tausende Böller und Raketen verkündeten den Jahreswechsel.

Saskia kam noch etwas unsicher auf den Beinen ins Wohnzimmer. Da sie Nastassja Kusmin in Sicherheit wusste, drängte es sie mit aller Macht zu Florian.

Draußen vom Treppenhaus her waren herannahende Rufe und Stiefelschritte der Polizisten zu hören.

Christin Bonnet drehte sich zum Fenster um. Ihr Rücken war Florian und Saskia zugewandt. Ihre Fußspitzen ragten über die Fensterkante.

Sie standen drei Meter auseinander.

»Tun Sie das nicht!«, rief Florian.

Bonnet schaute über die durch das Feuerwerk hell erleuchtete Silhouette der Hansestadt und machte einen letzten tiefen Atemzug.

Florian hechtete zum Fenster, um sie am Springen zu hindern.

Zwei Meter.

Bonnet legte den Kopf in den Nacken und schloss die Augen.

Ein Meter.

Florian streckte die Arme nach ihr aus.

Bonnet ließ sich wie ein Bungeespringer nach vorne fallen.

Ein halber Meter.

Florians Hände griffen ins Leere.

Florian sah sie wie in Zeitlupe fallen. Bonnet schrie während ihres dreißig Meter langen Sturzfluges nicht einmal. Nach zweieinhalb Sekunden schlug sie mit dem Kopf zuerst auf.

Saskia kam zu Florian ans Fenster. Sie konnten Bonnet mit dem Gesicht nach unten zwischen zwei Streifenwagen auf dem Kopfsteinpflaster liegen sehen. Im Scheinwerferlicht sahen sie, wie sich um ihren zerschmetterten Kopf eine Blutlache ausbreitete.

# 111

Den Sitzungssaal des Akademischen Senats unter der Kuppel des Hauptgebäudes bekamen Studenten sonst nie zu sehen. Die edle Wandvertäfelung, Konferenztische aus dunklem Holz und die Freischwinger aus schwarzem Leder und glänzendem Chrom schufen eine gediegene Atmosphäre. Normalerweise tagte hier der Akademische Senat und traf alle wichtigen Entscheidungen der Universität.

Der Dekan Löwenberg schritt mit Heckscher im Schlepptau herein. Sogar Heckscher trug heute einen Anzug. Sie blieben hinter einem Pult stehen.

»Das Seminar ›Das Fehlurteil im Strafprozess‹ hat als Experiment begonnen«, begann Löwenberg seine kleine Rede. »Ich habe ehrlich gesagt nicht damit gerechnet, dass dabei überhaupt etwas herauskommt.« Die stets herrischen Mundwinkel des Dekans verzogen sich zu einem Lächeln. »Und nun haben Sie, Herr Kollege Heckscher, mit Ihren Studenten sogar zwei Justizirrtümer aufklären können.«

Heckscher lächelte auch.

Florian fand, er sah besser als früher aus, frischer. Vielleicht hatte Heckscher in den sechs Wochen seit Silvester das Trinken aufgehört?

»Seitdem die Medien über die Fälle Martens und Hoffmann groß berichtet haben, bekommen wir täglich Anfragen von Inhaftierten. Was meinen Sie, wollen Sie das Fehlurteils-Seminar nächstes Semester fortsetzen?«

»Mit Vergnügen.«

»Dann genug der langen Rede. Ich werde jetzt die Seminarscheine verteilen. Zuerst darf ich Herrn Hansen und Frau Cornelius nach vorne bitten.«

Florian und Saskia bekamen ihren Schein mit einem Händedruck überreicht.

»Dann sind Herr Feuerbach und Herr Peters an der Reihe.«

Florian und Saskia traten zur Seite und standen nun vor Heckscher.

»Frau Cornelius, meinen Glückwunsch. Eine Spitzenjuristin waren Sie auch schon vor dem Seminar. Aber im Lauf des Seminars ist aus Ihnen auch noch eine unerschrockene Ermittlerin geworden.«

Saskia wurde rot, als ihr Heckscher die Hand gab.

»Herr Hansen, anfangs hatte ich befürchtet, mit Ihnen wird das nichts. Aber dann ist der Knoten geplatzt. Sie haben in dem Seminar ein Engagement gezeigt, das ich zu Semesterbeginn noch für unmöglich gehalten hätte. Sie können stolz auf sich und den Seminarerfolg sein.«

Heckscher gab ihm die Hand und drückte ihm dabei die Schulter.

Florian wäre vor Freude fast in die Luft gesprungen.

# 112

Die Sonne schien, Schneeglöckchen und Krokusse blühten und das Thermometer war auf fünfzehn Grad angestiegen. Der Frühling war in Hamburg angekommen.

Florian, Saskia und Heckscher standen schon eine dreiviertel Stunde vor Santa Fu.

»Ich habe gestern mit Nastassja Kusmin telefoniert«, sagte Saskia.

Heckscher und Florian horchten auf.

»Es geht ihr gut, auch wenn sie ein paar Narben im Gesicht zurückbehalten wird. Sie hat den Autohändler verlassen und auf BWL umgesattelt.«

»Das freut mich für sie«, sagte Heckscher.

»Was für eine Beziehung hatten Sie eigentlich zu Frau Bonnet?«, fragte Florian.

Heckscher verzog gequält das Gesicht, als wäre gerade eine Zahnfüllung rausgebrochen.

»Keine, die Sie etwas angeht.«

Bevor Florian eine kritische Nachfrage stellen konnte, ging quietschend das Gefängnistor auf und Markus Hoffmann kam heraus. Er trug einen blauen Trainingsanzug und eine Sporttasche.

»Willkommen zurück in der Freiheit!«, begrüßte Heckscher ihn. Alle vier umarmten sich.

Mit der Überführung von Christin Bonnet als Serienmörderin hatten sie eine Wiederaufnahme des Verfahrens erreicht, das an diesem Morgen mit einem Freispruch geendet hatte.

Markus Hoffmann blinzelte in die Frühlingssonne.

»Ich kann es immer noch nicht glauben, dass dieser Albtraum nach zweieinhalb Jahren endlich vorbei ist«, sagte Hoffmann. Er strahlte über das ganze Gesicht. »Ich weiß gar nicht, wie ich Ihnen dreien jemals danken soll. Ohne Sie wäre ich im Gefängnis verrottet.«

»Das haben wir gern getan. Für die Freilassung eines unschuldig Verurteilten zu kämpfen ist mit Abstand das Sinnvollste, was ich beruflich jemals getan habe«, antwortete Heckscher. »Und meine Studenten haben viel dabei gelernt.«

Florian und Saskia stimmten nickend zu.

»Es gibt noch viel mehr unschuldig Verurteilte als mich«, seufzte Hoffmann.

»Stimmt. Es erreichen mich täglich Hilferufe aus den Gefängnissen. Ich habe in der Aufklärung von Justizirrtümern eine neue Aufgabe gefunden.« Sie drehten dem Gefängnis den Rücken zu und überquerten den Parkplatz.

»Heute feiern wir Ihren Freispruch erst mal richtig«, sagte Heckscher. »Ich habe Ihnen ein möbliertes Zimmer besorgt, in dem Sie unterkommen können. Dann werden wir uns um die Haftentschädigung und Ihre Wiedereinstellung in den Polizeidienst kümmern.«

Die beiden Männer gingen voraus und redeten über Hoffmanns neues Leben, Florian und Saskia folgten ihnen mit etwas Abstand.

»Was machst du jetzt in den Semesterferien?«, fragte Florian.

»Ich treffe alte Schulfreundinnen, jogge jeden Tag und mache den Segelflugschein.«

»Nicht mehr vierundzwanzig Stunden am Tag Paragrafen pauken?«

»Nein, es gibt außerhalb der Juristerei so viel Schönes zu entdecken.«

»Das freut mich.«

»Sag mal Florian, findest du mich schön?«

»Willst du mich mit Handschellen fesseln und die Antwort mit einem Messer aus mir herauskitzeln?«, witzelte Florian.

»Du bist unreif, weil du nicht einmal ernst sein kannst.«

Florian blieb stehen und sah ihr in die Augen. Sie erwiderte seinen Blick mit hochgezogener linker Augenbraue.

»Ja, du bist attraktiv und begehrenswert.«

»Dann küss mich endlich, Dummkopf!«

# Nachwort

Ich habe ein True-Crime-Buch, „Das Lexikon der Justizirrtümer“, geschrieben (Eichborn 2013). Die 90 echten Fälle waren erschütternd und spannend wie ein Krimi. Daraus ist die Idee für diesen Thriller entstanden, in den eine Reihe wahrer Justizirrtümer eingeflossen sind.

Das Thema Justizirrtümer ist hochaktuell, wie die Fälle Mollath, Arnold oder Kachelmann zeigen. Nach Schätzung des BGH-Richters Ralf Eschelbach ist jedes vierte Strafurteil ein Fehlurteil.

In den USA hat ein Juraprofessor ein Unschuldsprojekt *(Innocence Project)* gegründet, dessen Ziel die Aufklärung von Justizirrtümern ist. Seit der Gründung 1992 hat der Professor mit seinen Studenten über 300 unschuldig Verurteilte aus den Gefängnissen geholt, darunter 18 Todeskandidaten. Ein solches Unschuldsprojekt könnte es auch an einer deutschen Universität geben. Ich habe mir deshalb erlaubt, das Seminar über Justizirrtümer von Professor Heckscher an der Hamburger Universität frei zu erfinden.

Die Lektorin Regine Weisbrod hat mir beim Schreiben mit Rat und Tat zur Seite gestanden. Danke! Simon Jaspersen, selbst ein begnadeter Krimiautor, hat das Manuskript fachkundig und sensibel lektoriert. Und ich habe viel von ihm lernen können. Danke!

Die Rechtsmediziner Dr. med. Ulrich H. Cremer vom Universitätsklinikum Köln und Dr. med. Daniela Bellmann vom Klinikum Saarbrücken haben an dem Obduktionsprotokoll mitgewirkt. Danke beiden dafür.

Lianne Kolf in München ist Pionierin der Literaturagenturen. Die *Grande Dame* der Agenten wird mit Manuskripten geradezu zugeschüttet. Allein zehn Krimis werden ihr täglich angeboten. Umso mehr freut es mich, dass sie ausgerechnet meinen Thriller zur Vermittlung angenommen hat. Danke auch ihrer Assistentin Simone Hasselmann für die persönliche Betreuung.

Beeindruckt hat mich auch mein Lektor bei Amazon Publishing Franz Edlmayr. Akkurat, professionell, effizient, dabei aber herzlich im Umgang, hat er meinem Thriller den Weg zur Veröffentlichung geebnet. Es war mir eine Freude, mit ihm zusammenzuarbeiten.

Falls Sie mehr über mich und meine Bücher erfahren wollen, besuchen Sie doch einmal meine Homepage unter

www.patrickburow.de

Wenn Ihnen der Thriller gefallen hat, würde es mich sehr freuen, wenn Sie ihn auf Amazon.de bewerten und eine kurze Rezension schreiben würden.

Dr. Patrick Burow

15643221R00245

Printed in Poland
by Amazon Fulfillment
Poland Sp. z o.o., Wrocław